Owe Klajü

Und kein Zurück vom Glück

AF236482

***

Für Mausi S.

***

Roman

Owe Klajü - Und kein Zurück vom Glück

Du bist winzig klein
Und doch schon ganz allein
Die Eltern sorgen
Denken an dein Morgen

Helfen wollen sie
Doch das gelingt fast nie
Du willst erleben
Und alleine schweben

Doch sie bestimmen
Wohin du sollst schwimmen
Du steckst tief darin
Dein Leben fließt dahin

Eine Tür geht auf
Du warst nicht scharf darauf
Und ohne Warnung
Ist sie weg, die Tarnung

Dir hilft kein Wehren
Und auch kein Beschweren
Weiter noch ein Stück
Und kein Zurück vom Glück

M. S. Dueschamm

Herstellung und Verlag: BoD – Books on Demand, Norderstedt
© 2022 by Owe Klajü und Klaus-Jürgen Mausi Sparfeld

ISBN 9783755779490

Foto: Mausi Sparfeld

1

„Ja, Mama, gleich!" Bert war genervt. In diesen Augenblicken am Morgen wünschte er seine Mutter auf den Mond - oder zumindest doch in die Nähe. „Jaaaa, bin ja schon da!" Widerwillig verließ er sein Bett und schlüpfte in seine Jeans, die davor am Boden gelegen hatte. Er griff nach einem T-Shirt und roch kurz daran. Bert rümpfte die Nase und ließ es fallen. „Jaha, Mama, ich bin schon fast da!" Auf dem Weg zur Zimmertür griff er nach einem anderen T-Shirt, das über der Lehne des Stuhles hing, auf dem der Rucksack stand, der ihm als Schultasche diente. Mit der anderen Hand riß er ihn mit sich, bevor er erst zu seiner Zimmertür und dann den Flur entlang bis zur Küche stolperte.

„Wie siehst du denn wieder aus, mein Junge!" seine Mutter sah ihn strafend an.

„Ja, Mama", sagte er nur und roch an dem T-Shirt in seiner Hand. „Besser", sagte er, zog es sich über den Kopf und ließ seine Hände einmal von vorne nach hinten durch seine Haare gleiten. Dabei setzte er sich an den Küchentisch um mit der Gabel in etwas zu stochern, das entfernt an einen Obstsalat erinnerte, dessen einzelne Bestandteile nicht mehr auszumachen waren.

„Ein Besuch im Bad am Morgen könnte auch nichts schaden. So wirst du nie eine Freundin bekommen!" Seine Mutter schüttelte den Kopf.

„Ja, Mama."

„Du hast schon wieder die halbe Nacht vor dem Computer gesessen!" sagte sie vorwurfsvoll und stellte ein Glas Milch neben die Schüssel mit dem Obstsalat.

„Nein, Mama!"

„Du wirst noch in der Schule einschlafen, wenn du so weiter machst!"

„Ja, Mama."

„Hörst du mir überhaupt zu, mein Junge?"

„Ja, Mama, natürlich."

„Nun iß! Du mußt was essen, sonst kannst du nichts lernen!"

„Ja, Mama", sagte Bert und stocherte weiter.

„Schmeckt es dir denn?"

„Natürlich, Mama!"

„Das ist gut, mein Junge. Eine feine Sache, diese neue Sendung. Da gibt es immer wieder so wunderbare neue Rezepte!" schwärmte sie.

„Die du dann ausgerechnet an mir ausprobieren mußt!" murmelte Bert in seinen nur spärlich vorhandenen Bart.

„Was hast du gesagt, mein Junge?"

„Nichts, Mama, nichts!" Er haßte dieses: „Mein Junge". Er war fast 17 und stand ein Jahr vor dem Abitur, da war er kein Junge mehr, nein, er war - zumindest in seinen Augen - fast erwachsen.

„Ich muß los, Mama, sonst komm´ ich zu spät!" sagte er und verschwand mit seinem Rucksack aus der Küche.

„Du hast ja noch gar nichts gegessen! Trink wenigstens deine Milch!"

„Tschüß Mama, bis später!" rief er im Hinauseilen. Hinter ihm fiel die Wohnungstür krachend ins Schloß. Er hastete die drei Treppen nach unten und atmete einmal tief durch, nachdem die schwere Haustür sich hinter ihm geschlossen hatte.

Es war ein ganz normaler Montag in einer ganz normalen Woche, wie er sie in den letzten Jahren immer wieder erlebt hatte. Bert, der eigentlich Bertram hieß, schlenderte die Straße hinunter, in der das Mietshaus stand, in dem er mit seinen Eltern wohnte, so lange er denken konnte. Es war eine lange Straße. Aber das störte ihn nicht. Er genoß diese Minuten am Morgen. Da war er alleine und niemand störte ihn in seinen Gedanken. In der Straße standen vor allem Mietshäuser, wie man sie am Anfang des 20. Jahrhunderts gebaut hatte. Einige besaßen noch ihre Stuckverzierung und

6

waren liebevoll restauriert worden, bei anderen war der Stuck einfach abgeklopft worden, als man sie in den 60er Jahren neu verputzt hatte. „Das hat man damals so gemacht", sagte sein Vater immer. Zwischen den alten Häusern gab es ab und an neue im Stil der 50er und 60er Jahre, die man in die Baulücken hineingesetzt hatte, die durch die Zerstörungen im letzten Krieg entstanden waren. Die kleinen Geschäfte, die es früher in der unteren Etage gegeben hatte, hatten alle längst geschlossen. Die meisten hatte man zu Wohnungen umgebaut oder es befanden sich Arztpraxen oder Physiotherapiepraxen in den Räumen. Er kannte jedes Haus. Am Ende der Straße erwartete ihn eine Kreuzung und 100 Meter hinter dieser Kreuzung stand das Gymnasium, das er besuchte. Ein altes, ehrwürdiges Gebäude aus rotem Backstein vom Beginn des letzten Jahrhunderts, wie es sie noch überall sehr häufig in den kleineren und größeren Städten gab.

„Hallo Bert! Alles klar?"

Bert erschrak. Die Stimme, die eben seinen Namen gesagt hatte, drang von weit her langsam in sein Bewußtsein und er glaubte, daß sie weiblich war. Nicht, daß er keine weiblichen Stimmen kannte, aber auf dem Schulweg hatte ihn, außer seiner Mutter, die ihm Vergessenes hinterher gebracht hatte, noch nie irgendein weibliches Wesen angesprochen. Jedenfalls, soweit er sich erinnern konnte. Es gab überhaupt sehr wenige weibliche Wesen, die sich mit ihm unterhielten, wenn er länger darüber nachdachte. Warum sollten sie auch? Wenn er sich im Spiegel betrachtete, gab es da seiner Meinung nach nicht so viel, was Mädchen dazu hätte verleiten können, obwohl er mit sich selbst eigentlich gar nicht so unzufrieden war. Zumindest, wenn er sich mit seinen Freunden verglich. Gut, er war mit 170 Zentimetern kein Riese und er besaß einen eher weniger muskulösen Körper. Er nahm sich aber immer wieder vor, etwas für diesen zu tun. Bisher war es jedoch jedes Mal bei dem Vorsatz geblieben.

Die einzigen Muskeln, die bei ihm trainiert waren, waren die seiner Finger - durch das ständige Gleiten über die Tastatur. Ja, er würde sich als normal, als untrainiert normal bezeichnen. Aber, es war wohl gerade das, was ihn für die meisten Mädchen relativ unattraktiv erscheinen ließ. Er war weder ein George Clooney noch ein Arnold Schwarzenegger.

„Du bist doch Bert, oder?" hörte er erneut die Stimme. Bert kehrte aus seinen Gedanken zurück und schaute um sich, wo er ein Mädchen entdeckte, das auf einem Fahrrad neben ihm fuhr. Er traute seinen Augen nicht. Es war Saskia. Er starrte sie an. „Also, du bist doch der Bert oder nicht?"

„Ja, Bert, der Bert, äh, Bert, bin ich, ja, der...", stotterte Bert.

„Was ist los mit dir, hab´ ich dich geweckt?"

„Äh, nein, ich, ich - war nur in Gedanken. Schule und so, du verstehst?"

„Du schaust eher, als wenn Du einen Geist gesehen hast!" sagte Saskia und stieg von ihrem Rad.

„Ja, aber..."

„Ich bin Saskia!"

„Saskia, ja, klar, warum nicht. Bert, ich bin Bert."

„Das sagtest du schon." Ja, das sagte er schon. Saskia war eines der Mädchen an seiner Schule, mit dem jeder hätte gehen wollen, wenn er die Gelegenheit dazu gehabt hätte. Sie hatte dunkelblonde Haare mit einem leichten rötlichen Schimmer, die sie meistens zu einem Pferdeschwanz gebunden hatte und sie besaß eine super Figur. Sie war einen Jahrgang unter ihm und jeder seiner Freunde hätte sonst etwas dafür gegeben, jetzt an seiner Stelle sein zu dürfen. Nur er wäre am liebsten unangespitzt im Erdboden versunken wegen seines Rumgestotters.

„Ich habe dich schon mal - gesehen, glaube ich, auf dem, dem Schulhof, kann das sein?"

„Ja, möglich, sogar wahrscheinlich", sagte Saskia, „wir gehen auf dieselbe Schule."

„Das ist gut so."

„Was ist gut so?" Sie sah Bert an und begann, sich zu fragen, ob es wirklich so gut gewesen war, dem Ratschlag ihrer Freundinnen zu folgen. Dieser Bert machte einen ziemlich verwirrten Eindruck. Aber gefährlich sollte er ja nicht sein. Das hatten jedenfalls Monique und Sabine gesagt. Sie beschloß, ihre Bedenken erstmal zurückzustellen; schließlich hatte sie einen Plan und für den brauchte sie Bert.

„Daß du auch zur Schule gehst - ich meine, auch zu der Schule gehst", fügte er hinzu, als er ihren seltsamen Blick sah.

„Ja, da können wir ein Stück zusammen gehen, oder?"

„Zusammen gehen?"

„Ja, zur Schule, wir haben denselben Weg!"

„Klar, logisch: selbe Schule, selber Weg!" Bert hätte sich ohrfeigen können.

„Ja, seltsam, nicht!" sagte sie und rollte dabei mit den Augen. Sie beschloß, das Ganze etwas zu beschleunigen und direkt auf den Punkt zu kommen: „Was ich dich fragen wollte", sagte sie und schaute ihn dabei aus ihren grünen Augen, die von innen zu leuchten schienen, direkt an, „ich habe gehört, daß du ganz gut in Mathe bist, stimmt das?"

„Mathe? Gut in - Mathe?" wiederholte Bert fast tonlos, der nicht ganz sicher war, Saskia richtig verstanden zu haben.

„Ja, Mathe", sagte sie, „du erinnerst dich: Das mit den Zahlen!" Er schluckte und wäre jetzt noch lieber irgendwo anders gewesen. Saskia, die Saskia, ging neben ihm, unterhielt sich mit ihm und er brachte nicht einen vernünftigen Satz heraus. Sie mußte ihn für einen kompletten Idioten halten. Er richtete seinen Blick auf den Boden und seine Gedanken wanderten weit, weit weg. „Bert? Was ist da unten? Hallo?"

„Was? Wo?" Er sah sie an.

„Auf dem Boden!"

„Ja, der Hoden", sagte er, ohne groß über seine Worte nachzudenken. Er sah an ihrem Blick, daß sie ihm nicht folgen konnte. „Äh, Boden natürlich! Nichts, gar nichts. Also: Boden …bodenständiges, genau, bodenständig. Ich meine: Mathe ist was Bodenständiges." Er atmete schnell und flach, seine Nervosität nahm von Sekunde zu Sekunde zu.

„Wenn du es so siehst. Aber, bist du denn nun gut?"

„Gut, worin?"

„In Mathe!" sagte sie ziemlich genervt.

„In Mathe, ja, bin ich, ganz gut in…Mathe." Er atmete kurz und heftig aus. Saskia zweifelte immer mehr daran, ob es eine gute Idee gewesen war, diesen Typen anzusprechen wegen ihres Anliegens. Aber im Augenblick war er ihre einzige Hoffnung. Also biß sie die Zähne aufeinander und sagte:

„Ich bin da nicht so gut." Als sie seinen Blick sah, fügte sie hinzu: „In Mathe." Bert nickte. Er schien sie verstanden zu haben. Sie machte eine kleine Pause, ehe sie fortfuhr: „Na ja, eigentlich schlecht, sehr schlecht. Das ist nicht meine Welt, diese ganzen Zahlen und Formeln…"

„Ja, klar, logisch. Kann ich verstehen, du bist ein Mädchen…"

„Ach ja?" sie sah ihn sonderbar an. „Du gehörst wohl auch zu denen, die glauben, daß Mädchen von Natur aus zu blöd für Mathe sind?" Ihre Augen begannen ein bißchen zu funkeln.

„Ja, nein, äh, eher…" Sie schaute ihn lauernd an. „Ja, also nein, nicht, gehöre ich nicht", brachte er hervor und wirkte erleichtert, das gesagt zu haben.

„So, so, nicht." Saskia schien nicht überzeugt, aber sie mußte sich auf jeden Fall zusammen nehmen. Sie wollte etwas von Bert und durfte ihn nicht gleich verärgern, obwohl sie innerlich ein wenig kochte. „Ja, und deshalb", fuhr sie fort ohne weiter auf die Beziehung von Mädchen und Mathematik einzugehen, „wenn ich die nächste Klausur wieder in den Sand setze, dann…" Sie blieb stehen und schaute nach unten: „…dann muß ich länger machen."

„Verstehe", sagte Bert, obwohl er nicht verstand, was das mit ihm zu tun hatte. Ob er ihr sagen sollte, daß er Mathe-Leistungskurs hatte und da der Beste war? Er beschloß, das lieber erstmal nicht zu tun. Er fragte sich, worauf sie hinaus wollte. Als wenn Saskia seine Gedanken gelesen hätte, sagte sie:

„Also, ist vielleicht verrückt, aber ich dachte mir, vielleicht hättest du ja Lust", sie holte tief Luft, bevor sie ihren Satz beendete: „Lust, mir ein bißchen Nachhilfe zu geben!"

„Nach-nach-hilfe…Lust, ja…" stotterte Bert und blickte Saskia nun direkt in die Augen. Sie standen sich gegenüber, keine zwanzig Zentimeter voneinander entfernt. Er spürte ihren Atem und er hatte keine Chance, ihrem Blick auszuweichen, da sie etwa einen halben Kopf kleiner war als er und ihn von unten direkt anschaute. Bert versuchte, ihrem Blick zu entkommen, in dem er seinen Kopf weiter senkte. Das war aber keine gute Idee, wie sich im Nachhinein herausstellte. Es machte ihn nur noch nervöser: Es war Sommer und Saskia war mit einem Top mit dünnen Trägern bekleidet. Er schaute nun direkt in ihren Ausschnitt und konnte, da Saskia keinen BH trug, den Ansatz und Einiges mehr von ihren Brüsten sehen. Wenn sie einatmete, schienen sie zu enormer Größe anzuschwellen, um jeden Augenblick ihr Gefängnis zu sprengen und sich dann in Freiheit zu ihrer ganzen prallen Pracht zu entfalten. Er sah sich, wie seine Hände unter Saskias Brüste griffen und sie anhoben:

„Lust. Nachhelfen!"

„Bert? Bert!" Saskias Stimme drang aus weiter Ferne an sein Ohr.

„Wundervoll!"

„Bert?"

„Wundervoll, klar, wundervoll, wie… wieso denn nicht!" stotterte er.

„Das heißt: Ja?"

„Ja, alle beide!"

„Alle beide? Bert? Was ist mit dir! Geht es dir nicht gut?" Saskias Stimme klang auf einmal besorgt. Sie trat noch ein Stück näher an ihn heran. Dabei berührten ihre Brustspitzen sein T-Shirt an dem Arm, mit dem er in der Gegend herumgefuchtelt hatte. Er spürte sie auf seiner Haut. Das war endgültig zu viel. Ein leichtes Zittern ging durch seinen Körper und das Blut schoß in seinen Kopf und in andere Teile seines Körpers. „Bist du krank? Hast du Fieber? Mein Gott, Dein Kopf wird ganz rot und du zitterst!" Sie legte ihm ihre rechte Hand auf die Stirn: „Du glühst ja! Du mußt zum Arzt!" Um seine Stirn zu berühren, war sie ganz nah an ihn herangetreten. So nah, daß er fast schon ihre Lippen zu spüren glaubte.

„Ich..." weiter kam er nicht. Sie legte ihren freien Arm um seine Hüfte und führte ihn zu der Bank, die sich in dem Wartehäuschen befand, vor dem sie standen.

„Setz dich einen Moment!"

„Ich..."

„Na los", sagte sie und drückte ihn sanft nach unten. Dabei streifte er mit seinem Gesicht ihren Busen.

„Ahhh!" entfuhr es ihm.

„Was ist? Hast du Schmerzen? Soll ich einen Krankenwagen rufen?"

„Nein, nur das nicht! Ist - alles in Ordnung. Alles in Ordnung. Ist nur, nur, ich habe..." Er überlegte fieberhaft, was er haben könnte, denn die Wahrheit würde wohl dafür sorgen, daß sein erstes Gespräch mit Saskia auch das letzte sein würde. Er war zufrieden, daß er saß und sie die Veränderung im vorderen Teil seiner Hose so nicht bemerken konnte. Er spürte sie ganz deutlich: Die bis eben vorhandene Enge war einem wohligen Gefühl gewichen, das sich jetzt langsam dort ausbreitete. Er stellte seinen Rucksack auf seinen Schoß.

„...mein Kreislauf, der..."

„Ach, das hat meine Oma auch..."

„Da..., das glaube ich eher, eher nicht..."

„Doch, wirklich. Die hat einen viel zu geringen Blutdruck, der passiert sowas öfter."

„Was du nicht sagst, aber..."

„Aber was?"

„Aber, es wird schon besser, glaube ich."

„Na, da bin ich ja beruhigt. Hast du denn keine Tabletten dagegen?"

„Tabletten?"

„Ja, meine Oma hat da Tabletten. Die muß sie nehmen,

wenn sie so einen Anfall hat."

„Ach die, ja, natürlich - aber die, die habe ich heute vergessen. Ich bin etwas zu spät heute." Er sah erschreckt auf: „Zu spät! Wir kommen zu spät!" Er wollte aufspringen, aber Saskia hielt ihn mit sanftem Druck auf seine Schulter zurück:

„Nun warte doch, dann sind wir halt zu spät. Wird uns schon keiner von der Schule werfen deswegen, oder?" Sie lächelte.

„Ja, du hast recht!" er lächelte auch, das erste Mal, seit sie sich getroffen hatten.

„Hey, du kannst ja lächeln!" sagte sie und grinste.

„Ja, kann ich. Cool, oder?" sagte er. „Was ist?" Er sah sie fragend an.

„Ach, nichts." Saskia ertappte sich dabei, daß sie irgendetwas an diesem überaus merkwürdigen Bert ein wenig interessant zu finden schien. Sie verwarf diesen Gedanken sofort wieder. Schließlich hatte sie ihn nur angesprochen, weil ihre Freundinnen sie dazu gedrängt hatten…

Sie, Monique und Sabine standen auf dem Schulhof. Es war Große Pause. Ihre beiden Freundinnen machten sich ernste Gedanken darüber, daß Saskia den Sprung in die Oberstufe nicht schaffte. So hatten sie sich etwas ausgedacht: Saskia sollte Nachhilfe nehmen. Heimlich, ohne daß ihr Vater etwas davon merkte. Sie hatten sich überlegt, dazu einen Mitschüler auszusuchen und den dann zu überreden. Saskia fand den Gedanken nicht so toll wie ihre Freundinnen.

„Und wie sollen wir den bezahlen?" sagte sie.

„Ach was, bezahlen, das wird schon Saskia, wirst sehen", sagte Monique, „wenn wir erstmal den Richtigen gefunden haben…"

„Was ist mit Peter?" unterbrach sie Sabine.

„Unser Peter?" Monique sah Sabine ungläubig an, „der hat ja noch weniger Ahnung von Mathe, als wir drei zusammen!"

„Und Robert?"

„Der Robert aus der C?"

„Ja", nickte Sabine begeistert, „der ist ganz gut und ganz niedlich sieht der auch aus!"

„Eben, zu niedlich!"

„Ach, schade!"

„Ich hab´s!" Ein Strahlen breitete sich auf Moniques Gesicht aus: „Bitte-Wenden-Oho-Bert!"

„Du meinst?"

„Ja, Bitte-Wenden-Oho-Bert, das ist es!"

„Wer ist jetzt Bitte-Wenden-Oho-Bert?" Saskia sah ihre Freundinnen fragend an.

„Der wäre der Richtige!" sagte Monique.

„Du meinst?" fragte Sabine noch immer ungläubig.

„Ja, genau den!"

„Nicht wirklich dein ernst, oder?"

„Doch, wieso denn nicht. Geht doch hier um die Sache, nicht um den Typen!"

„Na ja, vielleicht hast du ja recht..."

„Natürlich habe ich das!"

„Hey!" meldete sich Saskia zu Wort: „Da habe ich doch auch noch ein bißchen was mitzureden, schließlich muß ich mich ja mit dem Typen treffen!"

„Da hat sie nicht so ganz unrecht!"

„Ja, Bine, aber: die Sache, es geht um die Sache. Und Fakt ist: wenn Saskia vergeigt, dann..."

„Stimmt, dann..."

„Gut, gut, wer ist denn nun dieser Typ und woher kennt ihr den überhaupt und wieso dieser merkwürdige Name?"

„Der ist mit meinem Bruder zusammen in Mathe. Und der sagt, das ist ein Genie. Also, in Mathe zumindest. Sonst wohl eher nicht." Monique grinste.

„Also im Klartext: Ein echter Loser! Na, Klasse." Saskia sah Monique an.

„Ja, vielleicht, weiß nicht, Gregor meint, daß der noch nie was mit einem Mädchen hatte. Der hängt auch immer nur mit seinen paar Kumpels rum."

„Stimmt", sagte Sabine, „der soll irgendwie speziell sein."

14

„Speziell?"

„Nein, nicht so!" Monique stupste Saskia in die Seite. Die drei standen etwas abseits auf dem Schulhof, damit niemand etwas von ihren Plänen mitbekam.

„Wie denn?" wollte Saskia wissen.

„Na, er redet kaum, ist meistens alleine, so eben!"

„Toll. Und woher nun der Name?"

„Weil er Wenden heißt", sagte Monique.

„Wänden so wie Wand?"

„Nein, wenden so wie drehen!"

„Lustig, nicht!" Sabine kicherte.

„Na ja, nicht wirklich", sagte Saskia, die die Begeisterung ihrer Freundinnen nicht teilen konnte. „Und was soll das Oho?"

„Na, das heißt: Ohne Hoffnung!"

„Ohne Hoffnung?"

„Ja, wenn du ihn wendest: Genauso!"

„Verstehst du?"

„Ich..." Saskia legte ihre Stirn in Falten.

„Mensch, Saskia, manchmal bist du auch wirklich..." sagte Monique und schlug sich die flache Hand gegen die Stirn, „...wenn wir nicht so gute Freundinnen wären und du uns fehlen würdest, wäre das mit dem Wiederholen vielleicht gar nicht die schlechteste Idee!" Monique grinste.

„Ha, ha, ha, selten so gelacht", Saskia wandte sich kurz ab, als wenn sie tödlich beleidigt worden wäre, „aber, ich verstehe das noch immer nicht mit dem Wenden", sagte sie schmollend, als sie sich wieder ihren Freundinnen zuwandte

„Na: egal, ob du ihn von vorne oder von hinten..." Sabine machte die entsprechenden Bewegungen: „von vorne oder von hinten..." wiederholte sie.

„Ihr meint..."

„Genau!"

„Jetzt hat sie es!"

„Und mit dem soll ich?"

„Klar, der nimmt dich!"

„Der nimmt Jede!"

„Danke, ihr seid so liebevoll und aufbauend!"

„Äh, so war das nicht gemeint..." sagte Monique.

„Ich weiß, sonst wäre er ja mit dir zusammen!" konterte Saskia.

„Oder..."

„Unentschieden!" ging Sabine dazwischen, „laßt uns das Wesentliche nicht aus den Augen verlieren!"

„Die Fete am Samstag!"

„Monique!"

„Nicht?"

„Mathe! Versetzung!"

„Ach ja..."

„Da! Wenn man vom Teufel spricht: Da ist er!" rief Sabine plötzlich und deutete in Richtung auf das große Tor, das den Schulhof zur Straße hin abgrenzte.

„Welcher, der?" Saskia zeigte auf einen ziemlich kräftigen Jungen mit dunkler Brille und ebensolchen Haaren.

„Nein, der doch nicht, der daneben!"

„Der?" Saskia schluckte. „Ich weiß nicht, der sieht ja aus..."

„Na ja, so schlimm nun auch wieder nicht", sagte Monique, „du sollst ihn ja nicht abschlabbern..."

„Monique!" Saskia sah ihre Freundin entsetzt an.

„...sondern Mathe mit ihm machen. Ich meine, so richtig Mathe eben."

„Genau", sagte Sabine, „und dafür ist der genau der Richtige, da kommst du wenigstens auf keine dummen Gedanken!"

„Nee, ganz bestimmt nicht!"

„Also, abgemacht, du fragst ihn!" Monique gab ihr einen kleinen Stups.

„Jetzt?"

„Warum nicht - je eher, je besser!" feixte Monique, die sich auf eine nette Vorstellung freute.

„Nein, das könnte euch so passen. Das kriege ich schon hin, aber ohne Zuschauer!" Saskia grinste ihre Freundinnen an, „ich berichte euch dann!"

„Na, das ist doch wohl Ehrensache!" Sabine schlug Saskia

mit der Hand auf die Schulter.

...*J*a, das war am Freitag. Sie hatte das ganze Wochenende damit verbracht, zu überlegen, wie sie es wohl am besten anstellen sollte, den Kontakt mit Oho-Bert aufzunehmen. Je mehr sie darüber nachgedacht hatte, je unmöglicher erschien ihr das Ganze. Und je mehr fühlte sie sich als Oho-Saskia. Sie war nicht einmal weggegangen am Samstag mit ihren Freundinnen. Die Sache lastete schwer auf ihr. Aber sie mußte etwas tun. Viel Zeit bis zur Klausur blieb ihr nicht mehr. Einen richtigen Nachhilfelehrer konnte sie sich von ihrem Taschengeld nicht leisten. Gewiß, ihr Vater hätte ihr einen bezahlt. Aber ihr Vater durfte nichts davon wissen, daß ihr Abitur gefährdet war. Ihr Vater war Arzt und der festen Überzeugung, daß seine Tochter einmal in seine Fußstapfen tritt und seine Praxis übernimmt. Er wäre sehr enttäuscht, wenn sie ihm beichtete, daß das mit dem Abi nicht so ihr Ding ist und sie eigentlich ihre berufliche Zukunft auch nicht als Ärztin sah. Aber diese Diskussion konnte sie noch immer führen. Und es wäre leichter für sie, sie zu führen mit dem Abitur in der Tasche.

Und da saß nun dieser Oho-Bert neben ihr, der sich verhalten hatte wie ein Idiot, aber etwas war an ihm, daß sie dazu bewogen hatte, so zu reagieren, wie sie reagiert hatte. Vielleicht hatte ihr Vater ja doch recht, und sie war die geborene Ärztin, die allen Hilflosen und Hoffnungslosen helfen mußte?

„Also, um auf deine Frage zu antworten", riß diesmal Bert sie aus ihren Gedanken, „ich kann das machen, ja." Sie sah ihn fragend an. „Das mit der Nachhilfe, meine ich."

„Wirklich?" Ihre Augen schienen zu leuchten, „das wäre, das wäre phantastisch! Ich könnte dich küssen dafür!" sagte sie und die Worte waren über ihre Lippen, bevor sie etwas dagegen tun konnte.

„Ja, das wäre wirklich phantastisch!" dachte Bert.

„Was?"

„Wie?"

„Du sagtest…"

„Ich sagte…" Bert wurde erneut heiß: Sagte? Er dachte, daß er gedacht hatte, aber scheinbar hatte er laut gedacht.

„…phantastisch…"

„Genau, phantastisch, daß ich das machen kann, ich will vielleicht, ich will vielleicht - Lehrer werden, genau!" sagte Bert erleichtert, „und da wäre das doch schon eine gute Übung, ich meine, das mit dem Mathe!"

„Ja, was sonst?" Saskia sah ihn mit einem seltsamen Blick an.

„Ja, was sonst!" sagte er mit leichter Enttäuschung in der Stimme. „Aber, komm, wir müssen langsam!"

„Ja, leider…" Saskia schwieg. Hatte sie das eben gesagt: „Leider?" Wieso leider?

„Ja, leider ist heute Schule", sagte Bert.

„Und morgen auch…"

„Und übermorgen!" Die beiden mußten lachen. Sie hatten das Schultor erreicht, das sie nebeneinander durchschritten.

„Ich muß in die Sporthalle!" sagte Saskia.

„Ich dahin!" Bert zeigte auf den Haupteingang.

„Dann mach´s gut!"

„Du auch!" Die beiden trennten sich und bewegten sich auf ihr jeweiliges Ziel zu.

„Wann?" Beide hatten sich gleichzeitig umgedreht.

„Wann du willst!" sagte Bert.

„Wann du Zeit hast!" sagte Saskia.

„Freitag?"

„Erst?" Saskia war die Zeit bis Freitag auf einmal sehr lang erschienen; außerdem konnte sie an diesem Freitag nicht. Warum hatte sie das nicht gesagt? Jedenfalls hatte sie keine Zeit zu verlieren; bis zur Klausur zählte schließlich jeder Tag. Das war wohl der Grund für ihre Reaktion, sagte sie sich.

„Oder morgen?" sagte Bert erleichtert, dem der Freitag auch sehr weit entfernt vorkam und der sich über Saskias Einwand, aus welchen Gründen sie ihn auch immer gemacht hatte, irgendwie gefreut hatte.

„Morgen ist besser."

„Gut, dann morgen. Und wo?"

„Ja, wo?" Saskia biß sich auf die Unterlippe. Nachhilfe bei ihr? Ihr Vater durfte nichts davon wissen. Aber so einfach zu diesem Bert gehen, von dem sie im Grunde genommen nichts wußte und der ihr schon mehr als ein Wenig merkwürdig erschienen war, kam für sie nicht in Frage. Man könnte sich vielleicht ja auch im Park treffen, dachte sie, verwarf den Gedanken dann aber ganz schnell wieder, weil sie da jeder sehen konnte. „Wie wäre es, wenn du zu mir kommst?" sagte sie kurz entschlossen. Das mit ihrem Vater würde sie schon regeln. Außerdem kam er immer sehr spät nach Hause. Wenn sie sich früh genug trafen, dann würde Bert schon lange wieder weg sein, wenn er eintraf. Und wenn nicht, dann würde ihr bestimmt auch eine andere Ausrede einfallen.

„Gut, ja, gerne. Wann denn?"

„Geht 15 Uhr?"

„Geht gut."

„Weißt du, wo ich wohne?" Bert runzelte die Stirn. Woher sollte er das auch wissen, dachte Saskia. „Blöde Frage, sagte sie. Woher solltest du das auch wissen!"

„Ja, woher!"

„Bernsteinring 12, Jessen."

„Jessen?" Bert war überrascht, daß ein in seinen Augen so außergewöhnliches Mädchen einen so normalen Nachnamen haben konnte. Er hatte etwas wie De la Motte oder von Falkenstein oder so erwartet.

„Ja, mit Doppel-s!" sagte sie und drehte sich um, ihm noch einmal zuwinkend, um wenige Augenblicke später im Eingang der Turnhalle zu verschwinden.

„Mit Doppel-s!" wiederholte Bert und schloß träumend die Augen. Der Gedanke an sie und daran, wie er ihre Brustwarzen durch sein T-Shirt gespürt hatte, verfehlte seine Wirkung auch dieses Mal nicht: „Mist!" rief er und beeilte sich, in das Gebäude und auf die Herrentoilette zu kommen.

Bis er an seinem Klassenraum eintraf, war die erste Stunde beendet. Nun, es kam öfter vor, daß einer der Schüler in der einen oder anderen Stunde nicht anwesend war. Man entschuldigte sich unter irgendeinem Vorwand und für die meisten Lehrer war die Sache damit erledigt. Er hätte Geschichte gehabt. Geschichte war nicht sein Fach. Ihm lagen die Naturwissenschaften eher. Aber sein ausreichend in diesem Fach war auch durch das Versäumen einer Stunde nicht gefährdet. Außerdem war Frau Müller eine der Lehrerinnen, die sich dazu ausersehen fühlten, alle Probleme der Schüler zu ihren eigenen zu machen und sie auch zu lösen. Er überlegte, was er ihr sagen würde, als ihn ein harter Schlag auf die rechte Schulter traf.

„Mensch, Bert, was los, wartest du auf den achten Tag in der Woche? Und überhaupt, wo warst du denn die Stunde?" Gerd stand vor ihm. Gerd war sowas wie sein bester Freund. Und er hatte nicht viele Freunde.

„Du wirst nicht glauben, was mir gerade passiert ist!" sagte Bert und löste sich langsam aus seiner Erstarrung.

„Vermutlich nicht! Aber du kannst es ja mal versuchen!"

„Also, paß auf, Kurzfassung..." Bert erzählte Gerd von seiner Begegnung mit Saskia und ihrem Angebot, ihr Nachhilfe in Mathe zu geben. Die Sache mit den Brustwarzen und seiner Hose ließ er dann doch lieber weg. „Nachhilfe von mir! Kannst du dir das vorstellen?"

„Nein", sagte Gerd, der die ganze Zeit schweigend zugehört hatte. Er hatte nur ab und zu ungläubig seinen Kopf geschüttelt. „Nein, kann ich nicht. Du willst mich doch nur auf den Arm nehmen! Gib´s zu!"

„Ehrlich, das ist die Wahrheit!"

„Bert..."

„Ich schwöre es!" sagte Bert verzweifelt.

„Na klar. Und ich bin der Kaiser von China."

„Du bist nicht der Kaiser von China, du bist bescheuert!" sagte Bert und ließ seinen Freund vor dem Klassenraum stehen.

„Na, wer von uns beiden das ist, da wäre ich mir an deiner Stelle nicht so sicher", rief ihm Gerd hinterher, „ich kann jedenfalls Realität und Traum noch voneinander unterscheiden!"

„Ach, denk doch, was du willst!" Bert wischte mit seinem Arm und gehobenem Zeigefinger in Richtung Gerd, „du wirst schon sehen!" fügte er leise hinzu.

Damit war das Gespräch beendet, aber die Sache noch nicht ausgestanden. Gerd hatte natürlich nichts Besseres zu tun, als die ganze Geschichte in der nächsten Pause brühwarm allen anderen aus der Clique zu erzählen. Die Reaktionen waren entsprechend:

„Mensch, Bert, wir wußten ja schon immer, daß du es drauf hast! Vielleicht kannst du ja mal ein gutes Wort für mich bei deiner Saskia einlegen, wenn du sie das nächste mal besteigst!" Ben grinste Bert an.

„Oh, ja, bitte für mich auch, großer Meister der Frauen, oder auch bei einer ihrer Freundinnen…"

„Rainer, nun laß ihn doch!" Gerd stellte sich in Pose: „Da kommt Bert, der neue Superlover von unserer Schule!"

„Superlover-lover-lover!" sangen die anderen beiden. Dabei trommelten sie mit den Händen auf die Tische und alle drei schütteten sich aus vor lachen.

Bert fand das Ganze weniger lustig. Zum Glück waren er und seine Freunde meistens unter sich, so daß keine Gefahr bestand, daß sich seine Geschichte weiter verbreitete. Und hätte er die ganze Sache nicht selbst erlebt, hielte er sie inzwischen auch für einen seiner Tagträume. Trotz alledem konnte er sich noch immer keinen Reim darauf machen, wieso Saskia gerade ihn gefragt hatte. Er fühlte sich etwas unwohl in seiner Haut. Diese Saskia war eines der Mädchen an seiner Schule, für die er sich durchaus hätte interessieren können, wenn sie es denn für ihn getan hätte. Wie gesagt, er war nicht der Typ, der auf Mädchen interessant wirkte. Seine Vorliebe für Computer und Mathe machten die Sache nicht einfacher für ihn. Hinzu kam seine Schüchternheit, die es verhinderte, ein Mädchen einfach so anzusprechen, wie Gerd es tat, der da überhaupt keine Hemmungen hatte. Dem war es egal, was die Angesprochene dachte. „Eine von zwanzig knutscht, eine von fünfzig auch mehr!" sagte er immer. Bisher war er einen Beweis der Richtigkeit seiner Theorie seinen Freunden gegenüber aber schuldig geblieben. Bert hatte da ganz andere Vorstellungen. Zu einer richtigen Beziehung hatte es bei ihm bisher aber auch nicht gereicht. Einmal, da war er mit einem Mädchen zusammen. Das war in der zehnten Klasse. Sie hieß Andrea. Das dauerte keine drei Wochen und zu mehr als ein paar vorsichtigen Küssen war es nie gekommen. Sie hatte die Beziehung beendet, d. h. als er sie auf dem Schulhof mit einem Anderen knutschend gesehen hatte, hatte er diesen Schluß für sich daraus gezogen. Und jetzt das mit Saskia! Aber, das war ja wohl etwas ganz Anderes: Sie wollte, daß er ihr Nachhilfe gibt und nicht, daß er sie mit seiner Männlichkeit beglückt. Ja, das war natürlich etwas Anderes. Wahrscheinlich hätte sie für ihn als Mann gar keine Verwendung. Bestimmt sah sie ihn als eine Art geschlechtsloses Wesen, das dazu bestimmt war, ihre Leistungen in Mathematik zu verbessern, damit sie das Abitur besteht. Sie wollte keinen Freund, sondern einen Eunuchen, der sie unterrichtet. Mehr hatte sie ja auch nicht gesagt. Und dafür war er wohl genau der Richtige. Er mußte sich seine völlig abstrusen Phantasien aus dem Kopf schlagen, ehe er selber zu sehr an sie zu glauben begann und sich mit den Tatsachen abfinden.

Die Schulstunden schienen endlos zu sein und auch der restliche Tag schleppte sich nur so dahin.
In der Nacht tat Bert fast kein Auge zu, obwohl er wußte, daß dies dumm war: je eher er einschlief, je eher war die Nacht vorbei und je eher der Morgen da. Jener Morgen des Tages, an dem er mit Saskia verabredet war.

2

Als sein Wecker ihn aus dem Schlaf riß, fühlte er sich wie gerädert.

„Bert, wo bleibst du denn, mein Junge?" hörte er da schon die wohlvertraute Stimme seiner Mutter.

„Du hast mir heute gerade noch gefehlt!" dachte er, um dann: „Ja, Mama, ich komme schon!" zu rufen. Elegant wie ein Elefant ließ er sich aus seinem Bett gleiten.

„Bert, deine Milch wird kalt und der Früchtebrei auch!"

„Jaaaa, Mama, gleich!" Es war alles wie immer. Das mit Saskia konnte nur ein Traum gewesen sein. Zugegeben, ein sehr schöner Traum, aber eben nur ein Traum. Er kniff sich in den rechten Arm. Der Schmerz sagte ihm, daß er wach war.

„Mußt du heute nicht zur Schule, mein Junge?"

„Doch, Mama."

„Du bist spät dran!"

„Ja, sehr spät", rief Bert und nutzte die Gelegenheit, um an der Küche und dem Früchtebrei vorbei gleich in den Hausflur zu schlüpfen. „Muß los! Tschüß! Bis nachher, wird heute später!" Damit fiel die Wohnungstür krachend ins Schloß und er rannte die Treppe hinunter.

„Aber, mein Junge: dein Essen, deine Milch!" rief seine Mutter ihm kopfschüttelnd hinterher.

Bert hatte andere Probleme. Er dachte an den gestrigen Morgen und seine Begegnung mit Saskia. War es wirklich schon so weit, daß er Traum und Realität nicht mehr auseinanderhalten konnte, wie Gerd gesagt hatte? Wie sollte das weitergehen, er war keine siebzehn! Würde er mit zwanzig schon seinen Namen nicht mehr kennen und mit 25 in einem betreuten Heim wohnen, wo er ein kleines Zimmer hatte…

„Nicht vergessen: Um drei!" hörte er eine bekannte weibliche Stimme neben sich.

Er schaute zur Straße: Es war Saskia, die winkend auf dem Rad an ihm vorbeifuhr und sich schnell entfernte. Träumte er schon wieder oder war das jetzt wirklich geschehen? Sein Herz hämmerte wie verrückt. Er war sich ziemlich sicher, daß er nicht geträumt hatte. Wenn er das den anderen erzählte: Saskia hatte ihn gerufen und ihm gewinkt! Nein, niemand würde ihm glauben und sie würden sich nur noch mehr über ihn lustig machen. Diese Schmach wollte er sich ersparen. Außerdem mußte er zunächst für sich selbst nicht nur ziemlich, sondern ganz sicher sein, daß er das alles wirklich erlebt hatte. Um 15 Uhr würde er es wissen. Er beschloß, vorerst das Thema „Saskia" nicht mehr zu erwähnen. Umso mehr würde sein Triumph strahlen, wenn er den anderen dann beweisen konnte, daß er die Wahrheit gesagt hatte. Er stellte sich vor, wie er mit Saskia Hand in Hand durch das große Tor zur Straße den Schulhof betrat. Alle starrten sie an. Er ging mit ihr langsam an den mit weit aufgerissenen Augen und Mündern dastehenden Schülern vorbei. Unten vor der Treppe zum Haupteingang blieben sie stehen und küßten sich lang und intensiv auf den Mund. Man konnte förmlich hören, wie die anderen fassungslos vor sich hin starrten. Dann würden er und Saskia die Stufen hinauf gehen und zusammen in dem Schulgebäude verschwinden.

„Und dann…"

„Was und dann?"

„Wie?" Bert sah sich um: Er befand sich vor dem Klassenzimmer und Gerd stand neben ihm.

„Und dann?" Gerd sah Bert fragend an.

„Und dann fängt die Stunde an, oder?" sagte er trocken und betrat das Klassenzimmer.

„Und dann fängt die Stunde an?" Gerd folgte seinem Freund und schien sich ernste Gedanken über dessen Geisteszustand zu machen.

„Und: Park?" Gerd sah Bert an.

„Nee du, heute nicht. Keine Zeit. Du weißt ja…"

24

„Klar, Saskia, verstehe. Da bleibt natürlich keine Zeit für etwas Anderes!"

„Genau."

„Na dann: Viel Spaß!" sagte Gerd kopfschüttelnd. Bert war da schon längst auf dem Weg in Richtung Bernsteinring.

„Was hat der denn?" wollte Ben wissen.

„Der? Na, du weißt doch: Saskia!" Dabei bewegte sich Gerd hüftschwenkend hin und her und klimperte mit seinen Wimpern so gut er konnte.

„Nein, glaubt der noch immer an den Quatsch, den er da geredet hat?"

„Klar. Der geht jetzt zu ihr."

„Zu Saskia?"

„Ja, bekloppt was?"

„Wollen wir hinterher?"

„Wieso das denn?"

„Na ja, um zu sehen…"

„Ben! Du glaubst doch nicht wirklich, daß da auch nur ein Wort von dem stimmt, was er gesagt hat?"

„Nein, eigentlich nicht…"

„Na eben. Komm, laß uns ins Lidl gehen und dann zum Park und…" Er schwang wieder seine Hüften.

„Das klingt gut."

„Eben! Und das Andere wird uns Bert schon morgen brühwarm erzählen", sagte Gerd augenzwinkernd.

Bert war auf dem Weg zu Saskia und das zumindest war kein Traum. Er schaute noch einmal auf seinen Zettel. Er hatte sich die Adresse aufgeschrieben, sicherheitshalber. Seine Nervosität führte dazu, daß er seit gestern viele Dinge einfach vergaß.

„So, jetzt nach links - oder?" Er stand unschlüssig an der großen Ecke, an der er schon mehr als einmal gewesen war.

„Was ist los mit dir? Konzentriere dich." Er hatte extra auf dem Plan geschaut, wo der Bernsteinring genau war. Den Namen hatte er schon gehört, aber so ganz sicher war er sich doch nicht. Die Straße, in der Saskia wohnte, lag ein bißchen weiter draußen. Von ihm aus war es etwa eine halbe Stunde. Deswegen fuhr sie wohl auch mit dem Rad zur Schule, dachte er. Sicher, er hätte auch den Bus nehmen können, aber die frische Luft tat ihm gut. Und: Er konnte sich so seinem Ziel langsam nähern.

Schließlich war es aber doch soweit: Er stand vor dem Haus Nummer 12. Es war ein Mietshaus. Warum war er darüber erstaunt? Vielleicht, weil er wußte, daß Saskias Vater Arzt war. Das hatte Ben mal erwähnt. Dessen Mutter war Patientin bei ihm. Was für ein Arzt, hatte er allerdings nicht gefragt. Es hatte ihn damals auch nicht interessiert. Ja, er hatte eine Villa oder zumindest ein Reihenhaus erwartet. Das, was er sah, war etwas ganz anderes: Es war ein Neubau. Vielleicht achtziger oder neunziger Jahre oder noch später. Sehr modern und sehr hoch. Sein Blick wanderte an der Fassade nach oben. „Das sind bestimmt sechs Etagen", sagte er. Die Fassade war glatt und mit Steinplatten verkleidet, was dem Haus wohl einen vornehmen Touch geben sollte. Für seinen Geschmack war es etwas zu modern. Da war ihm der Altbau lieber, in dem er wohnte. Vor dem Haus war ein breiter, sehr gepflegter Vorgarten, in dem sich Sträucher der verschiedensten, ihm zumeist unbekannten, Arten befanden. Das Einzige, was er erkannte, waren zwei Magnolien. Er schritt den gepflasterten Weg, den mit einem Muster gepflasterten Weg, bis zur Haustür. Die machte einen recht massiven Eindruck und bestand fast komplett aus Glas. Das Glas war so getönt, daß man nicht erkennen konnte, was dahinter war. Der Hausflur vermutlich, dachte Bert. Links von der Tür war ein Klingelboard mit Gegensprechanlage. „Auch das noch! Jessen, Jessen, ah, da!" Er nahm seinen ganzen Mut zusammen und drückte den Klingelknopf neben dem Namen. Er wartete. Nichts passierte. Er drückte ein zweites Mal. Der Türsummer ging, ohne daß jemand etwas gesagt hatte. Er war irgendwie erleichtert und betrat den Hausflur, der ebenfalls in Stein gehalten war. Vor ihm befand sich die Tür zu einem Aufzug. „Toll, kein

Treppensteigen!" dachte er, beschloß dann aber doch, die Treppe zu nehmen, obwohl Saskia nach der Anordnung der Klingelknöpfe ganz oben wohnen mußte. Es gab ihm noch etwas mehr Zeit, bis er ihr gegenübertreten mußte.

Sie wohnte ganz oben. Etwas außer Puste erreichte er den sechsten Stock. Er wohnte zwar auch nicht im Parterre, aber das war doch etwas mehr. Die Wohnungstür stand offen.

„Hallo?" rief er. Keine Antwort. „Saskia, hallo? Hier ist Bert. Ich bin da!" Wieder nichts. Er beschloß, die Wohnung trotzdem zu betreten, schließlich hatte man ihm geöffnet. Langsam setzte er einen Fuß nach dem anderen in den Raum hinter der Tür. Es handelte sich um eine Art Diele. Eine sehr geräumige Diele, in der ein Tischchen stand, auf dem sich ein Telefon befand und dann war da noch ein Schuhschrank. An der Wand rechts von ihm war eine Garderobe, an der im Augenblick jedoch nichts hing. Es war ja auch Sommer und die Temperaturen ziemlich hoch. In der linken Wand der Diele war eine Tür, die geschlossen war. Gegenüber der Eingangstür war ein langer Gang. Er beschloß, diesem zu folgen. Vorher schloß er die Wohnungstür hinter sich. Er war unsicher, ob er seine Schuhe ausziehen sollte. Da seine Füße zuweilen nach einem langen Tag einen Geruch verströmten, der nicht dazu angetan gewesen wäre, einen guten Eindruck bei Saskia zu hinterlassen und da es draußen trocken war, beschloß er, sie erst einmal an zu behalten. Er nahm sich vor, das nächste Mal, falls es ein nächstes Mal geben sollte, Ersatzsocken einzustecken. Langsam bewegte er sich durch den etwa anderthalb Meter breiten Flur, der eine beträchtliche Länge hatte. Auf der linken Seite waren zwei Türen. Rechts standen mehrere Möbelstücke: Ein Schränkchen, eine Kommode und ein längeres Regal, das mit Büchern gefüllt war. Als er die zweite Tür erreicht hatte, sah er, daß sie geöffnet war. Dahinter lag ein großer Raum, der das Wohnzimmer zu sein schien. Von Saskia war noch immer nichts zu sehen. Ihm war aber, als wenn er von weiter hinten Geräusche gehört hätte.

„Hallo, Saskia?" rief er wieder und diesmal bekam er auch

eine Antwort.

„Hier, ich bin hier hinten!" hörte er Saskias Stimme. Er ging in die Richtung, aus der die Stimme gekommen war und erreichte eine breite Öffnung in der Wand auf der rechten Raumseite. Dahinter lag ein weiterer Raum. Seine Augen weiteten sich: Es war eine Küche. Eine riesige Küche mit allem, was man so brauchte. An den Wänden befanden sich Schränke und in der Mitte gab es eine Kochinsel. So etwas hatte er schon gesehen, im Fernsehen. Er war beeindruckt. Am einen Ende der Insel entdeckte er Saskia: Sie war dabei, irgendetwas zu zerschneiden.

„Hi!" sagte Bert und näherte sich ihr.

„Hallo! Entschuldige, ich hab die Zeit vergessen und bin gerade dabei", sie deutete auf den Teller vor ihr, „auch Melone?"

„Gerne."

„Dauert noch einen kleinen Moment. Ich hoffe, du hast ein bißchen Zeit mitgebracht?" Sie sah ihn kurz an.

„Ja, doch, klar", sagte er und betrachtete sie dabei. Sie sah ganz anders aus, als wie er sie kannte. Sie trug eine Art Hausanzug in hellem Blau, keine Schuhe, keine Socken und ihre Haare hatte sie offen.

„Was ist?" Sie sah Bert an.

„Ach, nichts, du siehst nur..."

„Anders aus. Ich weiß." Sie schnitt weiter. Dann sah sie wieder kurz auf: „Stört es dich?"

„Nein, nein, gar nicht. Ist nur, anders eben." Nein, es störte ihn überhaupt nicht. Irgendwie machte es sie ihm noch sympathischer. Sie sah so normal aus in ihrem hellblauen Anzug, der an ihr herunterhing, als wenn er zwei Nummern zu groß wäre. Außerdem verhüllte der Anzug das, was ihn an ihr zum Schwitzen gebracht hatte. Das war bestimmt besser; schließlich wollten sie lernen und da mußte er sich schon konzentrieren, wenn er ihr etwas beibringen wollte - zumindest, solange es sich um Mathe handelte!

„Kommst du?" sagte sie und bewegte sich in Richtung auf eine geöffnete Balkontür. Bert folgte ihr und war ein zweites

Mal überrascht: Hinter der Balkontür lag kein Balkon, weil die Balkontür keine Balkontür, sondern eine Terrassentür war.

„Wauw!" entschlüpfte es ihm.

„Toll, nicht. Ist das Beste an der Wohnung. Im Sommer zumindest. Hier kannst du dich auch nackt sonnen und keiner kann dir draufgucken."

„Ja, das ist schade." Er stellte sich Saskia vor, wie sie nackt auf einer der Liegen auf der Terrasse lag.

„Was?"

„Das ist schade, schade, daß wir so etwas nicht haben. Wir haben nur einen kleinen Balkon. Da ist kaum Platz für zwei Stühle."

„Wenn du willst kannst du gern mal zum Sonnenbaden kommen. Wir haben genug Liegen und Platz, wie du siehst Hier, setz dich!" Sie deutete auf einen Stuhl, der an einem kleinen Tisch stand. Bert setzte sich und sie nahm gegenüber Platz. Den Teller mit der aufgeschnittenen Honigmelone stellte sie in die Mitte. „Greif zu!" sagte sie.

„Ja, gerne, danke." In Gedanken bewegten sich seine Hände auf die sonnenbadende Saskia zu. „Ißt du gern Melone?" sagte er, um irgendetwas zu sagen, das seine Gedanken wieder von dort weg brachten.

„Schon, aber lieber Schokolade, ehrlich gesagt, aber…", sie bewegte ihren Kopf hin und her und ließ ein Stück Melone in ihrem Mund verschwinden.

„Aber was?" Bert sah sie fragend an.

„Die Figur, du verstehst?"

„Du hast eine super Figur", sagte er wie aus der Pistole geschossen, was ihm einen seltsamen Blick von Saskia einbrachte.

„Danke, aber, wenn man nicht aufpaßt, da hat man ganz schnell ein paar Kilo zu viel drauf als Mädchen und das gefällt dann keinem!"

„Ach, das ist besser, als diese komischen Hungerharken im Fernsehen, finde ich!"

„Nett von dir. Aber ich muß echt ein bißchen aufpassen. Der Winter war lang und mein Bikini vom letzten Jahr, na ja.

Wenn ich mir Mühe gebe, schaffe ich es bis zu den Ferien vielleicht noch. Zwei Kilo habe ich schon geschafft. Aber das interessiert dich wahrscheinlich nicht wirklich."

„Doch, doch, natürlich!" sagte Bert. Er fragte sich, wo Saskia zwei Kilo abgenommen haben könnte und, wo sie noch mehr hätte abnehmen sollen. Für ihn hatte sie eine Traumfigur und weniger wäre da beinahe schon zu wenig. Aber das konnte er ihr schlecht sagen. Er hatte darüber schon zu viel gesagt, fand er. Er sollte ihr Mathenachhilfelehrer sein, nicht ihr Freund. „Und sonst, was magst du sonst? Ich meine..." versuchte er, das Gespräch in eine andere Richtung zu lenken und deutete auf die Melone.

„Ich liebe Pizza! Und Eis! Aber das ist auch nicht so besonders gesund alles, oder?"

„Nein, aber lecker."

„Stimmt."

„Und wenn du nicht ißt, was machst du dann?" versuchte er es ein zweites Mal und biß sich sofort auf die Zunge.

„Na, so schlimm ist es nun auch nicht!" Saskia versuchte, etwas Entrüstung in die Stimme zu legen und sah an sich herunter. „Ich mache da schon ein paar Pausen, zwischen den Mahlzeiten, meine ich. Wenn ich schlafe zum Beispiel!" sie grinste.

„Nein, so habe ich es nicht gemeint, ich meinte..."

„Schon gut!" Sie mußte lachen. „Ich liebe Filme!"

„Was für Filme: Action? Phantasie?"

„Ja, auch, aber am liebsten, aber du darfst nicht lachen, versprochen?"

„Versprochen!"

„Alte Hollywoodfilme, so mit Cary Grant, James Stewart und so."

„Nein, das ist nicht dein Ernst!"

„Ich wußte, daß du lachst. Aber du darfst es keinem verraten, ja?"

„Nein, mache ich nicht. Noch was?"

„Heimatfilme!"

„Heimatfilme?"

„Ja, so richtige Schnulzen eben…"

„Wie: Der Jäger vom Fall, Wenn die Alpen glühn oder…"

„Woher kennst du denn solche Filme?"

„Ich könnte ja sagen, meine Mutter schaut die. Tut sie auch. Aber, jetzt darfst du nicht lachen: Ich auch!"

„Nicht wahr!"

„Doch."

„Du?"

„Ja, was ist daran so überraschend?"

„Du bist ein Mathegenie, oder?"

„Genie, nun ja, ganz gut. Aber du bist auch nicht gerade der Typ, von dem man das erwartet, oder?" konterte er.

„Vielleicht. Was bin ich denn deiner Meinung nach für ein Typ?" sie sah ihn wieder mit diesem merkwürdigen Gesichtsausdruck an.

„Nun, eben…" Bert merkte, wie er langsam rot und in die Ecke gedrängt wurde.

„Wie auch immer", sagte sie, da sie merkte, daß Bert die Frage unangenehm war, „da können wir ja mal was zusammen sehen, wenn du willst?"

„Klar, immer!"

„Dann laß uns mal anfangen."

„Anfangen? Womit?" Bert wußte nicht, was sie meinte.

„Mit Mathe. Deswegen bist du doch hier, oder?"

„Ach ja. Hatte ich vollkommen vergessen. Ja, warte, ich habe alles mit." Er schob den Teller mit der Melone ein Stück zur Seite, nahm seinen Rucksack auf den Schoß und legte die Unterlagen auf den Tisch. „So, das ist alles. Womit wollen wir beginnen?"

„Puh. Vielleicht mit was Einfachem?"

„Das ist gar nicht so einfach", sagte Bert und kratzte sich am Kopf. „Am besten, wir bekommen erstmal raus, was du kannst und was nicht." Ihr Blick ließ ihn ein: „Mathemäßig, meine ich", hinzufügen.

„Klar, was sonst", sagte sie grinsend, „gute Idee, also…"

Drei Stunden und eine weitere Melone später verabschiedete sich Bert von Saskia.

„Also, dann. Ich hoffe, das war nicht zu viel heute."

„War schon ganz schön heftig. Aber ich glaube, ich habe ein bißchen was verstanden. Du hast das gut erklärt."

„Danke. Du warst auch eine geduldige Schülerin."

„Und das nächste Mal sehen wir noch einen Film, ja?"

„Wenn du willst. Klar. Wann denn?"

„Kannst du - morgen?"

„Morgen?"

„Oh, ist das zu früh?"

„Nein, nein. Aber da kann ich erst später. Da wird das dann nichts mit Film, denke ich."

„Na, der läuft uns ja nicht weg, oder?"

„Nein, der nicht!" sagte Bert und lächelte.

„Dann also morgen."

„Morgen. Um fünf?"

„Um fünf!"

„Bis dann."

„Bis dann. Komm gut nach Hause."

„Ja, danke - du auch!"

„Ich bin zu Hause!" sagte Saskia und grinste.

„Natürlich. Blödmann!" sagte Bert, schlug sich mit der flachen Hand gegen seine Stirn und machte sich auf den Weg nach unten.

Als er aus der Haustür trat, blieb er kurz stehen und sog die Luft tief ein. Ja, er hatte es geschafft, das erste Treffen mit Saskia und noch dazu bei ihr hatte er überstanden. Und das sogar ziemlich gut, wie er fand. Auf jeden Fall besser, als ihre erste Begegnung gestern.

„Ja, das war gut!" sagte er und klopfte sich in Gedanken auf die Schulter. Er lenkte seine Schritte in die Richtung, aus der er vor einigen Stunden gekommen war. Als er die Kreuzung erreichte, wo die Straße abging, die direkt zu der führte, die dann auf die traf, in der er wohnte, beschloß er, nicht geradeaus, sondern nach rechts zu gehen. Die Sonne stand noch relativ hoch am Himmel. Es war Sommer und es war warm. „Ein kleiner Umweg, durch den Park. Das kann nichts schaden. Das habe ich mir verdient!" Er lächelte und überquerte die Straße.

Der Stadtpark war relativ groß und bei den Schülern und vielen anderen Leuten sehr beliebt. Es war bei so einem Wetter um diese Zeit immer ziemlich voll dort. Er ging den Weg, der zum Hauptweg führte. Wenn er diesem folgte und dann links abbog, gelangte er in großem Bogen durch eine weitere Parkanlage und eine Kleingartenanlage von der anderen Seite an seine Wohnstraße. „So mache ich es!"

„Bert? Bert!" hörte er da eine Stimme, die ihm sehr bekannt vorkam. Er versuchte, den Urheber ausfindig zu machen. „Hier, hier sind wir!" Bert suchte die Umgebung weiter ab. Dann sah er sie: Auf einer Bank hinter der Rasenfläche zu seiner rechten saßen sie - Gerd und Ben.

„Auch das noch", dachte er und winkte ihnen zu, „wer kann denn auch ahnen, daß die immer noch hier sind!" In diesem Moment bedauerte er es, nicht den direkten Weg nach Hause gewählt zu haben. Aber jetzt war es zu spät, um umzukehren.

„Komm her, mach schon!" rief Gerd.

„Eigentlich…" sagte Bert und wußte, daß er das Angebot von Gerd nicht ohne einen sehr guten Grund ablehnen konnte.

„Nun komm schon!" Ben winkte mit seinem rechten Arm.

„Na gut, warum eigentlich nicht", dachte Bert. „Ja, ich komme ja schon." Er verließ den Weg und ging über die Wiese auf die Bank zu, auf der die beiden oben auf der Lehne saßen.

„Na, Alter, was geht?" Gerd hielt ihm eine Dose Perlenbacher hin.

„Danke, aber…", sagte Bert und griff automatisch zu, obwohl ihm nicht sonderlich nach Bier war. Dann setzte er sich neben Gerd auf die Lehne der Bank.

„Wir haben genug!" sagte Ben, der Berts Zögern falsch gedeutet hatte und deutete auf die Plastiktüte, die auf der

Sitzfläche der Bank stand und noch gut gefüllt aussah.

„Aber, wenn du kein Bier willst: Für dich haben wir zur Feier des Tages auch noch etwas Besonderes!" Gerd grinste, zwinkerte Ben zu und griff in die Tasche: „Da, nur für dich, was ganz Spezielles!" Er hielt ihm eine große Flasche Saskia Mineralwasser hin und lachte.

„Ha, ha, sehr komisch!" Bert öffnete seine Dose und nahm einen tiefen Schluck.

„Na, nimm´s nicht so tragisch. Von der Saskia kannst du so viele haben, wie du willst und wann immer du willst!"

„Ja, und wenn du genug von ihr hast, dann gibst du sie einfach ab!"

„Und bekommst noch was dafür!"

„Ja, wo gibt es denn das sonst?" Beide prusteten.

„Sag mal", Gerd öffnete die Selters, nachdem er sie kurz geschüttelt hatte, „ist deine Saskia auch so spritzig?"

„Oder doch eher medium oder still!" Beide klatschten sich auf die Oberschenkel.

„Ihr seid sowas von bescheuert!" sagte Bert und wollte gehen.

„Nun bleib schon. Kannst uns doch nicht mit ihr alleine lassen, also ehrlich! Für uns ist sie einfach zu, zu explosiv!" Gerd hatte die Flasche wieder verschlossen und diesmal kräftiger geschüttelt, bevor er sie öffnete. Das Mineralwasser ergoß sich über Bert, der aufsprang und seine Freunde tropfend ansah:

„Ihr seid nicht nur bescheuert, ihr seid…"

„Versteht echt keinen Spaß heute, der Gute."

„Nee, Gerd - vielleicht will er ja mit seiner Saskia alleine sein und wir sollten gehen!"

„Ja, Ben, vielleicht ist es das…"

„Nee, Bleibt ruhig, ihr stört uns nicht", sagte Bert, der sich gefangen hatte und sich keine Blöße vor seinen Freunden geben wollte. Er griff mit seiner freien Hand nach der Selters, die er an seine Brust drückte und ihr ein paar liebevolle Küsse gab. Dann drückte er seinen Daumen auf die Öffnung der Flasche und schüttelte sie kräftig. „Unsere junge Liebe kann nichts erschüttern, sie ist, wie ein Wasserfall am Morgen", sagte er und goß sich den restlichen Flascheninhalt über den Kopf.

„Na also, klappt doch mit deiner Saskia", Gerd nickte ihm anerkennend zu, „da ist er wieder, unser Bert. Aber, ehrlich, ein bißchen hohl ist sie schon, deine Saskia, oder!" er deutete auf die leere Flasche.

„Ja, aber die kann man nachfüllen, im Gegensatz zu euch!"

„Wenn du dich da mal nicht irrst!" Ben hielt seine Dose in die Höhe: „Prost!"

„Prost!" rief Gerd und tat es Ben gleich.

„Prost ihr Hohlköpfe!" rief Bert.

„Oh, schon wieder leer. Ben, reich mal noch eins!"

„Wie viele hattet ihr denn schon?" wollte Bert wissen.

„Na, einige, schließlich sind wir schon seit heute Mittag hier und es ist sehr warm!" sagte Ben.

„Klar, das heißt, zwischendurch mußten wir Nachschub holen!" Gerd deutete auf die Tüte. „Ist geil hier heute, ich meine, so im Allgemeinen…" Er bewegte seine Arme im Kreis. Bert wußte, was er meinte. Wie oft hatten sie hier zu dritt gesessen auf einer der Bänke und nach Mädchen geschaut. Eigentlich hatten sie mehr gegafft und dann hatten sie sie bewertet:

„Eine klare zehn!"

„Nee, Gerd", Ben schien nicht der Meinung zu sein, „schau dir doch mal den Hintern an: viel zu fett!"

„Quatsch, der doch nicht, der ist ideal - das muß so sein, so ein Teil, da mußt du so richtig rein greifen können!"

„Was meinst du, Bert?"

„Acht, eine acht."

„Na ja, acht ist auch okay", sagte Gerd, „aber die, die ist eine zehn, echt!" Er deutete auf eine große Blonde mit langen Haaren und noch längeren Beinen, die wahrscheinlich schon studierte oder einen richtigen Job hatte.

„Jaaa, die ja!" sagte Ben und man spürte förmlich, wie sein Blick sie langsam auszog.

„Zehn, ja!" sagte auch Bert.

„Und die?" Ben deutete auf eine kleine dunkelhaarige, die mit ihren Eltern aus der anderen Richtung kam.

„Vier, eher drei!" sagte Gerd und hielt den Daumen nach unten.

„Stimmt", sagte Bert, „keine Titten, kein Hintern, gar nichts, aber die!"

„Ja, die ist besser..." So saßen sie manchmal Stunden lang da und sahen allem hinterher, was einen Rock hätte tragen können und gaben ihre Kommentare.

Das alles kam Bert jetzt ziemlich blöde vor. Ja, er schämte sich ein bißchen dafür und fragte sich, was wohl die Mädchen über ihn gesagt hätten, wenn sie ihn derart abgeschätzt hätten:

„Zwei, höchstens zwei! Ja, allerhöchstens, eher..."

„Was? Ehrlich?" Gerd gab Bert, der wieder neben ihm auf der Banklehne saß, einen Stoß in die Seite.

„Gerade mal eine eins!"

„Eine eins?"

„Spinnst du, die ist mindestens eine sieben!" sagte Gerd entrüstet.

„Deine Saskia scheint dir den Blick zu vernebeln!" Ben schüttelte seien Kopf.

„Was meint ihr?" Bert wußte nicht, wovon seine Freunde redeten.

„Na, die da!" Gerd zeigte auf eine Gruppe von drei Mädchen, die den Weg entlang gingen, auf dem er sich noch vor einigen Minuten befunden hatte, „die in der Mitte!"

„Ich weiß nicht, keine Ahnung!" sagte Bert lustlos. Ihm war überhaupt nicht nach dieser Art von Zeitvertreib im Moment.

„Eben eine eins, jetzt hast du keine Ahnung!" Gerd sah ihn an. „Was ist los mit dir?"

„Mensch, Gerd, ist doch klar!" Ben schlug Gerd auf die Schulter.

„Wie, klar?"

„S-a-s-k-i-a... Na klingelt's?"

„Man! Klar! Unser Kleiner ist ja in festen Händen und da, verstehe...", Gerd grinste.

„Und überhaupt, wolltest du nicht zu ihr heute?"

„Ja, wollte ich."

„Und, wie war´s? Hat sie dich ran gelassen?" Gerd nahm die Flasche Mineralwasser und umfaßte den oberen Teil mit seiner Hand.

„Wir haben Mathe gemacht."

„Ja, so kann man das auch nennen!" Gerd stupste Ben in die Seite und die beiden lachten.

„Ohne Quatsch, Leute."

„Na klar!" Ben zwinkerte Gerd zu, „wir wissen schon, was du meinst!"

„Kinder, ihr seid richtige Kinder!" sagte Bert etwas angesäuert.

„Wie ist sie denn nun, deine Saskia?"

„Klasse, sie ist klasse."

„Na, dann erzähl doch mal…" begann Gerd und wurde von Ben unterbrochen:

„Ist sie das nicht!"

„Wer?"

„Na, seine, deine Saskia!"

„Wo?" Bert ließ seine Augen wie wild in der Gegend herum sausen.

„Na, da - da hinten!" Ben fuchtelte mit seinen Armen vor seinem Körper rum und deutete in die Richtung, in der er Saskia gesehen zu haben glaubte.

„Quatsch, du spinnst…"

„Nein, das ist sie. Ganz sicher!"

„Ja, klar, das ist sie!" rief jetzt auch Gerd und deutete in dieselbe Richtung, „und wer ist das denn da neben ihr?"

„Saskia…" Bert hatte sie nun auch entdeckt. Ja, sie war es wirklich. Da gab es keinen Zweifel. Sie trug ein weißes T-Shirt und eine hellblaue, kurze Sporthose. Sie joggte durch den Park und neben ihr joggte ein männliches Wesen, das ein paar Jahre älter als sie zu sein schien. Es war etwa so groß wie Bert. Von der Statur her glich es eher Gerd; aber es sah viel besser aus, soweit Bert auf diese Entfernung erkennen konnte. Die beiden schienen sich sehr gut zu unterhalten und auch sehr gut zu kennen. Saskia lief zum Glück auf der ihm zugewandten Seite, so daß sie ihn nicht sehen konnte, solange sie in die Richtung ihres Begleiters schaute.

„Da können wir sie ja gleich selber fragen. Sas..." Bert hielt Gerd seine Hand vor den Mund:

„Nein, laß das!" zischte er und sah Gerd böse an.

„Schon gut, schon gut. Ja, die Liebe..." feixte Gerd und klopfte Bert mitfühlend auf die Schulter. „Junges Glück, so junges Glück und schon: vorbei!" Er konnte das Lachen nicht mehr halten.

„Ja, Bert, traurig, aber so ist das Leben - Beziehungen halten eben nicht ewig..." gluckste Ben.

„Aber da ist ja noch die andere..." Gerd schwenkte die Mineralwasserflasche, „die verläßt dich nicht, glaube mir!"

„Wer den Schaden hat!" Bert ließ den restlichen Inhalt seiner Dose durch seinen Rachen laufen. „Hast du noch eine?" sagte er und ließ die leere Dose auf die Bank fallen.

„Klar, greif zu!" Ben hielt ihm die Plastiktüte hin.

*I*n Bert war eine Welt zusammengebrochen. Eine Welt, die sich gerade erst aufzubauen anfing. Saskia hatte einen Freund. Natürlich, sagte er sich, hatte sie einen Freund. Warum sollte sie auch keinen haben? Sie sah super aus und viele Jungen drehten sich nach ihr um. Wie konnte er da nur denken, daß sie noch zu haben war. Und vor allem, wie konnte er denken, daß sie sich für ihn auch nur im Entferntesten interessieren könnte - von seinen Mathematikkenntnissen einmal abgesehen.

Er schwankte durch die Kleingartenanlage. Er wußte nicht, wie lange sie auf der Bank gesessen hatten und wie viele Bierdosen er noch geleert hatte. Auf jeden Fall waren es zu viele gewesen. Schließlich waren sie aufgebrochen. Am Parkausgang hatten sie sich getrennt und er war alleine weiter. Alles wirkte so unwirklich, was zu einem guten Teil natürlich dem Alkohol geschuldet war. Er näherte sich dem

Haus, in dem er wohnte. Inzwischen war es schon eine ganze Weile dunkel. Oben war noch Licht in der Wohnung seiner Eltern. Seine Mutter würde ihn nicht zurechtweisen, sie würde ihn auch nicht mit Fragen überhäufen, sie würde ihn ansehen und sagen: „Du kommst spät!" Dabei würde sie den Kopf schütteln und ihm einen traurigen Blick zuwerfen. Das war viel schlimmer, als wenn sie ihn anschreien oder bestrafen würde. Dann würde sie sagen, daß das Essen in der Küche steht, weil sie und sein Vater schon gegessen hätten, nachdem sie vergeblich auf ihn gewartet hätten. Sie würde ihm eine „Gute Nacht" wünschen und im Schlafzimmer verschwinden. Er würde in die Küche gehen, sich das Essen aufwärmen und anschließend in sein Zimmer gehen, so, wie er es immer tat.

3

Der nächste Morgen war grauenvoll. Bert fühlte sich wie ausgekotzt, als sein Wecker klingelte und er wie immer die Stimme seiner Mutter hörte, die ihn zum Frühstück rief. Er hielt sich das Kissen über den Kopf. Wenn er gekonnt hätte, wäre er liegen geblieben. Aber er konnte nicht liegen bleiben. Dafür würde schon seine Mutter sorgen.

„Ja, Mama, ja, ich bin ja schon da!" rief er auf das erneute Rufen seiner Mutter.

„Es war spät gestern!" sagte sie.

„Ja, Mama."

„Es ist mitten in der Woche, mein Junge, du hast Schule!"

„Ja, Mama."

„Warst du bei deinen Freunden?"

„Ja, Mama."

„Muß auch mal sein. Aber jeden Tag geht das nicht, du brauchst deinen Schlaf, mein Junge."

„Ich weiß, Mama. Wir haben die Zeit vergessen."

„Na, nun iß schon!" sagte sie und lächelte.

„Ja, Mama." Bert stocherte wie immer in dem rum, was da vor ihm auf dem Tisch stand. Heute war es eine breiige Masse, die aus für ihn undefinierbaren Bestandteilen hergestellt worden war. Sie erinnerte ihn sehr an Tapetenkleister. Er nahm etwas davon auf seinen Löffel und versuchte, es dann in die Schale zurücklaufen zu lassen. Aber es lief nicht, es zog sich wie Uhu. Er ließ den Löffel in die Schale fallen: „Ich muß los, Mama!" sagte er und stand auf.

„Aber, du hast ja wieder nicht aufgegessen, mein Junge..."

Bert verbrachte die ganze Zeit in der Schule wie in einem Dämmerzustand. Seine Gedanken waren auf den Nachmittag gerichtet: Er war mit Saskia zum Lernen verabredet. Am liebsten hätte er den Termin abgesagt. Aber, wie hätte er ihr das erklären sollen:

„Ich habe dich mit deinem Freund gesehen und deshalb komme ich nicht, um mit dir zu lernen!" Sie würde ihn für noch schwachsinniger halten, als sie es sowieso schon tat. Er kannte sie keine drei Tage und hatte sich vorgestellt, mit ihr etwas mehr als nur durch die Nachhilfe verbunden zu sein! Ja, er fand sie sehr anziehend - sie hatte davon auf ihn bezogen nichts gesagt. Also, was erwartete er? Nein, er mußte hingehen. Alles Andere kam nicht in Frage. Wenn er sich wirklich drückte, dann würde ihn das wahrscheinlich noch mehr verfolgen und, was schlimmer war, er müßte Saskia eine plausible Erklärung liefern. Nein, er würde zu ihr gehen und so tun, als wenn er das gestern im Park nicht gesehen hätte.

Kurz vor 17 Uhr stand er unten vor dem Haus Bernsteinring 12. Er sah die Fassade nach oben, holte tief Luft, schritt auf die Haustür zu und drückte den Klingelknopf. Diesmal ertönte nicht der Summer, sondern er hörte Saskias Stimme aus der Gegensprechanlage:

„Ja?"

„Ja, ich, äh, Bert." Der Summer ertönte und Bert machte sich auf den Weg nach oben. Saskia erwartete ihn in der geöffneten Wohnungstür. Sie trug denselben Hausanzug, den sie gestern getragen hatte. Ihre Haare waren wieder offen und sie lächelte ihn an:

„Wir haben einen Fahrstuhl!" sagte sie.

„Ach, ich laufe lieber", sagte Bert, „ist gesünder!" fügte er hinzu.

„Ja", sagte sie lächelnd, „sollte ich auch öfter machen". Dabei klopfte sie sich mit den Handflächen auf ihre Hüften. „Komm rein!"

„Ja, gerne", sagte Bert und ging an ihr vorbei in die Wohnung. Saskia schloß die Wohnungstür hinter ihm.

„Wollen wir wieder auf die Terrasse?"

„Können wir."

„Gut, ich hole meine Sachen", sagte sie und schlängelte sich an ihm vorbei, um dann in der Tür am Ende des Flures zu verschwinden. Bert sah ihr hinterher und das, was er da vor sich sah, gefiel ihm genauso gut wie gestern.

„Ich geh schon mal raus", sagte er und verschwand Richtung Terrasse. Er setzte sich auf einen der Stühle und holte seine Unterlagen aus dem Rucksack.

„So, da bin ich!" Saskia griff sich einen Stuhl und setzte sich neben ihn. „Melone?"

„Nein, danke, heute nicht", sagte Bert. Er fühlte sich unwohl. Er wollte sich auf Mathematik konzentrieren, damit er nicht an Saskia denken mußte und das, was er gestern gesehen hatte.

„Ist etwas?" sie sah ihn fragend an.

„Nein, was soll sein?"

„Du bist so, so anders irgendwie."

„Das bildest du dir ein. Ich bin wie immer. Laß uns anfangen, es ist schon spät."

„Ja, gut", sagte sie und Bert meinte, ein wenig Enttäuschung in ihrer Stimme gehört zu haben, aber das bildete er sich wohl nur ein.

„So, genug für heute", sagte er und schlug das Buch zu.

„Ja, finde ich auch, sonst platzt noch mein Kopf."

„Das wäre schade", sagte Bert, „ich meine, so ganz ohne Kopf..."

„Ja, das wäre blöd - und sieht auch nicht gut aus, oder?" sie lachte.

„Nein, nicht gut", sagte Bert und vergaß für einen Augenblick alles, was ihn seit gestern belastet hatte. Da war sie wieder, diese Art, die ihm so gefiel. Er schluckte. Er mußte gehen, bevor er noch etwas sagte, das ihm hinterher leid tun würde. „Ich muß dann", sagte er.

„Ja, schade, sagtest du ja gestern schon."

„Muß noch für morgen was machen", sagte er entschuldigend.

„Klar, verstehe. Und morgen?"

„Morgen ist Donnerstag. Donnerstag ist schlecht. Aber Freitag, Freitag geht wieder." Er hätte auch am Donnerstag gekonnt, aber er wollte sich einen Tag nehmen, um nachzudenken, Abstand zu gewinnen, auf andere Gedanken zu kommen.

„Das ist blöd", Saskia wackelte mit ihrem Kopf hin- und her. „Am Wochenende fahren wir weg. Mein Vater mit seiner Freundin und - ich muß da mit. Sie wollen das so. Verstehst du?"

„Verstehe", sagte Bert, der nicht an die Geschichte glaubte. Wahrscheinlich war das Wochenende für ihren Freund reserviert und sie wollte das nicht so sagen, damit sie ihn nicht ganz verschreckte. Schließlich brauchte sie ihn für die Nachhilfe. Er war Mittel zum Zweck, das wurde ihm immer klarer. Mehr nicht. Nun, das mußte er akzeptieren, wenn er sie weiter sehen wollte.

„Und morgen, du kannst wirklich nicht?"

„Nein, wirklich nicht", sagte Bert und konnte sie dabei nicht ansehen.

„Ja, schade." Saskia machte eine Pause. „Dann nächste Woche wieder?"

„Montag?" Er biß sich auf die Zunge. Warum hatte er nicht Dienstag oder Mittwoch gesagt? Das sah ja so aus, als wenn er es nicht erwarten konnte. Natürlich konnte er es nicht erwarten, aber das durfte Saskia nicht wissen.

„Gut. Montag ist gut, sehr gut. Wann?"

„Wann du willst!"

„Ich kann ab, hmm, von mir aus gleich nach der Schule, ich habe sechs Stunden!"

„Ich auch. Gut."

„Dann könnten wir ja zusammen zu mir gehen!"

„Äh, ja, warum nicht, klar."

„Also Montag nach der sechsten am Tor. Ist das gut?"

„Das ist sehr gut!" sagte Bert.

„Und du mußt jetzt wirklich los?"

„Ja, leider", sagte Bert.

„Warte, ich bringe dich noch zur Tür!" Saskia stand auf und ging vor ihm her. Bert versuchte, seine Augen nicht auf das zu fixieren, was sich vor ihm bewegte.

„Es ist nur ein Hausanzug!" sagte er und schüttelte seinen Kopf.

„Was sagtest du?" Saskia blieb stehen und drehte sich um.

„Ach, ich, ich meinte, ich habe gar nicht die Schuhe, also die Schuhe ausgezogen heute."

„Hast du gestern auch nicht! Und muß man bei uns auch nicht. Jedenfalls nicht bei dem Wetter!" sie lächelte.

„Ja, bei uns ja. Deswegen vielleicht. Meine Mutter will das so."

„Deine Mutter. Wie ist die denn so?" sagte Saskia und fuhr fort, ohne eine Antwort abzuwarten, „geht mich eigentlich gar nichts an, entschuldige."

„Nein, schon gut. Ein andermal, ja?"

„Ja." Saskia hatte sich wieder umgedreht und war den Flur weiter entlang gelaufen.

„Bis Montag dann!"

„Und nicht vergessen: Am Tor!"

„Ja, am Tor!"

Bert atmete erleichtert durch, als er das Haus verlassen hatte.

„Nach der Schule! Das ist sehr gut! Am Tor!" sagte er, während er die Straße hinunter ging. „Das ist sehr gut? Das ist gar nicht gut, du Idiot! Gar nicht gut!" Seine Freunde würden mitbekommen, daß er sich mit ihr traf, was er noch bis gestern Nachmittag phantastisch gefunden hätte, was ihm jetzt aber aus irgendeinem Grund Sorgen bereitete. Und, was noch schlimmer war, wenn ihn seine Freunde sahen, sahen ihn auch andere und es wäre nicht sehr gut, wenn Saskias Freund davon erführe. Der sah nicht aus, als wenn mit ihm gut Kirschen zu essen wäre. Er mußte sich was einfallen lassen. Er hatte ja bis Montag Zeit. Er beschloß, wie gestern durch den Park zu gehen. Dort konnte er vielleicht ein wenig nachdenken. Gerd und Ben waren heute bestimmt nicht da. Mittwoch war ihr Center-Tag. Da saßen sie im Einkaufszentrum und machten dasselbe, was sie sonst im Park machten. Bert schüttelte den Kopf und fand es völlig absurd, so viel seiner Zeit damit verbracht zu haben.

Er setzte sich auf die Lehne einer Bank und versuchte, seine Gedanken zu ordnen. Aber er konnte keinen klaren Gedanken fassen, da er die ganze Zeit darauf konzentriert war, die Wege zu beobachten. Er hielt nach Saskia Ausschau. Er wußte nicht, was er sich davon erhoffte. Wenn er sie nicht sah, dann hieß das noch lange nicht, daß das gestern eine einmalige Sache gewesen war und wenn er sie sah, dann hieß das sehr sicher, daß das gestern kein Zufall gewesen war.

Er wußte nicht, wie lange er so gesessen hatte, als er sie sah: Saskia und ihren Typen. Sie trug dasselbe Outfit wie gestern. Er hatte eine Art Sportanzug an. An das, was er gestern getragen hatte, konnte sich Bert nicht erinnern. Sie schienen sich wieder prächtig zu unterhalten. Er beschloß, ihnen zu folgen, so weit ihm dies möglich war. Er war kein besonders guter Läufer und er war nicht entsprechend

44

gekleidet - außerdem durfte er auch nicht entdeckt werden.
Er stand auf und lief ein Stück hinter den beiden auf der
Wiese entlang. Sie waren etwa zwanzig Meter vor ihm. Das
erschien ihm genug. Genug, um sie nicht aus den Augen zu
verlieren und genug, um nicht von ihnen entdeckt zu werden.

„Mist!" sagte er. Er hatte gerade noch Zeit, sich hinter einen
der großen Bäume zu drücken. Saskia und ihr Begleiter
waren nicht über die Straße in den anderen Teil des Parks
gelaufen, sie hatten gedreht und kamen nun direkt auf ihn zu.
„Puh, gerade noch einmal gut gegangen!" Sie liefen keine
zwei Meter an seinem Versteck vorbei. Dann verließen sie
den Hauptweg und bogen in einen Seitenweg ein, der nicht
so stark frequentiert war.

Vorsichtig folgte Bert ihnen, immer darauf bedacht, sich im
Notfall hinter einem Baum oder einem Busch verstecken zu
können. Sie verließen den kleinen Weg und liefen in den
Rosengarten. Das war ein separater Teil des Parks, der von
einer Hecke umgeben war und nur einen Eingang hatte. In
dem Rechteck im Innern standen viele Rosen und einige
Bänke. Diesen Teil des Parks besuchten vor allem die älteren
Leute. Hier war es ruhig und man konnte ein Wenig Abstand
vom Lärm der Stadt gewinnen.

Bert schlich außen an der Hecke entlang. Saskia und ihr
Begleiter blieben an dem kleinen Pavillon stehen, der sich am
einen Ende des Rosengartens befand. Hier hatte es früher
eine Vogelvoliere gegeben. Jetzt stand nur noch der Pavillon.
Der Typ hatte sich an einen der Holzpfeiler gelehnt und
Saskia stand vor ihm. Er legte seine Arme um ihre Hüften
und ließ sie langsam nach unten wandern bis auf ihren Po,
den sie fest umschlossen. Saskia schien diese Berührung zu
genießen. Sie bewegte sich kaum und ihre Lippen lagen auf
denen ihres Begleiters. Jetzt wanderten die Hände wieder
aufwärts und streiften dabei das T-Shirt nach oben. Er sah
Saskias nackte Haut und er sah ihre nackten Brüste, da sie
wieder keinen BH trug. Berts Mund öffnete sich und ein:
„Wauw!" fand seinen Weg, bevor er es verhindern konnte.
Seine Augen starrten Saskias Brüste an und er hätte am

liebsten mit diesem Kerl getauscht. Er merkte nicht, daß er sich immer weiter nach vorne lehnte und schließlich passierte, was passieren mußte: Er verlor das Gleichgewicht und fiel der Länge nach durch die Hecke auf den Weg neben dem Pavillon. Das Geräusch schreckte die beiden auf:

„Bert?" hörte er Saskias Stimme, „Was, was machst du denn da? Bert?"

„Ich, ich…" stotterte Bert, „wollte nur…"

„Bert? Alles in Ordnung?"

„Ja, ich - du?" sagte er überrascht, als er seinen Kopf in die Richtung der Stimme bewegt hatte: Er blickte in das Gesicht seiner Mutter. „Was, was machst du denn hier?"

„Ich war einkaufen, hier!" Sie hob ihre Arme und Bert sah die Einkaufstaschen.

„Ja, einkaufen." Bert wußte nicht, was geschehen war.

„Aber, was machst du hier?" Sie deutete auf den am Boden liegenden Bert.

„Ich…"

„Bist du etwa eingeschlafen?"

„Eingeschlafen?" Er sah sie etwas verstört an.

„Ach, mein Junge, du hörst ja auch nicht. Ich habe es dir ja gesagt, wenn du die ganze Nacht am Computer sitzt, dann wird das früher oder später passieren!"

„Ja, Mama", sagte er mit Erleichterung in der Stimme, da er nicht im Rosengarten war, sondern sich vor der Bank, auf der er gesessen hatte, am Boden befand. „Eingeschlafen, na klar, ich bin eingeschlafen!"

„Na, stolz brauchst du darauf nicht zu sein." Sie sah ihn kopfschüttelnd an.

„Nein, Mama."

„Aber, wo du nun schon einmal da bist, kannst du mir auch beim Tragen helfen!"

„Ja, Mama, gerne!" Bert stand auf, holte seinen Rucksack und griff nach den Taschen. „Ein Traum, es war nur ein Traum!" sagte er und hüpfte fröhlich neben seiner Mutter den Weg entlang.

„Ich mache mir ernstliche Sorgen, mein Junge!" sagte sie

und schüttelte wieder ihren Kopf.

„Brauchst du nicht, Mama, ehrlich. Ist alles in Ordnung. Ich habe nur geträumt, verstehst du?"

„Nein, mein Junge, nein", sagte sie und gab es für heute auf, das sonderbare Verhalten ihres Sohnes verstehen zu wollen.

4

Am Montag schlich Bert übermüdet, aber erwartungsvoll zur Schule: Er würde Saskia widersehen.

Das Wochenende selber hatte sich wie Kaugummi gezogen. Er hatte es vermieden, die Wohnung zu verlassen, um nicht zufällig Saskia und ihrem Freund in die Arme zu laufen. Sie war mit ihrem Vater und dessen Freundin über das Wochenende weg, das hatte sie ihm gesagt und er hatte beschlossen, das für sich als Realität anzusehen. Am Montag war sie wieder da, auch für ihn da. Er konnte bei ihr sein, in ihrer Nähe. Das war doch schon etwas. Das war mehr, als er vor ein paar Tagen hätte hoffen können.

Nun war der Montag endlich gekommen. Aber, da war immer noch das Problem mit dem Treffpunkt, das er bisher trotz aller Anstrengungen nicht hatte lösen können.

„Natürlich, das ist es!" rief er, als das Läuten das Ende des Schultages ankündigte.

„Was ist was?" Gerd sah Bert mal wieder an, als wenn der chinesisch redet.

„Ach nichts, ich habe nur ein Problem gelöst, ein Mathematisches."

„Na, großartig!" Gerd schüttelte seinen Kopf. „Und: Park?"

„Nein, heute nicht, jetzt nicht. Später vielleicht!"

„Mit dir war ja schon immer nicht viel los, aber das wird immer schlimmer. Mensch, du brauchst dringend Ferien!"

„Ja, Ferien. Ferien?" sagte Bert entsetzt.

„Was ist denn jetzt wieder?"

„Wann fangen die noch gleich an?"

„Bert, du solltest wirklich etwas unternehmen!" Gerd stand auf und klopfte Bert auf die Schulter, „Such dir 'ne Freundin, eine reale!"

„Ja, real, von mir aus…" sagte Bert und kramte in seinem Rucksack. „Ah, da ist er ja!" rief er und blätterte in seinem Kalender.

„Und, gehen wir?" fragte Ben.

„Wir ja, der", er zeigte auf Bert, „nicht!"

„Was hat er?" Ben zeigte auf den noch immer blätternden und dabei vor sich hin brabbelnden Bert.

„Der brauch unbedingt 'ne Freundin, wenn du mich fragst!"

„Was?"

„Komm, im Park!" Die beiden verließen unbemerkt von Bert den Klassenraum.

„Ah, da, die Ferien fangen an: Noch zwei, drei, vier Wochen, immerhin!" sagte Bert erleichtert und lehnte sich zurück. Er war auf seinem Platz sitzen geblieben. Er hatte Zeit, er durfte das Gebäude nicht zu früh verlassen; das gehörte zu seinen Plan: Er würde so ziemlich als letzter am Schultor ankommen und da dann drinnen auf Saskia warten, bis alle verschwunden waren. Dann würde er das Gebäude verlassen und ihr erklären, daß er sie falsch verstanden haben mußte und er als Treffpunkt vom Schultor und nicht vom Hoftor ausgegangen war. Die meisten Anderen wären dann schon weg. Er mußte nur lange genug warten, um ihr nicht noch im Gebäude in die Arme zu laufen. So eine kleine Notlüge hielt er in diesem Fall für nicht verwerflich. Er lächelte zufrieden über seinen genialen Plan.

Als er etwa 15 Minuten später das Gebäude verließ, sah er Saskia schon von Weitem: Sie stand einsam und verlassen am Schultor. Er war erleichtert. Das Risiko seines Planes hatte darin bestanden, daß sie nicht auf ihn gewartet hätte, sondern gegangen wäre. Aber, sie war noch da. Er beschleunigte seinen Schritt und hob seinen rechten Arm, um ihr zuzuwinken. Sie hatte ihn entdeckt und winkte zurück.

„Ich dachte schon, ich hätte dich verpaßt!" sagte sie, als er sie erreicht hatte.

„Entschuldige, ich habe drin gewartet, ich Idiot! Aber, als du nicht gekommen bist, da war mir klar, daß du das Tor", er zeigte auf das Hoftor „gemeint hattest!"

„Jetzt bist du ja da", sagte sie.

„Das nächste Mal müssen wir uns eben genauer ausdrücken."

„Ja, schließlich ist ja auch die Mathematik eine exakte Wissenschaft, oder?"

„Du sagst es", sagte er anerkennend. „Wollen wir?"

„Warte, mein Fahrrad!" sagte sie und ging zu der Mauer neben dem Tor, wo sie ihr Rad abgestellt hatte.

„Fährst du immer mit dem Rad zur Schule?"

„Meistens, im Sommer jedenfalls. Geht schneller und ist gesund!"

„Du machst viel Sport, oder?"

„Na ja, nicht genug, wie man unschwer sieht!" sagte sie und schaute an sich herunter.

„Ich sehe nichts!" sagte Bert, der noch immer nichts an ihrer Figur auszusetzen fand, „eine klare zehn!"

„Was?" sie sah ihn merkwürdig an.

„Ich meine, äh, du bist in der zehnten, oder?"

„Ja, was hat das denn damit", sie schaute wieder an sich herunter, „zu tun."

„Na, das ist, weil", sein Gehirn arbeitete fieberhaft, „weil man da, also die Mädchen, du weißt schon…"

„Du wirst ja rot!"

„Nein, gar nicht!"

„Doch, aber wie! Das ist ja niedlich!"

„Na ja… Komm, wir gehen lieber!"

„Na gut, aber darüber reden wir nochmal!" Sie zeigte auf sein Gesicht, „und darüber…", sie plusterte ihre Wangen auf und setzte sich in Bewegung „…gibt es Einiges zu sagen!"

Bert ging neben ihr und fühlte, wie sein Herz wie wild in der Brust klopfte. Zum Glück sprudelten die Worte nur so aus

Saskia heraus. Er hätte vor Aufregung nicht einen vernünftigen Satz zu Stande gebracht. Ein „Ja", „Aha", „Und?" war gerade noch möglich. Saskia erzählte von dem Wochenende mit ihrem Vater und dessen Freundin. Entweder, sie war die beste Geschichtenerzählerin, die er bisher getroffen hatte oder sie hatte das Wochenende wirklich so verbracht, wie sie es ihm gesagt hatte. In diesem Fall war es an ihm, sich für seine Gedanken bei ihr zu entschuldigen. Aber das konnte er auch nur in Gedanken tun, da sie ja seine Gedanken nicht kannte und auch nicht kennen durfte. Jedenfalls schien es ein interessantes aber für sie nicht sehr erbauendes Wochenende gewesen zu sein. Sie waren in einem kleinen Gasthof irgendwo draußen an einem See...

„...mitten im Nichts. Nur Wald. Ich mag Wald, so ist das nicht. Aber nicht so einen Wald. Da war gar nichts. Bäume und gar nichts einfach. Mein Vater und Susanne sind nach dem Frühstück verschwunden und haben sich den ganzen Tag nicht blicken lassen. Keine Ahnung, wo die sich rumgetrieben haben. Ich war alleine. Kein Auto und ein Bus fährt da nicht. Die anderen paar Gäste waren schon scheintot. Das Wetter war auch nicht so toll. Also, was macht man den ganzen Tag!"

„Ja?"

„Na, essen und trinken - was sonst!"

„Aha!"

„Ja, war alles mit drin und die hatten phantastische Sachen: Pizza und Nudeln und Torten, einfach alles eben. Sagenhaft! Und Cocktails, alles, was man wollte. Hat man auch alles bekommen, trotz des Alters."

„Und?"

„Und? Ich bin so sauer auf meinen Vater!"

„Ja?"

„Ja. Wie konnte er nur darauf bestehen, daß ich mitfahre! Ich hab mich gestern Abend auf die Waage gestellt..."

„Und?"

„...und alles umsonst!"

„Aha!" Bert verstand nicht genau, was sie meinte, er hatte ihre Wörter zwar gehört, aber der Inhalt ging einfach an ihm vorbei.

„Ja, die zwei Kilo sind fast wieder drauf!"

„Aha."

„Ja, nichts mit Bikini. Ich komme mir vor wie eine Roulade!"

„Ja."

„Na also, findest du auch! Wußte ich´s doch!" Saskia war stehen geblieben und hatte mit einem Bein auf den Boden gestampft. Das holte Bert aus seiner Lethargie:

„Was?"

„Das ich wie eine Roulade aussehe!"

„Hä?" Bert sah Saskia an. Sein Pulsschlag hatte sich wieder etwas beruhigt. „Roulade?"

„Hast du mir überhaupt zugehört?"

„Natürlich. Wald und kein Bus und Pizza, oder?"

„Also, entweder bist du ein Gentleman oder…"

„Ein Idiot, ich weiß!" sagte Bert und brachte Saskia damit sofort zum Lachen.

„Willst du ein Eis?"

„Eis?" er sah sie ungläubig an.

„Ich weiß, ist nicht gut für die Figur. Aber jetzt ist es eh egal. Heute wird nochmal gesündigt und ab morgen dann wieder gefastet!" Sie grinste und steuerte die Eisdiele an, die einen Straßenverkauf hatte. „Was willst du?"

„Vanille."

„Nur Vanille?"

„Ja."

„Langweilig, aber wie du willst…"

„Ich liebe Vanille", beeilte sich Bert zu sagen. Der sich schon wieder hätte ohrfeigen können für seine Blödheit: Natürlich mochte er Vanille, aber jetzt Vanille zu nehmen! Sie hielt ihn deswegen nun nicht nur wie bisher für bescheuert, sondern zusätzlich auch noch für langweilig.

„Gut, also einmal eine Kugel Vanille und einmal eine Kugel Mango!"

„Mango?"

„Ich liebe Mango! Ich finde, Mango ist sexy, irgendwie." Sie bewegte ihren Kopf dabei von links nach rechts. Dann wandte sie sich wieder dem Eisverkäufer zu: „Danke", sagte sie, zahlte und nahm die Eistüten in Empfang.

„Was bekommst du?"

„Ach, du bist eingeladen. Sieh es als kleines Dankeschön für die Nachhilfe."

„Da kannst du dich gerne öfter bedanken!"

„Na, mal sehen. Du weißt, die Diät!" Sie zeigte auf ihren Po. „Willst du mal kosten?"

„Sehr gerne!" sagte Bert und dachte dabei nicht an das Mangoeis, das sie ihm hinhielt.

„Bert?"

„Ja?"

„Wo willst du hin?"

„Na, zu dir!"

„Wir sind da!" Sie zeigte auf das Haus, vor dem sie sich befanden.

„Ach ja, ich war in Gedanken!" sagte Bert und verpaßte sich innerlich die nächste Ohrfeige.

„Komm, hier! Halt mal. Sie gab ihm ihre Schultasche und schloß die Haustür auf. „Warte kurz hier, ich muß das Rad schnell runter bringen." Damit verschwand sie rechts im Hausflur. Bert wartete, bis sie wieder und ohne Rad auftauchte.

„Fahrstuhl?" fragte Bert.

„Ja, aber - Treppe ist gesünder, oder?" sagte sie und lächelte. Sie steuerte auf die Treppe zu und Bert folgte ihr. Ihre Jeans umschloß alles, was zu umschließen war und seine Jeans umschloß zum Glück auch alles, was zu umschließen war.

„Das ist nicht auszuhalten!" sagte er keuchend.

„Na, doch zu viel?" Saskia zeigte auf die Stufen.

„Nein, überhaupt nicht, genau richtig!" sagte Bert und folgte den Bewegungen von ihrem Becken, „bin nur aus der

Übung!"

„Das läßt sich ändern!"

„O ja, läßt es! Ich arbeite dran!"

„Ich kann dir dabei helfen!"

„Davon bin ich überzeugt!"

„Wir sind da!"

„Ein Glück, länger hätte ich das nicht durchgehalten!" keuchte Bert.

„Wie gesagt, wir können das üben", sagte sie und schloß die Wohnungstür auf.

„Gerne. Von mir aus sofort!" sagte Bert und schlüpfte hinter ihr in die Wohnung.

Dem Montag folgte der Dienstag und dem Dienstag der Mittwoch, die in etwa genauso abliefen, wie die Tage davor, nur, daß sie sich nicht an der Schule, sondern erst bei Saskia trafen. Am Donnerstag konnte Saskia nicht, weil sie mit ihren Freundinnen verabredet war. Monique hatte Geburtstag. Das war ein Grund, den Bert wohl oder übel akzeptieren mußte. Eigentlich war es eine Erleichterung für ihn, da er sich sonst eine Ausrede hätte einfallen lassen müssen, damit er wenigstens einen Tag nicht mit ihr zusammen war. Bert wunderte zwar, daß ihren Freund das nicht störte, daß sie auf einmal weniger Zeit hatte, aber da sie bisher nicht über ihn gesprochen hatte, vermied auch er dieses Thema. Er wollte keine schlafenden Hunde wecken.

Auch der Freitag begann wie die anderen Tage vorher: Bert machte sich nach der Schule auf den Weg zu Saskia, sie erwartete ihn in ihrem blauen Hausanzug und sie saßen zunächst auf der Terrasse und lernten Mathe. Aber heute war es kühler als die anderen Tage und ab und an fielen ein paar Tropfen. So beschlossen die beiden, den Unterricht nach drinnen zu verlegen.

„Was war das?" Bert hielt in seiner Bewegung inne und richtete seinen Oberkörper auf.

„Was war was?" sagte Saskia und sah ihn an. Sie saßen schon eine ganze Weile am Wohnzimmertisch und hatten die Mathematikbücher vor sich ausgebreitet.

„War da nicht ein Geräusch?"

„Ich habe nichts gehört!"

„Sowas wie eine Tür, dachte ich."

„Da war nichts, Bert."

„Na, also dann weiter - da, schon wieder." Bert hob erneut seinen Kopf: „Da war doch was!"

„Du hörst Gespenster, da…" weiter kam Saskia nicht, weil sich die Wohnzimmertür öffnete. Saskia wurde kreidebleich: „Pa-Papa!" sagte sie und sprang auf, „du…hier…"

„Ja, mein Schatz. Ich wohne hier, falls du es vergessen haben solltest!" sagte ihr Vater, der jetzt das Zimmer betreten hatte, trocken.

Saskias Vater war ein stattlicher Mann mittleren Alters mit nicht geringem Bauchansatz und einer ziemlich hohen Stirn. Er trug eine Brille mit Metallgestell, ein weißes Hemd ohne Krawatte und einen dunklen Anzug. Seine Stimme war ziemlich tief und klang angenehm.

„Nein, aber du bist - so früh heute", brachte sie heraus, nachdem sie auf ihn zugegangen und ihm einen Kuß auf die Wange gedrückt hatte. Ihr Blick wirkte verstört und ein wenig ängstlich. Sie fuchtelte mit ihren Armen hinter dem Rücken herum. Bert verstand. Er versuchte, die Mathesachen unauffällig zusammenzuschieben und vom Tisch verschwinden zu lassen. Aber es war zu spät. Ihr Vater hatte ihn und die Bücher natürlich schon entdeckt.

„Ja, ein Patient…", begann er, „…aber, das interessiert dich wahrscheinlich gar nicht im Moment", sagte er und deutete auf Bert.

„Das, das…"

„Willst du mir deinen Freund nicht vorstellen?"

„Meinen Freund?" sagte Saskia überrascht, „das ist…"

„Ich bin Bert!" sagte Bert geistesgegenwärtig, „wir lernen zusammen."

„Hallo Bert!" Saskias Vater kam auf Bert zu und streckte ihm

54

seine Hand entgegen. „Freut mich, dich kennen zu lernen!"
Bert stand auf und ergriff die Hand von Saskias Vater.

„Ja, mich auch!" sagte er und sah Saskia fragend an.

„Du mußt wissen, Saskia ist mit ihren Freunden immer sehr
geheimnisvoll." Er wuschelte durch ihr Haar. „Meine kleine
Saskia!" Dann nahm er sie in den Arm und drückte ihr einen
Kuß auf den Kopf. Die ganze Situation war Saskia sichtlich
unangenehm. Genauso ging es Bert, der nicht genau wußte,
wie er sich jetzt verhalten sollte. „Na, ich zieh mich erstmal
um und mache mich ein bißchen frisch. Du bleibst doch zum
Essen, Bert?"

„Ich…" Bert schaute hilfesuchend zu Saskia.

„Eigentlich wollte Bert gerade gehen, Paps", sagte sie.

„Wirklich?" er blieb in der Wohnzimmertür stehen und
wandte sich den beiden zu: „Das kommt gar nicht in Frage!"

„Aber seine Mutter…"

„…die wartet, genau, mit dem Essen."

„Papperlapapp, wenn es sein muß rufe ich sie an! Du
bleibst!" Damit verließ er das Wohnzimmer.

„Und jetzt?" Bert sah Saskia verzweifelt an.

„Jetzt bleibst du zum Essen." Sie zuckte mit den Schultern,
„tut mir leid."

„Muß es nicht. Konntest du ja nicht wissen. Hätte doch auch
schlimmer kommen können, oder?"

„Schlimmer?"

„Na, daß er mich rauswirft oder so", dabei strich sich Bert
mit der Hand über seine Wange. Bei dem Gedanken, daß
das, woran er eben gedacht hatte, hätte passieren können,
fühlte er sich gar nicht wohl. Saskia schien seine Gedanken
zu lesen:

„Mein Vater hat noch nie einen meiner Freunde
geschlagen", beeilte sie sich zu sagen, um sich gleich
danach auf die Zunge zu beißen: „Einen meiner Freunde",
dachte sie, das klingt so, als wenn ich täglich einen neuen
hätte.

„Einen deiner Freunde", wiederholte Bert und fragte sich,
wie viele es wohl schon vor ihm gegeben hatte. Vor ihm? Er

schlug sich innerlich eine weitere Ohrfeige: Er war nicht Saskias Freund. Er war alles andere als das.

„Bert", Saskia streckte ihm ihre Hand entgegen und er ergriff sie reflexartig. „Du zitterst ja!" sagte sie.

„Ja, der Schreck", log Bert, dem es bei der Berührung von Saskia erging, als hätte er in eine Steckdose gefaßt.

„Verstehe", sagte sie und drückte seine Hand, was das Zittern nur noch verstärkte. Er versuchte, sich aus ihrem Griff zu lösen, was ihm aber nicht gelang.

„Was machen wir nun?"

„Das wollte ich dich fragen: Er denkt, daß du mein Freund bist, Bert."

„Ja, das habe ich gemerkt. Und wenn er erfährt, daß ich es nicht bin, was wäre dann?"

„Das wäre nicht gut, weil…", sie sah Bert jetzt direkt an, „…aber, er scheint dich so nicht unsympathisch zu finden und wenn er denkt, daß du und ich zusammen sind, dann können wir, na ja, dann kannst du herkommen und wir können lernen und ich muß ihm nichts erklären, das wäre doch gar nicht so übel. Verstehst du, was ich meine?"

„Ich glaube. Du willst, daß wir so tun, als wenn wir zusammen sind."

„Meinst du, das könnte gehen?"

„Und wie das geht!" dachte Bert und seine Augen begannen ein wenig zu leuchten. Er erwiderte unbewußt den Druck von Saskias Hand. „Ich weiß nicht", sagte er, „wir müßten dann so tun, als wenn…"

„Ach, du meinst…"

„Ja, genau…"

„Meistens kommt er sehr spät und, wenn er mal da ist, können wir uns ja zusammen nehmen. Du bist eben sehr schüchtern!"

„Ja, bin ich!" Bin ich wirklich, dachte Bert.

„Bitte, laß es uns wenigstens versuchen. Du hast was gut!"

„In Ordnung, gut, dann…"

„Na, ihr beiden Turteltäubchen!" Saskias Vater hatte unbemerkt wieder den Raum betreten. Er hatte jetzt einen

Hausanzug an in der Art, wie auch Saskia ihn trug. Saskia ließ Berts Hand los:

„Paps, wir…", begann sie und ihr Gesicht rötete sich.

„Pum…"

„Paps!" Saskia funkelte ihn an.

„Schon gut, schon gut", sagte ihr Vater, „jedenfalls, ich war auch mal jung."

„Ja, Paps."

„Nun schau doch nicht so, als wenn das Jüngste Gericht bevorsteht. Du bist keine zehn mehr, das weiß ich auch! Daß du mir deinen Freund vorenthalten hast, kränkt mich zwar ein bißchen, aber jetzt ist alles gut und wir werden uns ja in Zukunft dann öfter sehen, oder?"

„Öfter, ja", sagte Saskia und das Rot wich aus ihrem Gesicht und machte einer Art Weiß platz.

„Natürlich, Herr Jessen, auf jeden Fall!" beeilte sich Bert zu sagen.

„Na also. Komm, Saskia, lach mal wieder! Ich weiß doch, daß du dich freust! So. Und jetzt werden wir bestellen zur Feier des Tages. Was wollt ihr? Pizza, oder? Alle jungen Leute heute wollen Pizza!"

„Ja, Pizza ist super", sagte Bert und sah Saskia an, die nickte.

„Gut, für dich wie immer, oder?" Saskia nickte erneut, „und du?"

„Äh, Quattro Stagione, wenn es geht", sagte Bert vorsichtig.

„Warum soll das nicht gehen!" sagte ihr Vater, grinste seine Tochter an und verschwand im Flur.

„Puh!" sagte Bert und atmete tief ein und aus.

„Du warst super!"

„Findest du?"

„Ja!" Saskia nickte begeistert.

„Du, du aber auch!"

„Ich war total nervös und…"

„Zehn Minuten! Kommt, wir setzen uns, das ist gemütlicher." Er wies auf die Couchgarnitur. Bert nahm in einem der Sessel Platz und Saskia in einem anderen, ihm gegenüber.

„Die Jugend von heute!" sagte er und setzte sich auf die Couch, „früher hätten wir hier", er deutete auf die Couch, „gesessen!"

„Ja, ich…" begann Bert.

„Ich hole schon mal Besteck", sagte Saskia um die unangenehme Situation zu beenden.

„Das ist eine gute Idee. Und wenn du schon mal dabei bist, bring uns doch was zu Trinken mit, ich habe einen Brand."

„Ja, Paps. Ein Bier, wie immer?" Sie sah ihren Vater an.

„Natürlich! Und für dich, Bert?"

„Ich…"

„Für Bert auch eins!"

„Paps?"

„Ich weiß nicht, Herr Jessen…" Sein Blick ging zwischen Saskia und ihrem Vater hin und her.

„Nur keine falsche Bescheidenheit. Was hat dir denn Saskia Schlimmes von mir erzählt?"

„Äh, nichts", Bert schluckte, „ich meine, nur Gutes."

„Aha." Er sah seine Tochter an, die im Boden hätte versinken können. „Ich bin vielleicht manchmal ein wenig streng, zugegeben, aber kein Unmensch und ich lebe auch nicht in der Vergangenheit. Ich weiß, wie das heute ist bei den jungen Leuten. Und glaubt mir, bei uns war das auch nicht anders im Prinzip. Also: ein Bier für Bert, das habe ich in eurem Alter auch getrunken. Für dich auch, Saskia?"

„Paps?" sie sah ihren Vater ungläubig an.

„Was? Du willst mir doch nicht erzählen, daß das dein erstes Bier wäre?"

„Ich…"

„Na also. Nun geh schon, wir verdursten!"

„Bin schon weg", sagte sie. Saskia erkannte ihren Vater nicht wieder. Zumeist kam er nach Hause, ging in die Küche, schob sich irgendein Essen in die Mikrowelle, trank dazu sein Bier oder auch mal einen Wein, dann wünschte er seiner Tochter eine gute Nacht und verschwand in seinem Zimmer. Was sie auch verstehen konnte, da er den ganzen Tag in seiner Praxis arbeitete und meistens erst sehr spät nach

Hause kam während der Woche. Sie überlegte, während sie das Bier aus dem Kühlschrank holte, wann er das letzte Mal Pizza bestellt hatte oder mit ihr zusammen gegessen hatte unter der Woche. Sie wußte es nicht, aber es war sehr lange her. Ein Bier hatte er ihr vorher noch nie angeboten.

„Hier", sagte sie und reichte erst ihrem Vater und dann Bert eine Flasche Bier.

„Gläser?" ihr Vater sah Bert an.

„Nein, geht auch ohne, wenn es geht."

„Du gefällst mir!" Er hielt Bert seine Flasche hin: „Ich bin übrigens Hartmut!" sagte er.

„Bert", sagte Bert und hätte sich dafür gleich wieder ohrfeigen können. Dann stieß er mit Hartmut und danach mit Saskia an. Dabei sah er ihr wieder in die Augen und wieder durchzog ihn dieses wunderbar merkwürdige Gefühl, das er nicht definieren konnte.

„Und nun", sagte ihr Vater und lehnte sich zurück, „erzählt mal!"

„Paps?"

„Na, wie lange kennt ihr euch denn schon?"

„Papa, wir…

„…kennen uns von der Schule", sagte Bert.

„Ja, von der Schule."

„Ihr seid in einer Klasse?"

„Also…" sagte Saskia und sah Bert an:

„Nein…"

„Ja, Bert ist eine über mir, wollte ich sagen."

„Ach so. Dann bist du schon in der Oberstufe?"

„Ja, zweites Semester."

„Das ist gut. Und, weißt du schon, was du mal werden willst?"

„Paps!" Saskia sah ihren Vater strafend an.

„Schon gut, schon gut. Das sollte kein Verhör werden. Aber, wie lange ihr schon zusammen seid, das verratet ihr mir doch?"

„Natürlich, Paps, wir sind seit vier…"

„…zwei Wochen zusammen…"

„Zwei Wochen?" Saskia sah Bert sonderbar an. Der zuckte nur mit den Schultern:

„Ja, erst seit zwei Wochen, so richtig, meine ich. Vorher, das war mehr, das kann man nicht rechnen, finde ich." Er sah Saskia an.

„Ja, das kann man nicht rechnen, stimmt", sagte sie. Sie hatte beschlossen, mitzuspielen. Im Grunde konnte sie sehr zufrieden sein, wie sich alles bisher entwickelt hatte. Ihr Vater hielt Bert für ihren Freund. Mehr noch, er schien ihm sehr sympathisch zu sein und das bedeutete, daß er sie in Zukunft jeder Zeit besuchen konnte und, wenn sie dann zusammen lernten, war das nichts Außergewöhnliches. Ihr Freund half ihr halt. Alles lief wunderbar. Besser konnte es gar nicht sein. Sie war sehr zufrieden. Ein Lächeln glitt über ihr Gesicht.

„Na, da seid ihr ja noch ganz am Anfang", sagte ihr Vater.

„Ja, ganz am Anfang, Paps!"

„Und... ahh, die Pizza!" Es hatte geläutet. Ihr Vater stand auf und verließ den Raum.

„Man!" Bert wischte sich den Schweiß von der Stirn, „ich weiß nicht, wie lange ich das durchhalte!"

„Ja, das war knapp! Wieso zwei Wochen?"

„Wieso vier? Keine Ahnung. Irgendetwas mußte ich doch sagen oder hätte ich ihm sagen sollen, daß wir nur zusammen lernen?"

„Nein, bloß das nicht! Lief ja auch ganz gut bisher, eigentlich."

„Ja, finde ich auch. Du trinkst Bier?"

„Ja, warum denn nicht?"

„Ich dachte immer, Mädchen wie du trinken nur Sekt oder Prosecco!"

„Mädchen wie ich?"

„Ich meine..." Zum Glück betrat in diesem Augenblick Hartmut das Zimmer wieder:

„Voila!" sagte er und verteilte die Pizzen: „Es ist serviert!"

„Danke, Paps!" sagte Saskia und öffnete den Karton ihrer Pizza.

„Du auch?" sagte Bert, als er sah, was Saskia bestellt hatte.

„Was?" Saskia sah ihn fragend an.

„Na, die Pizza!" sagte er.

„Ach so!" sagte sie und mußte lachen.

„Ja, ihr habt mehr gemeinsam, als ihr bisher wißt, seht ihr!" sagte Saskias Vater. „Dann laßt es euch schmecken! Prost! Saskia, könntest du..." Er wedelte mit seiner leeren Flasche, „und für Bert auch noch eins!"

„Ich...ja gerne", sagte Bert, der sich nach dem ersten Bier etwas lockerer fühlte und hoffte, daß sich dieser Zustand nach einem weiteren Bier noch verstärken würde.

Während des Essens wurde wenig geredet. Bert und Saskia tauschten ab und zu einen flüchtigen Blick und ihr Vater schien sich zu freuen, endlich den Freund seiner Tochter kennen gelernt zu haben.

Nach dem zweiten Bier schritt die Lockerung Berts tatsächlich weiter fort. Er wurde gesprächiger und erzählte auch von seiner Vorliebe für die Mathematik und, wie Saskia und er sich in der Mathe-AG kennen gelernt hatten, was ja in gewisser Weise stimmte. Wenn auch die AG nur aus zwei Personen bestand.

„Du bist in einer Mathe-AG?" sagte Hartmut anerkennend, „das wußte ich ja gar nicht!"

„Ja, Paps, erst seit kurzem. Ist aber voll gut."

„Weiter so, mein P...kleiner Engel!" Ihr Vater schien sehr erfreut darüber, daß seine Tochter sich für Mathematik zu interessieren schien.

Schließlich verabschiedete sich Bert, da es doch schon ziemlich spät war und seine Mutter sicher auf ihn wartete. Saskias Vater drückte ihn zum Abschied väterlich an sich und sagte:

„Du bist immer willkommen, Bert! Schön, dich kennen gelernt zu haben."

„Danke, ebenso", sagte Bert und bewegte sich in Richtung Wohnzimmertür.

„Äh, was machst du denn morgen?"

„Morgen?" Bert sah zu Saskia, die nur mit den Schultern zuckte. „Ich, ich weiß noch nicht..."

„Dann bist du eingeladen!"

„Eingeladen, morgen? Morgen ist Samstag, Paps!"

„Ich weiß, meine Tochter!" sagte er an Saskia gewandt und dann zu Bert: „Ja, da habe ich ein bißchen mehr Zeit und Susanne, daß ist meine Partnerin, die ist auch da. Da kannst du sie und sie dich, da könnt ihr euch kennenlernen. Oder habt ihr beiden da schon etwas vor?"

„Wir..." Bert sah Saskia hilfesuchend an.

„Nein, Paps, nein, haben wir nicht", sagte sie und fragte sich im selben Moment, warum sie das gesagt hatte.

„Na dann, alles klar. Das wird nett. Bestimmt."

„Ja, Paps, sehr", Saskia sah zu Bert, der ihren Blick erwiderte.

„Dann danke und bis morgen!" Bert wandte sich zum Gehen.

„Saskia!"

„Ja, Paps?"

„Willst du deinen Freund nicht zur Tür begleiten?"

„Ja. Natürlich, ich wollte nur kurz - abräumen!"

„Das mach ich schon. Geh nur!" Er machte eine Kopfbewegung in Richtung Tür und strich ihr über das Haar, als sie an ihm vorbei zu Bert ging. „Aber macht nicht zu lange!"

„Nein, Paps!"

*D*a standen sie nun: Saskia und er. Gegenüber im Rahmen der Wohnungstür. Schweigend. Bert hatte den Eindruck, als wenn Saskia ihn die ganze Zeit anstarrte. Er selbst hatte den Kopf nach unten geneigt. Es war zwar nicht taghell, aber das Licht, das vom Flur in die Diele schien war hell genug, um den Gegenüber noch zu erkennen. Ab und an schielte er nach oben und dann sah er, daß auch Saskia den Kopf geneigt hatte. Das beruhigte ihn.

„Meinst du, das ist lang genug?" sagte er nach einer

gefühlten Ewigkeit.

„Ich weiß nicht, vielleicht noch einen Moment, sicherheitshalber…"

„…ja, sicherheitshalber." Sie schwiegen wieder.

„Ich glaube, jetzt ist es gut", sagte Saskia nach einer weiteren gefühlten Ewigkeit.

„Ja, jetzt. Sonst wird es zu lang…"

„…ja, zu lang…"

„…und dann kommt dein Vater vielleicht noch und das wäre eher nicht so gut, oder?"

„Nein, nicht so gut, im Moment."

„Ja, im Moment. Ich geh dann mal."

„Ja, bis morgen dann, oder?"

„Ja, bis morgen."

„Wir kriegen das schon hin!"

„Kriegen wir!" Bert warf Saskia einen letzten kurzen Blick zu, öffnete die Wohnungstür und schlüpfte in das Treppenhaus hinaus. Er spürte, daß sie ihm hinterher sah, aber er wagte es nicht, sich nach ihr umzudrehen. Als er die schwere Haustür erreicht hatte, hörte er, wie oben die Wohnungstür ins Schloß fiel.

Dieser Abend und der darauf folgende Samstag änderten alles. Bert lernte Susanne kennen und Susanne Bert. Sie mochte ihn sofort und er fand sie sehr sympathisch. Sie war etwas jünger als Saskias Vater und arbeitete seit vielen Jahren in dessen Praxis als Sprechstundenhilfe. Die beiden waren schon lange zusammen. Susanne war eine bodenständige Frau normalen Aussehens, die mitten im Leben stand. Saskias Vater und seine Partnerin verbrachten die Wochenenden mal in seiner, mal in ihrer Wohnung.

Bert durfte Saskia nun besuchen, wann immer sie es für angebracht hielt. Er war als ihr Freund akzeptiert. Alles lief die nächsten beiden Wochen hervorragend. Bert bekam seine Nervosität besser in den Griff und er vermied alles, was diese wieder hätte verstärken können. Er stellte keinerlei

Fragen nach Saskias Freund und danach, was sie machte, wenn er nicht bei ihr war. Was ihn verwunderte war, daß ihr Vater nichts von dem Anderen zu wissen schien. Aber er verdrängte auch diesen Gedanken. Immerhin hatte er ja auch nichts von ihm gewußt.

Das mit dem Beherrschen der Gedanken gelang ihm inzwischen ganz gut; das Beherrschen der Gefühle funktionierte aber noch immer nicht. Wenn er Saskia vor sich die Treppe hochgehen sah oder ihr das Oberteil des Hausanzuges mal ein Stück nach oben rutschte und er ihre Hüfte oder ein Stück ihres nackten Bauches sah, dann war es zu Ende mit seiner Beherrschung. Einmal war er früher als geplant bei ihr und sie hatte noch im Bikini auf der Terrasse gelegen als er kam. So hatte sie ihm in diesem Aufzug die Wohnungstür geöffnet. Er hatte nicht ein einziges Wort herausgebracht und sie hatte sein Keuchen zum Glück der Tatsache zugeschrieben, daß er die Stufen zu schnell nach oben gestürmt war. Wie sie dann den Flur hinunter ging zu ihrem Zimmer um sich dort umzuziehen und er die Rundungen ihrer Hüften, das Auf und Ab ihrer Pobacken in dem engen Bikinihöschen beim Gehen und ihre sich bei jedem Schritt leicht berührenden Oberschenkel sah, da mußte er anschließend längere Zeit im Bad verbringen, um die Spuren der Reaktion seines Körpers zu beseitigen.

Bert war an den meisten Tagen nach der Schule bei Saskia und die beiden lernten zusammen. Er profitierte von ihr in Geschichte und sie machte sich seine Mathematik- und Physikkenntnisse zu nutze. Ihre Vorliebe für Heimatfilme tat ein Übriges. Die Nachmittage verflogen.

Selbst, als die besagte Matheklausur geschrieben und Saskia eine für sie phantastische 4+ zu Stande gebracht hatte, setzten sie die Sache mit der Nachhilfe fort. Was Bert sehr erleichterte. Zunächst hatte er befürchtet, daß nun alles zu Ende sein würde, da das Lernziel erreicht worden war. Aber Saskia hatte gesagt, daß es ja nichts schaden könnte, am Ball zu bleiben, jetzt, wo alles so gut lief und außerdem so eine vier sei ganz schnell wieder weg. Bert hatte sie angesehen und fand das mit dem Am-Ball-Bleiben einen ziemlich guten Vergleich.

Es war sehr viel anders geworden, seit er Saskia kannte. Sein ganzes Leben hatte sich verändert. Oder besser: Er hatte seitdem eine Art Leben.

Vorher liefen die Wochen ab, wie sie seit Jahren mehr oder weniger immer abliefen: Er ging früh in die Schule, er kam von der Schule nach Hause, machte seine Hausarbeiten und widmete sich seinem größten Hobby, der Entwicklung von Computerspielen. Er war darin weder sehr gut noch sehr erfolgreich, aber es machte ihm Spaß, vor allem, weil er diesem Hobby alleine nachgehen konnte. Mindestens ein- oder zweimal in der Woche war er mit Gerd und Ben im Park beziehungsweise im Einkaufszentrum; an den Wochenenden war er fast immer zu Hause. Ausnahmen bildeten familiäre Ereignisse, wie die Geburtstage der Großeltern, Tanten und anderer Verwandter oder der eine oder andere Zwangsausflug mit seinen Eltern:

„Der Junge muß doch auch mal raus!" pflegte seine Mutter dann immer zu sagen.

„Ach, Mama, es ist gut!"

„Nein, mein Junge, ist schon in Ordnung, Papa fährt mit uns…"

Und dann waren da noch die Schulpartys: Vielleicht einmal oder zweimal im Jahr kam es vor, daß er von seinen Freunden dorthin mitgeschleppt wurde - das aber auch nur, weil sie dann einen mehr hatten, der mit ihnen rumstand. Man fühlte sich nicht so alleine. Vor allem deshalb, weil es Bert war, der als letzter und meist einziger ohne Partnerin blieb. Nur einmal hatte er auf so einer Fete getanzt. Einen Tanz. Und das auch nur, weil diejenige, die ihn aufgefordert hatte, etwas über einen Typen aus seinem Jahrgang wissen wollte, in den sie verschossen war.

Was ihn mehr wunderte war, daß Saskia die meisten Wochenenden zu Hause verbrachte. Er hatte immer angenommen, daß sie von einer Fete zur nächsten eilte und von einem Typen zum anderen. Nun, auch da hatte er sich geirrt und es war ihm sichtlich peinlich, wenn er daran dachte, wie er sie eingeschätzt hatte, ohne sie richtig gekannt zu haben. Aber das war Vergangenheit. Er genoß die Zeit, die er mit Saskia verbrachte und zog daraus für sich, was er konnte.

5

Dann kam jener verhängnisvolle Samstagnachmittag eine Woche vor Beginn der Großen Ferien. Es war ein besonderer Tag für Hartmut und Susanne: sie feierten ihren fünften Jahrestag. Eine sehr lange Zeit, wie Bert fand. Saskia und er brachten es inzwischen auf immerhin vier Wochen. Und genau genommen waren sie ja nicht einmal richtig zusammen. Auch nicht unrichtig. Sie waren gar nicht zusammen. Jedenfalls sollte an diesem Tage gefeiert werden: Der Sekt war kalt gestellt und ein Essen bestellt und auf der großen Terrasse angerichtet.

Es war wundervoll: Die Sonne strahlte vom blauen Himmel, alle waren bester Stimmung. Bert hatte zur Feier des Tages eine Stoffhose und ein Hemd angezogen statt seiner üblichen Jeans oder Shorts und dem obligatorischen T-Shirt. Und auch Saskia bezauberte in ihrem langen, dunkelblauen Rock mit der dazu passenden weißen Bluse, die über ihrer Brust mit einem farblich passenden Band zusammengehalten wurde.

Man aß und trank und plauderte. Bert fühlte sich bei Saskia und ihrem Vater und dessen Freundin sehr wohl, das mußte er sich immer wieder eingestehen. Manchmal kam er sich fast vor, wie Saskias großer Bruder.

Bert trank an diesem Nachmittag reichlich Sekt, da der

aufmerksame Gastgeber darauf bedacht war, daß ständig etwas in den Gläsern war. Leider war Bert Sekt nicht gewöhnt und da er es unhöflich fand, das Nachschenken abzulehnen, kam er im Laufe der Zeit in einen Zustand des leichten Schwebens. Seine Zunge lockerte sich, seine Gedanken kreisten und sein Blick trübte sich immer mehr. Wenn er hätte aufstehen müssen, hätte er vermutlich Schwierigkeiten gehabt, gerade zu gehen. Falls er sich wirklich überhaupt noch alleine von seinem Platz hätte erheben können. Aber er mußte nicht aufstehen. Vorerst jedenfalls nicht. Saskia hatte nach seiner Ansicht nicht viel weniger als er getrunken, aber sie schien das überhaupt nicht zu beeinflussen. Sie wirkte auf ihn wie immer.

„Was machst du denn in den Ferien?" Hartmut sah Bert an.

„In Ferien? Bert versuchte, sich auf das zu konzentrieren, was er sagen wollte. Seine Worte kamen langsam und nicht sehr deutlich aus seinem Mund: „Nichts, nichts Sonderes. Wahrscheinlich, fahren, fahren wir für eine Woche an - die See oder so."

„Wir wollen dieses Jahr wieder nach Norden!" sagte Saskias Vater.

„Nach Norden?" fragte Bert.

„Skandinavien", sagte Saskia, „warst du schon mal da? Ist echt toll!"

„Nein, bisher nich. Nordsee. Wir fahren immer, immer an, an Nordsee. Ist auch, auch ganz schön", sagte er, obwohl er diese Urlaube haßte.

„Ja, waren wir auch mal, mit Mama noch", sagte Saskia und warf ihrem Vater einen merkwürdigen Blick zu, „die mochte den Norden nicht!"

„Und was macht, macht ihr da? Seid ihr in, in so einer Hütte?" Er hatte mal einen Bericht über Norwegen gesehen und erinnerte sich dunkel daran, daß es dort überall kleine Hütten gab, die man auch mieten konnte.

„Ach was, Hütte!" sagte Saskias Vater.

„Hotel?"

„Viel besser! Das haben wir die letzten fünf Jahre gemacht!"

„Paps, das ist doch jetzt…"

„Doch, das interessiert Bert bestimmt!"

„Tut es. Tut es stimmt. Das intessiert Bert!" sagte Bert.

„Da hörst du es!"

„Wenn´s denn unbedingt sein muß!"

„Ist es denn, denn so schlimm?" wollte Bert wissen.

„I wo. Sie ziert sich halt manchmal. Mädchen eben!"

„Paps!" sagte Saskia entrüstet.

„Hartmut! Vorsicht…" Susanne sah ihren Freund an.

„Gut, also wir fahren mit dem Wohnmobil…"

„Wauw. Das is mal irre! Mit den Wohnmobil!"

„Ich wußte, daß dir das gefällt!" sagte Hartmut.

„Und, und was is daran nu so schlimm? Ich wollte das schon immer mal, mal immer!"

„Nichts, nur, das Saskia das nicht mag."

„Wieso? Ich denke, du fährst, fährst gerne in den, den da oben?" Bert hob seinen rechten Arm und zeigte an die Decke.

„In den Norden, ja. Aber ich hasse diese engen Dinger."

„Ja, sie hat immer ihr eigenes Zelt bei und das schlägt sie dann irgendwo in der Nähe auf."

„Zelt? Echt?" Bert sah sie bewundernd aus seinen ziemlich glasigen Augen an.

„Ja, verrückt nicht. Wir haben immer wieder versucht, ihr das auszureden, aber du kennst sie ja!"

„Ja, ich kenne, kenne sie!" sagte Bert und dachte, sofern er das noch konnte in seinem Zustand, daß er sie eigentlich noch immer überhaupt nicht kannte.

„Ich finde es einfach schöner im Zelt. Da hat man seine Ruhe und man ist mitten drin in der Natur!"

„Mitten drin - Natur…" Bert leckte sich mit der Zunge über seine Lippen und starrte Saskia an: „Ja. aber ganz, ganz alleine." Er leckte sich erneut über die Lippen.

„Natürlich alleine!"

„Ich meine: Hast du da keine, keine Angst?"

„Nein, überhaupt nicht."

„Ich hätte da bestimmt Angst!"

„Du?" Sie sah Bert erstaunt an.

„Glaube schon, ich…"

„Aber nicht, wenn ich dabei bin, oder?" Saskia sah Bert an.

„Nein, dann, dann nicht!"

„Wartet Kinder!" Saskias Vater stellte sein Glas auf den Tisch, in seinen Augen lag ein Leuchten. Er sah Susanne an: „Hättest du denn was dagegen, wenn…"

„Nein, überhaupt nicht!" sagte sie und schien zu wissen, was Hartmut sie hatte fragen wollen.

„Phantastisch! Sag mal Bert, du wolltest also schon immer mal Campingurlaub machen?"

„Ja, immer, schon immer!" sagte er.

„Und, wie findest du so den Norden, ich meine, Skandinavien, wäre das auch was für dich?"

„Ich, ich denke schon, was man da so sieht von, ist das bestimmt toll, toll da!"

„Und deine Eltern?"

„Die? Für die ist das nichts. Skannavien nich und Wohnmobil nich und Zelt schon gar nich, nich. Hotel und Pension, das is…das."

„Wann fährst du denn mit deinen Eltern?"

„Paps…" Saskia begann zu ahnen, worauf ihr Vater hinaus wollte.

„Moment!" sagte Hartmut und machte eine entsprechende Bewegung in ihre Richtung, „laß Bert erstmal antworten!"

„Scheinlich gar nicht. Wenn, dann aber immer am Ende, immer am Ende von die Ferien."

„Das ist ja prima. Das paßt."

„Paßt?" Bert hatte nicht den Schimmer einer Ahnung, worum es ging. Er sah erst Hartmut und dann Saskia an.

„Na, ganz einfach: Du kommst mit!" Hartmut lehnte sich genüßlich zurück und ein Lächeln spielte um seine Mundwinkel.

„Paps, das ist…"

„Ich weiß, Saskia."

„Nein, du weißt…"

„Doch, doch, ich verstehe das. Ich war auch mal jung!"

„Nein, Paps, du verstehst nicht..."

„Ich, ich verstehe auch noch nicht - ganz?" sagte Bert, dessen Wahrnehmung durch den Sekt sichtlich getrübt war.

„Mein Vater meint, daß du mit uns fährst nach Norden!"

„Das ich was fahre?" Er hatte noch immer nicht begriffen. Er dachte, daß es daran liegt, daß er zu weit von seinem Gegenüber entfernt war und er versuchte, sich nach vorne zu lehnen, wobei er das Gleichgewicht verlor und sein Kopf in Richtung Tischplatte sackte. Saskia, die natürlich mitbekommen hatte, daß Bert etwas zu tief ins Glas geschaut hatte, griff zu und konnte ihn im letzten Moment abfangen.

„Nun schau dir die beiden an!" sagte Saskias Vater begeistert, „sind sie nicht ein hübsches Paar!"

„Ja, Hartmut, das sind sie!" sagte Susanne und hakte sich bei Hartmut unter. Sie lehnte den Kopf an seine Schulter.

„Ach, man müßte nochmal so alt sein wie die beiden!" sagte er schwärmend.

„Ja, vielleicht", sagte Susanne und gab ihm einen kleinen Kuß.

„Du hast also wirklich nichts dagegen?"

„Ach, i wo. Das ist eine tolle Idee. Dann haben die beiden mal etwas mehr Zeit für sich und wir auch für uns!"

„Susanne, Susanne! Ich weiß schon, warum ich dich liebe! Also, ihr beiden: abgemacht."

„Abgemacht?" Bert sah Saskia an.

„Der Urlaub, Bert, der Urlaub!"

„Welcher Urlaub?"

„Paps, wir können doch nicht so einfach..."

„Warum denn nicht? Hast du was dagegen?"

„Ich? Nein, natürlich nicht, aber, aber... - natürlich: seine Eltern! Ja, seine Eltern doch bestimmt, er ist erst sechzehn und überhaupt!" sagte Saskia erleichtert, daß ihr dieses Argument eingefallen war. Dagegen konnte auch ihr Vater nichts sagen.

„Auf jeden Fall!" sagte Bert, der noch immer nicht wußte, worum es genau ging, aber er hatte das Wort „Eltern" im Zusammenhang mit „dagegen" gehört und seine Eltern waren immer dagegen: „Ja, sie werden dagegen sein, werden sie."

„Da hörst du es, Paps!" Saskias Gesichtszüge entspannten sich wieder.

„Wenn das das einzige Problem ist, da macht euch mal keine Sorgen, das regel ich schon!"

„Ja, dagegen. Ich glaube, mir ist schlecht!" Bert ließ sein Kinn auf seine Brust fallen und sackte leicht in sich zusammen.

„Komm, Bert. Schnell!" sagte Saskia und versuchte, ihm aufzuhelfen, was ihr überraschenderweise schließlich auch gelang.

„Das hat ihn bestimmt sehr aufgeregt. Kann ich verstehen: Die Vorfreude!" sagte Hartmut und sah den beiden hinterher.

„Nein, Hartmut, er hat einfach zu viel getrunken!" sagte Susanne.

„Meinst du?"

„Hartmut, das war doch nicht zu überhören!"

„Meinst du wirklich? Ist mir nicht aufgefallen."

„Vielleicht, weil du auch schon etwas zu viel hast?"

„Susanne! Wie kannst du nur!" Er sah sie mit gespielter Entrüstung an. Dann wollte er sich erheben.

„Wo willst du hin?"

„Na, nach den beiden sehen, Susi."

„Bleib hier und laß sie alleine machen..." sagte sie und drückte ihn zurück auf seinen Sitz.

*S*askia stützte Bert und führte ihn ins Bad. Sie hatte den WC-Deckel kaum geöffnet und seinen Kopf darüber platziert, als sich sein gesamter Mageninhalt in das Becken entleerte.

„Das ist mir so peinlich!" sagte Bert, nachdem er sich das Gesicht gewaschen und mit Mundspülung gegurgelt hatte. Jetzt saß er auf dem geschlossenen WC-Deckel und hatte den Kopf auf die Hände gestützt: „So peinlich. Ich vertrage das Zeug einfach nicht!"

„Ist schon gut, du bist nicht der Erste, ist mir auch schon passiert!" Saskia grinste.

„Echt?"

„Hmm", sie nickte. „Komm, wir müssen wieder rein und das mit dem Urlaub irgendwie gerade biegen."

„Das mit dem Urlaub - welchem Urlaub?"

„Dem jetzt in den Ferien!"

„Was ist damit?"

„Bert, wir fahren zusammen in den Urlaub!"

„Wir, wir beide fahren in den Urlaub? In welchen Urlaub? Nur wir beide?"

„Wir beide mit Hartmut und Susanne!"

„Mit Hartmut und Susanne. In den Urlaub? Du meinst: Wir beide fahren mit Hartmut und Susanne in den Urlaub?" wiederholte er langsam und versuchte dabei den Inhalt dieser Worte so in sich aufzunehmen, daß er ihn verstand. Plötzlich ging ein Ruck durch seinen Körper und er starrte Saskia mit weit aufgerissenen Augen an: „Wir fahren mit Hartmut und Susanne in den Urlaub!" Seine Stimme klang panisch. Er war mit einem Schlag völlig nüchtern.

„Ja", Saskia nickte mit dem Kopf.

„Und, wohin? Wohin fahren wir?"

„Na, nach Skandinavien, mit dem Wohnmobil und wir beide zelten!"

„Wir? Skandinavien? Wohnmobil? Zelten? Nein, oder?" Saskia nickte. „Und du meinst zelten, so mit - Zelt?" Saskia nickte wieder. „Ich, zelten! Oje, oje". Bert vergrub seinen Kopf in seinen Händen. Dann erhob er sich von einem Moment zum anderen: „Komm, wir müssen da was tun!" Er zog Saskia hinter sich her bis zur Terrasse.

„Na, da seid ihr ja wieder!" Hartmut empfing die beiden mit einem Grinsen: „Besser?"

„Viel besser, danke!" sagte Bert. Hartmut klopfte ihm auf die Schulter:

„Wenn du wüßtest, was mir alles so passiert ist, als ich so jung war wie du - na, wir haben ja bald genügend Zeit..."

„Ja, darüber wollte ich nochmal..."

„Ich weiß, du machst dir Gedanken wegen des Urlaubs und deiner Eltern."

„Meiner Eltern?" Er sah Saskia fragend an.

„Na, deine Eltern, die dagegen sind, gegen den Urlaub!"

„Genau, genau das. Das ist der Punkt." Bert wirkte erleichtert und seine Gesichtsmuskeln lockerten sich. Er lächelte Saskia an. Sie lächelte zurück.

„Na, da habe ich was, da wird es euch gleich noch viel besser gehen!" Jetzt lächelte auch Hartmut.

„Noch besser?" sagte Bert, „da bin ich aber gespannt."

„Ich auch, Paps, was denn?"

„Nun sag es ihnen schon!" hörte man Susanne, die sich neben Hartmut gestellt hatte.

„Na gut: Es geht klar!"

„Es geht klar?" Bert sah wieder Saskia an und die erst Bert und dann ihren Vater:

„Was geht klar?"

„Das mit dem Campingurlaub. Alles geregelt. Geht klar."

„Wie, geregelt? Paps?"

„Ich habe die Zeit genutzt, während ihr", er deutete auf Bert, „nun ja, also jedenfalls habe ich mit Berts Eltern gesprochen und sie sind einverstanden!"

„Einverstanden?"

„Gesprochen?"

„Ja, ich habe sie einfach angerufen."

„Angerufen?"

„Angerufen. Die einfachste Lösung ist doch manchmal die Beste, mein Kind!", sagte er stolz.

„Ja, aber…"

„Nichts aber, sie machen übrigens einen ganz netten Eindruck, deine Eltern", sagte er an Bert gewandt, der versuchte, nicht laut schreiend davon zu laufen. „Es gibt da nur einen kleinen Haken noch…"

„Einen Haken?" sagte Saskia und sah ihren Vater hoffnungsvoll an.

„Ja, was für einen Haken?" wiederholte Bert.

„Eher eine Bedingung."

„Was für eine Bedingung?" wollte Saskia wissen.

„Ja, was für eine Bedingung?" wollte auch Bert wissen, der seine ganze Hoffnung an diese Bedingung knüpfte.

„Deine Eltern wollen Saskia vorher kennen lernen!"

„Meine Eltern wollen - was?"

„Sie wollen Saskia kennen lernen. Du hast ihnen wohl bisher verschwiegen, daß du eine Freundin hast!" sagte er und zwinkerte Bert zu.

„So, habe ich? Ja, muß ich ja dann wohl", sagte Bert zerknirscht. Hartmut bezog das auf das Verschweigen und wollte Bert aufmuntern:

„Mach dir nichts draus. Ist auch alles schon geregelt!" Bert und Saskia schauten Hartmut erneut an. „Ja, ich habe deine Eltern eingeladen!"

„Meine Eltern?"

„Seine Eltern?"

„Eingeladen?" sagten beide gleichzeitig.

„Ja, für morgen zum Kaffee. Susanne ist auch da."

„Zum Kaffee?"

„Für morgen?"

„Ja, da staunt ihr, was. Ich würde alles tun, damit meine kleine Saskia glücklich ist!" Hartmut strahlte über das ganze Gesicht.

„Alles tun…"

„Glücklich ist…"

„Und wenn ich euch zusammen sehe, dann weiß ich, daß sie es ist!" Er wirkte sehr zufrieden mit sich und dem, was er getan hatte.

„Dann weiß er…"

„…daß sie es ist…" Die beiden standen da, wie zwei begossene Pudel.

„Na, ihr wollt jetzt bestimmt alleine sein, kann ich verstehen!"

„Ja, alleine!"

„Sehr alleine…"

„Na, geht schon!"

„Ja, Paps, gehen."

74

„Wohin gehen?" Bert sah hilflos zu Saskia, die seinen Blick ebenso erwiderte.

Hartmut hatte sich von den beiden entfernt und war zu Susanne an den hinteren Rand der Terrasse gegangen:

„Man müßte wirklich nochmal jung sein!" sagte er schwärmerisch.

„Meinst du?" Susanne drehte sich zu ihm und legte ihre Arme um seinen Hals: „Ich finde, jedes Alter hat seine eigenen Reize."

„Wenn du das so siehst..." Er drückte sie an sich und seine Lippen preßten sich auf ihre.

„**W**as machen wir denn jetzt?" Bert saß neben Saskia in ihrem Zimmer auf der Kante ihres Bettes.

„Keine Ahnung! Aber, wer denkt denn an sowas!"

„Ist dein Vater immer so?"

„Nein, nie. Also, fast nie. Ich weiß auch nicht, was in den gefahren ist. Midlife Crisis oder so?"

„Ich hab noch nie gezeltet."

„Das hatte ich befürchtet."

„Wie groß ist so ein Zelt eigentlich?"

„Ach, es gibt auch sehr große..."

„Puh, ich dachte schon..." sagte Bert erleichtert.

„Aber meins ist klein, sehr klein..."

„Auch das noch." Sie schwiegen.

„**U**nd, wenn ich, wenn ich krank werde?"

„Bert, das glauben sie dir nicht. Die denken doch, wir sind zusammen."

„Ja, denken die - und da wird man nicht krank, sondern kann es kaum erwarten!"

„Ja."

„Wenn ich das meinen Freunden erzählen würde, würden die alle mit mir tauschen wollen. Abgesehen davon, daß sie es mir nicht glauben würden. Das wäre wie ein Sechser im Lotto für die."

„Wie meinst du das?"

„Na, ich meine", Bert schluckte, „weil, ich darf mit meiner Freundin in den Ferien zum Zelten fahren und alleine mit ihr in einem Zelt liegen - ganz offiziell. Mit der Zustimmung vom Vater, das meine ich!"

„Stimmt, wenn man das so sieht! Und ich mit meinem Freund. Keine Heimlichkeiten. Kein Hinter-dem-Rücken-Treffen, kein Romeo und Julia!"

„Traumhaft eigentlich."

„Unbeschreiblich."

„Phantastisch."

„Mega."

„Die Sache hat nur einen Haken, einen kleinen Haken!"

„Welchen?"

„Wir sind nicht Freund und Freundin!"

„Ach ja, hätte ich beinahe vergessen. Die reden alle davon, irgendwann glaubt man es selber!"

„Geht mir auch so. Wir scheinen das ja auch ganz gut hinzubekommen."

„Sehr gut sogar!" Beide lachten.

„Ja, sehr gut. Aber, was machen wir?"

„Da kommen wir nicht mehr raus. Jedenfalls nicht, ohne die Wahrheit zu sagen."

„Nee, nicht mehr."

„Na, dann werde ich morgen mal deine liebe Freundin für deine Eltern sein."

„Wirst du bestimmt." Sie schwiegen wieder.

„Ich könnte einfach Schluß machen!"

„Bert?"

„Ja, warum denn nicht! Wäre doch die schnellste und einfachste Lösung und wir wären mit einem Schlag aus allem raus!"

„Nein, du kannst doch nicht so einfach von heute auf morgen Schluß machen. Das würde mir mein junges Herz brechen. Und warum solltest du das auch tun so plötzlich?"

„Weil, weil… Klar, weil du immer nur Rumknutschen willst und mir das nicht mehr genug ist."

„Weil du mit mir schlafen wolltest?"

„Ja, klar, und du wolltest nicht und da eben: Schluß! Aus. Ende."

„Du machst mit mir Schluß, nur, weil ich nicht mit dir schlafen will?"

„Genau. Macht man das nicht so?"

„Ich habe keine Ahnung."

„Ich auch nicht, aber das sagen doch immer alle."

„Hmm, das würde Paps das Herz brechen, weil er dann denkt, daß ich furchtbar leide. Und dir würde er mindestens den Arm brechen!"

„Keine guten Aussichten, vor allem das mit dem Arm. Also bleiben wir zusammen und ich verzichte zunächst auf den Beischlaf."

„Das ist sehr edel von dir. Dafür darfst du mich überall sonst befummeln, wenn es dir hilft."

„Bestimmt. Damit kann ich erstmal leben. Finde ich klasse von dir." Sie schwiegen wieder.

„Du bist das erste Mädchen, mit dem ich verreise."

„Na, dann haben wir ja wieder was gemeinsam."

„Du bist noch nie mit einer Freundin verreist?"

„Blödkopf: Mit einem Jungen!"

„Klar, ich Idiot! Zeigst du mir, wie es geht?"

„Das Verreisen?"

„Nee, das Zelten!"

„Ich kann´s versuchen. Das bekommen wir schon hin."

„Ein bißchen Zeit haben wir ja noch."

„Ja, ein bißchen. Vielleicht sollten wir die Zeit bis zur Reise auch nutzen und uns ein paar Zeichen oder sowas überlegen."

„Zeichen?"

„Ja, um dem Andern zu sagen, was er machen soll, wenn es so aussehen muß…"

„…als wenn wir Freund und Freundin sind. Gute Idee."
„Wir können auch nicht immer nur nebeneinander laufen, ohne uns zu berühren!"
„Und irgendwann müssen wir uns küssen."
„Und umarmen."
„Und das muß echt aussehen."
„Die im Theater und im Film machen das doch auch."
„Das kann man bestimmt irgendwo nachlesen, wie das geht."
„Bestimmt." Sie schwiegen wieder.

Im Zimmer war es stockdunkel. Trotzdem hatten beide das Gefühl, daß der Andere einen genau sehen konnte.
Es war eine bizarre, unwirkliche Situation in der sie sich befanden. Sie saßen dicht beieinander, auf Saskias Bett, in Saskias Zimmer. Sie waren alleine, nur er und sie. Irgendwann würde ihr Vater an die Tür klopfen und Bert müßte gehen. Aber jetzt war da niemand außer ihm und ihr. Sie sprachen über Liebe, Sex, Berührungen, Küsse, aber sie berührten sich nicht und doch spürte Bert eine Spannung, nicht nur in seiner Hose, nein, in seinem ganzen Körper. Als er Saskia noch nicht kannte, war er voll auf sie abgefahren, weil sie toll aussah. Jetzt kannte er sie. Sie sah noch immer toll aus, aber sie war viel mehr als das. Sie war dieselbe und doch war sie nicht mehr die Saskia, die ihn vor ein paar Wochen angesprochen hatte. Er fürchtete sich vor dieser Saskia. Er fürchtete sich vor dem, was kam und vor dem, was kommen konnte. Was, wenn er ihr von seinen wahren Gefühlen erzählte und sie ihn auslachte oder schlimmer noch: ihn nicht mehr sehen wollte! Er hatte sich an sie gewöhnt, an ihre Zeit miteinander. Im Moment spielten sie beide eine Rolle und solange sie das taten, war alles in Ordnung. Er lebte einen Traum. Aber dieser Urlaub, das war etwas ganz Anderes. Es war gefährlich. Es konnte alles zerstört werden dadurch, daß es in die Realität geholt wurde. Er schloß die Augen. Das veränderte nicht das, was er sah,

aber es gab ihm ein anderes Gefühl.

Saskia spürte, daß es in Bert arbeitete. Sie hörte förmlich, wie sich seine Gedanken durch seinen Kopf bewegten. Sie war nervös. Das sah man ihr äußerlich nicht an, aber innerlich war sie kurz davor, zu kollabieren. Sie wußte nicht, was mit ihr geschehen war. Diese ganze Situation war mehr als skurril. Sie brauchte Nachhilfe in Mathe um nicht sitzen zu bleiben und hatte den genommen, den sie nicht wollte, weil er keine Gefahr für sie zu bedeuten schien. Er war ein merkwürdiger Junge und das war er auch noch immer. Aber sie verbrachte mehr Zeit mit ihm, als mit irgendjemand Anderem. Sie sprachen über Sex, Gefühle und all diese Dinge, als wäre es das Normalste der Welt. Aber sie vermieden es, sich zu berühren. Es kam nur in wenigen Ausnahmefällen vor. Nur zufällig und kurz. Diese Momente waren besonders für sie. Das hatte sie sofort gemerkt. Sie wußte nicht, warum das so war, aber da war etwas in diesen Augenblicken, was davor und danach nicht da war. Sie hatte Angst. Angst davor, Gefühle zu entwickeln. Gefühle bedeuteten Verlangen, bedeuteten Abhängigkeit. Sie wollte nicht abhängig sein von etwas, von dem sie nicht wußte, was es war. Manchmal hatte sie überlegt, Bert von diesen Gefühlen zu erzählen. Sie hatte es nicht getan, weil sie seine Reaktion fürchtete. Sie fürchtete, daß er sie auslachen, ja, schlimmer noch, sie nicht mehr wiedersehen wollte. Das war ihr zu riskant. Seine Gegenwart war etwas, das sie genoß. Seltsamerweise fühlte sie sich bei ihm wohl, sogar geborgen. Er gab ihr Sicherheit. Sie hatte schon mit ein paar Jungen geknutscht. Fast jeder wollte mit ihr knutschen, da war das nicht schwer. Ja, sie war schon mit Jungen zusammen, aber als richtige Beziehung hätte sie das nicht bezeichnet. Dazu hatte es nie gereicht. Sie wußte nicht, warum. Gelegenheiten dafür hatte es mehr als genug gegeben. Monique schleppte alles ab, was den Schwanz hoch genug bekam und Sabine nahm, was sie kriegen konnte, wenn sie auch am Ende nicht so weit wie Monique ging. Saskia war diejenige, die fast immer alleine von den Partys nach Hause gegangen ist. Aber es hatte sie auch nie gestört. Sie war zufrieden damit. Aber sie merkte, daß sich in den letzten Wochen etwas verändert hatte. Lag das an ihr? Lag es an Bert? Sie wußte es nicht. Und nun diese spontane Idee von ihrem Vater, der sie in den letzten Wochen mehr als einmal mit seinem Verhalten überrascht hatte. Ja, der sie quasi per Befehl mit ihrem Freund verband. Es war unglaublich: Der eigene Vater sorgte dafür, daß seine fünfzehnjährige Tochter mit ihrem Freund alleine in einem Zelt schläft. Irgendwo in der Wildnis, weitab von allem. Ihre Gedanken kreisten und kreisten und fanden keine Stelle, an der sie zur Ruhe hätten kommen können.

„Kinder!" Es klopfte an Saskias Zimmertür. „Kinder, es ist spät, morgen ist ein wichtiger Tag!"

„Ja, Paps, sofort!"

„Jetzt ist es soweit. Ich muß nach Hause."

„Ja, jetzt mußt du nach Hause."

„Ich komme morgen wieder. Mit meinen Eltern."

„Mit deinen Eltern. Dann müssen wir uns küssen."

„Ja, müssen wir."

„Aber heute…"

„…noch nicht, oder…" Ihre Gesichter waren jetzt einander zugewandt und ihre Lippen trennten nur noch Millimeter. Die Spannung, die den ganzen Raum erfüllte, war mehr als unerträglich.

„…heute…"

„…noch…"

„…nicht…" Dann berührten sich die Lippen und es war, als wenn die Neonlichter einer Flutlichtanlage eingeschaltet wurden. Ihre Köpfe schienen zu explodieren.

Sie wußten nicht, wie lange dieser Moment gedauert hatte, als sie ihre Lippen wieder voneinander trennten.

„…heute nicht, morgen…" sagte Bert.

„…ja, morgen…" sagte Saskia. Dann standen sie auf und verließen das Zimmer. Nebeneinander, ohne sich zu berühren oder anzusehen.

Bert hatte niemanden, mit dem er über sich und Saskia reden konnte, dem er sich anvertrauen konnte, dem er die Wahrheit sagen konnte.

Seine Eltern hätten ihm vielleicht zugehört, zumindest seine Mutter. Aber die beiden gingen ja davon aus, daß Saskia seine Freundin war. Ihnen konnte er nicht sagen, wie die Sache wirklich lag. Ja, seit sie Saskia und ihre Familie kennen gelernt hatten, war er der Meinung, daß sich ihr Verhalten ihm gegenüber verändert hatte. Sie behandelten ihn nicht mehr nur wie den kleinen Jungen. Seine Mutter versuchte sogar, das verhaßte „mein Junge" zu vermeiden, was ihr natürlich nur selten gelang. Und er ertappte sich dabei, daß es ihm dann sogar fehlte. Er hatte sich daran gewöhnt und jetzt, wo er wußte, daß er anders akzeptiert wurde, störte es ihn auch nicht mehr. Sein Vater legte ihm öfter die Hand auf die Schulter und sagte: „Mein Sohn". Er bot ihm sogar ab und an ein Bier an und er erzählte davon, wie er und seine Mutter sich kennengelernt hatten und davon, wie es mit seiner ersten Freundin war und natürlich davon, was für eine Verantwortung man da hatte, in dem Alter. Von dieser Seite hatte er also keine Hilfe bei seinem wirklichen Problem zu erwarten.

Gerd und Ben und seine anderen Freunde kamen auch nicht in Frage, da sie noch keine richtige Freundin gehabt hatten und alles, was sich bei ihnen beim Gedanken an eine Beziehung bewegte, zwischen ihrem Beinansatz lag. Und, was sollte er ihnen erzählen: Daß er eine Freundin hatte, die gar nicht seine Freundin war? Er würde Saskia und sich dem Gerede der ganzen Schule aussetzen. Keiner würde es verstehen. Wahrscheinlich, nein, ganz sicher sogar, würde es alles sofort beenden. Er dachte an diesen blöden Spruch von dem Spatzen in der Hand und der Taube auf dem Dach. Wenn er die Wahl hätte, würde er sich für den Spatz entscheiden. Lieber verbrachte er weiterhin seine Nachmittage so bei Saskia, wie er sie in den letzten Wochen verbracht hatte, als alles für ein anerkennendes: „Du hast eine Freundin?" seiner Kumpel auf das Spiel zu setzen. Er konnte in Saskias Nähe sein. Das zählte und er würde versuchen, diesen Zustand so lange wie möglich aufrecht zu erhalten. Gewiß, irgendwann würde sie seine Hilfe nicht mehr benötigen und man würde sich wahrscheinlich offiziell trennen.

Aber noch war dieser Moment nicht gekommen. Im Gegenteil: Es lagen gut drei gemeinsame Wochen vor ihnen! Und da war er wieder bei seinem Problem: Der gemeinsame Urlaub. Er hatte keine Ahnung, wie sie das bewerkstelligen sollten. Wie sie die Fassade da aufrecht erhalten sollten, ohne daß ihr Vater oder Susanne etwas merkten.

Er konnte nicht einmal Saskia fragen, die die Einzige gewesen wäre, mit der er hätte darüber reden können, denn sie wußte zwar, daß sie nicht Freund und Freundin waren, aber sie wußte nicht, was er für sie empfand. Er konnte mit ihr eine Strategie entwickeln, wie sie das Spiel den Anderen gegenüber so spielten, daß es glaubhaft blieb. Aber das würde die Realität noch mehr mit seiner Traumwelt vermischen. Er machte sich ernsthafte Gedanken darüber, wann er zwischen diesen beiden nicht mehr unterscheiden konnte. Das eine drohte in das andere zu fließen und sich untrennbar mit ihm zu verbinden.

Und dann war da noch dieser Kuß. Dieser eine Kuß, der wie in einer dicken Nebelwand in seinem Kopf gefangen war und von dem er sich manchmal fragte, ob er wirklich stattgefunden hatte. Aber er war sich ziemlich sicher, daß es keine Einbildung gewesen war. Immer, wenn er und Saskia auf das Thema küssen zu sprechen kamen und, wenn sie vor ihrem Vater, Susanne und seinen Eltern das glücklich verliebte junge Paar spielen sollten, merkte man an ihrer Reaktion, daß auch sie sich daran erinnerte. Sie hatten nie darüber gesprochen bisher.

Aber die Reise rückte näher. Unerbittlich. Tag für Tag. Stunde für Stunde. Minute für Minute…

6

*S*chließlich war es soweit. Der Abreisetag war gekommen. Bert hatte kein Auge zugetan in der Nacht. Entsprechend fühlte er sich. Seine Mutter hatte ihn überpünktlich geweckt, damit er noch genügend Zeit für ein Frühstück hatte:

„Das wird eine lange Fahrt und wer weiß, wann du das nächste Mal etwas bekommst, mein Junge", hatte sie gesagt.

„Ja, Mama!" hatte er wie üblich geantwortet und jetzt saß er am Eßtisch und stocherte wie gewöhnlich in dem Essen vor ihm rum, ohne es anzurühren. Das Schrillen der Klingel erlöste ihn.

„Sie sind da!" rief seine Mutter. „Beeil dich, Bert!"

„Ja, Mama, gleich. Wir haben Zeit!" Sie hatten keinen Termin wie bei einem Flug oder bei einer Bahnfahrt. Sie fuhren los, wenn sie losfuhren. Ja, sie mußten nicht einmal eine Fähre erreichen, weil Hartmut gesagt hatte, daß er die Brücke nimmt. Also, warum sollte er sich beeilen?

„Hast du auch alles, Bert?"

„Ja, Mama." Natürlich hatte er alles. Sie hatten das Auto schon vor zwei Tagen gepackt. Sein Vater hatte ihn bei Saskia vorbei gefahren mit seiner Tasche, seinem Schlafsack und seiner Isomatte. Mehr brauchte er nicht.

„Beim Camping braucht man wenig Gepäck!" hatte Saskia gesagt, „das Wichtigste sind ein guter Schlafsack und eine gute Isomatte." Diese beiden unerläßlichen Ausrüstungsgegenstände hatten ihm seine Eltern sogar gekauft. Sie waren extra mit ihm in das große Fachgeschäft für Campingartikel im Zentrum gegangen. Ja, er hatte alles. Das, was noch fehlte, war er.

„Mach´s gut, mein Junge und komm gesund wieder! Und schreib´ mal!" Seine Mutter stand am Straßenrand vor dem Haus und war den Tränen nahe.

„Ja, Mama, na klar!" sagte Bert und stieg in den Caravan. Sein Platz war hinter Saskias Vater. Susanne saß auf dem

Beifahrersitz und Saskia neben ihm hinter Susanne. Das mit dem Schreiben würde er schon hin bekommen. Ursprünglich hatte seine Mutter gewollt, daß er sie täglich anrufen sollte. Zum Glück hielt Saskias Vater nichts von Telefonen beim Campingurlaub, so daß er ihr sagen konnte, daß das nicht möglich war. Das war eine große Enttäuschung für sie und eine ebenso große Erleichterung für ihn. Wenigstens in diesem Punkt brauchte er sich keine Gedanken zu machen. Bert ließ die Scheibe herunter und winkte seiner Mutter, bis sie verschwunden war.

„Schwer?" Saskia sah ihn an.

„Für sie ja. Für mich: nein! Ich freue mich riesig, irgendwie, obwohl..." Er sah sie an.

„Ja, ich weiß, was du meinst", sie griff nach seiner Hand und drückte sie kurz, „wir kriegen das schon hin!" sagte sie und löste den Griff wieder.

„Ja, vielleicht", sagte Bert und sah aus dem Fenster. Diese Berührung von Saskia war völlig unvermittelt und unerwartet gekommen. Seine Reaktion war die Übliche. Alles in ihm zeigte Begeisterung. Er fragte sich, wie er das jemals hinbekommen sollte, wenn selbst dieses kleine Zusammentreffen schon diese Wirkung erzielte. Was, wenn sie sich vor anderen küssen mußten und es taten. Das konnte nicht gut gehen. Er mußte solche Situationen unter allen Umständen vermeiden. Jedenfalls solange, wie sie noch an seiner Gegenwart interessiert war. Er fragte sich, ob das überhaupt möglich sein würde. Sie hatten mehrmals damit begonnen, sich Zeichen zu überlegen, wie sie sich in diesen Dingen verständigen konnten, ohne daß Hartmut und Susanne etwas bemerkten. Die Versuche waren jämmerlich gescheitert. Vor allem, weil er sich das, was Saskia sich überlegt hatte, nicht merken konnte. Schließlich hatten sie beschlossen, es auf sich zukommen zu lassen. Das hatte nicht wirklich dazu beigetragen, seine Nervosität zu verringern.

„Heute Abend sind wir schon drüben!" sagte Hartmut und in seiner Stimme schwang Begeisterung mit.

„Ja, Paps, endlich!"

„Ja, Pumbie, du hast es dir verdient!"

„Paps!"

„Ja, Bert natürlich auch, das weiß ich doch! Ihr habt es euch beide verdient und ihr sollt diese Reise so richtig genießen!"

„Das meinte ich nicht, Paps!"

„Nicht?"

„Du weißt genau, was ich meine."

„Ja, aber du bist nun mal Pumbie! Erzähl es ihm doch!"

Hartmut blickte durch den Innenspiegel zu seiner Tochter.

„Später, Paps, später."

„Was ist ein Pumbie?"

„Bert, das ist kein Was, das bin ich!"

„Ja, das habe ich mitbekommen. Aber, was heißt es?"

Saskias Vater hatte das schon öfter zu ihr gesagt oder zu sagen versucht und dafür jedes Mal mindestens einen sehr bösen Blick von ihr zugeworfen bekommen. Das war ihm nicht entgangen. Da es Saskia aber offensichtlich unangenehm war, hatte er es bisher vermieden, sie danach zu fragen. Er war gespannt auf die Auflösung dieses „Pumbie".

„Später, ja?" Sie sah Bert an.

„Ist es denn so schlimm?"

„Das nicht, aber…"

„…sie mag es nicht, wenn jeder es weiß!"

„Hartmut, Bert ist doch nicht Jeder!" Susanne sah ihren Freund überrascht an.

„Stimmt, Pumbie, er ist dein Freund, oder?"

„Ja, Paps, schon…"

„Genau, dein Freund, oder?" wiederholte Bert und verschränkte die Arme vor der Brust.

„Nun gib´ dir schon einen Stoß, dann hast du es hinter dir; und so schlimm ist es ja wirklich nicht!" Hartmut lächelte in den Rückspiegel, so daß Saskia und Bert es sehen konnten.

„Na gut, also, ich hatte da so einen Strampler…"

„Einen Strampler?"

„Bert!" Sie funkelte ihn an: „Willst du die Geschichte hören, oder nicht?"

„Ja, doch…" sagte Bert.

„Dann unterbrich mich bitte nicht!"

„Nein", sagte Bert kleinlaut.

„Dieser Strampler, der war gelb-schwarz gestreift und hatte am Ende ein spitz zulaufendes Stück Stoff…"

„Wie eine Biene!"

„Bert!"

„Schon gut, schon gut…"

„Ja, wie eine Biene. Hatte ich von meiner Mutter…"

„Die liebte die Biene Maja!"

„Paps!"

„Ich meinte ja nur…"

„Deswegen der Anzug und da sah ich eben aus, wie eine Biene!"

„Aha", sagte Bert und schaute sie fragend an.

„Na Paps hat mich deshalb immer seine kleine Hummelbiene genannt…"

„Ja, weil der Anzug und dann war sie so propper, als sie klein war, wie eine Hummel eben…"

„Ja, wie eine Biene eben!" Saskia warf einen bösen Blick nach vorne zu ihrem Vater, „und aus Hummelbiene wurde dann Humbie und…"

„…weil meine kleine Pumbie das nicht so richtig aussprechen konnte, als sie anfing zu sprechen, hat sie immer Pumbie gesagt. Und dabei ist es dann halt geblieben."

„Das ist alles?" sagte Bert erstaunt.

„Ja, alles. Du siehst, nicht weiter spannend eigentlich", sagte Hartmut.

„Und, was ist daran nun so schlimm, Pum…" weiter kam Bert nicht:

„Wenn du mich ein einziges Mal so nennst, dann…" Saskia sah ihn mit einem Blick an, der Bert das Wort im Munde gefror. Er schluckte und nickte nur ein paar Mal kräftig zum Zeichen, daß er sie verstanden hatte. „So ist es gut, mein Schatz", sagte sie und ihr Blick veränderte sich von einer zur anderen Sekunde. Dann drückte sie ihm einen kurzen, kräftigen Kuß auf die Wange.

„Du bist...", begann er.

„...umwerfend, ich weiß!" Damit lehnte sie sich in ihrem Sitz zurück, legte die Arme auf ihren Schoß und lächelte zufrieden vor sich hin.

Bert wirkte ziemlich verstört und beschloß, wieder aus dem Fenster zu sehen. Er wollte sich ablenken, seine Gedanken auf etwas Anderes konzentrieren.

Die Landschaft flog vorbei, jedenfalls das, was man sah. Sie waren auf der Autobahn Richtung Norden. Er war sehr gespannt auf diese Brücke, die Dänemark mit Schweden verband. Das war ihr erstes Ziel: Schweden. Es gab da einen Platz, ganz in der Nähe der Brücke, den sie als erstes ansteuern wollten. Dort würden sie, d. h. er, zum ersten Mal ein Zelt aufbauen und auch zum ersten Mal würde er in so einem Ding schlafen. Und das nicht allein. Er starrte weiter auf die vorbeifliegenden Bäume, Felder und Wiesen. Der Wenige Schlaf tat ein Übriges und als er das nächste Mal aus dem Fenster sah, hatten sich die Straßen und Häuser und auch die Landschaft verändert.

„Wo sind wir? Was ist?" Er rieb sich die Augen.

„Du hast geschlafen!"

„Ich? Wie lange?"

„Ein paar Stunden", hörte er Susanne sagen.

„Ja, wie ein Stein", sagte Hartmut, „du warst nicht wach zu bekommen, nicht einmal, als wir über die Brücke sind!"

„Über die Brücke? Wir sind schon über die Brücke?"

„Schon eine ganze Weile", sagte Hartmut.

„So ein Mist!" Bert klopfte leicht mit der Faust gegen die Scheibe. „Und du?"

„Ich?" sagte Saskia, „habe nicht geschlafen. Konnte ich auch gar nicht."

„Warum nicht?"

„Weil ich die meiste Zeit deinen Kopf halten mußte!"

„Meinen Kopf?"

„Ja", sagte Susanne, „du bist zur Seite gekippt und dein Kopf lag auf Saskias Schoß!"

„Auf deinem Schoß!" Er wurde rot und ärgerte sich gleichzeitig, daß er davon nichts mitbekommen hatte.

„Es muß sehr bequem gewesen sein, so fest, wie du geschlafen hast!" sagte Susanne.

„Ja, wenn ich du wäre, hätte ich auch gut geschlafen in Saskias Schoß", sagte Hartmut grinsend.

„Paps!"

„Schon gut, schon gut", sagte er und pfiff fröhlich vor sich hin.

Der Caravan rollte durch das südliche Südschweden. Es war schon früher Abend und sie waren den ganzen Tag unterwegs gewesen. Bert war gespannt auf diesen ersten Platz. Er konnte sich nicht viel unter einem „Platz" vorstellen. Ja, einen Campingplatz, so etwas hatte er schon einmal gesehen. Wenn er aber Hartmut richtig verstanden hatte, dann steuerten sie so etwas nur in Ausnahmefällen an. Nun, ihm sollte es recht sein. Er würde sich überraschen lassen. Ändern konnte er sowieso nichts.

„Ah, da!" Hartmut hatte direkt ein Strahlen in der Stimme. Der Caravan verließ die große asphaltierte Straße, um rechts in einer kleinen asphaltierten Straße zu verschwinden. Das aber nur für einige wenige Kilometer. Dann ging es nach links und der Weg war zwar auch noch mit Asphalt belegt, aber nur sporadisch und er war so schmal, daß keine zwei Personenwagen aneinander vorbei kamen, geschweige denn, zwei Wohnmobile. Der Weg schlängelte sich langsam weg von der etwas größeren Straße und hatte eine leichte Neigung nach unten. Plötzlich hielt der Caravan.

„Willst du sie hier raus lassen?" sagte Susanne.

„Ich denke, das wird das Beste sein, dann müssen sie das Zeug nicht alles hoch schleppen - und unten ist es für ein Zelt nicht so gemütlich, finde ich!"

„Du hast wie immer recht, Hartmut. Zum Essen können sie ja runter kommen."

„Genau. Morgen früh sammeln wir sie dann nach dem

Frühstück wieder auf. Und schließlich", er grinste wieder, „wollen die beiden ja auch mal etwas für sich sein und nicht die ganze Zeit uns Ältere um sich herum haben!"

„Ja, Paps, du sagst es!" Saskia öffnete die Tür auf ihrer Seite: „Komm, Bert: Aussteigen!"

„Aussteigen? Hier?" Sie nickte. „Gut", sagte er und öffnete auch seine Tür. Er hatte zwar gehört, was Hartmut und Susanne gesagt hatten, aber nicht verstanden, was sie mit „hoch schleppen", „unten" und „früh aufsammeln" meinten. „Und jetzt?" sagte er, als er um das Wohnmobil herum gegangen war und vor Saskia stand.

„Jetzt nehmen wir unseren Krempel und dann bauen wir das Zelt auf. Das ist ein guter Platz dafür hier."

„Wenn du es sagst", sagte Bert und sah sich um: Vor dem Wohnmobil ging der Weg noch etwa 100 Meter weiter nach unten, um in einer Art Kreis zu enden, der wohl als Parkplatz diente. Da, wo sie standen war auf der einen Seite eine steil ansteigende Böschung, die mit Bäumen bewachsen war und auf der anderen Seite eine Rasenfläche, hinter der ein Zaun war, hinter dem das Gelände stark abfiel. „Gut, und was ist das hier?" wollte Bert wissen.

„Wir nennen es den Steinzeitplatz", sagte Saskia und begann, die Sachen aus dem Wohnmobil zu räumen, die sie für die Nacht benötigten.

„Steinzeitplatz", wiederholte Bert und nahm Saskia alles ab, was sie ihm reichte. Er legte es erstmal einfach neben das Wohnmobil auf die Wiese. „Steinzeitplatz, weil, wie in der Steinzeit!" murmelte er.

„So, das noch, das wär's! Ihr könnt!" rief Saskia und warf die hintere Tür zu. Das Wohnmobil setzte sich in Bewegung und ließ die beiden mit ihrem Gepäck zurück.

„Und jetzt?" sagte Bert wieder und sah sich etwas hilflos um, dabei kratzte er sich mit der rechten Hand in den Haaren. Das tat er immer, wenn er ratlos war.

„Jetzt bauen wir auf, was sonst!"

„Was sonst. Aufbauen. Das Zelt?"

„Klar, das Zelt! Es sei denn, du willst einfach so auf der

Wiese liegen!"

„Nein, wohl eher nicht", sagte Bert und schüttelte sich bei dem Gedanken daran.

„Dann los. Wird schon gut gehen!"

„Na, dein Wort in Gottes Ohr." Bert war sich nicht sicher, wie aus den Dingen, die sich vor ihnen auf dem Boden befanden etwas entstehen konnte, in dem er eine sichere und trockene Nacht verbringen konnte.

„Zum Glück regnet es nicht!" sagte Saskia und begann, die Zeltsachen von den übrigen zu trennen.

„Ja, zum Glück." Bert schaute nach oben und schüttelte sich kurz. „Was kann ich tun?" Er sah Saskia an, wie ein hilfloser junger Hund, der sich hoffnungslos verlaufen hatte.

„Jetzt suchen wir erstmal die richtige Stelle."

„Ich dachte, das ist die richtige Stelle", sagte Bert und zeigte auf die Wiese neben der Straße.

„Ja, schon, aber noch nicht genau."

„Noch nicht genau", wiederholte Bert und sah Saskia zu, die das Teil nahm, das sie als Unterzelt bezeichnete und es auseinanderfaltete:

„Da, zieh", sagte sie zu Bert. Der nahm die Seite des Unterzeltes, die Saskia gegenüber war und zog daran.

„Ups, das ist ja größer, als ich dachte!" sagte er mit einer gewissen Erleichterung, als der Zeltboden ausgebreitet vor ihm lag.

„Na ja, wie man´s nimmt. So und jetzt ziehen wir solange, bis er auf einer geraden Stelle liegt." Sie zogen und schließlich lag er so, daß Saskia zufrieden war. „Gut, weiter."

„Weiter. Wie weiter?"

„Jetzt machen wir den Boden fest."

„Festmachen, womit festmachen?" Bert sah sich um.

„Mit den Heringen."

„Heringen? Ach so, den Heringen…"

„O je, du weißt ja wirklich gar nichts."

„Habe ich dir doch gesagt!" verteidigte sich Bert.

„Aber nicht, daß es so schlimm ist."

„Es ist schlimmer!" sagte er und grinste.

„Gut, die Metalldinger da, das sind Heringe."

„Ah!" Seine Mine hellte sich auf.

„Rein in den Boden. An allen vier Ecken einer von den kleinen da."

„Und die großen?" Bert hatte entdeckt, daß es mehrere verschiedene Größen von diesen Heringen gab.

„Die sind für die Abspannleinen!"

„Ach so, für die!" Bert hatte keine Ahnung, was eine Abspannleine war. Er kannte eine Wäscheleine, aber die sah anders aus als alles, was in diesem Bastelsatz vorhanden war, aus dem am Ende ein Zelt entstehen sollte. „Und du bist sicher, daß wir alles haben, was wir brauchen und alles brauchen was wir haben?" fragte er skeptisch.

„Ja."

„Na denn."

„Hier!" Saskia reichte ihm den Hammer. „Für die Heringe", sagte sie als er mit dem Hammer in der Hand dastand und diesen anstarrte, als wenn er die Entdeckung des Jahrhunderts gemacht hatte.

„Ach so. Klar." Er schlug sich mit der freien Hand auf die Stirn. Wie dumm konnte man sein, dachte er und beförderte die Heringe mit dem Hammer in den Boden.

„Wenn du keinen Hammer hast, kannst du natürlich auch einen Stein nehmen und manchmal ist der Boden so weich, daß du sie einfach reindrücken kannst. Mußt du sehen." Sie hatte inzwischen die Steckstangen zusammengesetzt. Es waren insgesamt vier. Zwei relativ lange und zwei kürzere. Sie schien wie schon einige Male zuvor seine Gedanken lesen zu können: „Die langen sind für das Innenzelt und die kurzen für den Eingang!"

„Innenzelt?"

„Das ist dasselbe wie Unterzelt!" Damit nahm sie eine der langen Stangen und führte sie durch die Schlaufen des liegenden Innenzeltes.

„Ach so", sagte Bert und tat dasselbe mit der anderen Stange. „Das ist einfach!" sagte er begeistert.

„Ja, nicht?" Saskia lächelte. Sie stand auf und sagte: „Und

jetzt hoch damit!" Damit steckte sie das eine Ende der Stange in ein dafür vorgesehenes Loch im Boden und drückte dann das andere Ende hoch, bis sie auch dieses in das dafür vorgesehene Loch einführen konnte.

„Doch nicht ganz so einfach, am Anfang", sagte Bert, dem es nicht gelang, die Stange so hoch zu drücken, daß er sie in dem dafür vorgesehenen Loch verschwinden lassen konnte.

„Komm her", sagte sie und schon war sie neben ihm. „So, siehst du!" und mit einem kurzen Handgriff war die Sache erledigt.

„Klasse, ehrlich!" sagte Bert bewundernd.

„Alles nur Übung. Wirst du sehen. Und jetzt kommt eigentlich das Überzelt."

„Überzelt!" Bert sah sich erneut suchend um. Da nur noch ein stoffähnliches Teil herumlag nahm er an, daß es sich hier um das Überzelt handelte. Es war das Überzelt. „Eigentlich…"

„Wenn es regnet, muß das hier alles ganz schnell gehen, damit das Zelt innen nicht naß wird…"

„Verstehe!"

„Jetzt regnet es nicht. Wir können also erst unsere Sachen ins Zelt legen, bevor das Überzelt draufkommt, das ist einfacher." Sie öffnete den Reißverschluß und kroch in das Unterzelt. „Gib her!" sagte sie. Bert wollte ihr einen der Schlafsäcke reichen. „Erst die Isomatten!" Er gab ihr die Isomatten, die Saskia im Innern auseinanderrollte und aufblies. „Jetzt die Schlafsäcke und dann alles Andere!"

Bert folgte ihren Anweisungen wortlos. Er war beeindruckt, wie sie das alles so machte. So, als wenn sie es jeden Tag tat und jeden Tag nichts anderes tat. Nach dem Einräumen wurde das Überzelt über das Unterzelt oder Innenzelt gelegt, an den Stangen befestigt und dann mit Heringen und Abspannleinen fixiert. Zuletzt wurden die beiden Stangen des kleinen Vordaches am Eingang aufgestellt.

„So, fertig!" sagte Saskia schließlich.

„Echt?" Bert sah sich ihr Werk an. „Sieht ganz gut aus, oder?"

„Schon", sagte sie ohne seine Euphorie in der Stimme zu haben. „Hat nur viel zu lange gedauert. Aber, das wird noch. Wirst sehen. So und jetzt haben wir uns das Abendessen verdient, komm!" Sie winkte ihm, ihr zu folgen, was er ohne Murren tat.

Sie gingen den Weg hinunter, auf dem das Wohnmobil verschwunden war. Obwohl es schon nach 22 Uhr war, konnte man noch alles relativ gut erkennen. Das mußte der Midsommer sein, wo es nie richtig dunkel wurde. Aber Bert hatte gedacht, daß es erst viel weiter oben so weit war. Als sie in dem Talkessel angekommen waren, sahen sie das Wohnmobil an einem kleinen Bach gegenüber einer etwa zehn Meter hohen Felswand stehen.

„So, das hier ist der richtige Steinzeitplatz", sagte Saskia.

„Und warum heißt der so, weil hier so viele Steine sind?"

„Nein, weil die hier eine Siedlung von früher gefunden haben. Vielleicht aus der Steinzeit. Wir fanden das passend als Namen und nennen den Platz so."

„Also wart ihr schon öfter hier?"

„Fast jedes Jahr. Weißt du, hier im Süden ist es ziemlich schwierig, was zu finden für ein Wohnmobil und ein Zelt. Ist ziemlich dicht besiedelt, für Schweden. Und das hier liegt gut in der Nähe von der Fähre und jetzt auch von der Brücke. Aber wir haben noch andere Plätze."

„Andere Plätze?"

„Ja, an denen wir auch schon öfter waren. Ein paar wirst du kennen lernen. Sind wirklich tolle dabei."

„Wenn du es sagst. Ich bin echt gespannt."

„Da seid ihr ja endlich!" Susanne sah die beiden an. Sie war aus dem Wohnmobil gekommen und hatte Teller auf den Tisch gestellt, den sie vor dem Wohnmobil aufgebaut hatten. Die Stühle standen auch schon. Es sah richtig einladend aus. Viel besser, als es sich Bert vorgestellt hatte.

„Ja, es hat etwas länger gedauert…"

„…das lag an mir, ich hab da noch nicht so die Übung", sagte Bert entschuldigend.

„Das wird schon. Wir dachten, draußen ist in Ordnung,

oder?"

„Ja, Susanne, ist noch nicht so kalt. Und, wir haben ja Jacken bei."

„Genau!" stimmte Bert Saskia zu. Er fand es aufregend so in der freien, wilden Natur in irgendeinem Tal zu sitzen, wo schon vor tausenden Jahren irgendwelche Höhlenmenschen rumgelaufen waren.

„Kommt, setzt euch, Essen ist fertig!" sagte Hartmut. „Bier?"

„Ja, gerne", sagte Bert.

„Mir auch!"

„Kommt sofort!" Hartmut verschwand im Innern des Wohnmobils, um gleich darauf mit drei Bierdosen zurückzukehren. „Und Wein für dich, Susi?"

„Gerne!" Susanne lächelte Hartmut an. Die beiden schienen sich super zu verstehen und sie schienen vor allem auch glücklich miteinander zu sein. Bert überlegte, ob seine Eltern glücklich miteinander waren. Darüber hatte er sich bisher noch nie Gedanken gemacht. Er nahm es an. Warum sollten sie sonst noch zusammen sein? Aber irgendwie waren sie anders als Hartmut und Susanne.

„Es gibt Ravioli à la Maggi!" sagte er, als er, nachdem er Susanne ihren Wein gebracht hatte, mit einem großen Topf dampfenden Inhalts zurückkehrte.

„Ravioli à la Maggi?" Bert sah die anderen an.

„Aus der Dose, Bert. Von Maggi!"

„Ach so." Wieder der obligatorische Schlag gegen die Stirn. „Ich mag Ravioli aus der Dose. Könnte ich jeden Tag essen."

„Das könnte dir durchaus passieren!" sagte Saskia lachend.

„Keine Sorge, mußt du nicht, jedenfalls nicht jeden Tag!", sagte Hartmut und lächelte.

„Ja, Paps, falls du was fängst!" Saskia grinste ihn an.

„Was heißt, falls? Habe ich schon jemals nichts gefangen?" sagte er und stellte den Topf auf den Tisch. „Greift zu!"

„Nun ja, Paps…"

„Ist schon gut!" Hartmut gab seiner Tochter einen kleinen Stoß in die Seite, „aber diesmal habe ich ja Unterstützung!" Dabei zwinkerte er Bert zu, der noch nicht genau wußte,

94

worauf das alles hinaus lief.

„Magst du überhaupt Fisch, frischen Fisch?" sagte Saskia an Bert gewandt, während sie sich eine ordentliche Portion Ravioli auf ihren Teller schüttete.

„Ja, denke schon. Haben wir an der Nordsee auch oft gegessen. Scholle, Rotbarsch und so."

„Na prima!" Hartmut rieb sich die Hände, „dachte ich es doch."

„Du mußt wissen, Paps ist ein leidenschaftlicher Angler!"

„Hast du schon mal geangelt, Bert?" Hartmut sah Bert erwartungsvoll an.

„Bisher, bisher noch nicht…"

„Na, du wirst sehen, das ist ganz einfach."

„Ja, genauso einfach, wie das Zeltaufbauen vermutlich!" Bert mußte grinsen.

„Einfacher. Und es gibt nichts Besseres als frisch gefanger Fisch. Kein Vergleich zu dem, was sie dir da zu Hause im Supermarkt anbieten! Selbst Saskia ißt den!"

„Und, oben alles klar?" Wollte Susanne wissen.

„Wunderbar. Steht wie eine eins", sagte Saskia.

„Na dann steht ja der ersten gemeinsamen Nacht nichts mehr im Wege!" Hartmut hob seine Bierdose und sah die beiden an: „Auf euch beide!"

„Und auf einen schönen Urlaub!" ergänzte Susanne.

„Ja, auch!" sagte Bert und dachte an das, was Hartmut gesagt hatte von wegen der ersten gemeinsamen Nacht. Ganz wohl war ihm bei dem Gedanken daran noch immer nicht, daß er allein mit Saskia in einem Zelt schlafen sollte. Er merkte, wie sein Gesicht schon wieder rot anlief.

„Ja, auf einen schönen Urlaub!" sagte Saskia und dann stießen sie alle an. Hartmut drückte Susanne einen dicken Kuß auf die Wange.

„Müssen wir jetzt auch?" Bert hatte sich zu Saskia gebeugt, die neben ihm saß und ihr ins Ohr geflüstert.

„Ich weiß nicht, wahrscheinlich!" Saskia zuckte mit den Schultern.

„Na dann!" Vorsichtig drückte Bert Saskia einen kleinen Kuß

auf die Wange.

„Nun seht euch diese jungen Leute von heute an!" lachte Hartmut. „Ihr braucht euch vor uns nicht zu genieren!"

„Nein, wir..." Bert merkte, daß er inzwischen eine Gesichtsfarbe haben mußte, die der Soße seiner Ravioli glich.

„Da hast du dir ja einen ganz Schüchternen ausgesucht, aber laß mal, stille Wasser und so weiter! Ich hol mal noch ein Bier." Damit stand er auf und verschwand im Innern des Wohnmobils.

„Tut mir leid", sagte Bert, „ich kann nichts dafür."

„Braucht dir nicht leid zu tun, überhaupt nicht!" Saskia gab ihm einen kleinen Knuff in die Rippen. „Hast ja gehört: Stille Wasser..."

„Wenn du wüßtest, wie still..." sagte Bert.

„Wenn ich was wüßte?"

„Wenn du wüßtest, wie, wie still das hier ist im Vergleich zu, zu - zu Hause ist!"

„Bert, ich war schon hier!"

„Ja, klar. Ich glaube, das ist alles zu viel für mich. Die neue Umgebung, die ganzen Eindrücke, das Zelt und das alles eben!"

„Hier Bert, das beruhigt!"

„Danke!" Bert nahm das Bier und hoffte, daß der Alkohol ihn wirklich etwas beruhigen würde.

„Toll! Es wirkt schon!"

„Was wirkt?" Saskia sah Bert an.

„Das Bier - ich höre merkwürdige Geräusche!"

„Was hörst du denn?"

„So ein Fiepen. Da, jetzt wieder!"

„Ach das!" Susanne machte eine Bewegung mit ihrer Hand, „das sind nur die Fledermäuse."

„Fledermäuse?" Berts Augen weiteten sich, „richtige Fledermäuse?"

„Ja, ganz echte und..." Saskias Stimme wurde sehr leise und bekam einen geheimnisvollen Klang, „...nachts, wenn du schläfst, da kommen sie und saugen dein Blut..."

„Wirklich?" Bert schluckte.

„Ja, und sie lieben schüchterne Jungs, die Bert heißen!"
Damit beugte sie sich blitzschnell in seine Richtung und biß
ihn in seinen Hals.

„Du…"

„Ja?" sie sah ihn von unten her mit ihren funkelnden Augen
an. „Was?"

„Du machst mir Angst, ehrlich!" Bert hatte sich fürchterlich
erschreckt, weil er nicht mit Saskias Angriff auf seinen Hals
gerechnet hatte. Das Gefühl aber, als ihre Zähne seinen Hals
für einen kurzen Moment berührten und er ihren Druck
spürte, war ein sehr angenehmes Gefühl und er ertappte sich
bei dem Gedanken, daß der Biß dieser Fledermaus durchaus
zu den Dingen gehörte, die er mehrmals zu ertragen bereit
war.

„Ist alles in Ordnung mit dir?" Susanne klang besorgt.

„Was? Mit wem?" Bert schien von weit her zu kommen.

„Bert, ich wollte dich nicht erschrecken. Tut mir leid. Ich
mache es wieder gut, später!" hauchte Saskia vielsagend.

„Ja, später." Bert sah sie nachdenklich an. „Eigentlich mag
ich Fledermäuse!"

„Na, dann ist ja alles gut!" Hartmut hob sein Bier: „Skol!"

„Skol" antworteten die anderen.

Schließlich meinte Hartmut, daß es an der Zeit wäre, sich
zurückzuziehen, da sie morgen nicht erst am Mittag weiter
wollten. Es würde noch andere Plätze geben, wo sie länger
blieben, mit Lagerfeuer und allem.

„Eine gute Nacht für euch!" sagte er, als er hinter Susanne
im Wohnmobil verschwand.

„Eine gute Nacht!" Bert winkte den beiden hinterher.

„Komm, Bert, ab nach Hause!" sagte Saskia.

„Nach Hause!" wiederholte er und es klang irgendwie sehr
angenehm in seinen Ohren. Ein zu Hause, das er mit Saskia
teilte, schien in seinen Augen nicht das Schlimmste Szenario
für die Zukunft zu sein. „Blödsinn!" sagte er und versuchte,

diesen Gedanken sofort wieder aus seinem Hirn zu streichen, um sich gar nicht erst daran zu gewöhnen. Er war sechzehn! Mit sechzehn denkt man nicht an so etwas und mit fünfzehn schon gar nicht!

„Was ist Blödsinn?"

„Ach, ich habe bestimmt viel Blödsinn geredet heute, oder?"

„Na, normal für dich würde ich sagen!" Saskia beschleunigte ihren Schritt, ehe Bert sie greifen konnte.

„Warte, wenn ich dich kriege!"

„Kriegst du aber nicht!" sagte sie und stürmte davon, um dann blitzschnell im Zelteingang zu verschwinden.

„Wo bist du?" Bert sah sich um.

„Ich bin hier drin!" hörte er Saskias Stimme aus dem Zelt. „Warte einen Moment, ich bin gleich fertig."

„Fertig? Fertig womit?"

„Umziehen, ich ziehe mich um. Oder denkst du, ich krabbel mit meinen Tagsachen in den Schlafsack!"

„Tust du nicht? Na gut. Ich dann auch nicht. Ich dachte…"

„Bert, wir zelten. Das heißt aber nicht, daß wir stinken müssen!"

„Ach, ich hatte mich schon so gefreut…"

„Ich bin fertig. Du kannst reinkommen. Und laß die Schuhe draußen, ja?"

„Wie zu Hause! Zelten ist wie zu Hause", sagte Bert mit leichter Enttäuschung in der Stimme: „die Schuhe draußen lassen, waschen, umziehen…wie zu Hause." Dann hellte sich sein Gesichtsausdruck auf: „Nur du bist nicht wie zu Hause! Ich komme." Man hörte eine Art Aufschlag, dann tauchte Berts Gesicht vor dem Eingang auf. „Kannst du, kannst du aufmachen?"

„Klar, komm!" Saskia richtete sich in ihrem Schlafsack auf und öffnete den Reißverschluß, Dabei konnte sie nicht verhindern, daß der Schlafsack nach unten rutschte. Bert sah, daß sie keinen Schlafanzug, sondern lediglich eine Art übergroßes T-Shirt trug. Er krabbelte an ihr vorbei. „Wo willst du hin?" fragte er, als er sah, daß Saskia das Zelt verlassen wollte.

„Na, vielleicht warte ich auch draußen, während du dich umziehst!" Saskia schlüpfte nach draußen.

„Ja, ist vielleicht besser!" Es war zwar nicht stockdunkel, aber hier im Süden um diese Nachtzeit so dunkel, daß man den Mond sehen konnte und das Licht des Mondes durchaus erhellend wirken konnte.

Bert quälte sich mühsam aus seiner Jeans und zog dann sein T-Shirt aus. Anschließend suchte er in seiner Tasche nach etwas, das er nachts anziehen konnte. Schließlich hatte er sich für eines seiner T-Shirts entschieden. Er hielt es nach oben, um es sich überzuziehen. Dabei fiel sein Blick auf der Zelteingang und aus seiner Perspektive sah er Saskia, die vor dem Eingang stand und zum Himmel schaute. Sie hatte die Arme ausgebreitet und schien den Anblick zu genießen. Das war nicht das, was seine Augen fesselte. Es war das Mondlicht, das auf sie fiel und durch ihr T-Shirt deutlich ihre Körperformen erkennen ließ. Seine Augen klebten an der Körperlinie und sie wanderten so oft von oben nach unten und wieder zurück, wie sie es vermochten. Er mußte in seinen Schlafsack. Schnell. Bevor etwas passierte, was er ihr nicht erklären konnte. Doch, erklären hätte er es ihr können, aber es wäre ihm sehr unangenehm gewesen, wenn sie bemerkt hätte, woher die plötzliche Feuchtigkeit im Zelt gekommen wäre. Er riß seinen Blick von ihr los und kroch in seinen Schlafsack. Gerade noch rechtzeitig.

„Oahhoh!" kam es aus seinem Mund. „Eijeijeijei!"

„Bert?" Saskias Kopf erschien im Eingang. „Was ist passiert? Hast du dir weh getan?"

„Nein, ja, nicht so schlimm. Bin auf die blöde Lasche von meiner Tasche, ah, schon besser, schon besser."

„Sicher?" sie klang besorgt.

„Ganz sicher. Laß uns schlafen. Morgen wird wieder ein langer Tag, nicht?"

„Bestimmt. Hier sind alle Tage lang im Sommer und je weiter wir nach Norden kommen, je länger werden sie. Aber das ist toll. Du wirst sehen."

Damit war sie in ihrem Schlafsack verschwunden und einen

Moment später hätte Bert nur noch ihren ruhigen gleichmäßigen Atem gehört, wenn er nicht schon geschlafen hätte, noch bevor sie ihm geantwortet hatte.

7

Es wäre ein schöner Sonnenaufgang gewesen, wenn es einen richtigen Sonnenaufgang gegeben hätte und er hätte ihn sanft geweckt, wenn er nicht schon wach gewesen wäre. Den ersten Teil der Nacht hatte er tief und fest geschlafen. Seine Müdigkeit und der Alkohol hatten seine Nervosität besiegt. Irgendwann aber wachte er auf aus einem unruhigen Traum. Er brauchte einen Moment, bis er wußte, wo er war, aber dann begann sein Herz wie wild zu schlagen: Er lag in einem Zelt. Mit Saskia. Nur sie und er. Sonst niemand. Und es war auch niemand in der Nähe, abgesehen von ihrem Vater und dessen Freundin, aber die waren mehr als 100 Meter entfernt. Ja, es war seine erste Nacht mit ihr - seine erste Nacht überhaupt mit einem Mädchen. Das hatte er sich in seinen Phantasien schon etwas anders vorgestellt. Es war die erste Nacht und viele würden folgen. Viele in dieser Art. Viele mit einem in seinen Augen traumhaften Mädchen und viele trotzdem allein.

Er hatte seinen Blick starr an die Decke des Zeltes über ihm gerichtet. Er wagte es nicht, in Saskias Richtung zu schauen. Sie machte ihn nervös, sehr nervös. Schon der bloße Gedanke an sie ließ ihn erzittern und wenn er sie ansah, dann verstärkte sich dieses Zittern noch und eine Berührung von ihr war wie ein Erdbeben. Dagegen hatte er noch kein Mittel gefunden. Er wußte nicht einmal, ob es eines dagegen gab. Er redete sich ein, daß diese Reaktionen im Laufe der nächsten Tage durch ihre ständige Gegenwart nachlassen würden. Für den Moment aber waren sie da und er beschloß schließlich in Ermangelung einer Alternative, sich ihnen einfach auszuliefern. Langsam drehte er sich in ihre Richtung. Darauf bedacht, möglichst kein unnötiges Geräusch zu verursachen, das sie hätte wecken können. Es war nicht taghell, nein, so weit im Süden wurde es auch im Sommer noch dämmrig. Aber es war so hell, daß man die Umrisse aller Dinge im Zelt gut erkennen konnte. Auch die des Schlafsackes von Saskia und die von Saskia, die den Reißverschluß eben dieses Schlafsackes irgendwann während der Nacht geöffnet haben mußte. Jetzt lag sie eigentlich mehr auf als in ihm. Sie hatte die Beine leicht angewinkelt und drehte ihm den Rücken zu. Das T-Shirt war soweit nach oben gerutscht, daß ihre Beine bis fast zum Ansatz zu sehen waren. Bert starrte sie an und in Gedanken berührte er ihre Haut mit seiner Hand, strich behutsam über sie, um dann auf ihren Oberschenkeln zu verweilen. Er stellte sich vor, wie Saskia sich genußvoll ausstreckte, wie ein Kätzchen schnurrte und sich dabei auf den Bauch drehte, wodurch sich seine Hand auf einmal am Ansatz ihres Pos wiederfand. Seine Finger begannen, sich langsam in Richtung dieser verheißungsvollen Erhebung zu bewegen. Er spürte den Anstieg und er verstärkte den Druck auf die angenehm weiche Fläche unter seiner Hand. Saskia schnurrte noch immer. Das Schnurren wurde lauter und lauter. Es klang jetzt fast wie ein Rasenmähermotor. Bert kehrte in die Wirklichkeit zurück. Saskia lag noch immer auf ihrem Schlafsack mit dem Rücken zu ihm. Aber das Schnurren hatte nicht aufgehört. Es kam von draußen. Bert hatte keine Ahnung, wie spät es war. Er suchte nach seinem kleinen Wecker, den er am Abend irgendwo neben seinem Schlafsack abgestellt hatte:

„Acht Uhr!" stöhnte er. Für die Schulzeit war das spät, aber für die Ferien sehr früh, jedenfalls für seine Verhältnisse, dachte er, als sich der Reißverschluß des Zeltes von Außen öffnete:

„Guten Morgen, ihr Schlafmützen!" hörte er die Stimme von Saskias Vater, dessen Gesicht kurz im Eingang erschien,

„auf, auf, in 30 Minuten gibt´s Frühstück!" Dann verschwand der Kopf wieder, Bert hörte eine Tür schlagen und das Schnurren entfernte sich.

„Ach, Paps!" Hörte er Saskias Stimme. Sie hatte sich ihr Kissen auf den Kopf gedrückt und machte keinerlei Anstalten, etwas an ihrer Lage verändern zu wollen.

„Wir müssen aufstehen, Saskia!" sagte Bert und setzte sich auf.

„Wie spät ist es?" brubbelte Saskia unter ihrem Kissen ohne auch nur eine einzige Regung zu zeigen.

„Acht Uhr", sagte Bert und fuhr sich mit den Händen durch die Haare, was ihn aber auch nicht munterer machte.

„Acht Uhr?" kam die ungläubige, sehr verschlafen klingende Antwort, „es sind Ferien!"

„Du sprichst mir aus der Seele!" dachte Bert, sagte aber: „Saskia, dein Vater…"

„Ja, ich weiß…" sagte sie mürrisch und richtete sich auf. Ihre Augen hatte sie noch geschlossen, „…es gibt gleich Frühstück!"

„Ja, genau, dein Vater…" versuchte es Bert erneut.

„Ja, mein Vater! Du wirst dich daran gewöhnen, gewöhnen müssen", setzte sie hinzu, während sie langsam erst das eine und dann das andere Auge öffnete.

„Woran?"

„Daran!" Sie deutete auf den Zelteingang, „das macht er jeden Morgen!"

„Im Ernst?" Saskia nickte, öffnete ihren Mund zu einem langen und herzhaften Gähnen, wobei sie die Arme so weit nach oben von sich streckte, wie es nur ging und die Augen wieder schloß. Dabei hob sich das T-Shirt, so daß Bert einen Blick auf ihren nackten Bauch werfen konnte, der in seiner ganzen appetitlichen Fülle einen Weg in die Freiheit suchte:

„Nicht zu viel, genau richtig!" hörte er seine Stimme.

„Was sagst du?" Saskia nahm die Arme nach unten, öffnete die Augen wieder und sah ihn an.

„Ich, ich meine, nicht so, zu früh, es ist gar nicht so früh, finde ich…" Sie sah ihn ungläubig an. „Na, wir wollen ja auch was sehen, auch von dem Land, meine ich".

„Auch von dem Land? Wovon denn noch?"

„Auch, ich meine, auch von **dem** Land, von Schweden - nicht nur von Norwegen." Er spürte eine Schweißperle auf seiner Stirn, obwohl es von der Lufttemperatur her noch nicht warm genug für deren Entstehen war.

„Puh, du überraschst mich. Na, mein Vater und du, ihr werdet euch hervorragend verstehen, auf jeden Fall!" sagte sie grinsend und war im nächsten Moment durch die kleine Öffnung im Zelt nach draußen verschwunden.

„Na, wenn du dich da mal nicht irrst!" sagte Bert und ließ sich der Länge nach auf seinen Schlafsack fallen. Am liebsten wäre er ewig so liegen geblieben.

„Kommst du?" hörte er Saskias Stimme, die sich schon etwas vom Zelt entfernt zu haben schien.

„Ja, sofort!" rief er und setzte leise hinzu: „Es gibt ja wohl keine andere Möglichkeit!"

Da saßen sie nun, verschlafen und wenig begeistert unter am Steinzeitplatz neben dem Wohnmobil mit Hartmut und Susanne beim Frühstück. Immerhin, die beiden hatten schon alles vorbereitet und Bert dachte, wenn das immer so ist, dann wäre das frühe Aufstehen vielleicht gar nicht mal so schlimm. Er ließ seinen Blick wandern: Außer dem Wohnmobil befand sich weder ein anderes Fahrzeug noch ein Zelt hier unten. Sie waren allein. Der Tisch stand nahe an dem kleinen Bach und er konnte von seiner Position aus auf die kleine Steilwand am anderen Ufer sehen. Sie wirkte trotz ihrer gerade mal zehn Meter Höhe von hier sehr beeindruckend auf ihn. Die Sonne stand jetzt schon so hoch, daß sie ihre Strahlen in das kleine Tal schickte und man das Frühstück bereits ohne Pulli genießen konnte. Es gab Spiegeleier mit Bohnen und Bacon.

„Das ist total lecker!" sagte Bert mit voller Überzeugung und schüttelte sich kurz, als er an die diversen Frühstücksvariationen seiner Mutter dachte.

„Ist dir kalt?" fragte Susanne, die sein kurzes Zittern bemerkt hatte.

„Nein, nicht wirklich", beeilte er sich zu sagen.

„Na, es wird gleich wärmer, du wirst sehen", sagte Hartmut, „schön, daß dir das Frühstück schmeckt, man braucht schon eine gute Grundlage. Die Tage hier sind ziemlich lang!"

„Ja, wenn man so früh geweckt wird, dann schon!" sagte Saskia und stocherte in ihren Bohnen.

„Was ist los, Pumbie? Schmeckt es dir nicht? Du kannst doch sonst gar nicht genug davon bekommen!"

„Hartmut, laß sie doch!" Susanne beugte sich zu ihm.

„Na ja, aber eine gute Grundlage..." er klopfte mit seinen Händen auf seinen Bauch.

„Nimm dir daran bloß kein Beispiel!" sagte Saskia und deutete auf den Bauch ihres Vaters.

„Ach was, ein bißchen zu viel ist besser, als zu wenig, oder?" Er sah Susanne an.

„Ein bißchen schon", sagte sie, lehnte sich an Hartmut und legte eine Hand liebevoll auf seinen Bauch.

„Da hörst du es!" sagte der zufrieden und an Bert gewandt: „du siehst das bestimmt genauso, Saskia besteht ja auch nicht nur aus Haut und Knochen..."

„Papa!" Saskias Stimme klang entrüstet. Sie ließ die Gabel fallen, verschränkte die Hände vor ihrer Brust und zog einen Schmollmund.

„Jetzt mußt du sagen, daß es dich nicht stört und außerdem, daß sie viel zu dünn ist..."

„Papa!" Saskia funkelte ihren Vater an.

„Du bist aber empfindlich heute..."

„Hartmut!" Susanne sah ihn an und zog die Augenbrauen nach oben.

„Oh, ich verstehe, na klar. Bin eben ein Mann. Na dann", damit nahm er grinsend die Leerung seines Tellers wieder auf.

„Was soll das denn jetzt wieder heißen, Paps?"

„Ach, nichts, alles in Ordnung, nicht Bert?"

„Äh, ja, alles", sagte Bert, der keine Ahnung hatte, worum es eigentlich ging und der sich im Moment auch nicht sonderlich wohl in seiner Haut fühlte. Er sah hilfesuchend zu Saskia.

„Komm, Bert, wir müssen los. Das Zelt abbauen und so", dann warf sie ihrem Vater einen giftigen Blick zu: „damit es nicht zu spät wird!"

„Willst du nicht aufessen?"

„Danke Paps, ich bin ja eh zu fett!" sagte sie, „ihr sammelt uns dann auf nachher, ja?"

„Na klar, Pumbie", sagte Hartmut und gab seiner Tochter einen herzhaften Klaps auf ihren Po.

„Paps!" Saskia lief rot an und marschierte los in Richtung Zelt ohne sich noch einmal umzudrehen.

„Frauen!" sagte Hartmut und schob sich den Rest von Saskias Frühstück mit der Gabel auf seinen Teller.

„Ja, äh, bis später", stotterte Bert und folgte Saskia.

Die Bäume glitten vorbei. Es waren viele Bäume, sehr viele Bäume. Zwischen ihnen tauchten immer wieder kleinere und größere Seen auf. Wenn die Bäume einmal nicht durch das Erscheinen von Seen unterbrochen wurden, dann sah man Felder und grüne Wiesen mit verstreut liegenden Bauernhöfen, die zumeist in diesem typischen Rotton gestrichen waren. Es sah genauso aus wie auf den Bildern, die Bert sich angesehen hatte vor der Reise. Fast alle Gebäude waren aus Holz, was ihm mehr als logisch erschien, da es diesen Rohstoff hier in unendlichen Mengen zu geben schien. Vor nahezu jedem Haus gab es einen Fahnenmast an dem die schwedische Fahne in Form einer Flagge oder eines langen Wimpels flatterte. Auf den Weiden standen Kühe und Schafe und zuweilen auch Pferde.

„Im Grunde wie Bayern", sagte Bert, „nur flacher und die Häuser sehen anders aus!"

„Das wird noch höher!"

„Höher?"

„Ja, das bleibt nicht so flach. Es gibt hier richtige Berge. Sogar mit Schnee!"

„Im Sommer?" sagte Bert ungläubig.

„Weiter oben. Du wirst sehen!" Saskia hatte ihre Morgenmüdigkeit abgelegt und mit ihr auch ihre schlechte Laune. Sie schien vor Energie zu strotzen und sie erzählte und erzählte fast ununterbrochen: Von dem Land, den Leuten, warum die Häuser alle so rot waren und von vielen anderen Dingen mehr. Bert bemühte sich, ihren Ausführungen zu folgen, was ihm mit zunehmender Fahrtdauer immer schwerer fiel. Das frühe Aufstehen, die gleichbleibende, vorbeigleitende Landschaft, das surrende Geräusch des Motors, das alles machte ihn schläfrig und mehr als einmal glitt er ohne es zu merken hinüber in das Reich des Schlafes.

Sie fuhren und fuhren. Die Straßen waren zunächst sehr gut ausgebaut. Sie glichen an einigen Stellen den deutschen Autobahnen, nur daß es hier keine Autobahnen waren. So kamen sie sehr schnell voran. Hartmut hatte am Morgen gesagt, wie ihr Tagesziel hieß und wo es sich befand. Er hatte es sogar auf der Karte gezeigt. Bert hatte Namen und Lage längst wieder vergessen. Für ihn klang das hier alles relativ gleich. Viele Orte endeten auf -berg, -bo, -bro, -by, oder -sjö und -fors und andere für ihn seltsame Dinge. Seine Eltern hatten ihm extra eine große Skandinavienkarte gekauft.

„Damit du weißt, wo du bist!" hatte sein Vater gesagt.

„Und du es uns dann hinterher auch zeigen kannst!" seine Mutter.

Bert hatte sich vorgenommen, den Reiseverlauf möglichst genau festzuhalten. Er wollte ihn jeden Abend auf seiner Karte einzeichnen und ein Kreuz da machen, wo sie die Nacht verbrachten. Er schaute auf seine Karte, die noch einen sehr jungfräulichen Eindruck machte.

„Mist! Vergessen!" sagte er und kramte in seinem Rucksack nach einem Stift.

„Was ist?" hörte er Saskias Stimme, die für eine Weile

geschwiegen hatte, da auch sie zeitweilig in das Reich der
Träume hinübergeglitten war.

„Ach, nichts. Habe nur vergessen, den Weg einzuzeichnen!"

„Den Weg?"

„Ja, da, wo wir lang gefahren sind."

„Ist das so ein Ding von Mathematikern?"

„Nein", sagte Bert und mußte lachen, „das ist so ein Ding
von meinen Eltern!"

„Ach so!" Saskia lachte ebenfalls.

„Ja, mußte ich versprechen, sozusagen. Also, da, ja!" Er
hatte einen Stift gefunden und wollte ihn nun auf die Stelle
der Karte setzen, wo sie erstmals schwedischen Boden
berührt hatten. „Also, ach, da ist sie ja!" Die Brücke zu finden
war nicht sonderlich schwer, aber das war auch schon alles.
Er starrte ziemlich ratlos auf die Karte und sein Stift bewegte
sich in kreisenden Bewegungen ziellos über sie. „Also, nein,
oder hier vielleicht…"

„Kann ich dir helfen?" Saskia lehnte sich zu ihm herüber. Er
spürte, wie ihre Haare seinen Oberarm streiften und ein
wohliger Schauer durchlief ihn. „Ist dir wieder kalt?" fragte sie
besorgt.

„Kalt? Äh, nein, es ist nur…" Er deutete mit dem Stift auf die
Karte.

„Kein Problem", sagte Saskia, „gib her!" und noch ehe er
reagieren konnte, hatte sie ihm den Stift aus der Hand
genommen und begann, ihn über die Karte wandern zu
lassen. Das Berühren seiner Hand hatte zu einem erneuten
kurzen Erschauern seinerseits geführt.

„Es ist nichts", kam er ihrer Frage zuvor, „nur meine Eltern
eben, die wollen alles immer ganz genau wissen…"

„Bleib ganz ruhig, da kann ich dir helfen. Ich und Paps."

„Dein Paps?" Bert runzelte die Stirn.

„Na klar, wenn wir zurück sind, machen wir einen Diaabend
zusammen mit deinen Eltern."

„Diaabend?"

„Ja, Paps fotografiert gerne. Früher hat er Dias gemacht.
Gerne und viel. Sehr viel. Im Grunde genommen zu viel.

Keiner wollte das alles wirklich sehen. Jetzt preßt er die besten Aufnahmen auf eine oder mehrere DVD´s, die wir uns dann ansehen dürfen. Vielleicht gefällt das ja deinen Eltern." Sie ließ den Stift weiter über die Karte gleiten.

„Bestimmt. Das ist genau das Richtige für sie." Bert lächelte.

„So, das war´s. Fertig."

„Schon?"

„Klar. Wir sind ja erst einen Tag hier!"

„Ja, habe ich vergessen. Kommt mir schon so lange vor."

„Lange? Gefällt es dir nicht?"

„Doch. Ja. Ich meinte, es kommt mir so vor, als wenn ich schon ganz lange hier bin, weil wir schon so viel gesehen haben."

„Bert! Was haben wir denn schon gesehen?"

„Na ja, das alles eben!" Er zeigte mit seinen Händen zum Fenster. Saskia sah ihn zweifelnd an. „Na, für dich ist das alles, das Land und das Zelten und alles eben, normal. Du kennst das alles schon. Für mich ist das alles neu und das ist schon sehr viel. Für mich jedenfalls!"

„Na, wenn das schon viel ist. Warte, bis du wirklich etwas gesehen hast. Hoffentlich schnappst du dann nicht über!" Sie grinste wieder.

„Kommt drauf an, was ich sehe", sagte er und sah sie an.

„Laß dich überraschen!"

„Ich liebe Überraschungen!" Er lehnte sich zurück und schloß die Augen. Seine Gedanken wanderten weit, weit weg: Er sah sich wieder im Zelt. Es war Morgen und Saskia lag auf ihrem Schlafsack neben ihm. Seine Hand wanderte über ihren Po…

„Bert! Hallo!"

„Was?"

„Nun komm schon, greif zu!"

„O ja, gerne, sehr gerne!" säuselte Bert in seinen Drei-Tage-Flaumbart und leckte sich mit der Zunge über die Lippen. Dann streckte er seine Hände aus und wollte das tun, wozu man ihn aufgefordert hatte: Zugreifen! „Au-ahh!" Er verspürte einen plötzlichen Schmerz in seiner Hand. Er öffnete die Augen. „Wo, wo, was ist?" Er richtete sich auf und versuchte, sich zu orientieren. „Wo bin ich? Was ist passiert?"

„Nichts, du Schlafmütze", sagte Saskia und ließ seine Hand los.

„Schlafmütze?"

„Ja, Schlafmütze. Schläfst du eigentlich immer so viel? Na, das kann ja ein toller Urlaub werden. Vielleicht bleibst du lieber im Zelt, wenn wir dann mal wohin wollen!"

„Wohin wollen?" Bert war noch immer nicht ganz da.

„Na, egal. Komm jetzt, hier!" Saskia streckte ihm eine Stofftasche entgegen. „Zelt. Aufbauen..." sagte sie, als sie seinen fragenden Blick sah.

„Schon?" er wirkte überrascht.

„Schon? Es ist fast Nacht!"

„Nacht?" Er sah aus dem Fenster: Alles war sehr hell. „Es ist noch hell!"

„Bert", Saskia schüttelte ihren Kopf und verschwand aus seinem Gesichtskreis.

„Warte, Saskia, ich..." Er quälte sich aus seinem Sitz und verließ das Wohnmobil. „Wo, wo sind wir?" Er schaute sich um. Vor ihm lag eine Art Wiese, auf deren linker Seite Bäume standen, rechts befand sich Wasser und geradezu waren in einiger Entfernung auch Bäume zu sehen. „Saskia?"

„Ja, Bert?" Er schreckte herum:

„Mein Herz!" sagte er und faßte sich mit der rechten Hand an die Brust, „Männer neigen zu Herzinfarkten!"

„Männer schon", sagte Saskia und grinste. „Komm, ich zeig dir die Stelle, wo das Zelt hin soll". Sie winkte ihm, ihr zu folgen. Sie entfernten sich vielleicht 30 Meter vom Wohnmobil. „So, hier!" sagte sie und zeigte auf eine Stelle am Boden, wo schon ein paar Teile ihres Nachtquartieres lagen. „Gefällt es dir?"

„Ja...", Bert sah sich noch einmal um: Wald und Wald und ein bißchen Gras und, ja, Wasser und noch mehr Wald. „Ich weiß nicht..."

„Na, laß uns erstmal aufbauen, dann sehen wir weiter. Bis dahin sind auch Paps und Susanne wieder zurück."

„Wieder zurück?" Er ließ seinen Blick über den Platz wandern und es fiel ihm erst jetzt auf, daß die beiden gar nicht da waren.

„Sie wollten noch ein bißchen Bewegung vor dem Abendessen, nach der langen Fahrt."

„Lange Fahrt..." wiederholte Bert. Er konnte sich nur noch an die roten Häuser und die vielen Bäume erinnern und dann daran, daß er wunderschön geträumt hatte, von Saskia und...

„Ja, wir sind fast den ganzen Tag gefahren. Aber die meiste Zeit hast du ja verschlafen. Wie ein Murmeltier. Genau wie gestern. Machst du das immer, wenn du Auto fährst? Wird spannend, wenn du mal einen Führerschein hast!" Sie lachte.

„Mach nur deine Witze. Ich weiß ja auch nicht, aber irgendwie kann ich da gar nichts machen." Er wollte eigentlich noch sagen, daß er immer sehr gut schlafen kann, wenn er sich wohl fühlt und es hätte ihn interessiert, ob er seinen Kopf wieder in Saskias Schoß gelegt hatte. Aber im Moment schwieg er lieber und wandte sich dem Aufbau des Zeltes zu. „Wie war das noch?" Er hielt eine Stange in die Höhe.

„Du bist einmalig!" sagte Saskia, „laß uns erstmal alles holen und dann anfangen. Heute haben wir etwas mehr Zeit als gestern. Da kannst du mal richtig üben."

„Wie meinst du das?" Er folgte ihr zu dem Wohnmobil.

„Na, du baust auf und ich schaue zu und lese dabei ein bißchen!"

„Nee, oder?"

„Doch", sagte sie und hielt ein Taschenbuch in die Höhe, „und außerdem: Nur durch Übung..."

„...werden Fähigkeiten zu Fertigkeiten! Das sagt mein Vater immer."

„Deiner auch? Echt?"

„Ja, aber bei mir klappt das nicht immer so, wie du noch merken wirst!"

„Kopf hoch, wird schon werden. Schließlich haben wir ja alle Zeit der Welt!"

„Alle Zeit der Welt?" Bert hob seinen Kopf und sah Saskia an.

„Ich meine, wir sind gerade erst am Beginn der Reise, oder?"

„Ja, sind wir. Am Beginn der Reise." Wo immer sie auch hinführt, dachte Bert und trottete zu der Stelle zurück, an der er das Zelt errichten sollte.

„... *U*nd dann hat er...."

„Saskia, nein!" Bert versuchte, ihren Wortschwall zu bremsen. Sie saßen vor dem Campingwagen um ein gemütliches Lagerfeuer. Das Abendessen hatte sich nicht grundsätzlich von dem gestrigen unterschieden, da Hartmut bisher seine Angel noch nicht hatte auswerfen können, was Bert nicht wirklich bedauerte, da er keine besonders große Lust auf einen Angelausflug verspürte.

„Also, ist das mit dem Zeltaufbauen eher nicht so deine Sache?" Susanne sah Bert an und grinste.

„So kann man es sagen - aber, ich habe ja noch ein paar Versuche! Und, solange das Wetter mitspielt..."

„Genau!" sagte Hartmut und hob seine Dose mit echtem schwedischen Bier in Richtung Bert, „mal sehen, wie das beim Angeln ist!"

„Na ja, viel schlimmer kann es ja wohl kaum werden!" Bert prostete Hartmut zu und dachte daran, wie er vorhin das Zelt aufgebaut hatte. Das heißt, er hatte es versucht und dann am Ende die Sache doch eher Saskia überlassen. Wenn er es alleine durchgezogen hätte, hätte er wahrscheinlich gleich wieder abbauen können, wenn er denn überhaupt fertig geworden wäre. Es war ihm peinlich gegenüber Saskia, wie blöd er sich angestellt hatte. Was sollte sie nur von ihm denken?

„Und morgen fahren wir nach Rottneros?" Saskia sah ihren Vater an

„Pumbie…"

„Du hast es mir versprochen, Paps!"

„Ja, Hartmut, das hast du", sagte Susanne.

„Aber Rottneros, weißt du, wie oft ich da schon…"

„Weiß ich, aber es ist doch so schön und gar nicht weit."

„Wir können das Zelt ja hier lassen und kommen abends wieder zurück, wie wäre das?" warf Susanne ein.

„Ja, Paps, das ist doch super. Zwei Nächte am Basislager und morgen Rottneros!" Sie schaute ihren Vater mit den größten Augen an, die sie machen konnte. Bert war am Zerfließen. Er merkte erst, daß er in seine Dose biß, als er das Metall spürte.

„Bäh!" sagte er und wischte sich über den Mund.

„Was machst du denn? Hast du etwa noch hunger?" Saskia sah ihn an.

„Nee, ich bin pappesatt. Aber so ein bißchen Aluminium hinterher ist vielleicht gut für das Hirn."

„Stimmt, für deins auf jeden Fall!" Saskia grinste.

„Ich dachte, ich komme drum rum, aber gut, wie ihr wollt: Dann also Rottneros", sagte Hartmut und erhob sich. „Noch jemand eins?" sagte er und schwenkte seine leere Dose.

„Gerne, wenn ich darf!" Bert sah Saskia an.

„Was schaust du mich an? Du mußt doch wissen, ob du noch was willst!"

„Ja, aber…" Bert kam sich total bescheuert vor. Warum fragte er Saskia? Sie war nicht seine Freundin und er alt genug. „Ja, ich nehme noch eins!" beeilte er sich zu sagen.

„Ich auch, Paps, wenn ich darf?" Saskia sah Bert an. Ihr Blick zeigte nichts Verhöhnendes oder dergleichen. Es schien, als wenn sie die Frage ganz ernst gemeint hatte. Er wurde aus ihr nicht schlau.

„Du darfst alles, was du willst!" sagte Bert, ehe er darüber nachdachte.

„Alles?" Der Blick, der ihn jetzt traf, ließ Bert am ganzen Körper erzittern. Zum Glück sagte Susanne:

„Warum willst du denn so unbedingt nach Rottneros? Was gibt es denn da so Besonderes, das wir noch nicht kennen?"

„Ach, nichts, nur, der Brunnen. Ich muß unbedingt zu dem Brunnen!" Damit drückte sie das Buch, das sie, seit sie das Zelt aufgebaut hatten, nicht mehr aus der Hand gelegt hatte, an ihre Brust.

„Brunnen, Rottneros, Basislager." Bert holte tief Luft. „Ich habe keine Ahnung was das alles bedeutet, ehrlich!"

„Mach dir nichts draus, hier, das ist was Handfestes!" Hartmut reichte ihm eine weitere Dose Falcon.

„Danke."

„Du warst noch nie in Rottneros?" Saskia sah ihn erstaunt an.

„Ich war noch nie in Skandinavien, also...", sagte er trocken.

„Stimmt, ich vergaß. Siehst du, ich passe mich schon an!" Sie mußte wieder lachen.

„Ja, umgekehrt wäre besser!" sagte er und lächelte sie an.

„Susanne könnte dir jetzt bestimmt einen ausführlichen Vortrag über Rottneros halten und Saskia auch, aber, ich denke, du schaust morgen selber. Es ist ein schöner Park, ja, so kann man sagen, oder?" Hartmut sah Saskia an.

„Ja, kann man so sagen, Paps."

„Und der Brunnen?"

„Das ist ein ganz besonderer Brunnen mit tollen Skulpturen und ich will ihn unbedingt sehen."

„Kennst du ihn denn nicht?"

„Natürlich kennt sie ihn. Wie gesagt, wir waren schon oft da."

„Ja, Paps, aber nicht so!"

„Nicht so?"

„Jetzt ist es anders!" Sie drückte das Buch noch fester an ihre Brust. Bert hatte keine Ahnung, was das für ein Buch war. Sie hatte es ihm gezeigt, aber der Titel sagte ihm nichts.

„Du kannst es auch mal lesen!" hatte sie gesagt und er hatte aus Höflichkeit genickt. Bücher waren, wie einige andere Dinge auch, nicht so sein Ding.

„Ich bin jetzt schon gespannt auf diesen Wunderbrunnen", sagte er und nahm einen weiteren tiefen Schluck Falcon. „Und das Basislager?"

„Ach, das ist das hier", sagte Hartmut.

„Du mußt wissen", Susanne schaute kurz in Berts Richtung und dann Hartmut an, „wir haben diesen Platz hier auf unserer ersten Reise entdeckt und damals haben wir von hier aus mehrere Fahrten unternommen. Es war sozusagen unsere Basis. Deshalb Basislager."

„Und seitdem versuchen wir immer, wenn wir hier oben sind, zumindest eine Nacht hier zu verbringen", sagte Hartmut.

„Es ist einfach toll hier, du wirst sehen!" Saskia strahlte Bert an.

„Nur angeln kann man hier nicht. Das wird erst gehen, wenn wir an den Fjorden sind. In ein paar Tagen." Hartmut sah seine Tochter über den Rand seiner Brille an und fügte ein: „vielleicht..." hinzu.

„Ja, Paps, wir kommen noch zu deinen Fjorden, früh genug!"

„Na, hoffentlich!"

„Wann wollen wir morgen los?"

„Na, nach dem Frühstück!"

„Klasse, Paps, und wann ist das?"

„Wir haben morgen Zeit - um neun?"

„Wir haben Zeit? Dann eher Elf!"

„Zehn?"

„Das ist ja wie auf einem Basar, Paps!"

„Also zehn, dann hast du mehr Zeit für deinen Brunnen!"

„Na gut, zehn dann also."

Etwa eine Stunde später lagen Saskia und Bert in ihren Schlafsäcken. Bert fühlte sich wie die Nacht davor. Diesmal hatte er sich zuerst umgezogen und dadurch vermieden, daß es zu einer ähnlichen Situation hatte kommen können wie den Abend zuvor, als er Saskia vor dem Zelt hatte stehen sehen. Als Saskia fertig gewesen war und ihn gerufen hatte, hatte er gesagt, daß er noch einen Moment vor dem Zelt bleiben wolle um die Stimmung richtig in sich aufzunehmen.

Er hatte das nur so gesagt, um einen Vorwand zu haben, nicht gleich in das Zelt zu müssen. Aber, als er am Ufer des Sees gestanden und auf die fast spiegelglatte Wasserfläche geblickt hatte, die im ewigen Dämmerlicht des Midsommers unter den Strahlen des Mondes glitzerte, da hatte er das alles doch sehr schön gefunden und ein leichter Schauer war ihm über die Haut gelaufen. Es war eine unwirkliche Atmosphäre: Es war still, so still wie auf einem Friedhof. Nur ab und zu schrie ein Vogel oder ein anderes Tier. Kein Windhauch wehte, keine Wolke war am Himmel zu sehen. Nur er, er allein mitten in der Wildnis. Obwohl, er hatte sich klargemacht, daß er nicht in der Wildnis war. Er war an einem See im südlichen Mittelschweden, irgendwo westlich von Örebro. Das war nicht wirklich die Wildnis. Außerdem war er nicht allein. Aber er hatte angefangen zu verstehen, was Saskia so an dieser Ecke der Welt begeisterte. Saskia, da war sie wieder. Einen Moment lang war sie aus seinem Denken verdrängt worden, einen kurzen Moment, aber jetzt war sie wieder da: Strahlend hell und klar, wie das Licht des Mondes. Er hatte sich geschüttelt. Trotzdem es Sommer war, waren die Nächte hier nicht so heiß, daß man sie ohne entsprechende Kleidung draußen verbringen konnte. Er hatte sich vom See abgewandt und war zum Zelt gegangen. Vorsichtig hatte er den Reißverschluß geöffnet, war hineingeschlüpft und schnell in seinem Schlafsack verschwunden.

„Schlaf gut!" hatte Saskia gesagt.

„Du auch. Ich wollte dich nicht wecken."

„Hast du nicht. Ich war noch wach."

„Kannst du nicht schlafen?"

„Nein."

„Was ist?"

„Ich bin so aufgeregt!"

„Wegen morgen?"

„Ja, morgen!"

„Aber, du warst schon da..."

„Ja, aber - der Brunnen, du wirst es sehen. Ich zeig es dir."

„Ich…"
„Morgen, Bert, morgen."

8

Bert öffnete die Augen. Irgendetwas hatte ihn geweckt. Er lauschte in die Stille: Nichts. Vielleicht hatte er auch nur wieder geträumt und war davon aufgewacht. Es war genauso still wie am Abend zuvor. Er hatte nicht gewußt, daß es so still sein konnte. Das Einzige, was zu hören war, war ein sehr leises, regelmäßiges Geräusch, das von seiner linken Seite kam. Es war Saskia, die tief und fest zu schlafen schien. Bert drehte vorsichtig seinen Kopf in ihre Richtung: Es war nichts zu sehen außer ihrem Schlafsack. Sie hatte sich tief in ihn verkrochen. Er fragte sich, wie spät es wohl sei. Da man auf Grund der Helligkeit nicht unbedingt Rückschlüsse auf die Tageszeit ziehen konnte, angelte er nach seinem Wecker, der sich an derselben Stelle wie in der letzten Nacht befand. Es war kurz nach acht Uhr. Wann wollten sie doch noch los? Zehn oder war es doch neun? Er wußte es nicht mehr genau und beschloß, da er nun schon einmal wach war, aufzustehen. Er fischte nach seinem Pulli und seiner Jeans, die am Fußende des Schlafsackes die Nacht verbracht hatten. Sie sollten dort jede Nacht verbringen, hatte Saskia gesagt, damit sie am Morgen eine gewisse Wärme aufwiesen, wenn er sie sich überzog. Vorsichtig schälte sich Bert aus seinem Schlafsack, bemüht, möglichst wenig Geräusche zu machen, damit er Saskia nicht weckte. Er gönnte ihr ihren Schlaf. Schließlich war sie tagsüber meistens wach im Gegensatz zu ihm. Nach einer gefühlten Ewigkeit hatte er den Zelteingang erreicht, den Reißverschluß geöffnet, war hinausgeschlüpft und hatte das Zelt wieder verschlossen. Saskia atmete noch immer tief und ruhig.

Bert kroch unter dem Vorzelt hervor und streckte sich langsam. Obwohl die Sonne ihre Strahlen schon über die Baumwipfel schickte, war es noch erstaunlich kühl und das Vordach und die Wiese waren feucht von der Nacht. Er zog sich den Pulli und die Jeans über, das war besser. Langsam erwärmte sich sein Körper wieder. Er spürte die Wärme der ersten Sonnenstrahlen, die auf sein Gesicht fielen. Alles lag in tiefer Stille und nichts deutete darauf hin, daß sich das jemals ändern könnte. Er kam sich vor, als wäre er alleine auf der Welt.

Bert ging zum Ufer des Sees, der etwa einen Meter unter ihm lag. Es war ein ziemlich langer See, der sich rechts und links so weit erstreckte, daß man sein Ende nicht sehen konnte. Das gegenüberliegende Ufer war dagegen recht nahe. Er fragte sich, ob er es schwimmend erreichen könnte. Bei dem Gedanken schüttelte er sich unwillkürlich. Er hatte gestern seine Füße in den See gehalten, um die Temperatur zu testen. Statt von der erwarteten wohligen Wärme wurden sie von Eiswasser umschlossen, so daß er sie sofort wieder herausgezogen hatte. Nein, ein Bad in diesem See kam für ihn freiwillig nicht in Frage. Das Wasser schien ihm kälter als das der Nordsee, wenn er mit seinen Eltern dort gewesen war. Auf der anderen Seite verlief eine Straße, das hatte ihm Hartmut gesagt. Sie schien aber nur sehr wenig befahren zu sein. Wie überhaupt hier in diesem Land an den meisten Stellen nur sehr wenige Menschen zu sein schienen. Schräg rechts lag eine kleine Insel vor ihm im See. Das Ufer des Platzes wurde dort, wo der Wald nicht bis an es heranreichte, von Birken gesäumt. So auch an der Stelle, an der er sich jetzt befand. Das Ganze hier schien eine Art Lichtung zu sein, die irgendjemand einmal in den Wald geschlagen hatte, um hier eine Hütte zu bauen oder einfach nur, seinen Wohnwagen aufzustellen. Bert ließ seinen Blick immer wieder über den See streifen, aber außer ein paar Vögeln in der Ferne war nichts Lebendiges zu entdecken. Seine Gedanken wanderten nach Hause und er stellte sich die Straße vor, in der er wohnte. Dort war es so gut wie nie ganz still und dort war man auch so gut wie nie alleine. Er atmete tief ein und aus. Ja, es gefiel ihm hier. Besser, als er zunächst gedacht hatte. Am Anfang war er enttäuscht von dem ganzen Wald, den vielen Bäumen und dem nie endenden Grün. Er hatte an den Gletscher und die Fjorde gedacht, die er unbedingt sehen wollte. Jetzt war das alles nicht mehr ganz so drängend: Sie würden schon noch nach Norwegen kommen, dafür würde schon Hartmut sorgen. Was ihn viel mehr beschäftigte war sein Verhältnis zu Saskia. Es fiel ihm immer schwerer, seine Gefühle ihr gegenüber in ihrer Gegenwart zu verbergen. Sie sahen sich fast den ganzen Tag. Hinzu kam das Verhalten von Hartmut und Susanne, die sie geradezu immer wieder dazu aufforderten, zusammen zu sein. Jeder Andere wäre zufrieden, wenn der Vater seiner Freundin sich ihm gegenüber so verhalten würde, wie Hartmut ihm gegenüber. Aber, er war eben nicht Saskias Freund. Es wurde von Tag zu Tag komplizierter. Und sie waren erst am Anfang der Reise. Vielleicht schlief er darum so viel. Im Schlaf bestand keine Gefahr, etwas Dummes zu sagen oder zu tun, was alles mit einem Schlag beenden konnte. Er dachte dabei gar nicht einmal daran, was Hartmut und Susanne sagen würden, wenn sie die Wahrheit wüßten. Nein, er hatte viel mehr Angst davor, daß Saskia seine wahren Gefühle bemerken könnte. Es war ein schmaler Grat auf dem er sich bewegte. Er konnte jeden Augenblick herunterfallen. Er zuckte zusammen. Etwas hatte seine rechte Schulter berührt. Noch ehe er sich umdrehen konnte, hörte er Hartmuts Stimme:

„Ich wollte dich nicht erschrecken", sagte er und drückte seine Hand in Berts Schulter. Der atmete erleichtert auf.

„Hartmut, ich habe dich nicht gehört. Ich war in Gedanken."

„Ja, da kann man schon ins Träumen geraten!" sagte Hartmut und blickte ebenfalls auf den See. „Hier habe ich damals gemerkt, daß ich Susanne liebe!" sagte er und seine Stimme klang ganz anders als sonst. „Ja, es ist ein wunderbarer Ort!" Dann drückte er seine Hand noch einmal in Berts Schulter, bevor er sie entfernte. „Du kannst Saskia wecken, wenn du willst. Wenn ihr fertig seid, können wir essen." Dann ging er in Richtung Wohnmobil. Bert sah ihm hinterher. Ja, es war ein sonderbarer Ort. Also ein Ort, der zu ihm paßte, fand er, denn er war ja auch recht sonderbar zuweilen.

„Hier, das ist die Stelle!" Saskia blieb wie angewurzelt stehen und starrte auf den Brunnen.

„Ja, die Stelle…" wiederholte Bert. Sie waren seit weit mehr als einer Stunde in Rottneros. Zuerst waren sie gemeinsam mit Hartmut und Susanne unterwegs gewesen und Susanne hatte ihm einige der bekanntesten Skulpturen gezeigt und auch ein paar Erklärungen dazu gegeben. Sie kannte sich wirklich sehr gut aus. Es war ein sehr schöner Park. Er gehörte zu einer Art Schlößchen, das oberhalb eines Sees lag. Des Sees, an dessen anderem Ufer das Haus von Selma Lagerlöf steht. Selma Lagerlöf. Bert hatte den Namen schon einmal gehört. Als Susanne gesagt hatte, daß es die Schriftstellerin ist, die das Buch von Nils Holgerson und den Wildgänsen geschrieben hat, da hatte er sich erinnert, daß er dieses Buch als Kind sehr gerne gehabt hatte. Hier also hatte sie gewohnt und in diesem Park hatte sie viele Stunden und Tage verbracht. Er fragte sich, ob Saskia deshalb so begeistert von diesem Ort war. Sie war völlig wuschig für ihre Verhältnisse. Schließlich hatten Hartmut und Susanne die beiden alleine weiter ziehen lassen, weil Saskia sonst wahrscheinlich vor Anspannung geplatzt wäre. Ja, und da waren sie nun: an dem Brunnen. Es war ohne Frage ein schöner Brunnen, ein sehr schöner Brunnen, aber Bert konnte die Begeisterung von Saskia trotzdem nicht wirklich teilen.

„Hier war es! Hier haben sie sich wieder getroffen."

„Wieder getroffen. Wer?" Bert drehte sich um: „Saskia?" Saskia hatte Bert stehen gelassen und war zu einer der Figuren gestürmt, die um den Brunnen herum platziert waren. Jetzt stand sie genauso bewegungslos wie diese Figur vor dieser Figur und starrte sie an. Bert ging langsam zu ihr und stellte sich neben sie. Er schaute sich die Figur an: Sie stellte ein junges Mädchen dar, das mit nichts außer ihrer Haut bekleidet war. Die Figur war schwarz und das Mädchen reizvoll, fand er. Dennoch konnte er noch immer nicht nachvollziehen, was Saskia so daran begeisterte. Nach einer endlosen Weile löste sich Saskia von der Figur und ging zur nächsten. Dort verweilte sie in der gleichen andachtsvollen Haltung wie vor der ersten. Bert begann, die Figuren zu zählen, die alle Mädchen darstellten, die mit nichts als ihrer Haut bekleidet und nicht unattraktiv waren, aber trotz aller Bemühungen in Bert nicht annähernd zu der Euphorie führten, die sie bei Saskia auslösten. Bert errechnete an Hand der Anzahl und der Verweildauer an der ersten Figur, wie lange Saskia benötigen würde, um den Brunnen einmal zu umrunden. „Zu lange!" war sein Ergebnis. Er schaute sich um und entschied sich dafür, auf einer der Bänke auf sie zu warten.

„Bert?"

„Ja?" Bert schreckte hoch. Er mußte eingeschlafen sein. Schon wieder. „Saskia, du!" sagte er.

„Ja, ich, wen hattest du denn erwartet - deine Freundin?"

„Meine, meine Freundin? Du bist doch meine Freundin, oder?" sagte er schnell und grinste dabei. Schweiß hatte sich auf seiner Stirn gebildet. Sollte er ihr sagen, daß er keine Freundin hatte oder ihr vorflunkern, daß es eine gab? Hatte sie diese Frage gestellt, um herauszubekommen, ob er eine andere, eine richtige Freundin hatte? Er dachte noch darüber nach, als er wieder Saskias Stimme hörte:

„Ja, natürlich. Ich vergaß. Welch dumme Frage von mir. Also, darf ich neben meinem Freund Platz nehmen?"

„Aber gerne doch, ich fühlte mich schon sehr unwohl, so lange hier ohne meine Freundin verweilen gemußt zu haben."

„Na dann", sagte sie und setzte sich.

„Na dann", wiederholte Bert.

„Genau hier!" sagte sie. Danach schaute sie schweigend auf den Brunnen. Bert fragte sich, was in ihr vorging. Er blickte in die Richtung, in der sie blickte auf den Brunnen, aber er konnte trotz größter Anstrengung nicht entdecken, was sie zu sehen schien. Sein Blick wanderte umher.

„Kennst du den?" sagte er plötzlich.

„Wen?"

„Den alten Mann da drüben!" Bert wies in die Richtung links des Brunnens, wo ein alter Mann ihnen schräg gegenüber auf einer der anderen Bänke saß.

„Nein, warum?"

„Er starrt uns die ganze Zeit an."

„Bist du sicher?"

„Ganz sicher", sagte Bert und unterstützte das Gesagte durch ein kräftiges Nicken des Kopfes. „Da, siehst du!"

„Was?" Jetzt konnte Saskia Bert nicht folgen.

„Er hat auch genickt!"

„Bert!" Sie sah ihn durchdringend an, „deine Phantasie geht mit dir durch. Du brauchst dringend mehr Schlaf."

„Noch mehr? Nicht im Ernst, oder?" Er sah Saskia an und schüttelte seinen Kopf. „Nein, ehrlich. Paß auf!" Bert sah in die Richtung des alten Mannes und nickte erneut. Dabei hob er den rechten Unterarm an, spreizte die Finger der Hand und bewegte sie langsam von rechts nach links in einer Art Winken. „Da! Siehst du!" Er streckte den Arm in Richtung des alten Mannes und zeigte mit dem Finger auf ihn.

„Das gibt es nicht!" Saskia sah erst den alten Mann und dann Bert an, „du, du hast recht!" Der alte Mann hatte den beiden zugenickt und das Winken erwidert.

„Siehst du", sagte Bert ganz aufgeregt.

„Warum macht er das?"

„Ich weiß nicht. Und du kennst ihn wirklich nicht?"

„Nein, wirklich nicht. Merkwürdig, oder?"

„Vielleicht, weil er alt ist?"

„Du meinst?"

„Ja, ein netter alter Mann, der alleine ist und sich einfach freut, jemanden zu sehen."

„Was denn jetzt?" Saskia sah Bert an.

„Er steht auf!"

„Und kommt her!" Saskias Stimme klang ein wenig ängstlich. „Was machen wir?" Sie sah Bert an.

„Nichts", sagte Bert ruhig, „wir machen nichts. Wir bleiben hier einfach sitzen."

„Und der Mann?"

„Wahrscheinlich hat er genug gesessen und geht jetzt einfach wieder."

„Ja, natürlich", sagte Saskia erleichtert, „was auch sonst!"

„Genau, du wirst sehen, daß ich Recht habe."

Der alte Mann bewegte sich sehr langsam vorwärts und stützte sich dabei auf einen Gehstock. Es waren vielleicht gut zwanzig Meter von der Stelle, wo der alte Mann gesessen hatte bis zu der Bank, auf der Saskia und Bert saßen. Beide starrten wie gebannt auf den alten Mann, der sich im Schneckentempo Schritt für Schritt weiter bewegte. Und dann stand er vor ihnen. Bert spürte Saskias linke Hand auf seinem Bein. Sie krallte sich in seinen Oberschenkel. Normalerweise hätte das bei ihm mindestens ein sofortiges Erschauern ausgelöst. Diesmal reagierte er, in dem er seine rechte Hand auf ihre linke drückte. Keiner der beiden ließ den Blick von dem Mann, der jetzt einen halben Meter vor ihnen stand. Zwei riesig erscheinende Augen musterten sie durch eine Brille mit sehr dicken Gläsern. Dann sagte der Mann etwas in einer Sprache, die sie beide nicht verstanden und lächelte dabei. Bert sah Saskia an und sie ihn. Beide zuckten mit den Schultern:

„Hast du was verstanden?" sagte Bert.

„Nein, so gut ist mein Schwedisch nicht."

„Was könnte er wollen?"

„Keine Ahnung und wir können ihn ja auch nicht fragen!"

„Nein, aber…"

„Ihr seid aus Deutschland?" hörten sie auf einmal eine leise, aber klare Stimme.

„Er spricht deutsch!" sagte Bert überrascht.

„Sie sprechen deutsch?" Saskia sah den Mann an.

„Ja, ganz gut."

„Ja, wir kommen aus Deutschland."

„Wir machen hier Ferien!" ergänzte Bert.

„Und sie leben hier?"

„Ja, sehr lange. Ich bin aus Mannheim eigentlich. Aber, meine älteste Schwester..." Sein Blick verklärte sich. Dann sagte er traurig: „Meine Frau ist schon lange tot."

„Oh, das tut uns leid", sagte Saskia. Dann zog sie ihre Hand von Berts Knie und rutschte an den rechten Rand der Bank: „Wollen sie sich nicht setzen?" Sie deutete auf den Platz zwischen ihr und Bert. Bert reagierte automatisch und rutschte ebenfalls nach außen:

„Ja, setzen sie sich doch."

„Ihr seid nett. Genauso wie damals." Der alte Mann ließ sich mit Berts Hilfe zwischen den beiden auf der Bank nieder.

„Damals?" Saskia sah ihn fragend an.

„Ja, meine Mutter hat noch gelebt. Sie war immer gerne hier, wenn wir sie in Schweden besucht haben, ich, meine Frau und die Kinder."

„Sie haben Kinder?"

„Ja, drei Töchter und einen Sohn. Die waren damals in eurem Alter etwa." Er schwieg einen Moment und seine Gesichtszüge veränderten sich: Das Lächeln verschwand, er stützte sich auf seinen Stock und blickte starr in die Ferne an einen Ort, den nur er sehen konnte. „ Aber ihr habt uns nie besucht."

„Besucht?" Bert sah Saskia fragend an.

„Ihr habt uns nie besucht. Mutter kommt gleich. Dann fahren wir. Karin und die Kinder warten. Es ist spät."

„Ja,..." Bert warf Saskia einen hilflosen Blick zu. Die zuckte auch nur mit den Schultern. „Was sollen wir tun?" schienen ihre Augen zu sagen.

„Sie muß gleich da sein. Meine Mutter liebt diesen Ort. Das war nett von euch. Aber ihr habt uns nie besucht. Sie hätte sich gefreut."

„Was jetzt?" Bert zuckte mit den Schultern.

„Ich weiß es auch nicht! Vielleicht ist er verwirrt!"

„Du meinst?" Bert wischte mit der flachen Hand ein paar Mal vor seiner Stirn hin und her. Beide hatten sich nach vorne gelehnt.

„Er ist alt, oder?"

„Ja, alt…"

„Ja, sie war alt!" sagte der alte Mann.

„Wir können ihn doch nicht hier sitzen lassen, so." Bert sah Saskia ratlos an: „Oder?"

„Nein, aber was…"

„Papa! Gott sei Dank, hier bist du!" hörten sie auf einmal eine Stimme, die von einem Mann kam, der in etwa das Alter von Saskias Vater hatte und aus dem Weg hinter ihnen gekommen sein mußte. „Wir haben dich schon überall gesucht!"

„Das ist ihr Vater?" sagte Bert erleichtert.

„Ja, ich hoffe, er hat euch nicht zu sehr erschreckt?"

„Nein, das nicht, aber wir haben uns schon gefragt, was mit ihm ist."

„Ja, er muß uns mit irgendjemandem verwechselt haben."

„Er ist, wie soll ich das sagen, manchmal hat er klare Momente und dann wieder, na, ihr habt ihn ja wohl erlebt. Nachdem seine Frau gestorben ist, hat er sich verändert, es hat ihn sehr mitgenommen."

„Ja, das verstehe ich", sagte Saskia und sah den alten Mann an.

„Vater ist dann zu meiner Schwester und ihrer Familie nach Schweden gezogen. Sie kümmern sich um ihn. Immer, wenn wir ihn besuchen, will er unbedingt nach Rottneros. Er war immer mit seiner Mutter hier, die hat hier in der Nähe gewohnt. Sie hat diesen Ort geliebt. Aber, was erzähle ich euch das…"

„Nein, nein, ist schon in Ordnung. Er kann einem irgendwie leid tun", sagte Saskia.

„Ihm geht es gut. Er lebt in seiner Welt. Komm, Vater, wir müssen los!"

„Das ist mein Sohn Harald. Er ist etwas jünger als ihr. Ihr müßt uns besuchen kommen. In jedem Fall. Ihr werdet euch verstehen und Mutter wird sich darüber freuen." Saskia und Bert sahen sich und dann Harald an.

„Ja, Vater, ja. Sie werden uns besuchen!"

„Bestimmt?"

„Ja, ganz bestimmt!"

„Letztes Mal sind sie nicht gekommen!"

„Was meint er damit?" Saskia sah Harald an.

„Ach, das ist lange her. Ich war damals in eurem Alter etwa. Papa hat uns die Geschichte oft erzählt, weil unsere Oma immer davon geredet hat. Es muß sie unheimlich beeindruckt haben. Wollt ihr die Geschichte hören?"

„Ja, gerne", sagte Saskia, noch ehe Bert etwas sagen konnte.

„Also, um es kurz zu machen", begann Harald, „Vater war mal wieder mit seiner Mutter hier in Rottneros. Wie gesagt, sie kamen regelmäßig her. Meine Oma wollte immer alleine gehen und Vater mußte sie dann am Ende immer suchen", er lächelte, „so, wie ich ihn jetzt. Alles wiederholt sich irgendwie. Ja, und einmal hat er sie auf einer Bank gefunden, das war wohl hier an diesem Brunnen, mit einem Jungen und einem Mädchen, ich habe die Namen vergessen, ist auch egal, sie saß da mit ihnen und wirkte unwahrscheinlich glücklich. Und sie hat immer wieder davon erzählt, wie lieb sich die beiden gehabt haben und das habe man gesehen und die beiden waren so glücklich und sie hat bis zu ihrem Tod gehofft, daß sie einmal zu Besuch kommen. Aber sie sind nie gekommen. Eine schöne Geschichte. Aber eben eine Geschichte. Soweit die Kurzfassung. Und? Seid ihr enttäuscht?"

„Nein, es ist, es ist unglaublich: Alles wiederholt sich, natürlich. Warum habe ich das nicht gleich gesehen!" Saskia war mit einem Satz aufgesprungen.

„Was, was ist?" Bert schaute sie an, als wenn sie jetzt ihren Verstand verloren hatte.

„Na klar. Ich muß ein Brett vor dem Kopf gehabt haben." Sie schlug mit der flachen Hand gegen ihre Stirn, wie es sonst

Bert zu tun pflegte. „Aber, das kann nicht sein! Oder doch?"

„Was hat deine Freundin?"

„Keine Ahnung. Ich weiß es nicht", sagte Bert achselzuckend.

„Wenn das wahr ist, dann ist es wahr, alles ist dann wahr!"

„Was meint sie?"

„Ja, es ist wahr. Aber ihr müßt uns besuchen", sagte Haralds Vater.

„Was meint sie? Was meint er? Ich verstehe gar nichts mehr! Saskia, was meinst du?" sagte Bert genervt.

„Das ist nicht dein Name. Ich habe ihn vergessen. Das ist er nicht!" Er zeigte auf Saskia.

„Papa?"

„Petra, er ist Petra!" rief Saskia begeistert.

„Petra? Saskia?" Bert sah sie an.

„Ja, ich glaube, so hieß das Mädchen", sagte Harald erstaunt, „woher weißt du das denn?"

„Ja, woher weißt du das?" Bert starrte Saskia an.

„Hedwig, seine Mutter heißt Hedwig!"

„Das, das stimmt!" Haralds Augen wurden größer, „kannst du Hellsehen?"

„Nein, kann ich nicht. Es steht alles hier!" sagte sie und kramte in ihrem Rucksack. Dann hielt sie das Buch hoch, in dem sie gestern den halben Abend gelesen hatte.

„Hier?" Harald sah sie an.

„Da?" sagte Bert.

„Ja, hier drin!" Ihre Augen strahlten und gleichzeitig schienen sie sich mit Tränen zu füllen.

„Ich verstehe gar nichts mehr", sagte Bert und ließ sich an die Lehne der Bank zurückfallen.

„Ah, da seid ihr!"

„Paps!" Saskia stürzte auf ihn los und fiel ihm um den Hals: „Es ist alles wahr!"

„Ja, alles." Hartmut schaute zu Bert, der nur mit den Schultern zuckte und damit ausdrückte: „Es ist deine Tochter."

„Das ist Harald, das ist Haralds Vater und wir sind sie!

Versteht ihr nicht?" sprudelte es aus Saskia heraus. Hartmut sah Susanne an, die auch nur mit den Schultern zucken konnte.

„Hartmut", sagte Hartmut und reichte Harald die Hand, „das ist Susanne, das ist Bert und das", er zeigte auf Saskia und verdrehte die Augen, „ist meine Tochter Saskia."

„Harald", sagte Harald, „das ist mein Vater."

„Was ist passiert?" sagte Hartmut.

„Paps..."

„Saskia, bitte!"

„Das war nicht ihr Name!"

„Ich habe den beiden eine Geschichte erzählt", sagte Harald, „von meiner Oma und auf einmal..."

„Ja, seine Oma, Paps!" sie zeigte auf Harald, „seine Mutter, Hedwig" und auf Haralds Vater. Das machte die Sache für die anderen nicht verständlicher. Haralds Vater saß noch immer regungslos auf der Bank neben Bert, der immer zu dem schaute, der gerade redete und beschlossen hatte, einfach abzuwarten.

„Gut. Darf ich einen Vorschlag machen", sagte Hartmut schließlich, „da hinten gibt es ein Kaffee mit einer schönen Terrasse, wollen wir nicht dorthin gehen und dann wird uns meine Tochter ganz in Ruhe bei einem Eis oder so aus unserer Verwirrung erlösen?"

„Eine sehr gute Idee", sagte Harald, „ich wüßte auch gerne, worum es geht und woher sie weiß, wie meine Großmutter heißt." Dann ging er zu seinem Vater: „Komm, Papa, es ist Zeit für den Kaffee."

„Ja, Mutter wird böse, wenn sie ihn zu spät bekommt!"

„Paps, es ist..." sprudelte es wieder aus Saskia.

„Warte Saskia, warte, bis wir sitzen und bestellt haben."

„Ja, Paps, natürlich", sagte sie und zog einen Schmollmund.

„Komm Bert, los!" rief sie im Davongehen.

„Na los, Bert, du hast es gehört", sagte Hartmut grinsend, „du wirst es nicht einfach mit ihr haben!"

„Nein, eher wohl nicht", sagte Bert leise. Dann stand er auf und folgte den Anderen wortlos.

„...Dann kam ihr Sohn Hans, Haralds Vater und sie ist mit ihm gegangen und die beiden sind auf der Bank zurück geblieben und das ist die ganze Geschichte", sagte Saskia und wedelte wieder mit dem Buch. Alle starrten sie ungläubig an. Nur Haralds Vater saß regungslos am Tisch und starrte in die Ferne.

„Und das steht da wirklich alles drin?" sagte Harald ungläubig.

„Alles", sagte Saskia strahlend, „sie können es haben, ich hole mir ein neues!" Sie hielt Harald das Buch hin. Harald nahm es und schaute auf das Cover.

„Und dann kam Pit", las er.

„Es ist in Kapitel sieben!"

„Das ist wie ein Zeitsprung irgendwie. Und dieser unglaubliche Zufall." Harald starrte auf das Buch in seiner Hand.

„Das war kein Zufall", Saskia schüttelte ihren Kopf, „das war Schicksal."

„Saskia, meinst du wirklich?"

„Ja, Paps, alles ist Schicksal!"

„Alles?" Bert sah Saskia an.

„Sie glaubt daran", sagte Susanne.

„Auf jeden Fall müßt ihr uns mal besuchen, um meinen Vater zu zitieren."

„Ja, aber sie sind nicht gekommen", sagte Haralds Vater, ohne eine Mine zu verziehen.

„Wir werden kommen", sagte Saskia und legte ihm die Hand auf seine Hand. Der Gesichtsausdruck von Haralds Vater veränderte sich von einem zum anderen Moment:

„Harald, wer sind diese Leute? Du lädst immer Fremde ein, das sollst du doch nicht. Willst du mich ihnen nicht vorstellen?"

„Papa, das sind..."

„Ich war vorhin am Brunnen, mit Mutter, auf der Bank, da waren Leute. Wir müssen los. Es ist spät. Mutter wartet. Sie wartet nicht gerne."

„Ja, Papa, wir gehen. Entschuldigen sie, wir müssen. Er kann sehr ungemütlich werden, sie verstehen?" Harald sah die anderen an.

„Natürlich, das verstehen wir", sagte Hartmut und reichte Harald die Hand.

„Hier, meine Karte", sagte Harald, und erwiderte den Händedruck.

„Danke." Hartmut steckte die Karte ein.

„Und: Alles Gute", fügte Susanne hinzu.

„Ja, viel Glück!" Saskia winkte den beiden noch eine Weile hinterher. „Das, das ist einfach…"

„Beruhige dich, Pumbie, sonst bekommst du noch einen Nervenzusammenbruch!"

„Paps, verstehst du denn nicht, wie, wie unglaublich das alles ist!" Saskia starrte noch immer Harald und seinem Vater hinterher.

„Natürlich verstehen wir dich!" sagte Susanne.

„Ja, und deshalb laßt uns auch gehen, ein bißchen Ruhe ist vielleicht ganz gut jetzt", sagte Hartmut und deutete auf Saskia.

„Jetzt gehen? Paps, nein, dürfen wir vorher noch ein bißchen?" Saskia deutete auf den See.

„Pumbie…"

„Bitte, Paps!" Sie sah ihn flehend an: „Bitte, nur ein bißchen?"

„Ich weiß nicht…" er blickte zu Susanne, die ihm zunickte, „Na gut, von mir aus. Ihr wollt noch etwas für euch alleine sein, jetzt, na klar, das kann ich schon verstehen irgendwie." Er machte eine kurze Pause: „Eine Stunde?"

„Eine Stunde, danke Paps." Saskia war aufgestanden und drückte ihrem Vater einen dicken Kuß auf die Wange. Dann bewegte sie sich in Richtung See. „Kommst du, Bert?" sagte sie, ohne sich umzudrehen.

„Ja, so ist sie!" sagte Hartmut und grinste wieder.

Bert folgte Saskia in gleichbleibendem Abstand bis an das

Ufer des Sees auf dessen anderer Seite das Haus von Selma Lagerlöf liegt. Saskia blieb am Ufer stehen und schaute schweigend auf den See. Bert hatte sich auf einen Stein ein Stück entfernt gesetzt. Er betrachtete sie. Er wußte nicht, was er von dem allen halten sollte. Saskia hatte ein Buch dabei und auf einmal sind da Leute aus diesem Buch und sie scheint in einer anderen Welt verschwunden zu sein. Einer Welt, in die er ihr nicht folgen zu können schien. Er wagte es nicht, sie anzusprechen. Er saß nur da und starrte sie an.

„Was meinst du?" sagte sie auf einmal, ohne sich vom See abzuwenden.

„Wozu?"

„War das Schicksal?" sie drehte sich zu ihm: „Ist alles Schicksal?"

„Ich, ich weiß es nicht. Vielleicht, vielleicht auch nicht. Ehrlich gesagt, habe ich bisher noch nicht darüber nachgedacht."

„Hast du dich denn nie gefragt, was gewesen wäre, wenn etwas anders gelaufen wäre?"

„Wie meinst du das?"

„Na, wenn du bei einer Sache eine andere Entscheidung getroffen hättest, ob dann alles andere auch anders gewesen wäre, oder eben nicht!"

„Ich weiß nicht so richtig, was du meinst, glaube ich - ich bin halt mehr der Mathematiker."

„Genau. Das ist gut: Wenn du mir nicht in Mathe Nachhilfe geben würdest, dann wärst du heute nicht hier, oder?"

„Nein, wahrscheinlich nicht."

„Eben, wahrscheinlich. Vielleicht wärest du ja doch hier, aber aus einem anderen Grund."

„Einem anderen Grund?"

„Bert! Wenn alles Schicksal ist, dann passiert, was passiert. Egal, was man tut. Es passiert nur eben anders."

„Du meinst, wenn kein Mathe, dann wäre ich vielleicht mit meinen Eltern gefahren und wir wären aber auch hierhin, zum Beispiel."

„Ja, du hast es verstanden."

„Und das ist Schicksal?"

„Ja, das ist Schicksal!" sagte sie begeistert.

„Und, ist alles Schicksal?"

„Ich weiß es nicht. Manchmal denke ich, daß es so ist, dann wieder nicht. Weil ich dann denke, daß ich es ja auch ganz anders machen könnte, ganz bewußt und dann kann das Schicksal auch nichts daran ändern."

„Wie meinst du das?"

„Na, wenn ich bei einer Klausur alles weiß und absichtlich alles falsch schreibe, dann entscheide ich das ja und nicht das Schicksal."

„Aber vielleicht ist ja gerade das dann wieder das Schicksal?"

„Stimmt." Sie sah Bert nachdenklich an: „Du bist doch nicht so dumm, wie..."

„...wie ich aussehe. Ich weiß. So blöd kann man auch gar nicht sein!"

„Nein, so blöd kann man nicht sein, obwohl, du kannst das schon!" sagte sie und lachte.

„Wie?"

„Vergiß es. Komm, wir müssen langsam zurück!" Sie hielt ihm ihre Hand hin, die er ohne zu überlegen ergriff und so gingen sie langsam zurück zu den Parkplätzen.

Als sie am Wagen ankamen, wurden sie schon von Hartmut und Susanne erwartet.

„Nein", sagte Saskia, als Bert ihre Hand loslassen wollte, „was sollen die beiden denn denken!"

„Ja, was sollen die beiden denn denken!" sagte Bert und sein Herz schlug noch schneller als den ganzen Weg davor schon.

„Na, ihr beiden Turteltäubchen?" sagte Hartmut.

„Wir sind pünktlich!" sagte Saskia.

„Ja, auffallend pünktlich", bestätigte Susanne.

„Fahren wir zurück?"

„Ja, Pumbie, wir fahren. Das war schon was, heute, oder?"

„Ja, das war toll. Richtig toll."

Als sie abends wieder im Zelt lagen in ihren Schlafsäcken, sagte Saskia:

„Was meinst du, sind sie noch zusammen?"

„Wen meinst du?"

„Petra und Olaf."

„Du meinst die beiden aus deinem Buch?"

„Ja, die beiden."

„Ich weiß nicht. Vielleicht. Sie waren jung."

„Nicht jünger als wir beide."

„Stimmt. Und, wie lange warst du schon, ich meine…"

„Wie lange ich mit einem Freund zusammen war?"

„Entschuldige, geht mich ja nichts an."

„Eigentlich nicht, aber irgendwie schon, finde ich."

„Findest du?"

„Ja, schließlich bist du im Moment…"

„…dein Freund?"

„Ja, eben und deshalb darfst du es wissen, oder?"

„Wenn du es so siehst…"

„Meinst du, mit demselben?"

„Natürlich, ohne Addieren!"

„Nicht lange."

„Das heißt?"

„Ein paar Wochen. War ein Idiot. Waren alle Idioten."

„Alle? Alle…" Bert schluckte bei dem Gedanken, wie viele Beziehungen Saskia schon gehabt hatte und daran, daß seine ohnehin gegen Null strebenden Chancen bei ihr noch weit unter den Gefrierpunkt sinken könnten. „Wie viele alle?"

„Na, warte einen Moment, ich muß ein bißchen nachdenken, damit ich keinen vergesse: wenn ich den mitzähle und den und den auch, nein, der zählt nicht, der auch nicht, das war nur ohne…"

„Ohne? Ohne was?" Bert merkte, wie ihm warm und wärmer wurde.

„Na ohne Sex eben, was dachtest du, was man so macht, wenn man zusammen ist?" Sie grinste.

„Na, über ehemalige Beziehungen reden, zum Beispiel."

„Ja, wir schon, aber bei uns ist das doch auch was Anderes, oder?" Bert spürte, daß sie ihn ansah. Er lag in seinem Schlafsack und starrte wie meistens an die Decke.

„Ja, schon irgendwie", sagte er, „obwohl, der Kuß damals..." er biß sich auf die Zunge.

„Was ist mit dem Kuß?"

„Ach, nichts, nichts. Ich habe dich unterbrochen in deiner Aufzählung."

„Zwei", sagte Saskia und schien ebenfalls erleichtert zu sein, nicht weiter über diesen Kuß reden zu müssen.

„Zwei was?"

„Zwei Freunde hatte ich bisher, die man so nennen kann. Einen davon nur eine Woche. Dann wollte er Sex und ich wollte nicht und das war´s."

„Aber ich dachte..."

„Du glaubst auch alles. Das ist das Schöne an dir." Er sah förmlich wie sie grinste und sie sah zum Glück nicht seine Erleichterung.

„Du hast nur geflunkert?"

„Natürlich!"

„Aber, bei welchem Teil?" Bert spürte, wie ihm ein Schweißtropfen die Stirn hinunterlief.

„Na, was meinst du wohl, bei welchem?"

„Ich, ich..." Der eine Schweißtropfen bekam Gesellschaft und nun hatte Bert das Gefühl, daß ein ganzer Bach sein Gesicht nach unten floß. „Also, natürlich, ich meine..."

„Na, wofür hältst du mich?" Er spürte ihren lauernden Blick, wie er sich langsam immer tiefer in ihn bohrte.

„Ich weiß nicht..."

„Wie?" Mit einem Ruck hatte sie sich aufgerichtet und man konnte die Funken, die aus ihren Augen sprühten förmlich sehen.

„Na, immerhin schläfst du jede Nacht mit einem fremden Typen alleine in einem Zelt!" sagte Bert, dem so schnell nichts Besseres einfiel.

„Stimmt auch wieder." Sie lächelte und ließ sich wieder fallen. „Schon merkwürdig alles, nicht", sagte sie und ihre

Stimme hatte einen leicht verklärten Tonfall.

„Schicksal. Oder?"

„Schicksal? Vielleicht. Abwarten."

„Abwarten?"

„Und du?"

„Ich?"

„Wie viele?"

„Du lenkst ab!"

„Wie viele?" Ihre Stimme wurde wieder fordernder.

„Ehrlich?"

„Na klar, ehrlich!" Sie richtete sich erneut auf.

„Zählt auch Kindergarten?"

„Na ja, nicht wirklich."

„Und Cousine?"

„Bert!"

„Gut, dann eine."

„Eine?"

„Also, ohne dich. Mit dir sind es schon zwei!"

„Ob das so gilt mit mir, aber in Ordnung. Und, welche deiner beiden Beziehungen war die längere?"

„Die andere war kürzer. Viel kürzer."

„Wauw. Du bist ja noch besser als ich."

„Ja, aber ich bin nicht besser als du, weil ich es will, sondern weil keiner, mich keine will. Verstehst du? Ich bin eben etwas wunderlich und ziehe Mathe und einen alten Film dem Discobesuch vor. Das mögen nicht viele."

„Wunderlich bist du schon, das stimmt. Aber so ganz in Ordnung eigentlich."

„Findest du?"

„Ja, obwohl..."

„Obwohl was?"

„Manchmal bist du schon..." Damit ließ sie sich geräuschvoll nach hinten fallen.

„Sag´ ich doch, aber mit manchmal kann ich leben."

„Und mein Vater mag dich!"

„Meinst du?"

„Das müßtest selbst du merken."

„Ich bin halt dein Freund…"

„…du hast mich heute morgen geweckt, oder?"

„Ja, wieso?"

„Das durfte nicht mal Susanne!"

„Wirklich?"

„Wirklich! Und jetzt genug für heute: Gute Nacht."

„Gute Nacht."

Bert wußte nun, daß Saskia bisher zwei Freunde gehabt hatte, aber er hatte sich nicht getraut danach zu fragen, ob sie augenblicklich in einer Beziehung war. Obwohl das vielleicht der richtige Augenblick gewesen wäre. Er hatte sie mit dem Typen gesehen und sie hatte nie von ihm gesprochen. Wenn es nicht ihr Freund war, wer denn dann? Diese Frage beschäftigte Bert. Er mußte es einfach wissen. Er beschloß, seinen ganzen Mut zusammen zu nehmen und sie bei der nächsten günstigen Gelegenheit danach zu fragen. Dann hätte er endgültig Gewißheit. Im nächsten Moment kam ihm dieser Gedanke mehr als dumm vor, denn, was brachte ihm diese Gewißheit? Wenn er diese Gewißheit hatte, wünschte er sich dann nicht die Ungewißheit zurück; eine Ungewißheit, in der er immerhin noch hoffen konnte? War sie nicht besser, als die Gewißheit ohne jegliche Hoffnung? Es war zum Verzweifeln. Und dann dieses Schicksal. Wenn alles wirklich Schicksal war, was machte er sich denn dann große Gedanken? Er könnte einfach alles laufen lassen und alles tun und am Ende wäre das Ergebnis genau dasselbe. Immerhin war er es, der hier mit Saskia in einem Zelt lag und der sie hatte wecken dürfen. Über diesen Gedanken versank er endlich im Reich der Träume.

9

„**W**as, was ist das?" Bert kam langsam zu sich. Er lag in seinem Schlafsack in dem Zelt, in dem er auch die letzten Nächte verbracht hatte, aber irgendetwas war anders. Er öffnete die Augen und sah sich um. Dieses merkwürdige Geräusch kam von Außen. Es klang wie, als wenn jemand kleine Steine oder Sand auf das Zelt warf. „Was ist...?"

„Was ist, Bert?" Saskias Kopf tauchte aus der oberen Öffnung ihres Schlafsackes auf.

„Was ist das?" Seine Augen wanderten an den Zeltwänden entlang und suchten sie ab.

„Es regnet, Bert!"

„Regnet?"

„Ja, Bert, Regen, das ist das, was aus den Wolken kommt, die oben am Himmel sind. Im Winter heißt es Schnee!"

„Wieso?" Bert war noch immer nicht ganz da.

„Weil es auch hier manchmal, nee, sogar ziemlich häufig regnet und es für Schnee zu warm ist. Deshalb." Saskia schüttelte ihren Kopf und drehte sich auf die andere Seite.

„Ach so", sagte Bert und starrte an die Decke des Zeltes. Regen! Natürlich gab es auch hier Regen, sogar sehr viel Regen. Das hatte er ganz vergessen. Bisher hatten sie Glück mit dem Wetter gehabt. Nun regnete es. „Und nun?" fragte er.

„Nun bleiben wir liegen, bis es Zeit zum Aufstehen ist und dann..."

„Dann?"

„Bert, es regnet! Gestern hat die Sonne geschienen, heute regnet es. Punkt."

„Punkt" wiederholte Bert und ließ sich nach hinten fallen.

„Vielleicht hört es auf, bis wir aufstehen müssen."

„Und wenn nicht?"

„Dann bauen wir im Regen ab."

„Aber dann wird doch alles naß?"

„Wir müssen uns eben beeilen und einen günstigen Zeitpunkt auswählen."

„Aha". Bert überlegte, was ein günstiger Zeitpunkt war. Saskia würde ihm das schon sagen, dachte er sich und beschloß, einfach das zu tun, was sie ihm sagte. Er lächelte zufrieden und schlief wieder ein.

„Regen hat etwas Beruhigendes, wenn er auf das Zelt fällt, finde ich jedenfalls. Bert?" Saskia drehte sich in Berts Richtung: „Bert? Beruhigend, findest du also augenscheinlich auch!" sagte sie und ließ sich von den Regentropfen zurück ins Traumreich bringen.

„Bert. Bert!" Saskia rüttelte an Berts Schultern.

„Was, was?" Bert richtete seinen Oberkörper auf und riß die Augen auf. „Du?"

„Nein, ich!" sagte Saskia und schüttelte den Kopf. „Wir müssen!"

„Ja, wenn du meinst." Bert ließ seinen Oberkörper langsam wieder sinken und verkroch sich in seinem Schlafsack.

„Aufstehen, Bert, wir müssen aufstehen. Paps will los."

„Ja…"

„Männer", sagte sie und bewegte sich zum Zelteingang, öffnete ihn und brachte nach und nach ihre Sachen zum Wohnmobil. Es regnete noch immer recht stark. „Und jetzt du!" sagte sie und unternahm einen letzten Versuch, Bert zum Aufstehen zu bewegen. Vergeblich. „Wie du willst, du Schlafmütze!" Damit öffnete sie den Reißverschluß von Berts Schlafsack mit einem kräftigen Ruck, packte Berts Beine und zog ihn hinter sich aus dem Zelt.

„Was? Naß, iiih, was ist?" Bert war aufgesprungen und fand sich vor dem Zelt im strömenden Regen. „Was, was ist?" Er sah sich um und entdeckte Saskia, die sich unter das Vordach des Zeltes geduckt hatte: „Bist du verrückt?"

„Nee, hungrig!" sagte sie und grinste ihn an.

„Na warte, das bekommst du zurück!"

„Wie du meinst, aber jetzt mach endlich. Pack deine Sachen

zusammen und dann bauen wir das Zelt ab!"

„Aber es ist naß hier."

„Was du nicht sagst! Komisch bei dem Wetter!"

„Und warm ist es auch nicht!"

„Dann beeil dich, je eher sind wir fertig!"

„Gib mir den ganzen Kram einfach raus, das geht schneller!"

„Von mir aus: Hier!" Damit reichte Saskia ihm seinen Schlafsack und anschließend die Isomatte. „Bring das Zeug ins Auto und dann komm wieder her!". Bert entfernte sich, so schnell er konnte und Saskia begann, die Heringe zu ziehen. „Mach die Stangen raus, schnell!" Sagte sie, als Bert wieder vom Wohnmobil zurück war. Er versuchte sein Bestes und es gelang ihm tatsächlich in relativ kurzer Zeit, die Stangen aus ihren Ösen zu ziehen. „Jetzt das ganze Ding", sie zeigte auf das am Boden liegende Zelt, „zusammenknüllen und ins Wohnmobil. Ich nehme die Stangen!" Bert folgte ihren Anweisungen und zwei Minuten später saßen sie im Wohnmobil.

„Na, ist was Anderes als bei Sonne?" sagte Hartmut und reichte Bert ein Handtuch.

„Was ganz anderes!"

„Wird nicht das einzige Mal bleiben!"

„Aber für das erste Mal hast du dich ganz gut geschlagen!" sagte Saskia.

„Echt?"

„Echt!"

„Und, habe ich mir da nicht einen Kuß verdient?" sagte Bert mal wieder ohne vorher nachzudenken.

„Na, einen halben vielleicht!" Saskia grinste ihn an.

„Kommt, laßt uns frühstücken und dann los. Vielleicht ist das Wetter da, wo wir hinwollen ja besser."

„Wo wollen wir denn hin?"

„Heute? Nach Töfsingdalen."

„Tö sing falen…" wiederholte Bert. Er hatte wie meistens keine Ahnung, wovon die anderen sprachen. Vielleicht hätte er doch intensiver in seine Skandinavienkarte schauen sollen.

„Töfsingdalen ist ein Nationalpark", sagte Hartmut.

„Ja, da gibt es auch Bären!" sagte Saskia begeistert.

„Richtige Bären?" Bert sah erst sie und dann Hartmut und Susanne an.

„Ja, Braunbären."

„ Und auch Wölfe", ergänzte Susanne.

„Wölfe? Und, habt ihr schon mal welche gesehen?" Bert sah ein wenig ängstlich nacheinander in die Gesichter der anderen.

„Natürlich, oft. Sie kommen, wenn es dunkel wird und wenn du ihnen nichts gibst, dann fressen sie dich! Hah!" Saskia riß ihre beiden Arme mit zu Krallen geformten Händen hoch und ließ sie auf Berts Gesicht zu schnellen.

„Nein!" Bert zuckte zurück und riß seine Hände nach oben.

„Saskia!" rief Hartmut, „genug!"

„Ach, Paps!" sagte sie schmollend.

„Dein Vater hat recht, wirklich!" Bert zitterte noch immer.

„Beruhige dich, Bert!" sagte Susanne. „Wölfe sind sehr scheu und wir haben bisher noch keine gesehen, was eigentlich schade ist."

„Na, ich weiß nicht - und Bären?"

„Bären auch nicht, wenn es dich beruhigt, du Angsthase!" sagte Saskia, die sich noch immer über Berts Reaktion amüsierte.

„Das beruhigt mich, ehrlich!"

„Aber es gibt da auch etwas, wovor selbst du keine Angst zu haben brauchst!" sagte Saskia.

„So, was denn?"

„Die Landschaft ist sehr schön. Ganz urtümlich."

„Urtümlich", wiederholte Bert und wußte, daß das auch nichts war, was ihn begeistern würde. „Ist bestimmt sehr schön", sagte er und bemühte sich, zu lächeln. In Gedanken sah er sich durch urwaldartiges Gestrüpp stolpern mit blutenden Knien und zerfetztem T-Shirt, verfolgt von Wölfen und Bären.

„Ja, phantastisch. Man ist da ganz weit weg von allem. Am Ursprung sozusagen." Susanne nahm Hartmuts Hand.

„Da bin ich schon sehr gespannt drauf", sagte Bert, „Töfsingdalen: Bären, Wölfe, toll…"

„Geht es dir besser?" Saskia sah ihn an.

„Ja, viel besser, jetzt wo ich weiß, wo es hingeht." Er versuchte, zu lächeln. Auf jeden Fall war es warm im Wohnmobil und trocken. Jeder war zumindest im Moment da, wo er hingehörte: der Regen draußen und er drin.

*D*er Regen fiel, die Landschaft zog vorbei. Viel war nicht zu erkennen: Alles lag grau in grau und die Scheiben waren voll von Regentropfen. Das Geräusch der Scheibenwischer ging monoton. Sonst war es still im Auto. Hartmut konzentrierte sich auf die Straße und Susanne hatte eine aufgeschlagene Landkarte auf ihrem Schoß. Ab und an sagte sie etwas wie: „Die nächste Kreuzung links" oder „im nächsten Ort rechts abbiegen Richtung…". Bert versuchte nicht einmal, auf seiner Karte zu verfolgen, wo sie sich gerade befanden - obwohl er dafür mehr als genug Zeit gehabt hätte. Saskia hatte die Augen geschlossen und er war sich nicht sicher, ob sie nur vor sich hin träumte oder wirklich schlief. Er, der sonst die meiste Zeit der Fahrt verschlief, war hellwach. So sehr er sich wünschte, die Fjorde und den Gletscher zu sehen, so sehr wünschte er sich im Augenblick, daß diese Fahrt niemals enden würde. Denn an ihrem Ende erwartete ihn etwas, das Töfsingdalen hieß und dort gab es Bären und Wölfe und noch mehr Wildnis als bisher schon. Daß man höchstwahrscheinlich weder die einen noch die anderen zu Gesicht bekommen würde, beruhigte ihn nur wenig. Immerhin bestand die Möglichkeit. Das alleine genügte, um seine positive Erwartungsenergie auf fast null zu senken. Und dann diese ursprüngliche Landschaft, in die sie eine Tagestour unternehmen wollten. Selbst, wenn der Regen aufhörte, verhieß diese Möglichkeit in seinen Augen nichts Gutes. Er wäre ohne zu zögern bereit, am Lagerplatz zu bleiben, um dort das Auto und das Zelt zu bewachen und die Rückkehr der Anderen zu erwarten. Aber, wie Hartmut immer wieder betonte, wurde hier nichts gestohlen, selbst wenn man sein Zelt mehrere Tage alleine zurückließ. Außerdem konnte er sich so eine Blöße gegenüber Saskia nicht geben. Was sollte sie von ihm denken? Er dachte an den Typen, den er mit ihr gesehen hatte. Wenn das ihr Freund war, mußte er sich sehr anstrengen. Im Gegensatz zu ihm hatte der den Eindruck erweckt, als wenn es für ihn kein Problem wäre, längere Strecken zurückzulegen, ohne dabei an Erschöpfung zu sterben. Er mußte mit und er mußte seine Kräfte so einteilen, daß er nicht irgendwo zurückbleiben oder umkehren mußte.

„Das wird nicht leicht!" sagte er.

„Was wird nicht leicht?" Saskia hatte den Kopf in seine Richtung gedreht und die Augen geöffnet.

„Ich dachte, du schläfst!"

„Vielleicht kurz, aber eigentlich nicht. Ich war nur mit meinen Gedanken woanders."

„Woanders?"

„Ja, weit weg", sagte sie und lächelte, „aber jetzt bin ich wieder hier. Also, was wird nicht leicht?"

„Na,…" Bert überlegte, was er sagen sollte, aber ihm fiel nichts ein, „…daß…" Er überlegte fieberhaft. „Genau, das mit dem Weg! Ja, das mit dem Weg!" Er atmete erleichtert ein und aus.

„Mit dem Weg?" Saskia sah ihn fragend an.

„Die Karte", sagte er, „du weißt doch, meine Eltern und…"

„Ach, du meinst unsere Route…"

„Genau die! Ich habe keine Ahnung, wo wir sind und wie wir dahin gekommen sind!" Er versuchte, etwas Verzweiflung in seine Stimme zu legen.

„Bert, du weißt doch, wo wir hin wollen, oder?"

„Nach Töfsingdalen?"

„Ja, genau. Zeig mal deine Karte!"

„Warte…" Er kramte in seinem Rucksack. „Hier, da!"

„Also…" Saskia faltete die Karte auseinander, „hier, hier ist Töfsingdalen!" Sie zeigte mit dem Finger auf eine Stelle, an der ein mehr oder weniger weißer Fleck war.

„Woher weißt du das?"

„Ich weiß es eben! Und hier ist das Basislager!" Sie zeigte auf eine andere Stelle.

„Wenn du es sagst", Bert zuckte mit den Schultern.

„Und, siehst du, wir sind von hier", ihr Finger wanderte über die Karte, „nach hier und dann hier und jetzt sind wir ungefähr hier! Siehst du?"

„Ich sehe deinen Finger auf der Karte, mehr nicht. Das sieht für mich alles gleich aus. Ehrlich." Er zuckte erneut mit den Schultern.

„Paß auf, mal deine Linie und dann nehmen wir eine Karte von Paps die genauer ist, da sind dann auch ein paar Orte drauf. Bestimmt!" fügte sie hinzu, als sie seinen ungläubigen Blick sah.

„Also gut." Bert nahm seinen Stift und zog eine Linie entsprechend ihren Anweisungen über die Karte. Dann ließ sie sich von Susanne eine Karte geben und wirklich, da waren viele Orte drauf, die auch alle einen Namen trugen.

„Siehst du, erst sind wir hier lang, die 64 hoch, immer weiter, über Vansbro, Mora und jetzt sind wir bald in Älvdalen. Da halten wir bestimmt, weil da gibt es einen Supermarkt, der hat oft Bär."

„Der hält einen Bären?"

„Nein, der verkauft Bärenfleisch."

„Du nimmst mich wieder auf den Arm, oder?"

„Nein, diesmal nicht, ehrlich."

„Wer es glaubt…"

„Frag doch meinen Vater. Paps?"

„Ja, Pumbie?"

„Stimmt´s, in Älvdalen gibt es Bär!"

„Ja, warum? Willst du welchen?"

„Wenn sie haben. Bitte. Bert kennt das nämlich nicht!" Damit hob sie ihren hübschen Kopf mitsamt Kinn und verschränkte die Arme vor ihrer Brust, als wenn sie sagen wollte: „Siehst du, habe ich dir doch gesagt!"

„Schon gut, schon gut. Und dann?"

„Dann geht´s weiter über Malung und Särna nach Idre und von da ist es nur noch ein Katzensprung, dann sind wir schon da!"

„Schon da. Ein Katzensprung. Ein schwedischer Katzensprung!"

Es war früher Abend, als sie die Stelle erreichten, wo sie ihr Lager aufschlagen wollten. Es war alles so gekommen, wie Saskia gesagt hatte. Nur gab es leider kein Bärenfleisch im Supermarkt. Stattdessen hatten sie Kjöttbullar gekauft. Das waren kleine Fleischbällchen, die hier so etwas wie ein Nationalgericht sein sollten. Immerhin versprachen sie eine Abwechslung zu den üblichen Ravioli. Der Caravan bewegte sich die letzten Kilometer sehr langsam vorwärts, da es keine richtige Zufahrtsstraße zu dem Nationalpark gab. Der Schotterweg endete relativ plötzlich und ging über in eine Art breiteren Pfad mit sehr tiefen Spurrillen und starkem Grasbewuchs, der gerade so breit war, wie das Wohnmobil. Alles war übersät mit Kratern, Pfützen und hoch herausragenden Steinen. Der Wagen schwankte wie ein kleines Schiff bei stürmischer See. Bert war nahe daran, seekrank zu werden. Zum Glück endete der Weg rechtzeitig.

„So, wir sind da!" sagte Hartmut. „Auf, auf und in einer Stunde essen wir!" Damit schwang er sich aus dem Caravan und riß die hintere Tür auf: „Es hat aufgehört zu regnen. Jedenfalls für den Moment!"

„Komm, Bert, laß uns schnell aufbauen, bevor es wieder losgeht!" Bei den letzten Worten hatte Saskia den Wagen schon verlassen.

„Sofort", sagte Bert und folgte ihr nach draußen.

„Hier!" sagte sie und winkte Bert, zu ihr zu kommen. „Hier ist ein guter Platz."

Bert begann, alles Nötige aus dem Caravan heranzubringen. Inzwischen wußte er zumindest, was sie alles brauchten, wenn er auch das Aufbauen noch immer zum Größtenteil Saskia überließ.

„**U**m wann woln wi mogn los?"

„Saskia, stopf dir doch noch ein paar von den Dingern in den Mund, dann versteht man dich noch besser!" Hartmut sah seine Tochter kopfschüttelnd an.

„Die sin doch so lecka!"

„Ja, sind sie, aber es sind auch genug da!"

„Schmecken sie dir auch, Bert?" wollte Susanne wissen.

„Gut, sehr gut. Mal was Anderes - äh, ich meine..." Bert merkte, wie er rot anlief.

„Schon gut", sagte Susanne, „geht mir genauso." Sie sah Hartmut an und mußte grinsen.

„Ja, aber übermorgen, ihr werdet sehen!" sagte er und machte eine geheimnisvolle Handbewegung.

„Was ist übermorgen?" Bert sah Hartmut und Susanne und dann Saskia an.

„Laß dich überraschen Bert!" Saskia gab ihm einen kleinen Stups in die Seite.

„Au. Wer weiß, ob ich das überhaupt erlebe!" Er dachte an den morgigen Tag und griff nach seiner Falcondose.

„Also, wann wollen wir denn nun morgen los?" wiederholte Saskia ihre Frage diesmal so, daß man ihren Inhalt auch verstehen konnte.

„Na, von mir aus..."

„Ja, ich weiß, am besten gleich nach dem Abendessen!"

„Genau, Pumbie!" Hartmut lachte laut.

„Gut, dann geht schon mal vor. Ich komme dann etwas später nach..."

„Ich auch!" sagte Bert.

„Also, ich denke, so um acht?" Er sah Susanne an.

„Acht ist gut. Saskia?"

„Acht ist in Ordnung. Für dich auch, Bert?"

„Immer."

„Ich frage ja nur, weil du heute gar nicht geschlafen hast während der Fahrt und da könnte es ja sein, daß du..."

„Hier, sei still und iß!" Bert hatte einen Kjöttbullar auf seine Gabel gespießt und sie Saskia in den Mund geschoben.

„D..."

„Ich verstehe nicht, kau mal erst runter!" sagte er grinsend.

144

„Oder besser, trink was hinterher!" Damit hielt er ihr seine Falcondose an den Mund und überraschenderweise stieß Saskia sie nicht zur Seite, sondern nahm einen kräftigen Schluck.

„Danke", sagte sie und gab Bert einen kleinen Kuß auf die Wange, nachdem er die Dose wieder von ihrem Mund genommen hatte. Er sah sie völlig verstört an: Alles hätte er erwartet, aber das nicht. Seine Gedanken begannen wieder, sich zu drehen. Warum hatte sie ihn geküßt? Er hatte ihr einen Fleischball in den Mund gestopft und sie mehr oder weniger gezwungen, einen Schluck aus seiner Dose zu nehmen. Er hätte erwartet, daß sie ihm eine geknallt oder zumindest, daß sie die Dose weggestoßen hätte. „Was ist?"

„Was?"

„Träumst du?"

„Nein, nur - ich bin halt ziemlich aufgeregt, wegen morgen, meine ich."

„Natürlich, wegen morgen!" sagte Saskia und ihre Stimme klang dabei sehr seltsam in seinen Ohren.

„*I*ch bin auch aufgeregt", sagte Saskia, als sie später im Zelt in ihren Schlafsäcken lagen.

„Wegen morgen?"

„Ja, weswegen sonst?"

„Ja, weswegen sonst. Aber, du warst schon hier!"

„Genau deshalb bin ich ja aufgeregt."

„Weil du schon hier warst?"

„Ja, Töfsingdalen ist wunderschön, finde ich. Genau an dieser Stelle waren wir vor zwei Jahren auch, Paps, Susanne und ich. Die Straße hierher ist besser geworden."

„Besser?" sagte Bert ungläubig und fragte sich, wie sie wohl davor gewesen sein könnte.

„Ja, besser, wirklich. Letztes Mal standen hier noch zwei andere Wohnmobile - aus Fürstenfeldbruck. Aber die Leute waren nicht da. Die müssen im Park gewesen sein. Das Zelt stand auch genau hier. Hörst du das Rauschen?"

„Klar", sagte Bert, „es ist so laut, daß man es schwer überhören kann."

„Das war auch damals das Einzige, was zu hören war: Nur das Rauschen des Baches, ich liebe dieses Geräusch. Es ist irgendwie beruhigend, finde ich. Magst du es auch?"

„Ich? Ja, schon, irgendwie jedenfalls."

„Du gewöhnst dich dran!"

„Ja, vielleicht."

„Ganz bestimmt, du wirst sehen."

„Ich hätte nicht gedacht, daß wir noch bis hierher kommen heute bei den Straßen und dem Wetter. War eine ziemlich lange Strecke, oder?"

„Ja, vielleicht 500 Kilometer! Aber ich bin zufrieden, daß wir jetzt hier sind. Hoffentlich regnet es morgen nicht."

„Warum?"

„Na, wegen der Wanderung."

„Wegen der Wanderung. Und, wenn es doch regnet?"

„Dann gehen wir wahrscheinlich nicht und fahren weiter!"

„Na, dann lassen wir uns mal überraschen!" sagte Bert und ein Lächeln huschte über sein Gesicht, was Saskia zum Glück nicht sehen konnte. Es gab noch Hoffnung, daß ihm diese Wanderung erspart bleiben würde. Es mußte nur zur richtigen Zeit stark genug regnen. Da es heute fast den ganzen Tag geregnet hatte und auch am Abend immer wieder ein Schauer heruntergekommen war, war das nicht unwahrscheinlich.

10

„Bert!"

„Ja, schlaf gut."

„Schlaf gut?"

„Und schöne Träume!" Bert genoß die wohlige Wärme

seines Schlafsackes, aber irgendetwas schien an ihm zu rütteln. Er öffnete die Augen: „Saskia? Was ist los?"

„Was los ist? Sieben Uhr, du Schlafmütze, ich hab´ dich vor zehn Minuten schon mal geweckt!"

„Du, mich?" Er sah sie aus seinen verschlafenen Augen ungläubig an.

„Ja, und du wolltest gleich hinterher kommen!"

„Wollte ich?" Bert konnte sich an nichts erinnern. Nicht einmal daran, daß er überhaupt geschlafen hatte.

„Ja, wolltest du. Und als du nicht gekommen bist, da bin ich wieder ins Zelt und du hast geschlafen wie ein Stein!"

„Und was ist um sieben?"

„Bert, Frühstück, wir wollen um acht los. Vergessen?"

„Töfsingdalen!" Bert fuhr senkrecht in die Höhe. Es regnete nicht, soviel war klar.

„Na also. Schön, daß du dich auch so freust. Bis gleich!" Damit verschwand Saskia und Bert ließ sich nach hinten fallen:

„Töfsingdalen!" wiederholte er.

Beim Frühstück wurde besprochen, was sie alles mitnehmen und, wie lange sie bleiben wollten. Zum Glück waren sich alle einig, daß man nicht über Nacht im Innern des Nationalparks verweilen wollte. Das beruhigte Bert etwas. Jeder bekam einen Teil von dem Proviant und auch die Regenjacken wurden sicherheitshalber eingepackt. Auf Getränke wurde verzichtet, da es überall Wasser gab. Dann ging es los.

Bert fühlte sich nicht sehr ausgeruht, obwohl er wieder ziemlich tief und lange geschlafen zu haben schien. Saskia hingegen schien nur so vor Energie zu strotzen und plauderte mal wieder munter drauf los: Davon, daß sie den Teil des Weges schon kannte, weil sie ihn vor zwei Jahren gegangen ist; davon, daß sie Einiges aber ganz anders in Erinnerung behalten hatte, als es tatsächlich war und davon, daß sie das letzte Mal nicht einmal ein Reh oder etwas in der Art gesehen hatte. Nur ein paar Vögel. Das beruhigte Bert noch mehr und je weiter sie vorankamen, ohne auf die Fährte von Bären, Wölfen oder anderen größeren Tieren zu stoßen, umso ruhiger wurde er und umso mehr begann er, doch ein wenig Gefallen an dem zu finden, was ihn umgab - abgesehen von der Tatsache natürlich, daß Saskia die ganze Zeit an seiner Seite war, was alleine schon dazu beitrug, daß es ihm nicht schlecht ging.

Die Gruppe schlängelte sich einen kleinen Pfad entlang. An den Bäumen gab es hin und wieder farbige Striche, die als Markierung dienten. Auch das beruhigte Bert. Es schien also so, als wenn sie sich nicht ganz außerhalb der Zivilisation bewegten.

Es gab auf den ersten Kilometern zwei Hütten, die innen lediglich aus einem großen Raum mit Feuerstelle bestanden. Es gab Brennholz, Holztische und Holzbänke, auf denen man schlafen konnte. Wenn man mit dem Rucksack durch die Gegend zog, konnte man in den Hütten Schutz für die Nacht suchen. Die eine der Hütten schien im Augenblick bewohnt zu sein: Es standen schmutzige Pfannen vor der Tür. Von den Bewohnern selber war nichts zu sehen. Es hätte Bert nicht verwundert, wenn es die Leute aus Fürstenfeldbruck gewesen wären, die seit zwei Jahren hier durch die Gegend irrten. Das mit den Hütten war eigentlich ein gutes System. Man mußte nichts bezahlen. Das Einzige war, wenn man das Brennholz benutzte, mußte man wieder welches sammeln und nachlegen, damit auch die nächsten Schutzsuchenden welches hatten, wenn sie die Unterkunft erreichten. Außerdem sollte man die Hütte natürlich sauber verlassen. Vielleicht wäre eine Nacht in so einer Hütte doch gar nicht so schlecht gewesen, dachte er. Saskia hätte es bestimmt gefallen.

Es ging durch eine Landschaft, die an die Wälder und Sümpfe früherer Erdzeitalter erinnerte. Birken und Kiefern, dazwischen Felsbrocken, kleine Wasserläufe, überall Moos in den verschiedensten Farben. Alles immer feucht, immer naß, auch, wenn die Sonne scheint. Kleine und größere Seen, dazwischen schlängelt sich ein kleiner Fluß - mal ganz träge, dann wieder reißend; Schilf und Schilfgras an den Ufern der Seen. Rotbraun bis rostig gelb, dann feuerrot und dunkelgrün; Islandmoos und Tausende von zumeist dunkelbraunen Pilzen. Wenn er nicht gewußt hätte, daß er im einundzwanzigsten Jahrhundert lebt, hätte es genauso gut irgendwann in der Steinzeit sein können. Alles war wie in einer anderen, längst vergangenen Welt. Das Einzige, was sich an Tieren blicken ließ, waren ein paar Vögel. Wahrscheinlich gab es hier weder Wölfe noch Bären und das wurde nur erzählt, um die Touristen hierher zu locken.

Dann fing es an zu nieseln; erst ganz sacht, dann stärker, dann wieder nicht, dann wieder ja. So ging es eine ganze Weile, bis es sich einnieselte. Als sie etwa drei Stunden unterwegs waren, wurde der Nieselregen stärker, bis es dann zu regnen anfing, richtig zu regnen. Und die Schlammlöcher füllten sich noch mehr mit Wasser und der ohnehin schon weiche Boden wurde noch weicher. An einigen Stellen sackte man fast bis zum Knie ein. Die Schuhe waren mit Schlamm bedeckt und total durchnäßt. Ebenso die langen Hosen, die man wegen der Mücken und des Gesträuchs angezogen hatte. Am Anfang hatte Bert sich noch darüber geärgert, weil er unter ihnen stark schwitzte. Mit dem zunehmenden Regen wurde es aber auch kühler und jetzt wäre er über die langen Hosen dankbar gewesen, wenn sie nicht durchnäßt gewesen wären und wie tonnenschwere Lasten an seinen Beinen gehangen hätten. Die vier hatten längst ihre Regenjacken übergezogen. Die Landschaft war in dichten Nebel gehüllt, so daß man nicht sehr weit sehen konnte. Alles wirkte noch gespenstischer als vorher. So ungefähr mußte die Erde bei ihrer Erschaffung ausgesehen haben. Bert hätte es nicht verwundert, wenn aus dem Gestrüpp ein oder mehrere Dinosaurier hervor gestürmt wären. Zum Glück hatte Bert sich einen langen Stock aufgehoben, den er ziemlich am Anfang des Weges gefunden hatte. Der verhinderte Schlimmeres: damit konnte er sich gut abstützen und auch die Tiefe der Löcher bzw. die Festigkeit des Bodens ausloten.

Schließlich machte Hartmut den Vorschlag, wieder umzukehren, da in geraumer Zeit keine Aussicht auf eine Besserung der Wetterlage bestand. Susanne und Saskia stimmten zu und Bert war der letzte, der etwas dagegen einzuwenden gehabt hatte. So bewegten sie sich langsam wieder zurück. Als sie an der Hütte vorbeikamen, vor der sie die Pfannen gesehen hatten, stieg Rauch aus dem Schornstein auf, was ihnen sagte, daß die Bewohner nun da sein mußten. Es wurde überlegt, ob man die Hütte zu einer kurzen Rast aufsuchen sollte und, um sich aufzuwärmen und die Sachen etwas zu trocknen. Da der Regen aber mit der Zeit immer stärker geworden war und der Himmel eine einzige graue Masse darstellte, nahm man davon Abstand und beschloß, so schnell wie möglich wieder zum Wohnmobil zurückzukehren.

Der Rückweg wurde trotz erschwerter Bedingungen schneller bewältigt, als der Hinweg. So erreichte man das Lager am frühen Nachmittag. Pitschnaß, aber glücklich.

Da saßen sie dann alle. Eine Tasse warmen Tee in der Hand und einen Teller Suppe vor sich. Saskia und Bert hatten den Oberkörper umhüllt mit einem großen Handtuch. Ihre nassen Hosen hatten sie ausgezogen, ebenso die Schuhe und die Socken. Bert spürte den nackten Oberschenkel von Saskia an seinem.

„Du glühst ja!" sagte Susanne und legte ihre Hand auf seine Stirn. „Nein, ganz normal", stellte sie erstaunt fest.

„Das ist der Tee, der Tee und die Suppe!" Doch es war weder der Tee noch die Suppe, die ihn äußerlich zum Glühen und innerlich zum Kochen brachten, es war der körperliche Kontakt zu Saskia.

„Na siehst du, sage ich doch immer", Hartmut sah seine Tochter an: „Ein heißer Tee und eine warme Suppe, das ist das Beste, was man sich nach so einer Wanderung antun kann, und", er machte eine kleine Pause, „danach dann natürlich noch etwas von dem anderen Tee!" Damit öffnete er den Kühlschrank und griff nach einer Bierdose. „Noch jemand?"

„Gerne", sagte Bert, der glaubte, gleich zu explodieren und unbedingt etwas Kühles brauchte.

„Manchmal denke ich, du könntest sein Sohn sein!" Saskia schüttelte ihren hübschen Kopf und die nassen Haare flogen Bert ums Gesicht.

„Pumbie!"

„Ist er ja nicht, Paps!"

„Zum Glück, sonst…"

„Sonst was?"

„Könnte er ja nicht dein Freund sein!"

„Stimmt, Paps. Wo du recht hast, hast du recht." Damit lehnte sich Saskia mit ihrem Oberkörper an Bert und legte ihren Kopf auf seine Schulter.

„Ja, zum Glück!" sagte Bert und leerte die Dose in einem Zug, wodurch ihm aber auch nicht weniger warm wurde. Er fragte sich, warum sie das tat. Warum sagte sie so etwas und verhielt sich dann so? War er ihr am Ende doch nicht so egal, wie er dachte? Oder tat sie das nur im Rahmen ihres Rollenspiels, damit alles echter wirkte? Vielleicht war es auch nur ein Mit-Ihm-Spielen. Immerhin war hier weit und breit niemand anders in ihrem Alter außer ihm. Er war außer ihrem Vater das einzige männliche Wesen, das für sie erreichbar war. Wahrscheinlich wollte sie nur testen, wie weit sie gehen konnte und wie er reagierte. Er überlegte, wie er sich verhalten sollte: Sie abzuweisen erschien ihm nicht richtig, aber, auf ihr Spiel einzugehen, war sehr gefährlich. Er wußte nicht, ob er sich am Ende bremsen konnte und wie er sich verhalten würde. Wieder stieg die Angst in ihm auf, alles durch einen unbedachten Moment zu verderben. Es war zum Verzweifeln. Hartmut bot ihm eine weitere Dose Falcon an, die er dankend annahm. Der Alkoholgehalt war nicht sehr stark, aber stark genug, um seine Gedanken wenigstens etwas in Schranken zu halten.

Hartmut sprach von der Wanderung und wie schade es doch gewesen ist, daß sie keine Bären oder Wölfe und nicht einmal ein Reh gesehen hatten. Dann sprach er vom weiteren Reiseverlauf und davon, daß sie über ein schwedisches Fjell fahren würden, wo eine große Überraschung auf Bert wartete, die er natürlich nicht vorher verraten wollte. Nach dem Fjell wäre dann ein wunderbarer Platz zum Übernachten.

„Das wird ein schöner Tag morgen. Zumindest, was die Landschaft betrifft. Wenn dann noch das Wetter mitspielt! Und, wir bleiben dann doch wieder bei Börtnan?" Hartmut sah in die Runde.

„Börtnan", wiederholte Bert, einmal mehr, ohne zu wissen, wovon die Rede war.

„Das hast Du doch schon längst entschieden, oder?" Susanne sah ihn an und lächelte.

„Na ja,…"

„Ist schon in Ordnung Paps, aber…", Saskia schaute ihren Vater an.

„Was ist, Pumbie?"

„Njupeskär, was ist mit Njupeskär?" sagte sie und in ihrer Stimme lag Enttäuschung.

„Nuppelwehr? Was ist das denn nun schon wieder?" Bert sah Saskia fragend an.

„Njupeskär!" wiederholte sie.

„Das ist der höchste schwedische Wasserfall", sagte Hartmut.

„Ja, der ist wirklich sehr schön!" Susanne setzte einen schwärmerischen Blick auf.

„Wir sind ganz nahe an ihm vorbei, gestern. Das hätten wir vor Töfsingdalen machen können, aber bei dem Wetter wäre das keine so gute Idee gewesen." Hartmut sah seine Tochter an.

„Schon, Paps, aber, wenn der Regen aufhört heute?"

„Wenn…"

„Bitte, er würde Bert bestimmt gefallen!"

„Ja, bestimmt", sagte Bert ganz automatisch. Zumindest war ein Wasserfall mal etwas Anderes und auch bei Regen seiner Ansicht nach sinnvoller, als eine Tageswanderung durch

Töfsingdalen.

„Na gut, wenn ihr unbedingt wollt…"

„O ja, Paps, unbedingt!"

„Dann fahren wir morgen aber sehr früh los…"

„Ja, danke, Paps, danke!" Saskia umarmte ihren Vater kurz.

„Aber nur einen Tag und nur, wenn es nicht regnet! Und Übermorgen geht es weiter!"

„Ja, Paps, auf jeden Fall." Saskia strahlte. „Du wirst sehen, Bert, das gefällt dir auf jeden Fall. Das wird sehr schön."

„Wenn Du es sagst…" sagte Bert und dachte, daß es ja auf keinen Fall schlimmer werden konnte als heute.

Die Nacht war nicht dazu angetan, Berts Zuversicht zu erhöhen. Es regnete und regnete. Morgen würden sie dieser feuchten Ort verlassen und er würde wahrscheinlich nie wieder in seinem Leben hierher zurückkehren. Er trauerte diesem Töfsingdalen nicht nach, obwohl es schon ein Erlebnis war: So mitten in der Wildnis, mitten im absoluten Nichts. Das war etwas, das man bei einem Urlaub an der Nordsee oder im Hotel auf Mallorca nicht geboten bekam. Allerdings lag man dort in einem warmen Zimmer mit vier Wänden und einem dichten Dach. Hartmut hatte vor zwei Tagen Zeltimprägnierer gekauft, den sie hier anwenden wollten um das Zelt dicht gegen stärkeren Regen zu machen. Nun war der stärkere Regen da und verhinderte das Imprägnieren. Als er und Saskia in die Schlafsäcke gekrochen waren, war das Innenzelt fast überall naß und man mußte sehr aufpassen, es nicht zu berühren. Außerdem tropfte es an mehreren Stellen vom Oberzelt. Es war kein durchgängiger Wasserfluß, aber, wenn das Gesicht darunter lag, dann war es schon unangenehm. Zum Glück konnten ihre Sachen im Wohnmobil trocknen. Bert hatte sich die Kapuze seines Pullis aufgesetzt und die vom Schlafsack darüber gezogen. Er kam sich ein bißchen vor, wie auf einer Polarexpedition, obwohl es Hochsommer war. So hoffte er, die Nacht relativ trocken zu überstehen.

11

Der Wagen bahnte sich seinen Weg zurück aus der Wildnis und weiter durch die Wildnis. Alles sah genauso aus, wie es all die Tage vorher ausgesehen hatte. Nur der Regen hatte tatsächlich aufgehört. Das war immerhin schon etwas. Denn, wenn er auch das erste Mal hier oben war, so hatte er doch sehr schnell verstanden, daß dieser Teil der Welt nur bei Sonne zu ertragen war. Seiner Meinung nach jedenfalls.

Er hatte eine sehr unruhige Nacht hinter sich. Seine Gedanken kreisten immer wieder um Saskia. Er bekam sie immer schwerer aus seinem Kopf. Schließlich hatte der Regen und die Anstrengung des Tages dazu geführt, daß er am Ende doch wieder eingeschlafen war und am Morgen von Saskia aus dem Schlaf gerüttelt werden mußte, was ihm ein neuerliches:

„Du brauchst wirklich sehr viel Schlaf, oder?" von ihr eingebracht hatte.

„Eigentlich nicht! Zu Hause ist das ganz anders."

„Liegt das dann an mir?"

„Liegt was an Dir?"

„Na, das Du hier immer so müde bist und so viel schlafen mußt. Bin ich so langweilig?" Sie hatte ihn wieder mit diesem merkwürdigen Blick angeschaut, der ihm die Kehle zuzuschnüren schien. Natürlich lag es nicht an ihr. Doch, es lag an ihr: Aber anders, als sie dachte!

„Nein, Du, Du bist…"

„Ich bin was?" Sie hatte sich ein Stück weiter in seine Richtung gebeugt und er hatte ihren Atem gespürt.

„Heiß, mir ist heiß!"

„Hast Du Dich doch erkältet?" Ihre Stimme hatte auf einmal besorgt geklungen. „Warte,…" Sie wollte seine Stirn fühlen.

„Nein, nicht, bitte!" Er hatte seinen Oberkörper zurückgezogen.

„Was hast Du denn bloß?" Sie hatte ihn angesehen und ihre

Augen hatten sich zu einem Schlitz zusammengezogen.
Dann hatte sie ihren Oberkörper in die andere Richtung
gedreht und war aus dem Zelt gekrabbelt. „Beeil Dich, Paps
und Susi warten!" hatte sie gesagt und war verschwunden.

„Verdammter Mist! Du bist so ein Idiot!" Er hatte sich nach
hinten fallen lassen: „So ein Idiot..."

Der Regen hatte nicht nur aufgehört, nein, zwischen den
Wolken zeigte sich mehr und mehr die Sonne. Es versprach,
ein schöner Tag zu werden. Bert war gespannt auf den
Wasserfall.

Nach erstaunlich kurzer Zeit hatten sie den Fulufjället
Nationalpark erreicht, in dem sich der Wasserfall befindet.
Der Wagen hielt an einer Stelle an einem kleinen Fluß in der
Nähe einer Brücke, über die die Straße geht, die zum
Eingang des Nationalparks führt. Dort wurde alles abgeladen,
was Saskia und Bert brauchten. Das Zelt wurde aufgebaut,
während Hartmut und Susanne mit dem Wohnmobil noch in
den nächsten größeren Ort fahren wollten. Man wollte sich
dann später am Fuße des Wasserfalls treffen.

„Wie weit ist es noch?"

„Wir sind gleich da!"

„Das hast du vor drei Stunden am Besucherzentrum auch
schon gesagt."

„Bert, wir sind gerade mal vor, warte", Saskia schaute auf
ihre Uhr, „90 Minuten von da aufgebrochen."

„Vor neunzig skandinavischen Minuten", stöhnte Bert, „die
sind länger als unsere, mindestens doppelt so lang, oder?"
Bert ließ sich auf einen Stein fallen und wischte sich den
Schweiß von der Stirn. „Ehrlich gesagt, es könnten auch
sechs Stunden sein!"

„Bert!" Saskia schüttelte ihren Kopf und grinste ihn an. Dann
hockte sie sich vor ihn hin. Er konnte in den Ausschnitt ihrer
Bluse sehen. Es war sehr warm und sie trug nichts darüber
und nichts darunter. Das, was er da sehen konnte, brachte

einen Teil seiner Lebensgeister wieder zurück, einen Teil, den er im Augenblick überhaupt nicht gebrauchen konnte.

„Ich…"

„Bert, es ist wirklich nicht mehr weit und du wirst sehen, es ist toll. Ehrlich! Der Njupeskär!" Bert sah sie ungläubig an.

„Njupeskär, der höchste Wasserfall Schwedens, du erinnerst dich, Bert?" fügte sie hinzu.

„Ach, der. Nippelkehr, klar. Er ist toll, wirklich!" sagte er und schaute weiter in ihren Ausschnitt.

„Njupeskär und: Wir sind noch nicht da, Bert."

„Ja, ich weiß und wahrscheinlich komme ich nie hin!"

„Natürlich, du wirst sehen!"

„Das wäre schön!" Bert riß seinen Blick von Saskias Brüsten los: „Trägst du mich zurück?"

„Das könnte dir so passen! Nee, aber ich ziehe dich hinter mir her, wenn es sein muß!" Sie lachte.

„Auf dem Boden?" er zeigte auf den steinigen Pfad.

„Das ist wie eine Massage, du wirst sehen."

„Weißt du, da laufe ich doch lieber so lange ich kann und, wenn es vor Schmerzen nicht mehr weiter geht, dann läßt du mich hier zurück als Futter für die Wölfe und Bären!" Er grinste sie an.

„Werde ich. Obwohl, an dir fressen sie sich hungrig. Ich werde bei dir bleiben, dann haben sie wenigstens eine Chance!" Sie drehte ihren Po kurz in Berts Richtung. Bert starrte sie an. „Und jetzt komm, bevor es dunkel wird!"

„Es wird hier nicht dunkel!"

„Vielleicht aber doch…"

„Saskia?"

„Bis dann!" Sie winkte ihm zu und sprang dann wie eine junge Gemse den Weg entlang.

„Warte!" Bert war erstaunlich schnell auf den Beinen und versuchte, ihr zu folgen, so gut er konnte.

„Da, da ist er!" Saskia war stehen geblieben und schaute nach unten. „Ist er nicht phantastisch!"

„Ja, ganz phantastisch!" Bert näherte sich langsam und laut atmend der Stelle, an der Saskia stand. „Wauw!" sagte er, als er sie erreicht hatte und den Wasserfall sehen konnte. „Das ist phantastisch, das ist - einfach irre!" Bert starrte auf das Wasser, das sich über fast 100 Meter in die Tiefe ergoß.

„Ich wußte, daß er dir gefällt. Aber das ist gar nichts, wenn wir das nächste Mal in Skandinavien sind, dann…"

„Das nächste Mal?" Bert sah Saskia an, die ihren Kopf in Richtung Wasserfall drehte.

„Ich meine, daß wir - ich, du, also, in Norwegen, da gibt es noch viel, viel höhere Wasserfälle, die wir diesmal nicht sehen können, meine ich!" Saskia spürte, wie eine gewisse Röte in ihr Gesicht stieg. Warum hatte sie das gesagt? Was mußte Bert jetzt von ihr denken. Was mußte sie von sich selber denken? Ihre Gedanken begannen, in ihrem Kopf zu kreisen.

„Höhere Fälle?" sagte Bert, der bemerkt hatte, daß Saskia etwas gesagt hatte, daß sie nicht hatte sagen wollen oder, daß ihr zumindest unangenehm war in diesem Augenblick. Er kannte dieses Gefühl nur zu gut und er fragte sich, ob sie das wirklich so gemeint hatte.

„Ja, sehr viel höhere"

„Wie hoch denn?"

„Manche bis 300 Meter, der Fettisfossen zum Beispiel!"

„300 Meter?" sagte Bert, der sich das gar nicht vorstellen konnte. „Das ist dreimal mehr, als der hier, das ist der Eiffelturm!"

„Ja, unvorstellbar, oder?"

„Unvorstellbar!"

„Aber ich war da!"

„Ehrlich?"

„Ehrlich!"

„Ich würde ihn gerne sehen", Bert schluckte und fügte „mit dir" hinzu.

„Mit dir!" wiederholte Saskia. Dann standen sie schweigend nebeneinander und starrten auf das herabfallende Wasser.

„Sollten Hartmut und Susanne nicht da unten sein?" brach Bert schließlich das Schweigen.

„Ja, sollten sie. Ich kann sie aber nicht sehen."

„Ich auch nicht. Da ist überhaupt niemand."

„Vielleicht brauchen sie etwas länger, sie sind älter als wir."

„Ja, sind sie. Aber, du hast mich dabei - das gleicht das wieder aus!"

„Stimmt!" Über Saskias Gesicht lief ein Lächeln.

„Was machen wir?"

„Laß uns dahin gehen!" Saskia zeigte auf eine Stelle direkt oberhalb des Wasserfalls, vielleicht 500 Meter von ihnen entfernt.

„Dahin?" Bert zeigte in dieselbe Richtung.

„Ja, dahin. Da oben war ich noch nicht." Sie strahlte Bert in einer Art an, die ihm verbot, ihrem Wunsch nicht zu entsprechen, obwohl er am liebsten genau an dieser Stelle gewartet hätte. Gewartet, bis ihn der Parkranger mit seinem Wagen abgeholt hätte oder zumindest, bis Hartmut und Susanne unten am Wasserfall aufgetaucht wären und sie dann zusammen in einem Taxi bis zum Parkausgang gefahren wären.

„Gut, dann dahin", sagte er nur, was ihm ein weiteres Lächeln von Saskia einbrachte, bevor sie schnellen Schrittes den Weg einschlug, der sie zu der Stelle oberhalb des Wasserfalles führen sollte.

Bert verfluchte innerlich Hartmut und Susanne. Wären sie zur vereinbarten Zeit an der vereinbarten Stelle gewesen, hätte er sich diesen in seinen Augen endlosen Aufstieg erspart. Nun stand er, nach gefühlten weiteren vier Stunden, an der Stelle oberhalb des Wasserfalles, die sie hatten erreichen wollen und an der wohl noch nie ein Mensch vor ihnen gestanden hatte. Von dort konnte man ein Hochplateau sehen, das sich in drei Richtungen endlos bis zum Horizont erstreckte. Der Wasserfall selber und die Stelle, an der er den Boden berührte, waren nicht zu sehen und so konnten sie auch nicht sagen, ob Hartmut und Susanne inzwischen dort angekommen waren. Bert wußte nicht, wie spät es war. Er hatte jedes Zeitgefühl verloren. Er hatte überhaupt jedes Gefühl verloren: Er spürte weder seine Beine noch seine Arme. Saskia hingegen schien es hervorragend zu gehen. Sie war begeistert von dem, was sie sah und schien kein bißchen erschöpft zu sein.

„Schau, die Weite, diese unwahrscheinliche Weite!" rief sie und sprang dabei in die Höhe. „Bis zum Horizont. Alles nichts - nur der Horizont und wir!" Sie strahlte wie die Sonne, die noch immer hoch am Himmel stand. Bert begann, diese Sonne zu hassen - sie war immer da, immer und überall. Es gab keine Dunkelheit. Obwohl, wenn er etwas genauer darüber nachgedacht hätte, wäre er der Sonne unendlich dankbar gewesen, weil es, solange sie schien, nicht regnete und es ohne sie irgendwann stockfinster gewesen wäre und das seine und Saskias Chancen auf eine unversehrte Rückkehr zum Parkeingang stark verringert hätte. Doch daran dachte er im Augenblick nicht. Er dachte an seine Füße und an seine Beine, die ihm schier unerträgliche Schmerzen bereiteten, obwohl er sie nicht zu spüren schien. Sie riefen ihm ununterbrochen zu:

„Keinen Schritt mehr weiter, keinen Schritt mehr weiter…"

„Keinen Schritt mehr…", hörte er sich sagen.

„Sehr vernünftig, das ist viel zu gefährlich!"

„Zu gefährlich?" Bert verstand nicht, was Saskia meinte.

„Ja, du könntest runterstürzen!"

„Runterstürzen?" Bert sah Saskia an und folgte ihrem Blick. Dann machte er einen Satz zurück und sein Herz schlug genauso schnell, wie es schlug, wenn er an sie dachte. Er hatte sich keine zwei Schritte von der Stelle entfernt befunden, wo das Wasser in den Abgrund stürzte. „Das war…"

„Leichtsinnig, Bert!" Sie sah ihn vorwurfsvoll an.

„Ja, leichtsinnig", sagte er und senkte seinen Kopf. „Sind sie da, konntest du etwas sehen?" versuchte er, abzulenken.

„Nein, man kann von hier nichts erkennen."

„Und jetzt?"

„Jetzt gehen wir den Weg weiter. Der führt nach unten und dann zum Parkplatz. Da werden sie auf uns warten. Oder, willst du noch ein Stück?" Sie deutete auf die unendliche Weite hinter ihnen.

„Ach, weißt du, gerne, aber Hartmut und Susanne machen sich sicher schon Sorgen!"

„Ganz bestimmt!" sagte Saskia und zwinkerte ihm zu: „Komm, je eher wir los gehen..."

„...je eher sind wir da!" Das brauchte man Bert nicht zweimal zu sagen. Die Aussicht, jemals wieder aus diesem Park zu gelangen, beflügelte ihn. Langsam setzte er einen Fuß vor den anderen. Dabei versuchte er, Saskia nicht aus den Augen zu verlieren, die schon wieder ein gutes Stück vor ihm den Weg entlang sprang. Je länger er sie kannte, je mehr war er von ihr fasziniert. Dieses Mädchen war ohne Zweifel in der Lage, jeden Triathleten schlecht aussehen zu lassen.

Als sie am Parkeingang eintrafen, wäre die Sonne nach Berts Ansicht schon wieder am Aufgehen gewesen, wenn sie denn untergegangen wäre. Da sie das aber auch hier nicht tat um diese Jahreszeit, war es noch immer hell und man konnte deutlich sehen, daß niemand außer ihnen dort war. Das Besucherzentrum war schon lange geschlossen und auf dem Parkplatz stand kein Auto. Nicht einmal das des Rangers. Sie mußten die Zufahrtsstraße bis zu dem Fluß im Tal hinunter laufen, um die Stelle zu erreichen, an der sie das Zelt errichtet hatten und von wo sie am späten Morgen gestartet waren.

Nach einer weiteren Unendlichkeit hatten sie die Brücke erreicht, die über den kleinen Fluß führte, an dessen gegenüberliegendem Ufer das stand, auf dem Berts ganze Hoffnung ruhte. Man konnte es von der Brücke aus sehen: Das Zelt war noch da. Das ließ sein Herz noch schneller schlagen und er mobilisierte seine allerletzten Kraftreserven. Er nahm nichts mehr wahr von dem, was um ihn herum war. Seine Augen waren starr auf die Stelle gerichtet, wo sich das Zelt befand.

„Da! Da ist es!" rief er und ließ sich mit allerletzter Kraft vor dem Eingang fallen.

„Bert?" Saskia sah auf den am Boden liegenden Bert und schüttelte ihren Kopf. Dann öffnete sie das Zelt. Einen Augenblick später hörte Bert ein sehr vertrautes Geräusch und kurz danach erschien Saskias Kopf im Zelteingang. In der Hand hielt sie eine geöffnete Dose Bier. „Du bist ja wohl zu müde dafür, oder?"

„Saskia…" stöhnte Bert, seine Augen begannen zu leuchten und starrten auf die Dose in ihrer Hand.

„Und, was machen wir morgen?" Bert lag mehr als er saß in einem der Campingstühle. In der einen Hand hielt er eine Bierdose, die er intensiv zu betrachten schien.

„Schön, daß es dir wieder besser geht", sagte Saskia, die auf einem der anderen Stühle ihm gegenüber saß. Zwischen ihnen brannte ein kleines Lagerfeuer.

„Besser?" er sah sie mit einem strafenden Blick an: „Ging es mir denn schlecht?"

„Nein, natürlich nicht…"

„Also, was machen wir morgen?"

„Morgen? Ja, also, wenn Hartmut und Susanne nichts anderes geplant haben…"

„Falls sie denn bis dahin wieder da sind!"

„Falls sie wieder da sind, wandern. Ich denke, wir werden etwas Wandern zur Abwechslung!"

„Wandern? Etwas? Zur Abwechslung?" Bert ließ fast die Dose fallen, „und, und was war das heute? Und gestern nicht zu vergessen!" Er starrte Saskia an.

„Das waren ein leichter Spaziergang und eine kleine Wanderung, zur Übung, für richtige Wanderungen. So zum Herantasten eben!" Sie grinste.

„Das, das ist nicht…" Bert rutschte immer weiter in seinem Stuhl nach unten bei dem Gedanken, sich morgen überhaupt weiter als bis zum Auto und von da am Abend zurück zum Zelt bewegen zu müssen.

„Du wolltest doch auch ganz viel von Schweden sehen!"

„Ja, das schon, aber - ich dachte da mehr an: Aus dem Fenster schauen und die Eindrücke der vorbeigleitenden Landschaften aufnehmen, am Parkplatz halten, aussteigen, wieder Eindrücke aufnehmen, einsteigen und so weiter eben. Ich hatte weniger daran gedacht, Schweden zu Fuß zu durchqueren!" Er grinste.

„Schwachkopf!" Saskia verlieh dem Gesagten mehr Nachhaltigkeit, in dem sie ihrer Bemerkung ihr Sitzkissen Folgen ließ.

„Warte…" Bert wollte sich mit einem Sprung auf ihre Seite begeben, kam aber keinen Zentimeter aus seinem Campingstuhl. „Ahh, hast du ein Glück, daß ich…"

„Was? Abgeschlafft bist?"

„Eine gute Kinderstube hatte! Ich schlage keine Mädchen!"

„Na dann, also wandern. Aktivurlaub, du erinnerst dich?"

„Urlaub, an dieses Wort erinnere ich mich. Das andere muß ich irgendwie überhört haben." Bert verzog sein Gesicht zu einer Art Grimasse. „Aber vielleicht kommen ja Hartmut und Susanne erst morgen Abend zurück…" Er schaute in das kleine Feuer, das munter vor sich hin brannte. Sie hatten es nach ihrer Rückkehr entzündet, sobald sich Bert mit einem kühlen Bier gestärkt hatte. Dort warteten sie nun auf die Rückkehr von Hartmut und Susanne. Er fragte sich allmählich wirklich, wo die beiden blieben. Sie hatten sie nicht am vereinbarten Treffpunkt erwartet, sie waren nicht am Parkausgang und sie waren auch nicht am Lagerplatz. Saskia schien das alles lockerer zu sehen als er:

„Wahrscheinlich sind sie spontan noch irgendwohin. Das ist nichts Außergewöhnliches bei ihnen. Das wirst du merken, wenn du sie besser kennst."

„Ich hoffe, du hast recht. Sonst wären wir hier hilflos verloren. Hier in der Wildnis!"

„Bert, es kommen hier dauernd Touristen vorbei und dann gibt es das Touristenzentrum. Fulufjället ist ein beliebtes Ziel, vor allem wegen des Wasserfalls!"

„Ja, der Wasserfall!" sagte Bert schwärmerisch und faßte sich an seine geschundenen Beine, „das war es wert!"

„Na also und jetzt entspann dich und genieße das Feuer und die Nacht!"

„Und das Bier! Ja, du hast recht!" Natürlich hatte Saskia recht: Er saß mit ihr alleine an einem Lagerfeuer, rundherum nichts als Wald, es hätte romantischer nicht sein können. Nur zwei Dinge störten ihn dabei: Erstens war Saskia nicht seine wirkliche Freundin und zweitens und dabei beruhigte ihn, daß es erstens gab, er hätte sich keinen Zentimeter mehr nach irgendwo bewegen können. Er fühlte sich, als ob er auf ewig an diesen Stuhl gebunden wäre. Ja, er würde hier für den Rest seines noch so jungen Lebens sitzen und beim Überleben auf fremde Hilfe, auf jemanden, der ihn fütterte und auch sonst versorgte, angewiesen sein. Im Sommer könnten das die Touristen übernehmen, aber im Winter, wer sollte das im Winter tun? „Hoffnungslos, es ist hoffnungslos!" stöhnte er.

„Was redest du, Bert?"

„Urlaub!"

„Urlaub?" Saskia sah ihn an und hielt ihm ihre Bierdose entgegen: „Zu viel?" Dabei bewegte sie die Dose hin und her.

„Eher zu wenig! Viel zu wenig!" Er hob unter Aufbringung aller Kräfte den rechten Arm und streckte Saskia seine Dose entgegen. „Mehr, bitte!" Er sah sie flehend an.

„Bert, du erschreckst mich!" Saskia schüttelte den Kopf und war mit einem neuen Bier zurück, ehe er überhaupt bemerkt hatte, daß sie aufgestanden war. Bert fragte sich, woher sie diese Energie nahm.

„Du erschreckst mich!" sagte er und griff nach der Dose, „Danke!" hauchte er, „Danke!" Er fühlte sich wie ein Ertrinkender in der Wüste. Er setzte die Dose an seine Lippen. Bevor er den ersten Schluck nehmen konnte, verspürte er einen kurzen, stechenden Schmerz am

Hinterkopf. Er ließ die Dose fallen und faßte an die Stelle, von der der Schmerz ausging. Dann hörte er ein lautes, herzhaftes Lachen.

„Bert, du bist unbezahlbar!" gluckste Saskia.

„Ja, ja, wer den Schaden hat, aua!" Er faßte sich erneut an den Hinterkopf. „Was ist passiert?"

„Du bist mit deinem Stuhl zusammengebrochen und dabei hast du den Rahmen an den Kopf bekommen, weiter nichts!"

„Weiter nichts, na dann!" sagte er und verzog sein Gesicht. Dann versuchte er, seinen Oberkörper zu heben.

„Mach dir nichts draus: Wir haben noch Reservestühle!"

„Na, wenn das so ist, da bin ich ja beruhigt! Aber, das schöne Bier!" sagte er, als er die umgekippte Dose im Gras liegen sah.

„Auch davon gibt es noch mehr, warte, ich hole dir was!" Saskia schien sich langsam wieder zu beruhigen.

„Das gibt ein Hörnchen, ein riesiges Hörnchen. Er faßte sich erneut an seinen Hinterkopf.

„Dann paß auf, daß die Jäger dich nicht für ein Einhorn halten!"

„Ha, ich mach das nochmal, dann seh ich aus wie ein Elch! Das ist besser, oder?"

„Na, wenigstens hast du deinen Humor nicht verloren, warte..." Saskia kam um das Feuer herum, „ich helfe dir, alter Mann!" Sie streckte ihm ihren Arm entgegen.

„Alter Mann?" Er hob den Kopf, um sie anzusehen. Sie strahlte ihn an. „Was soll´s, stimmt ja irgendwie!" sagte er und streckte ihr seinen Arm entgegen. Ihre Hände berührten sich.

„Bert!" Saskia stieß einen kurzen Schrei aus, bevor sie das Gleichgewicht verlor und der Länge nach nach vorne fiel. Das nächste, was Bert spürte war ein erneuter Schmerz, der diesmal durch seinen ganzen Körper zu fahren schien. Dann machte der Schmerz einem Druckgefühl platz, das sich innen und außen von seinem Unterkörper aufwärts zog und in einem nach Bier riechenden Atem endete:

„Saskia!" sagte er und ehe er wußte, was er tat, berührten

seine Lippen ihre. Im selben Augenblick ging ein kurzes, heftiges Zucken durch seinen ganzen Körper. Jeglicher Druck war von und aus ihm von einem Moment zum anderen verschwunden. „Oh, nein!" hörte er sich rufen und danach folgte eine Art Urschrei. Er hatte die Augen geschlossen und seine Fäuste trommelten auf den Boden. „Nein, nein, nein!" Dann hörte er ein leises Stöhnen neben sich. Er öffnete seine Augen und sah Saskia, die neben ihm im Gras lag. Von ihr ging das Stöhnen aus. „Saskia!" rief er und krabbelte auf allen Vieren in ihre Richtung. Da sie keine fünfzig Zentimeter von ihm entfernt lag, hatte er sie ziemlich schnell erreicht. „Saskia?"

„Was, was ist?" Sie sah ihn an, ihre Nase blutete.

„Du, du blutest!" sagte er und kramte in seinen Taschen erfolglos nach irgendetwas wie einem Taschentuch.

„Wieso? Blut?" sie schien etwas benommen zu sein.

„Komm, ich helfe dir." Er packte sie unter den Armen und zog sie langsam über den Boden zu ihrem Stuhl. Woher er die Kraft dazu nahm, wußte er nicht. „Das wolltest du eigentlich mit mir machen heute, erinnerst du dich?" Er mußte lachen.

„Ja, wollte ich! Was ist passiert?"

„Hier, setzt dich!" Bert half ihr auf den Stuhl, dann wischte er ihr mit seinem T-Shirt das Blut aus dem Gesicht. „Besser, oder?"

„Ja, viel besser", sagte sie und sah ihn liebevoll an.

„Entschuldige, ich muß wohl, du wolltest mir hoch helfen und hast das Gleichgewicht verloren!"

„Das Gleichgewicht!" sagte sie und sah ihn merkwürdig an, „ja, nicht zum ersten Mal, glaube ich!" Dann legten sich ihre Hände um seinen Hals und sie zog seinen Kopf zu sich herunter. Bert ließ sich vor ihr auf die Knie fallen und dann berührten sich ihre Lippen so, als wenn es das Natürlichste auf der Welt wäre.

„Hähem, hämm!" Saskia und Bert lösten sich ruckartig und starrten in die Richtung, aus der das Geräusch gekommen war:

„Paps..."

„Hartmut..."

„Stören wir?" Susanne war neben Hartmut aufgetaucht und winkte den beiden zu.

„Nein, wir, äh..."

„Wir, wir..."

„Saskia ist gestolpert und ich..."

„Bert ist umgeknickt und ich..." sagten sie gleichzeitig.

„Ach so!" Hartmut sah Susanne an und zwinkerte ihr zu.

„Na, wir werden uns dann mal um das Essen kümmern, wenn ihr überhaupt noch hunger habt!"

„Doch!" riefen beide.

„Ihr könnt ja in ein paar Minuten nachkommen, wenn der Heilungsprozeß abgeschlossen ist!" sagte Susanne und folgte Hartmut zum Wohnmobil.

„Heilungsprozeß..." wiederholte Bert.

„Komm, Bert!" Saskia war aufgestanden und streckte ihm ihre Hand entgegen. Bert ergriff sie:

„Saskia, ich..."

„Später, Bert, später..." sie drückte seine Hand mit ihrer.

„Ja, später..." wiederholte Bert und sie gingen Hand in Hand nebeneinander über die Wiese zum Wohnmobil.

Nach dem Essen saßen sie alle noch ein bißchen zusammen und Bert und Saskia erzählten von ihrer Wanderung. Hartmut und Susanne bedauerten es, nicht dabei gewesen zu sein, aber sie hatten einen umwerfend schönen See entdeckt, an dem sie die Zeit vergessen hatten. Dann zogen sich Bert und Saskia in ihr Zelt zurück. Beide hatten während des Essens und danach zwar viel geredet, aber nur sehr wenig miteinander. Sie hatten es auch möglichst vermieden, sich direkt anzusehen. Hartmut und Susanne schoben das darauf, daß ihnen die Situation bei ihrem Eintreffen peinlich gewesen war.

Bert war innerlich so aufgewühlt, daß er es nicht wagte, auch nur an Saskia zu denken ohne befürchten zu müssen, daß sein Herz in seiner Brust so stark schlug, daß es diese einfach sprengte.

Saskia erging es ähnlich. Sie war hin- und hergerissen von dem, was geschehen war. Es war nicht ihr erster Kuß, aber er war wie der erste und wie die anderen. Es gab da keinen Unterschied. Die Intensität nahm nicht ab, ja, sie hatte eher zugenommen, wenn das noch möglich war. Sie fühlte sich wie auf einer riesigen rosa Wolke, die in einer dunklen Höhle schwebte. Alles drehte sich und alles war durcheinander. Sie mußte zur Ruhe kommen und versuchen, einen klaren Gedanken zu fassen.

Beide waren sich klar darüber, daß es so nicht weitergehen konnte. Aber beide hatten Angst, dem anderen zu sagen, was in ihm vorging aus Furcht darüber, daß der Andere es nicht verstehen konnte oder es nicht verstehen wollte. Den Weg zum Zelt legten sie nebeneinander zurück, ohne sich zu berühren und das Zelt betraten sie nacheinander. Beide verschwanden so schnell wie möglich in ihrem Schlafsack und ein „Gute Nacht!" war das Einzige, was man von ihnen an diesem Abend noch hörte.

12

Am nächsten Morgen war es wie üblich Hartmuts Stimme, die sie aus einem kurzen, unruhigen Schlaf riß. Das Frühstück fand bei strahlendem Sonnenschein statt und Hartmut und Susanne waren von einer nicht zu überbietenden Fröhlichkeit, die jeden hätte anstecken müssen. Jeden außer Bert und Saskia. Beide versuchten, so fröhlich wie möglich zu wirken, aber man sah ihnen an, daß sie der letzte Abend noch immer beschäftigte.

Jetzt fuhren sie wieder eine dieser Straßen, dieser endlosen Straßen. Diese sollte sie auf jene Hochebene bringen, auf der Bert die Überraschung erwartete. Er überlegte, was ihn noch überraschen könnte, aber ihm fiel nichts ein außer einem plötzlichen Vulkanausbruch vielleicht. Saskia hatte die ganze Fahrt bisher kein Wort gesagt. Er wußte nicht, ob sie sauer auf ihn war oder einfach nur müde.

„Und was gibt es da denn nun so Besonderes zu sehen?" versuchte Bert, das Schweigen zu brechen.

„Wird nicht verraten", war die kurze Antwort.

„Aber es sind nicht wieder irgendwelche Tiere, die man nicht sieht?"

„Bert!"

„Wenn es Tiere sind, dann würde ja eins davon reichen. Das wären dann schon mehr, als ich gestern und vorgestern den ganzen Tag gesehen habe!" Obwohl er sich eingestehen mußte, daß er sehr zufrieden darüber gewesen war, daß ihnen bei ihren Wanderungen keine größeren Tiere begegnet waren.

„Stimmt, viele waren es wirklich nicht." Saskia sah in seine Richtung und lächelte.

„Genau. Die paar Vögel kann man ja nicht zählen, oder?"

„Nein, kann man nicht."

„Man kann sich gar nicht vorstellen, daß es da wirklich überall Bären und Wölfe geben soll! Hast Du überhaupt schon mal welche gesehen. Ich meine, einen Bären oder einen Wolf?"

„Natürlich, schon ganz viele!"

„Wirklich?"

„Ganz nah sogar!"

„Du bist noch immer sauer auf mich..."

„Ja, aber trotzdem: Ganz viele!"

„Ja, aber trotzdem?" Bert sah sie fragend an. „Egal jetzt. Und, wo war das?"

„Na, bei uns im Zoo..." Sie mußte lachen.

„Ha, ha, sehr witzig!" Bert gab ihr einen kleinen Knuff in die Seite.

„Da, Pumbie, Bert, da sind welche!" Hartmuts Stimme überschlug sich fast.

„Wirklich?" Saskia versuchte, etwas durch die Scheiben zu

erkennen.

„Was sind da welche?" Bert hatte sein Gesicht an seine Scheibe gedrückt und konnte nichts erkennen, was Hartmut hätte gemeint haben können.

„Die ersten Rentiere!"

„Rentiere, wirklich?" Bert preßte sein Gesicht noch dichter an die Scheibe. „Echte Rentiere?" Saskia nickte. „War das die Überraschung?"

„Ja, soweit südlich gibt es sonst keine, nur hier eben."

„Und, können wir anhalten?"

„Weiter oben, da sind meistens noch mehr!" sagte Hartmut.

„Na gut", sagte Bert mit großer Enttäuschung in der Stimme, „ich glaube allmählich, alle Tiere hier oben gibt es nur in Erzählungen und niemand hat wirklich je welche zu Gesicht bekommen!"

„Quatsch!" Saskia wuschelte durch seine Haare. „Du wirst schon sehen!" Dabei sah sie ihn wieder so merkwürdig an. Was war los mit ihr? Hatte sie beschlossen, ihm den letzten Rest seiner Selbstbeherrschung zu nehmen und ihn noch weiter in den Sumpf der Unsicherheit seiner Gefühle zu versenken? Er konnte sich keinen Reim darauf machen. Der einen Moment war sie das liebevollste Mädchen, das man sich vorstellen konnte und es gab nichts, was ihn davon hätte überzeugen können, daß sie nicht seine Freundin war - obwohl sie es ja objektiv gesehen nicht war. Einen Augenblick später hatte er den Eindruck, als wenn sie nichts lieber wollte, als ihn irgendwo am Straßenrand in einem weit entlegenen Waldstück auszusetzen. Spielte sie doch mit ihm? Wollte sie die Situation zu ihrem Vorteil nutzen und ihn benutzen, um ihn dann später wieder wegzuwerfen, nachdem sie ihn wie eine Zitrone ausgepreßt hatte? Und wenn ja, sollte er dann nicht einfach auf dieses Spiel eingehen? Es könnte ihn immerhin eine kurze Weile in die Nähe der Erfüllung eines Teils seiner Träume bringen.

„Da, da sind ganz viele. Bert!" Saskia rüttelte an ihm und deutete nach vorne. Der Wagen hatte gehalten und jetzt sah auch Bert sie: Es waren tatsächlich Rentiere. Echte, lebende

Rentiere.

„Wauw. Es gibt sie wirklich!"

„Habe ich doch gesagt!" Saskia lächelte und öffnete ihre Tür.

„Was machst Du?"

„Na, aussteigen und ein paar Fotos!"

„Klar, Fotos, natürlich!" Bert kramte nach seiner Kamera und sprang dann in einem Satz aus dem Wagen, nachdem er die Tür geöffnet hatte. Die Rentiere waren ein kleines Stück weiter gelaufen und standen nun etwa zwanzig Meter von der Straße entfernt und schauten in ihre Richtung. Es waren vielleicht zwanzig oder dreißig Tiere. Ein paar Jungtiere waren auch dabei.

„Sind sie nicht schön!" Saskia strahlte. „Am liebsten würde ich sie streicheln. Vor allem die Kleinen, die sind so niedlich! Die sind bestimmt ganz weich!"

„Ja, sind sie, ganz weich und streicheln möchte ich sie auch!" sagte Bert und dachte dabei nicht an die Rentiere, „und nicht nur streicheln!" fügte er leise hinzu.

Etwa zwei Stunden später bogen sie von der sogenannten Hauptstraße in eine Nebenstraße ab, die sich von dieser nur dadurch unterschied, daß sie etwas schmaler war. Beides waren nicht asphaltierte Sandstraßen, die mit Schlaglöchern übersät waren. Vorher hatten sie in Börtnan, einem Ort, der aus wenigen Häusern bestand, was in dieser Gegend aber schon viel war, gehalten und dort Fisch gekauft. Lachsforellen für das heutige Abendessen. Hartmut hatte gesagt, daß sie zwar nicht selbstgefangen sind, aber tagesfrisch aus dem See. Das sei fast so gut, wie selbst gefangen, das werde er ja noch sehen, wenn sie die erste Angeltour hinter sich hatten. Dann hatte er Bert auf die Schulter geklopft:

„Ich freue mich schon auf unseren ersten Fang!"

„Ja, ich auch!" hatte Bert geantwortet und versucht, freudige Erwartung in seine Stimme zu legen.

Nun fuhren sie die kleinere kleine Straße entlang und suchten den Fischeplatz.

„Ah, da vorne!" rief Hartmut auf einmal.

„Ja, Paps, hinter der Brücke, oder?"

„Da ist er. Hoffentlich ist er frei!"

„Das wird er schon", sagte Susanne, „hierher verirren sich nicht so viele Touristen!"

Sie sollte recht behalten. So standen Bert, Saskia und Susanne kurze Zeit später am Straßenrand, während Hartmut das Wohnmobil rückwärts von der Straße in den kleinen Waldweg fuhr, der gar kein Waldweg war, sondern eine Art Parkplatz, auf dem vielleicht drei Personenwagen hintereinander Platz hatten. Mit dem Wohnmobil war die Stellfläche erschöpft.

Der Platz war umgeben von Wald. Auf der einen Seite wurde er durch einen kleinen, sehr lebhaften Bach begrenzt. Nach hinten schloß sich eine große Lichtung an. Das Zelt sollte am Rand dieser Lichtung mit Blick auf den Bach aufgebaut werden. Zwischen der Stelle und dem Wohnmobil befand sich eine Feuerstelle. Diese Feuerstelle war wohl auch der Grund, warum es hier eine Parkmöglichkeit gab. Wahrscheinlich wurde sie von Einheimischen zum Feiern genutzt. Aber das waren nur Spekulationen.

„*U*nd, hat es dir gefallen, heute?" Saskia sah Bert an. Die beiden saßen nebeneinander auf einem großen Stein an dem kleinen Bach, der munter vor sich hin plätscherte. Das Zelt war aufgebaut, Hartmut hatte sich mit den Fischen an die Feuerstelle zurückgezogen, wo ein Feuerchen von Susanne entfacht worden war und er war Saskia an den Bach gefolgt.

„Ja, schon. Besonders die Rentiere. Hatte ich vorher echt noch nicht gesehen."

„Nicht mal im Zoo?"

„Nicht mal im Zoo!"

„Kommt ihr, der Fisch ist soweit!"

„Ja, Paps, sofort!" Saskia stand auf und schüttelte sich ein wenig.

„Was ist?"

„Ist doch ganz schön kühl geworden. Ich glaube, ich hole mir einen Pulli." Damit verschwand sie in Richtung Zelt. Es war ein sehr schöner Platz, an dem sie jetzt waren. Saskia nannte ihn den „Fischeplatz", weil ein paar Kilometer weiter in Börtnan der Laden war, in dem es die frischen Fische gab. Eben jene lagen jetzt auf dem Feuer. Bert hatte noch nie Lachsforellen gegessen. Er bewegte sich zu dem Feuer, um das vier Stühle standen. Auf einem saß Susanne und neben ihr Hartmut, der in beiden Händen ein Bier hielt. Als er Bert sah, hielt er ihm die eine Dose hin:

„Du willst doch, oder?"

„Na klar!" Bert griff nach der Dose und setzte sich auf einen der freien Stühle.

„Und ich?" hörte er eine entrüstet klingende Stimme. Gleich darauf spürte er Saskias Hände auf seiner Schulter. Er zuckte kurz auf.

„Verschluckt?" fragte Hartmut.

„Ja, äh, zu gierig, ich war zu gierig!"

„Manchmal muß man gierig sein!" sagte Saskia und ihre Hände lösten sich von Berts Schulter. Sie nahm die Bierdose, die ihr ihr Vater hinhielt und ließ sich auf dem freien Platz zwischen Bert und Susanne nieder. „Na dann, auf den Fischeplatz!" sagte sie und hielt die Dose hoch.

„Auf den Fischeplatz!" sagten auch die anderen und taten es ihr gleich. Susanne hielt ihr obligatorisches Weinglas in die Höhe.

„So, und jetzt", Hartmut rieb sich die Hände, „kommt, her die Teller - Susi, die Teller?"

„Hier!" Susanne reichte ihm die vier Teller und Hartmut nahm eine Forelle nach der anderen aus dem Feuer.

„Susi, für dich; Pumbie, Bert - und last but noch least, eine für mich! Ah, darauf habe ich mich schon den ganzen Tag gefreut!" Bert hatte Hartmut noch nie so begeistert von etwas Eßbarem reden gehört - außer, wenn es sich um seine selbst gefangenen Fische handelte. Er war gespannt, was diese

172

Lachsforellen so besonders machen sollte.

„Ach, deshalb Lachs!" sagte er, als er die Haut von der Oberseite seines Fisches gelöst hatte und das zart rosa Fleisch zum Vorschein kam.

„Und, wie schmeckt sie?" Hartmut sah ihn erwartungsvoll an.

„Phantastisch!" sagte Bert, nachdem er sich vorsichtig das erste Stück in den Mund geschoben hatte. Und das war die Wahrheit. Das Fleisch war weich und saftig und zerging fast auf der Zunge. Dazu die Kräuterbutter, sie sie im Supermarkt gekauft hatten, ein kühles Bier - was brauchte er mehr, damit es ihm rundum gut ging.

„Schön, daß es dir schmeckt", hörte er Saskias Stimme neben sich und da wußte er, was ihm noch fehlte, damit es ihm wirklich gut ging. Aber, er hatte sie das zweite Mal für einen Augenblick vergessen. Für einen Moment hatte er sich wirklich gut gefühlt. Es gab also noch Hoffnung für ihn in seiner Hoffnungslosigkeit.

„Ja, ist super. Gut, daß ich trotzdem mitgefahren bin."

„Trotzdem?" Susanne sah Bert an.

„Ich, ich meine, trotzdem meine Eltern ja eigentlich erst nicht so begeistert waren." Er atmete erleichtert aus und warf einen kurzen Blick zu Saskia. Die war so mit ihrem Fisch beschäftigt, daß sie alles andere im Augenblick zu vergessen haben schien.

„Schön, daß es dir gefällt!" Hartmut schmatzte vor sich hin. „Wenn wir zurück sind, kannst du deinen Eltern ja Einiges erzählen und wenn sie dann noch die Fotos sehen…"

„Hartmut!" Susi sah ihn kopfschüttelnd an.

„Na ja, eine Auswahl, eine kleine Auswahl davon, meine ich."

„Wir werden sehen. Noch sind wir hier. Schau, wie der Himmel rot wird!"

„Ja, du hast recht, komm her!" Er zog sie zu sich heran und drückte ihr einen Kuß auf den Mund.

„Hartmut, was sollen die Kinder…"

„Quatsch, die Kinder, die wissen viel besser wie das geht."

Dabei zwinkerte er Bert zu, der Hartmut anlächelte und gleichzeitig zustimmend mit dem Kopf nickte.

„Worüber redet ihr?" Saskia hatte ihren Fisch fachgerecht zerteilt und war jetzt wieder bereit, an der Unterhaltung teilzunehmen.

„Ach, über…" begann Bert und wurde von Hartmut unterbrochen:

„Das Knutschen!"

„Hartmut!" Susanne sah ihn mit aufgerissenen Augen an.

„Na, so heißt das doch noch immer, oder?"

„Ja, Paps, tut es", sagte Saskia und lächelte.

„Und, knutscht ihr oft?" Hartmut sah die beiden an. Susanne mußte lachen und verschluckte sich fast an ihrem Wein.

„Wir…" Saskia und Bert tauschten einen kurzen Blick.

„Oft…"

„Nicht so oft…"

„Was denn nun?" Hartmut öffnete eine weitere Dose und nahm einen kräftigen Schluck.

„Ja, jetzt bin ich auch neugierig", sagte Susanne und schaute Bert und Saskia erwartungsvoll an.

„Oft ist schon relativ…" sagte Bert.

„Ist relativ oft eben…" ergänzte Saskia.

„Ja, für mich ist das eher…

„Er würde die ganze Zeit, meine ich und ich…

„Saskia muß mich dann bremsen manchmal…

„Genau, deswegen…"

„Ist es relativ…"

„Relativ oft…"

„Nicht so oft, wie ich will eben…"

„Ja, da müssen wir noch dran arbeiten…"

„Dran arbeiten, Saskia sagt es…"

„Aber, wir kriegen das schon hin. Wenn man so lange wie ihr zusammen seid, dann…"

„Dann was?" Hartmut sah seine Tochter fragend an.

„Dann kennt man den anderen natürlich viel besser!"

„Das hast du schön gesagt", Susannes Augen strahlten und sie drückte Hartmut einen Kuß auf die Wange. „Und jetzt laßt uns weiter essen, sonst ist der schöne Fisch ganz kalt!"

„Ja, knutschen können wir später noch genug!" rief Bert, ehe er es verhindern konnte.

„Hier", sagte Saskia und gab ihm einen Kuß auf die Wange, „schon mal die Anzahlung!"

„Anzahlung?" Bert sah sie an. Sie beschäftigte sich wieder mit ihrem Fisch und schien ihn für den Augenblick vergessen zu haben. Was hatte sie mit Anzahlung gemeint? Er wurde nicht schlau aus ihr. Er beschloß, sich auch wieder der Forelle zuzuwenden: „Komm her, mein Fisch, jetzt wirst du deiner Bestimmung zugeführt. Darf ich noch ein Bier?"

„Ja, Fisch muß schwimmen!" rief Hartmut und reichte Bert eine neue Dose.

Weder Saskia noch Bert hatten eine gute Nacht. Beide versuchten, so still wie möglich zu liegen, damit der Andere nicht merkte, was in ihm vorging. Beide wurden von quälenden Fragen geplagt, für die sie keine Lösungen hatten.

Saskia dachte an das Abendessen und die Unterhaltung über das Küssen. Sie dachte an das, was sie gesagt hatte. Was wollte sie damit erreichen? Hatte sie das ernst gemeint? Und, was wenn Bert den Rest des Versprochenen eingefordert hätte? Hatte sie darauf spekuliert, daß er das tun würde? Wie hätte sie sich verhalten? Was war das, was da in ihr vorging! Sie fühlte sich hin- und hergerissen zwischen Himmel hochjauchzend und zu Tode betrübt. Sie hatte den Eindruck, als wenn ihre Hormone verrückt spielten. Aber, war das in ihrem Alter nicht normal? Sie erinnerte sich an die Gespräche mit ihren Freundinnen. Die hatten ähnliche Probleme. Aber diese Probleme sollte sie doch mit ihrem Freund haben und nicht mit Bert. Diesem Bert, der ihr nichts bedeutete und der so gar nicht das war, was sie sich unter einem Jungen vorgestellt hatte, mit dem sie mal zusammen sein wollte! Und dieser Junge lag hier neben ihr im Zelt. Ganz dicht und das nun schon seit mehr als einer Nacht. Sie spürte eine gewisse Anziehungskraft, die er auf sie ausübte, aber sie wehrte sich innerlich dagegen. Warum tat sie das? Warum ließ sie ihren Gefühlen denn nicht einfach freien Lauf; was hatte sie denn zu verlieren? Konnte sie nicht nur gewinnen?

Bert starrte an die Zeltwand. Er wagte es kaum, zu atmen. Was hatte Saskia damit gemeint, als sie von einer Anzahlung gesprochen hatte? War ihr das nur so herausgerutscht, oder hatte sie ihm einen Wink mit dem Zaunpfahl geben wollen, daß sie mit ihm knutschen will? Warum sollte sie das tun? Sie hatten sich schon geküßt und es war, jedenfalls für ihn, jedes Mal unbeschreiblich. Er wußte gar nicht, ob er es verkraften konnte, wenn sie es öfter täten. Auf der anderen Seite fragte er sich, ob dann nicht dieses unbeschreibliche Gefühl mit der Anzahl der Küsse sich abschwächen würde. Die Wahrscheinlichkeit sprach dafür. Das würde ihn innerlich entlasten. Aber wollte er entlastet werden? Wollte er es wirklich riskieren, dieses Gefühl vielleicht zu verlieren? Er fühlte sich zu Saskia in einer Weise hingezogen, wie er es bisher noch nie erlebt hatte. War das Liebe? Aber, was wußte er schon von Liebe, um das beurteilen zu können! War es nicht vielmehr nur eine Schwärmerei? Eine Schwärmerei für jemanden, so wie das in seinem Alter üblich ist: Man glaubt jedes Mal, daß es die große Liebe und die Eine für das ganze Leben ist? Verstärkend kam bei ihm noch dazu, daß er wirklich das erste Mal in der Nähe eines attraktiven Mädchens war. Ja, er war in ihrer Nähe; er lag jede Nacht neben ihr im Zelt. Mehr Nähe ging kaum und eigentlich waren sie doch eher zwei Fremde. Oder waren sie das nicht? Hatte sie das Schicksal, aus welchen Gründen auch immer, zusammen geführt? Seine Gedanken kreisten und fanden auch diesmal keinen Ausweg.

13

Der nächste Tag verlief wider Erwarten wie der vorherige ganz nach Berts Vorstellungen ohne größere Wanderungen: Nach einem späten Frühstück bestiegen sie das Wohnmobil und rollten durch eine phantastische Landschaft vorbei an Seen und Bergen. Endlich waren sie in Norwegen. Bert hatte schon daran gezweifelt, daß dieses Land hier oben wirklich existierte. Jetzt waren sie da. Das, was er bisher gesehen hatte auf der heutigen Fahrt hatte ihn begeistert, abgesehen vielleicht von dem Polarkreis, den sie noch wie nebenbei überquert hatten. Was Bert dort erwartet hatte, wußte er nicht, das, was er gesehen hatte, jedenfalls nicht: ein riesiges Besucherzentrum mit einem ebenso riesigen Parkplatz und Souvenirshop. Der Polarkreis war ein Stück auf dem Boden markiert und man konnte sich auf ihm fotografieren lassen oder ihn entlang wandern. Sonst war nichts Besonderes an diesem Ding. Ohne das Zentrum wären sie einfach drübergefahren und hätten es nicht einmal gemerkt. Der Polarkreis war eine Enttäuschung. Ihn mußte man nicht gesehen haben. Jedenfalls, wenn es nach ihm ging. Aber etwas Gutes hatte er auch gehabt: Hartmut hatte darauf bestanden, ein Foto von ihnen allen und dann eins von Saskia und ihm zu machen. Dafür mußte er sie in den Arm nehmen und das Gefühl entschädigte ihn mehr als genug für die Enttäuschung über diesen Ort.

Morgen sollte es dann endlich soweit sein: er würde ihn sehen, mit seinen eigenen Augen, ganz nah: den Svartisen! Er war so aufgeregt, daß er selbst während der Fahrt nicht geschlafen hatte, obwohl die letzte Nacht einmal mehr kurz und unruhig gewesen war.

Saskia war die erste Zeit der Fahrt wieder sehr ruhig. Es wurde erst besser, als sie durch die malerische Landschaft rollten und Saskia Bert als Fremdenführerin Auskunft über all das gab, was er da sah.

Schließlich erreichten sie die Stelle, an der sie das Lager für die Nacht aufschlagen wollten. Sie lag an der Zufahrtsstraße, die direkt zu der Stelle führt, von der aus man die Wanderung zum Svartisen antritt. Das Wohnmobil hielt.

„Na dann!" sagte Hartmut, „aufgebaut und dann wird gegessen!"

„Ja, Paps! Komm Bert, laß uns einen guten Platz suchen!"

„Ja, ich komme." Bert ließ sich aus dem Wagen gleiten und Saskia und er suchten die Stelle nach einem passenden Platz für das Zelt ab. Er war darin immerhin besser, als im Aufbauen. Das überließ er noch immer vor allem Saskia.

„Hier? Was meinst du?" Saskia sah ihn an.

„Perfekt!"

„Gut, dann los!" Sie holten alles, was sie brauchten und in neuer Rekordzeit stand das Zelt.

„Wir werden immer besser!" sagte Bert stolz.

„Ja, gutes Teamwork eben."

„Ja, gutes Teamwork!" Er konnte nicht verhindern, daß er ihr in die Augen schaute. Sie erwiderte seinen Blick und es war so, wie am letzten und am vorletzten Abend. Man spürte förmlich, wie es in der Luft knisterte und wäre nicht in diesem Moment Hartmut erschienen und hätte sie mit seiner nicht zu überhörenden Stimme zum Essen gerufen, wer weiß, was dann geschehen wäre.

„Er hat das raus mit dem richtigen Moment", sagte Bert mit nicht zu überhörender Enttäuschung in der Stimme.

„Du sagst es!" sagte Saskia und nahm zu Berts Überraschung seine Hand, um mit ihm zum Platz vor dem Wohnmobil zu gehen, wo der Tisch und die Stühle standen.

„Pumbie!"

„Was, Paps?" Saskia sah ihren Vater an.

„Du platzt noch!"

„Aber es ist so lecker!" sagte sie und ließ die Kelle enttäuscht mit Schmollmund zurück in den Topf fallen, „so lecker!"

„Ja, das stimmt!" pflichtete Bert ihr bei, „total lecker!"

„Danke!" sagte Susanne, „nehmt ruhig noch. Es ist genug da und ihr seid im Wachstum. Hartmut hat das doch nicht so gemeint, Saskia. Nicht wahr, Hartmut?" Sie sah ihn an und zwinkerte, „Hartmut!"

„Nein, natürlich nicht, eßt nur, ja, ja, im Wachstum - im Breiten…"

„Hartmut!" rief Susanne und dies und ein strafender Blick ließen ihn verstummen.

„Na ja", sagte Saskia und sah ihren Vater an. Dann legte sie demonstrativ die Hände auf die leichte Wölbung ihres Bauches, den sie dabei extrem nach außen drückte, „so ganz unrecht hat er ja nicht!" Dabei plusterte sie auch noch ihre Wangen auf. Sie erinnerte Bert an einen Kugelfisch.

„Das ist noch gar nichts!" sagte Bert, der aufgestanden war und jetzt seinen Bauch so weit nach vorne schob, wie es nur irgend ging: „Da, schaut her!" Alle mußten lachen. „Und der hier", er klopfte auf seinen vorgestreckten Bauch, „hat Hunger, sehr viel Hunger!" Damit griff er nach der Kelle und nahm sich eine ordentliche Portion. „Noch jemand? Saskia?" Er sah sie an.

„Ja, klar", sagte sie schmunzelnd und auf ihren Bauch deutend, „ich muß ja meinen Vorsprung dir gegenüber halten!"

Es wurde wieder ein langer und lustiger Abend. Schließlich sagte Hartmut:

„Ich glaube, es wird Zeit. Ihr wißt, morgen wollen wir zum Svartisen."

„Ja, da freue ich mich schon wahnsinnig drauf!" sagte Bert begeistert, der noch nie einen Gletscher in Natur gesehen hatte. Und der Svartisen war der zweitgrößte Festlandsgletscher in Europa. Er war sehr gespannt, wie so ein Gletscher aussieht, wenn man ihn mit den eigenen Augen sieht.

„Du wirst begeistert sein!" sagte Susanne.

„Ja, bestimmt!" Saskia nickte mit dem Kopf.

„Ja, das wirst du. So, und jetzt wollen Susanne und ich noch eine kleine Runde machen. Von wegen der Verdauung und so. Wenn ihr inzwischen noch kurz abräumt, bevor ihr euch zurückzieht?"

„Klar, Paps, machen wir. Ein bißchen Bewegung ist ganz gut für die Figur, oder?" sie grinste.

„Bis morgen dann", sagte Susanne, „und schlaft gut!"

„Ja, ihr dann auch. Und einen schönen Spaziergang."

„Nacht, Pumbie!" sagte Hartmut und drückte seiner Tochter den obligatorischen Kuß auf die Stirn. Dann entfernten sich die beiden Arm in Arm.

„Sie sind schon ein schönes Paar", sagte Bert.

„Ja, das sind sie. Komm, laß uns abräumen."

„Ja, klar." Sie trugen das Geschirr in den Camper und räumten es in den Geschirrspüler. Bert hatte gedacht, daß man den Abwasch beim Campen in einem See oder einem Bach macht, im eiskalten Wasser. Aber das Campen im einundzwanzigsten Jahrhundert hatte viele Annehmlichkeiten, von denen er nicht geahnt hatte, daß es sie gibt und die die ganze Sache in seinen Augen stark an Attraktivität gewinnen ließen.

„Das war voll nett von dir vorhin!" sagte Saskia, als Bert ihr die Stühle zureichte, die sie an ihrem Platz verstaute.

„Was meinst du?"

„Na, das beim Essen und als du deinen Bauch vorgeschoben hast, den du ja gar nicht hast!"

„Ach, das war nur…"

„Nein, echt. Mein Vater zieht mich immer damit auf. Ich esse nun mal gerne und das sieht man eben auch an einigen Stellen, wenn ich nicht aufpasse."

„Quatsch, du hast eine super Figur."

„Du machst Witze, oder?" sagte sie und ließ ihre Hände an ihrem Körper herunterwandern, „oder du brauchst eine Brille!"

„Nein, ehrlich…"

„Du brauchst mir keinen Honig um den Mund zu schmieren. Ich weiß, daß ich meine Problemzonen habe…"

„Die habe ich auch!" beeilte sich Bert zu sagen, um sich davon abzulenken, an Saskias Problemzonen zu denken, die wohl eher ein Problem für ihn als für sie darstellten.

„Du, Problemzonen?"

„Ja,…"

„Deine Problemzonen liegen wohl eher in deinem Kopf, als an deinem Körper!" sagte sie und tippte mit ihrem Zeigefinger gegen ihre Stirn.

„Nein, wirklich, zwar nicht so wie du, aber…"

„Nicht so wie ich?" Saskia sah ihn an und ihre Augen begannen, kleine Funken zu sprühen.

„Ich meine…"

„Was soll das heißen: Nicht so wie du!" die Funken wurden größer.

„Nein, das - ich meinte - nicht da, wo du…"

„Nicht da!" Saskias Augen sprühten ununterbrochen.

„Nein, hier, da…" Er nahm ihre Hand und legte sie auf seine Hüfte. Er wußte nicht, warum er das tat. Es fiel ihm einfach nichts Besseres ein.

„Wauw!" sagte Saskia, „das nennst du eine Problemzone?" Er spürte die Wärme ihrer Hand, wie sich ihre Finger langsam in seine Problemzone drückten und sich dort ganz sanft hin und her bewegten.

„Ja, ja - nenne ich", brachte er mühsam hervor, „das, das ist doch alles - wabbelig. Genau: Wabbelig ist das alles!" sagte er und genoß weiterhin die Bewegungen ihrer Finger in diesem Gewabbel. Er hatte die Augen geschlossen.

„Ja, wenn du es sagst." Ihre Finger bewegten sich weiter. „Aber mir gefällt es - und hier zum Vergleich…" Sie nahm seine eine Hand und führte sie mit ihrer freien Hand an ihre Hüfte, „…das, das ist eine echte Problemzone!" Seine Hand tauchte ein in das, was sie unter sich spürte und mit ihm auch alle anderen seiner Sinne.

„Fühlst du es? Bert?"

„Ja, ich, Problemzone, stimmt. Aber nicht für dich, denke ich…" Er ließ seine Finger knetend durch ihre Haut gleiten.

„Bert?"

„Es ist, ist - sehr schön!"

„Es ist..." Saskia schwieg. Sie mochte das Gefühl, das die durch ihre Problemzone knetende Hand von Bert bei ihr auslöste. Sie schloß die Augen, fühlte nur noch seine Hand auf ihrer Haut und ihre Hand auf seiner Haut.

„Saskia? Bert? Hallo! Wo seid ihr?" Saskia und Bert öffneten gleichzeitig die Augen und sahen sich für den Bruchteil einer Sekunde an. Sie ließen ihre Arme sinken und Saskia rief:

„Hier, Paps, wir sind noch hier beim Camper!"

„Warum antwortet ihr denn nicht. Wir haben uns schon Sorgen gemacht, als ihr nicht am Zelt wart."

„Wir..."

„Ich habe mir fast die Kehle aus dem Hals geschrien, nicht wahr, Susanne?"

„Ja, fast, Hartmut, fast!" sagte Susanne lächelnd.

„Entschuldige, Paps. Ich habe nichts gehört."

„Ich, ich auch nicht."

„Na ja, schon gut. Nochmal wegen morgen."

„Morgen?" Saskia sah ihren Vater an.

„Ja, wir wollen doch die Tour zum Svartisen machen."

„Klar, und?"

„Wir wollen vorher nochmal nach Mo i Rana, ein paar Kleinigkeiten besorgen."

„Mio Mana?" Bert sah erst Hartmut und Susanne fragend an, dann drehte er sich zu Saskia.

„Mo i Rana!" sagte die lachend, „das ist der nächste größere Ort!"

„Ach so, na dann..."

„Was dachtest du denn?"

„Ach, nichts, eigentlich..."

„Nun sag schon oder muß ich..." Saskia näherte sich ihm mit ihrem Körper.

„Nein, nein", er lehnte sich etwas zurück, „ich dachte, das ist irgend so ein Medizinmann von hier oben oder sowas

Ähnliches!"

„Oh, Bert", Saskia gab ihm einen Stups gegen die Schulter, „du bist unbezahlbar!" Sie gluckste in sich hinein.

„Weißt du noch, wie du das erste Mal…" begann ihr Vater.

„Schon gut, schon gut, alles in Ordnung", sagte sie und funkelte ihren Vater kurz an.

„Also, wollt ihr mit?"

„Nach Moriana?"

„Mo i Rana, Bert!"

„Dann eben so. Ist nicht meine Sprache, das hier oben."

„Ja. Ist mal was Anderes", sagte Susanne, „Stadt, Häuser, Menschen, Geschäfte. Das bringt einen auf andere Gedanken und vielleicht seht ihr auch noch was, das ihr gebrauchen könnt!"

„Hmm, wann wollt ihr denn los?" Saskia schaute Hartmut und Susanne an.

„Sehr früh, nach dem Frühstück, sonst wird es mit dem Gletscher zu spät", sagte Hartmut.

„Ach, weißt du", Saskia schaute kurz zu Bert, der das Gleiche wie sie zu denken schien, „wir bleiben lieber und bereiten uns nach dem Frühstück auf die Wanderung vor."

„Du meinst, ihr wollt noch eine Runde schlafen!" Ihr Vater lachte.

„Paps!" sagte Saskia so entrüstet, wie sie nur konnte.

„Schon gut, schon gut. Wir wecken euch dann, wenn wir zurück sind."

„Du bist ein Schatz, Paps!"

„Ich weiß. Dann ist ja alles klar für Morgen, oder?"

„Halt, wann seid ihr denn wieder zurück?"

„Das können wir ja beim Frühstück besprechen!"

„Sicherheitshalber, ich meine, für den Fall, daß wir euch morgen früh doch nicht sehen?"

„Ich verstehe, was du meinst. Ja, keine Ahnung. Susi, was meinst du?" rief ihr Vater in Richtung des Inneren des Caravans, in dem sie inzwischen verschwunden war. Susi steckte ihren Kopf durch die Tür:

„Wozu?"

„Wann wir morgen zurück sind."

„Keine Ahnung, so gegen Mittag, denke ich, oder?" Sie sah Hartmut an.

„Ja, denke ich auch."

„Sollen wir dann auf euch warten?"

„Könnt ihr, ihr könnt euch aber nach der Schlafverlängerung auch die Gegend etwas ansehen. Wir hupen dann, wenn wir wieder da sind. Wenn ihr dann nicht auftaucht, gehen wir halt schon alleine los. Ihr könnt ja dann nachkommen. Du kennst ja den Weg."

„Klar. Gut. Machen wir. Nacht Paps. Nacht Susi."

„Schlaft gut!" Es folgte der Kuß auf Saskias Stirn, dann verschwand er im Wohnmobil.

„Ja, ihr auch", sagte Saskia, bevor sie neben Bert zum Zelt trottete, in dem die beiden verschwanden und sich wortlos in ihre Schlafsäcke kuschelten.

Auch in dieser Nacht fand Saskia wenig Schlaf. Sie dachte an Berts Hand und sie dachte an Bert. Ja, sie hatte ihn interessanter gefunden, als sie erwartet hatte, nachdem, was ihr ihre Freundinnen von ihm erzählt hatten. Sie hatte gespielt mit ihm ein wenig. Das hatte sie bisher geglaubt. Ja, davon war sie innerlich überzeugt gewesen. Aber dieser eine Moment, als sie sich mal wieder in die Augen geschaut hatten, da war irgendetwas passiert. Irgendetwas hatte sich verändert in ihr. Sie war sich nicht sicher, was es war, aber etwas war anders. Oder bildete sie sich das nur ein? Sie waren in Norwegen, im Nichts, da konnten einem die Sinne und auch die Gefühle einen Streich spielen. Hatte sich wirklich etwas verändert oder war das Neue schon die ganze Zeit da, unbewußt, und war jetzt nur ans Licht gekommen? Konnte es sein, daß sie sich in diesen Loser verliebt hatte? Sie versuchte, sich zu sagen, daß das nicht sein konnte. Wahrscheinlich bildete sie sich das nur ein und es lag nicht nur an der Einsamkeit hier oben und den fehlenden Alternativen, sondern auch daran, daß sie die ganze Zeit zusammen waren. Außerdem war er außer ihrem Vater wirklich fast das einzige männliche Wesen, das sie für längere Zeit zu Gesicht bekommen hatte. Da war das ganz natürlich, was sie zu empfinden glaubte. Vielleicht war es doch gar keine so schlechte Idee, mit in die Stadt zu fahren. Dort gab es andere Menschen, andere Jungen und das würde sie vielleicht wirklich auf andere Gedanken bringen. Zumindest würde es sie ablenken. Aber, wollte sie das denn wirklich? Wollte sie auf andere Gedanken gebracht werden, wollte sie abgelenkt werden? Sie war jung, ungebunden, wurde langsam zur Frau. Warum sollte sie da nicht ein bißchen Spaß haben dürfen? Ein bißchen Knutschen und Fummeln. Das würde Bert bestimmt gefallen und ihr auch. Beide hätten etwas davon und keiner ginge irgendwelche Verpflichtungen dem anderen gegenüber ein. Sie beschloß, mit Bert darüber zu reden, d. h. sie würde versuchen herauszubekommen, wie er darüber dachte, ohne die Sache direkt beim Namen zu nennen. Sie war sich relativ sicher, daß er das genauso wie sie sehen würde. Jedenfalls legten seine bisherigen Reaktionen ihrer Meinung nach diesen Schluß nahe. Sie war zufrieden für den Moment. Sie hatte eine Lösung gefunden. Einen möglichen Weg, den sie gehen konnte, wenn der Moment dafür gekommen war, den sie aber nicht sofort gehen mußte. Dieser Gedanke ließ ein Lächeln über ihr Gesicht huschen, bevor sie in die Welt des Schlafes hinüber glitt.

14

Es war wie immer viel zu früh, als Hartmuts Stimme Saskia aus ihren Träumen riß.

„Ja, Paps, ja, wir kommen - sofort…" rief sie und schloß die Augen wieder. Wovon hatte sie doch gleich geträumt? Es war ein sehr merkwürdiger Traum: Sie befand sich in einem Schuhladen und sah sich gerade ein Paar wunderschöne leuchtend rote Schuhe an, als jemand sie zur Seite stieß, die Schuhe nahm und sagte, daß es jetzt seine sind, weil sie zu lange gewartet hatte. Das merkwürdige war, daß die Schuhe auf einmal wie Bert aussahen und es war ihre beste Freundin, die sie zur Seite gestoßen hatte. Dann erklang eine Stimme, die ihren Namen rief; es war ihr Vater. „So ein Mist, jetzt werde ich nie erfahren, wie es weitergeht!" Sie schlug kräftig mit beiden Händen auf ihren Schlafsack.

„Wer wird fahren?" fragte Bert, der gleich, nachdem Hartmut gerufen hatte, wieder sanft entschlummert war.

„Niemand, niemand wird fahren - außer Hartmut und Susi. Es sei denn, du hast es dir anders überlegt!"

„Anders überlegt?" Bert versuchte, sich zu erinnern, was er sich anders überlegt hätte haben können. Er rieb sich die Augen. „Ich verstehe nur Bahnhof", sagte er und wollte sich seinen Schlafsack über den Kopf ziehen.

„Nichts da!" hörte er Saskia sagen und spürte im selben Moment, wie etwas ihn am Kopf traf: Saskias Kissen. „Auf, auf, es ist Zeit, Paps wartet!" Damit öffnete sie den Reißverschluß ihres Schlafsackes mit einer einzigen schnellen Bewegung und ehe Bert noch antworten konnte, war sie am Zelteingang.

„Ja, ja, ich komme ja schon. Gleich…"

„Nö, sofort - oder willst du kein Frühstück?"

„Doch, schon", maulte er.

„Na, dann mach. Du weißt, die beiden wollen früh los."

„Ach ja", langsam dämmerte es Bert und mit einem Schlag war seine Müdigkeit verflogen: Er würde einen ganzen halben Tag mit Saskia alleine sein! Das war das frühe Aufstehen in jedem Fall wert.

„Und, was machen wir jetzt?" Bert sah dem Wohnmobil hinterher, das gerade hinter der nächsten Biegung des Weges verschwand.

„Na, ich dachte, wir hauen uns nochmal hin!"

„Keine schlechte Idee, aber…"

„Aber, was?" Saskia sah ihn an. Er spürte wie so oft, wie ihr Blick ihn zu durchbohren schien.

„Irgendwie bin ich gar nicht mehr müde, eigentlich."

„Ich auch nicht, ehrlich gesagt, aber…", Saskia sah sich um, „…viel gibt es hier nicht. Sonne ist auch keine da." Sie schien etwas ratlos zu sein.

„Wir können ja…", begann Bert und verstummte, weil er nicht wußte, was sie ja könnten. Er hätte da schon ein paar Ideen gehabt, aber die konnte er Saskia nicht mitteilen. Als sie meinte, daß sie sich ja nochmal hinlegen könnten, hatte sie ihm aus der Seele gesprochen. In Anbetracht seiner Gefühle und der entsprechenden Reaktionen seines Körpers ihr gegenüber hatte er einen gemeinsamen Aufenthalt im Zelt aber lieber vermeiden wollen.

„Weißt du was?" rief Saskia plötzlich und strahlte über das ganze Gesicht.

„Nein, was?" Er sah sie fragend an.

„Wir gehen einfach schon!"

„Gehen, wohin?"

„Na, zum Gletscher!"

„Aber, wir wollten doch mit deinen Eltern, ich meine mit Hartmut und Susanne…"

„Ja, schon, aber wer weiß, wann die zurück sind. So haben wir einen Vorsprung und sie denken, daß wir nach ihnen los sind."

„Du bist gar nicht so dumm…"

„Überleg´ dir jetzt gut, was du sagst!"

„…wie ich manchmal." Bert grinste.

„Gut", sagte sie zufrieden, „und, was meinst du?"

„Sollen wir wirklich?" Bert wirkte unentschlossen.

„Ich denke…", Saskia schaute nach oben: Der Himmel war überzogen mit einer Mischung aus Grau in Wolkenform und Grau ohne Wolkenform, „…das Wetter ist jetzt ideal!"

„Ideal?" sagte Bert, der nun ebenfalls nach oben schaute.

„Ja, nicht zu heiß und kein Regen - ist doch ideal, wenn

man wandern will, oder?"

„Ja, schon, aber…"

„Bert!" Saskia drehte sich um, ohne ihn eines Blickes zu würdigen und ging in Richtung Zelt. Bert folgte ihr.

„Saskia, ich meine doch nur, wir alleine, also, meinst du nicht, daß…"

„Daß wir uns verlaufen?" sagte sie und drehte dabei den Kopf kurz in seine Richtung.

„Ja, zum Beispiel. Wir kennen doch den Weg gar nicht genau."

„Das ist ganz einfach: Die Straße bis zum Ende, dann immer am See lang und dann ist alles ausgeschildert!"

„Ausgeschildert?"

„Ja, für die Touris. Was dachtest du denn? Das wir die ersten sind, die zu dem Gletscher wollen? Das wir uns durch Urwald schlagen müssen, vorbei an wilden Eingeborenenstämmen, die uns fangen und dann verspeisen wollen?"

„Ja, vielleicht, so in etwa jedenfalls." In Berts Stimme lag eine leichte Enttäuschung.

„Bert, das ist der Svartisen und nicht der Kilimandscharo!" Sie schüttelte den Kopf.

„Ja, schon." Bert stocherte mit der Spitze seines rechten Fußes im Sand. Natürlich war ihm klar, daß er hier in Norwegen war und es hier keine wilden Eingeborenen gab und vor ihm schon Tausende an diesem Gletscher waren, „ich dachte ja nur…"

„Ach, Bert", sagte Saskia, die inzwischen im Zelt verschwunden war, "außerdem war ich schon mal da. Vergessen?"

Tatsächlich, Bert hatte das wirklich vergessen, aber es beruhigte ihn ebenso wenig wie die Tatsache, daß sie nicht die Einzigen dort sein würden. Er hatte gehofft, mit Saskia allein zu sein am Zelt, etwas zu plaudern mit ihr und dabei dann vielleicht die Gelegenheit zu haben, etwas mehr von ihr darüber zu erfahren, was sie von ihm hält. Außerdem hatte er doch ein bißchen Angst davor, mit ihr alleine zu dem

188

Gletscher zu gehen. Er fühlte sich irgendwie für sie verantwortlich. Was, wenn etwas passierte? Wie sollte er das ihrem Vater erklären? Das war es: Ihr Vater! Er spielte seinen letzten Trumpf aus:

„Aber wenn dein Vater zurück kommt und wir nicht da sind! Er wird sich Sorgen machen, ganz bestimmt!"

„Ach, Bert, du bist ja schlimmer als mein Vater!" Saskia steckte ihren Kopf aus dem Zelt: „Das hatten wir doch gestern Abend alles schon besprochen. Aber, wenn es dich beruhigt, werde ich einen Zettel da lassen: daß wir uns die Gegend ansehen und sie ruhig schon ohne uns los können und wir nachkommen, zufrieden?"

„Also…"

„Na, warum nicht gleich! Los, zieh dich um und dann nichts wie los. Je eher wir gehen, je eher sind wir da!" Damit verschwand ihr Kopf wieder im Zelt. Bert gab sich geschlagen. Er wartete, bis Saskia sich umgezogen und das Zelt wieder verlassen hatte, bevor er darin verschwand.

Der erste Teil des Weges bestand aus einer schmalen Straße ohne Belag, die sich aber recht gut laufen ließ. Es ging mal ein kleines Stück hoch und dann wieder runter, aber von wirklichen Steigungen konnte nicht die Rede sein. Immer wieder überholten sie Personenwagen oder Wohnmobile. Bert war erstaunt, wie viele Menschen es hier zu geben schien. Das hatte er nicht erwartet, aber jetzt, wo sie alleine unterwegs waren, beruhigte es ihn und hob seine Stimmung.

Nach einer guten Stunde erreichten sie das Ende der Straße. Es deutete sich schon durch die parkenden Fahrzeuge an, die auf dem viel zu kleinen Parkplatz keinen Platz gefunden hatten und so den Straßenrand säumten.

„So, da wären wir", sagte Saskia.

„Das war ja ganz leicht", sagte Bert erleichtert, „und, wo ist der Gletscher?"

„Der Gletscher?" Saskia fing an aus vollem Hals zu lachen.

„Was ist daran denn so lustig?"

„Bert!" sagte sie und schüttelte den Kopf, „wenn unsere Tour ein Essen wäre, dann haben wir noch nicht einmal die Vorspeise hinter uns!"

„Wie? Wir sind noch nicht da?" Bert mußte schlucken.

„Nein, noch lange nicht. Hier ist nur die Straße zu Ende. Da hinten, hinter der Hütte", sie zeigte auf eine kleine Hütte am Ende des Parkplatzes, „beginnt der Fußweg zum Gletscher."

„Der Fußweg?"

„Ja, Fußweg. Es gibt auch die Möglichkeit, einen Teil der Strecke mit dem Boot zu fahren über den See da!" Sie zeigte auf eine Wasserfläche, die sich links der Hütte dahinzog. „Aber das ist teuer und das Boot fährt auch nicht so oft."

„Also laufen wir?" sagte Bert zögernd in der Gewißheit, die Antwort schon zu kennen.

„Natürlich laufen wir. Ist kein Ding. Jedenfalls der Teil, den auch das Boot fährt. Wirst sehen: keine großen Steigungen, immer am See lang, easy."

„Wenn du es sagst", sagte Bert mit wenig Überzeugung in der Stimme. Er hatte keine Wahl. Erstens wollte er den Gletscher unbedingt sehen und zweitens konnte er sich keine erneute Blöße vor Saskia geben. „Dann laß uns mal gehen, auf, auf!" Er setzte sich in Richtung Hütte in Bewegung. Saskia folgte ihm.

„So gefällst du mir!" sagte sie, als sie zwischen Bootssteg und Hütte im Unterholz verschwanden.

Einen gefühlten halben Tag später hatten sie die Stelle erreicht, an der das Boot anlegte. Bert schaute sehnsüchtig dorthin. Das Boot war nicht sehr groß. Es bot vielleicht 50 Leuten Platz, schien aber voll besetzt gewesen zu sein, nach der Menge der Menschen zu urteilen, die sich von der Anlegestelle auf sie zu bewegten.

Auf dem ganzen Weg bis hier war ihnen niemand begegnet und obwohl das mit den fehlenden großen Steigungen gestimmt hatte, war der Weg alles andere als ein

Spaziergang. Das lag vor allem daran, daß der Weg eigentlich kein Weg, sondern eher ein Pfad war, der sich mehr oder weniger ausgeprägt am Ufer des Sees entlang schlängelte. Wahrscheinlich war er nicht von Menschen, sondern von den überall im Sommer frei lebenden Schafen erschaffen worden. Es schien ihm zeitweilig, als wenn sie doch die ersten Menschen waren, die sich hier entlang bewegten. An einigen Stellen teilte sich der Pfad, an anderen schien er plötzlich in einer Wasserfläche oder vor einem Felsblock zu enden. Überall gab es morastige Stellen und aus dem Boden ragende kleinere oder größere Steine, die einem das Laufen mehr als nur wenig erschwerten. Dazu kam die Vegetation, die aus kleineren und größeren Büschen und Bäumchen bestand, die man oft mit den Händen zur Seite drücken mußte und die einem, wenn man nicht achtsam war, ins Gesicht glitten und die Beine zerkratzten, wenn man an ihnen hängen blieb. Bert hatte sich mehr als einen Kratzer geholt. Einige bluteten sogar. Seine Socken waren naß, weil er nicht aufgepaßt hatte und in mehreren Wasserlöchern zu tief eingesunken war. Am Gletscher würde er die Schuhe ausziehen und Socken und Füße trocknen lassen. Er blickte an sich herunter:

„Was sagtest du, wie teuer ist das Boot?"

„Ich weiß nicht, wir sind ja gelaufen, das letzte Mal. Aber hier ist alles sehr teuer."

„Und, kann man auch nur eine Tour fahren?" Bert dachte an seine Füße, die ihn jetzt schon schmerzten und er hatte den Gletscher noch nicht einmal gesehen.

„Ja, das geht..."

„Das ist gut!" Ein Lächeln glitt über Berts Gesicht. Neue Hoffnung keimte in ihm auf: Was konnte es schon kosten! Doch kein Vermögen. Er hatte sein Geld dabei und es wäre ihm die Sache wert, Saskia einzuladen, wenn sie nicht selber zahlen wollte oder konnte.

„...aber nur hin. Nur zurück geht nicht!" sagte Saskia. Das Lächeln verschwand so schnell von Berts Gesicht, wie es gekommen war und seine Hoffnung begann zu sterben:

„Wieso nur hin?"

„Keine Ahnung, ist eben so!"

„Und wie weit ist es jetzt noch?"

„Ach, keine Stunde mehr!"

„Na dann!" Bert ließ sich auf einen Stein am Weg fallen.

„Was ist? Keine Lust mehr?" Saskia stand vor ihm und sah ihn an.

„Nein, ich wollte nur mal einen Moment den Blick hier genießen, bevor es weiter geht!" Er machte eine Bewegung mit seinem rechten Arm über den unter ihnen liegenden See.

„Ja, das ist wirklich traumhaft, oder?" Saskia stand jetzt direkt neben ihm und ihre Beine berührten seine Seite.

„Ja, traumhaft!" wiederholte er und schloß die Augen.

„Wauw! Das, das ist..." Bert stand mit weit aufgerissenen Augen auf einem größeren Felsen und blickte auf das, was vor ihnen lag. Der Gletscher war riesig. Von weitem sah er aus, wie ein unendlich großer Schneehaufen, obwohl er ganz aus Eis bestand.

Nach einer weiteren guten Stunde durch kleine Schluchten, Wasserläufe, riesige Pfützen, Anhöhen und Geröllflächen hatten sie ihr Ziel endlich erreicht. Der Weg hatte sich gelohnt. Für den Augenblick hatte Bert alles um sich herum vergessen, selbst Saskia. Vor ihm lag der Svartisen in seiner ganzen Größe und Schönheit. Jedenfalls das Stück, das man von dort aus sehen konnte. Er hatte viel erwartet, aber das nicht. So sehr er vom Polarkreis enttäuscht gewesen war, so sehr war er von diesem Anblick begeistert. Er konnte sich nicht sattsehen an dem Weiß und dem Blau der Eismassen, die sich in enormer Breite vor ihm erhoben. Die Abbruchkante zu dem Gletschersee war gewaltig. Ab und an gab es ein lautes Getöse und kleinere und größere Teile des Gletschers stürzten hinab. In der Mitte der Eismassen befand sich eine Öffnung, aus der ein Gletscherfluß seine Wassermassen in den See entließ. Dabei war der eigentliche Gletscher selber überhaupt nicht zu sehen: dieses mächtige

Gebilde, was Bert dafür hielt, war einzig eine der Gletscherzungen! Sie zog sich vom See aus hoch um dann mit dem Horizont zu verschmelzen. Der Gletscher selber lag irgendwo dahinter und hatte eine Größe von über 370 km², was mehr als der Fläche von Bremen oder dem zweieinhalbfachen der Größe seiner Heimatstadt entspricht. Es war unvorstellbar. Bert wußte nicht, wie lange er so da gestanden hatte, als er plötzlich aus weiter Ferne eine Stimme zu hören glaubte. Es war Saskia:

„Und, zu viel versprochen?" hörte er sie sagen.

„Nein, überhaupt nicht, im Gegenteil, es ist einfach, einfach…!"

„…unbeschreiblich!"

„Ja, unbeschreiblich!"

„Wollen wir näher ran?"

„Kann man das denn?" Bert sah Saskia an.

„Ja, schon, schau!" sie zeigte auf den auf ihrer Seite des Sees liegenden Rand.

„Ja, da sind Leute."

„Da können wir auch hin, wenn du willst."

„Und ob ich will, komm!" sagte er und nahm ohne darüber nachzudenken Saskias Hand, um sie mit sich zu ziehen.

„Wie hoch das ist und wie klein sind wir dagegen!" sagte er, als sie fast direkt am Gletscher standen.

„Wie Ameisen!"

„Ja, wie Ameisen!" Bert lächelte.

„Und das ist nur der äußere Rand!"

„Nur der äußere Rand", wiederholte Bert schwärmerisch, „warst du schon mal drauf?"

„Auf dem Gletscher?" Saskia sah Bert überrascht an.

„Und, warst du?"

„Nein, das ist gefährlich, sehr gefährlich, da soll man nur mit Führer rauf. Das Eis arbeitet und bewegt sich und es gibt überall Spalten - wenn man da rein fällt, dann…" sie senkte ihren Blick.

„Ja, das muß kein schöner Tod sein, da so im Eis zu sitzen und zu wissen, daß man nicht mehr raus kommt und langsam erfriert." Bert schüttelte sich. Er dachte daran, wie es wäre, wenn er mit Saskia in so einer Spalte säße und sie wüßten, daß sie nur noch höchstens ein paar Stunden zu leben hätten. Was würde er dann tun? Würde er einfach so sterben oder würde er ihr sagen, was er für sie empfindet, selbst auf die Gefahr hin, daß er dann getrennt von ihr sein Leben beenden würde, obwohl sie ganz nahe bei ihm wäre? Oder würde er ihr nichts sagen und sie einfach in den Arm nehmen, um ihr den Rest seiner Wärme zu schenken?

„Das passiert immer wieder. Die Leute wollen einfach nicht hören und unterschätzen die Gefahr. Ist irgendwie traurig. Traurig und gruselig. Vor allem, wenn man da ganz alleine ist dann und niemanden hat..." Dabei sah sie Bert an und ein seltsames Gefühl ging durch ihren Körper und sie mußte sich schütteln.

„Ist dir kalt?"

„Nein, nein. Ein bißchen vielleicht, durch das Eis."

„Wollen wir noch ein Stück weiter hoch? Dann wird dir auch wieder warm", versuchte Bert, sich und Saskia von den trüben Gedanken weg zu holen, zurück zu dem märchenhaften Stück Eis, das dort vor ihnen lag und das nicht gefährlich zu sein schien, wenn man es mit dem nötigen Abstand betrachtete. Seine schmerzenden Füße hatte er für den Augenblick vergessen.

„Du überraschst mich", sagte Saskia, „von mir aus gerne, wenn wir schon mal hier sind, aber..."

„Aber?"

„Der Himmel sieht nicht mehr so gut aus. Wir sollten nicht zu lange bleiben."

„Nur ein bißchen noch, ja? Und wir sind nicht aus Zucker, oder?"

„Nee, nicht wirklich", Saskia mußte grinsen.

„Na, dann los, hier lang!"

„So ein Mist!" Bert lief das Wasser von allem, was er anhatte und auch von allem, was er nicht anhatte. Der Regen fiel so dicht, daß man keine zwanzig Meter weit sehen konnte. Sie hatten beschlossen, etwas oberhalb des Hinweges zu der Hütte am Ende der Straße zurück zu gehen, weil sie befürchteten auf dem Uferweg im Schlamm zu versinken. Ihre Hoffnung hatte sich in so weit erfüllt, daß es weite Strecken felsigen Bodens gab, der nur von einzelnen Schlammlöchern durchsetzt war. Besser war der Weg trotzdem nicht. Er bot keinerlei Schutz vor den herabstürzenden Regenmassen und der in weiten Teilen bemooste Felsen war mehr als glatt, so daß sie nur sehr langsam vorankamen.

„Vielleicht finden wir ja was, wo wir uns unterstellen können", hörte er Saskias Stimme dicht hinter sich.

„Ja, vielleicht…" Er versuchte, irgendetwas durch den dichten Regen hindurch zu erkennen, aber außer grauen Felsen und ein paar kleinen Bäumchen und Sträuchern war nichts zu sehen. „…Sieht nicht gut aus, hier."

„Vielleicht ein Stück weiter oben!" Saskia zeigte in Richtung auf die Felsen, die sich irgendwo links von ihnen erheben mußten.

„Versuchen wir´s. Schlimmer kann es ja kaum werden!"

„Vielleicht finden wir einen Überhang oder eine Höhle oder so etwas Ähnliches. So schnell wie der Regen hier anfängt, so schnell verschwindet er meistens auch wieder!"

„Na, wenn du das sagst, komm!" Er hielt Saskia seine Hand hin, die sie auch ohne Zögern ergriff. Dann zog er sie hinter sich her in die Richtung, in der sie die Felsen vermuteten.

Überall floß Wasser von oben herab über die Felsen Richtung See, der irgendwo unter ihnen liegen mußte.

„Hoffentlich verlaufen wir uns nicht." Saskias Stimme klang ein wenig ängstlich.

„I wo, es gibt ja nur eine Richtung - ich meine, wenn der Regen aufhört, dann sehen wir ja den See."

„Du hast wahrscheinlich recht…"

„Habe ich bestimmt, da, schau!" er deutete auf Etwas, das vor ihm zu liegen schien.

„Was ist da?"

„Da hinten ist die Felswand! Jetzt müssen wir nur noch eine geeignete Stelle finden."

Sie bewegten sich vorsichtig im Sicherheitsabstand an der Felswand entlang, die immer wieder von kleinen Einschnitten unterbrochen war, durch die sich das Wasser ins Tal ergoß. Plötzlich blieb Bert stehen:

„Da, da!"

„Was ist da? Eine Höhle?" Saskia versuchte, etwas dort zu erkennen, wohin Bert zeigte.

„Keine Höhle. Da war was, da hinten!"

„Was soll da gewesen sein?"

„Ein Mensch oder ein Tier..."

„Du täuschst dich, da ist nichts! Außer uns ist hier niemand!"

„Doch, da war was, es war nicht so groß, vielleicht ein Kind. Hallo? Hallooo?" rief Bert.

„Bert, da ist nichts. Wenn da was war, ist es weg."

„Vielleicht war es ja wirklich nur ein Tier. Das wissen wir gleich."

„Was hast du vor?"

„Es ist da hinten verschwunden. Ich werde nachsehen!"

„Bert, nicht, wenn es nun ein Wolf war oder ein Bär!"

„Es gibt hier keine Bären und auch keine Wölfe, hast du selber gesagt!"

„Ja, aber..." Saskia fühlte sich überhaupt nicht wohl bei dem Gedanken, daß dort vorne vielleicht etwas war, von dem sie nicht wußte, was genau es war. Sie waren alleine, außer ihnen war weit und breit niemand in der Nähe, der ihnen im Notfall helfen konnte. Die Zuversicht, die sie bei ihrem Aufbruch an den Tag gelegt hatte, war schon eine ganze Weile verflogen und hatte einer gewissen Angst Platz gemacht. Sie fragte sich, ob Bert nicht womöglich doch Recht gehabt hatte am Morgen und sie lieber am Zeltplatz hätten bleiben sollen. „Was soll schon passieren!" sagte sie, „was schon…" Sie trat gegen einen Busch.

„Genau, was soll schon sein, komm. Vielleicht war es wirklich nur ein Tier und das ist in einer Höhle verschwunden. Genau das, was wir brauchen, eine Höhle!"

„Bert, ich weiß nicht!"

„Da! Da, hast du das gesehen!" Bert fuchtelte wie wild mit seinem ausgestreckten linken Arm herum und deutete auf eine Stelle in der Felswand, keine zehn Meter vor ihnen. Saskia folgte Berts Arm, aber konnte nichts erkennen außer der grauen Wand.

„Was, Bert, was soll denn da sein? Ich sehe nur Regen, Regen, Regen und die graue Wand. Sonst nichts."

„Jetzt ist es weg. Aber es war da. Bestimmt!"

„Was war da?"

„Ein Kopf, es war ein Kopf!"

„Ein Kopf? Was für ein Kopf?"

„Ein kleiner Kopf, ein Kinderkopf vielleicht."

„Bert, was sollte ein Kind hier machen, alleine und bei dem Wetter! Du hast dich geirrt. Bei dem Regen spielt einem das Hirn schon mal einen Streich. Komm, wir gehen einfach weiter, ja?"

„Nein, bestimmt. Es war ein Kopf. Vielleicht hat es sich ja verlaufen und sucht seine Eltern. Kann doch sein, oder?" Bert sah Saskia an, die dicht neben ihm stand. Ihr Blick zeigte deutlich, daß sie nicht seiner Ansicht war. „Komm, laß uns wenigstens nachsehen, bitte! Wir haben doch nichts weiter vor!"

„Na gut", Saskia atmete tief ein, „dann sehen wir nach!"

„Na also", Berts Augen strahlten und er ging auf den Teil der Felswand zu, wo er den Kopf gesehen zu haben glaubte. „Da, siehst du!" Er deutete auf den Felsen vor sich, „da ist eine Art Öffnung."

„Schon, aber nicht sehr groß."

„Aber groß genug für ein Kind. Warte…", sagte Bert und versuchte, sich durch den Spalt der vor ihm lag zu quetschen.

„Bert, nein!" Saskia wollte ihn zurückhalten, aber er war schon verschwunden. „Bert? Hallo, Bert?" Sie war ganz nahe an den Spalt herangetreten. So sehr sie sich auch anstrengte, sie konnte nichts erkennen. Alles lag im Dunkeln. Jetzt war sie allein und dabei fühlte sie sich gar nicht wohl. Ein Schaudern lief über ihren Rücken. Was, wenn Bert verschwunden blieb? Sie mochte gar nicht daran denken: „Bert? Alles in Ordnung?" versuchte sie es erneut.

„Alles in Ordnung, Saskia. Hier scheint so eine Art Höhle zu sein, man kann nicht viel erkennen, es ist nicht sehr hell, aber..."

„Bert?" Saskia versuchte, sich durch den Spalt zu drängen, „Bert? Was ist? Bert?" Saskias Stimme ging in eine Art schrilles Kreischen über und fing an, sich zu überschlagen. Sie hatte Angst. Angst davor, alleine zu sein und auch Angst um Bert. Große Angst. „Das muß doch gehen, verdammt!" fluchte sie und versuchte weiter, sich durch den Spalt zu schieben. „Weniger essen, definitiv! Nun los, Bauch rein und durch!" Saskia hielt die Luft an, zog ihren Bauch ein soweit sie konnte und versuchte, mit ihren Händen, ihren Po platt zu drücken. Sie schien Erfolg zu haben, denn es gelang ihr, ihren Körper soweit in den Spalt zu schieben, daß ein Teil davon schon die andere Seite erreicht hatte. „Mist! Verdammter Mist!" Sie bewegte ihren Unterkörper hin und her, ihr Kopf wurde rot vor Wut und schien dem Platzen nahe zu sein.

„Was ist los, warum schreist du denn so?" hörte sie auf einmal eine ihr vertraute Stimme. Bert. Es war Bert, der direkt neben ihr auftauchte.

„Ein Glück, ich dachte schon..."

„Was dachtest du?"

„Ach nichts, nur... ich, ich..." prustete sie.

„Ganz ruhig, was ist denn nun?"

„Ich dachte, dir ist was passiert und da wollte ich, ich wollte nach dir sehen eben."

„Das ist sehr nett von dir, aber doch kein Grund, so zu fluchen, oder?"

„Nein, das nicht, aber, ich - also - verdammt: Ich stecke fest!" Sie hätte vor Wut mit beiden Beinen aufgestampft und die Arme vor der Brust verschränkt, wenn sie gekonnt hätte. Ihre augenblickliche Lage verhinderte das.

„Du, du...", gluckste Bert und konnte sich kaum halten.

„Ist überhaupt nicht komisch, überhaupt nicht."

„Doch, sehr, sehr komisch sogar. Warte, ich mache ein Foto!"

„Untersteh dich - Bert!"

„Danke, sehr ausdrucksvoll. Noch eins zur Sicherheit."

„Gib, den Apparat her, du Scheusal!" Saskia fuchtelte mit dem Arm, der sich auf der Seite befand, wo Bert sich aufhielt, wild durch die Luft und versuchte, an die Kamera zu kommen. Vergeblich. „Du, du bist..."

„Ich weiß", grinste Bert, „soll ich dir helfen?"

„Pah! Das schaff ich auch alleine!" Saskia drehte demonstrativ ihren Kopf in die andere Richtung.

„Na gut, dann..."

„Wo, wo willst du hin?" Bert hatte sich von ihr abgewandt und einen Schritt von ihr fort gemacht. Leichte Panik schwang in ihrer Stimme mit.

„Na, zurück in die Höhle. Du brauchst mich ja nicht, oder?"

„Ich, ich. Na gut, vielleicht ist es doch einfacher, wen du mir ein Wenig hilfst."

„Ein Wenig?" Bert stand jetzt wieder neben ihr. Sie drehte ihm den Kopf zu und funkelte ihn aus ihren Augen an.

„Ein Wenig..."

„Und, was bekomme ich dafür?"

„Bekommen? Wie bekommen?" Ihre Augen funkelten noch mehr.

„Na, eine Belohnung, dachte ich. Bekommt man nicht eine Belohnung, wenn man jemandem aus so einer Lage hilft?"

„Ein Gentleman täte das, nur um zu helfen."

„Wie gut, daß ich kein Gentleman bin. Also?"

„Was willst du?"

„Laß mich nachdenken. Ja: Ich darf als erster ins Zelt und meine nassen Sachen ausziehen!" sagte Bert und versuchte sehr ernst zu klingen.

„Das ist dein Wunsch?" Saskia sah ihn überrascht an. Sie hatte etwas wie zumindest „einen Kuß" erwartet.

„Ja, was sonst?"

„Gut, wenn du willst, dann eben das! Ist das alles?"

„Eigentlich ist das schon alles..."

„Wie? Das ist wirklich alles?"

„Na, vielleicht doch nicht ganz..." Saskias Mine hellte sich auf: Also doch, sie hatte Recht gehabt, jetzt kommt es!

„Was denn noch?" fragte sie scheinheilig.

„Du machst mir einen Tee."

„Einen Tee? Zuerst ins Zelt, einen Tee?" Sie schaute ihn an, als wenn er den Verstand verloren hätte. Bert lächelte. Er hatte sie provozieren wollen und diese Reaktion nicht erwartet, aber sie freute ihn. Es schien, als wenn er ihr doch nicht so egal zu sein schien. Sie hatte versucht, sich durch diesen Spalt zu drücken, um nach ihm zu sehen und sie hatte erwartet, daß er eine ganz andere Belohnung verlangen würde, das war ganz klar. Natürlich hätte er sich am liebsten etwas ganz anderes gewünscht: Eine richtige Nacht mit ihr, oder zumindest ein Wenig Kuscheln, für den Anfang. Aber das hätte er nie gesagt. Außerdem wollte er diese erste Nacht, die es für ihn mit ihr so wohl nie geben würde, trotzdem nicht kaufen. Auf keinen Fall. Ein Kuß aber, das wäre schon etwas gewesen, das ihm mehr als gefallen hätte. Nun, das mußte warten.

„Ja, einen Tee. Ist doch gut, wenn man durchgefroren ist, oder?"

„Ich glaube, du verwechselst mich mit deiner Mutter!" sagte sie wütend.

„Nein, die ist größer!"

„Größer?" Saskia hätte platzen können, wenn sie den Platz dazu gehabt hätte.

„Ja, größer. Also, was ist nun?"

„Ja, ist gut; zuerst ins Zelt und Tee. Hilfst du mir jetzt?" Man spürte förmlich in jedem ihrer Worte ihre Wut und gleichzeitig ihre Enttäuschung.

„Natürlich, warte." Bert ging noch näher an sie heran und versuchte, sich ein Bild von der Lage zu machen: Ja, sie steckte fest. Das Problem war ihr verlängertes Rückgrat. Bert überlegte, wie man am besten vorgehen sollte, ohne ihr unnötige Schmerzen zuzufügen oder sie am Ende noch zu verletzten. „Kannst du ein Stück höher?" sagte er schließlich.

„Höher?"

„Ja, deinen Körper, ein Stück nach oben!"

„Kann ich versuchen", sagte sie und versuchte, sich auf die Zehenspitzen zu stellen, die aber den Boden nicht erreichten.

„Warte einen Moment!" Bert verschwand in der Höhle und kehrte gleich danach mit einem größeren Stein zurück.

„Willst du mich etwa erschlagen?"

„Klar, wenn ich lange hier bleiben muß, brauche ich schließlich was zu Essen!" sagte er und ließ seine Zunge von links nach rechts über die Oberlippe gleiten.

„Ich bin ungenießbar, bestimmt."

„Das wird sich finden! Auf jeden Fall kann ich so eine lange Zeit durchhalten!" sagte er grinsend und sah sie dabei an.

„Du bist, du bist! Warte, bis ich hier raus bin. Dann..."

„Dann was?"

„Ach, nun mach schon. So angenehm ist das hier wirklich nicht!"

„Kannst du deine Beine etwas anheben, noch ein kleines Stück. Gut. Warte, jetzt. Puh." Bert hatte sich auf den Boden gelegt und versucht, den Stein unter Saskias Füße zu schieben, was ihm schließlich auch gelungen war. „So, und wenn ich das Zeichen gebe, dann drückst du dich mit aller Kraft nach oben und ich versuche, dich zu mir zu ziehen. Bist du so weit?" Saskia nickte, obwohl sie nicht so ganz genau wußte, was Bert eigentlich vorhatte. „Dann also, jetzt!" Saskia stemmte sich mit aller Macht gegen den Stein und Bert zog an ihrer Schulter und ihrem Arm. Zuerst passierte gar nichts, dann aber hatten Saskias und seine Bemühungen Erfolg und ihr Körper bewegte sich mit einem Ruck nach oben. Durch das Fehlen des Widerstandes kippte er in Berts Richtung, der Saskia nicht schnell genug loslassen konnte. Er flog nach hinten und Saskia landete mit aller Wucht auf seinen Beinen. „Ahhh!"

„Bert? Alles gut?" Saskia versuchte, sich aufzurappeln, was ihr aber zunächst nicht gelang.

„Ich glaube schon. Du bist frei!"

„Ja, danke, fühlt sich gut an, sehr gut."

„Ja, sehr gut!" sagte Bert, der Saskias Oberkörper auf seinen Oberschenkeln und ihre Brüste ein Stück höher spürte.

„Warte, ich versuche, aufzustehen." Saskia stützte sich auf dem Höhlenboden auf und versuchte, sich nach oben zu drücken. Das wohlige Gefühl verschwand von Berts unteren Körperteilen. „Und jetzt?"

„Keine Ahnung. Sitzen und warten. Verhungern. Verdursten. Weiß nicht." Bert hatte sich aufgesetzt und hielt seine angezogenen Knie umfaßt.

„Ist die Höhle groß?" wollte Saskia wissen.

„Soweit ich sehen konnte, geht sie noch ein Stück weiter, wird dann aber sehr flach. Kein Kind, kein Tier. Aber trocken für den Augenblick."

„Ja, aber kalt irgendwie!" Saskia zitterte leicht.

„Findest du? Ist aber kein Holz für ein Feuer hier. Jedenfalls habe ich nichts gesehen."

„Wenn wir wüßten, wie lange das noch regnet!"

„Ja, aber wissen wir nicht." Sie schwiegen. Saskia bewegte sich durch den vorderen Teil der Höhle von der einen zur anderen Seite. „Wie weit es wohl noch ist zum Zelt?"

„Bestimmt ganz schön, wir sind noch nicht weit am Anleger vorbei, wenn überhaupt, glaube ich." Sie schwiegen wieder. Bert stand auf. Auch er merkte jetzt, daß die Temperaturen nicht sonderlich angenehm waren, schon gar nicht mit der nassen Kleidung. Außerdem schmerzte sein rechtes Knie. Beide liefen nun von links nach rechts durch die Höhle, d. h. Bert humpelte eher.

„Was ist mit dir?" Saskias Stimme klang auf einmal sehr besorgt.

„Ach, nichts, muß von dem, na, du weißt schon!"

„Bert, das tut mir leid!" Bert sah sie an, so gut es in dem Dunkel der Höhle ging. Es schien ihr ernst mit dem zu sein, was sie gesagt hatte.

„Schwamm drüber. Dann müssen wir eben etwas langsamer gehen, wenn das überhaupt noch geht!" Er grinste.

„Ja, schnell sind wir sowieso nicht vorangekommen."

„Wollen wir zurück?"

„Ja, wir haben nichts für die Nacht und wärmer wird es auch nicht. Aber…" Saskia war stehen geblieben und schaute auf den Spalt, durch den sie die Höhle betreten hatten, „wie…"

„Wie du wieder raus kommst?" Sie nickte. „Kein Problem! Wir legen ein Paar Steine unten in den Spalt. Davon gibt es hier reichlich", er machte eine kreisende Bewegung mit seinen Armen.

„Das ist genial!" Sie strahlte ihn an und ohne zu überlegen, ging sie auf Bert zu, nahm sein Gesicht in ihre Hände und drückte ihm einen kurzen, aber kräftigen Kuß auf den Mund. Ehe Bert wußte, was geschehen war, waren Saskias Hände und ihr Mund schon wieder verschwunden und sie dabei, Steine zu suchen.

Keine halbe Stunde später waren sie wieder draußen im Regen auf dem Weg Richtung Zelt. Es goß noch genauso stark, wie es das getan hatte, als sie zu der Höhle gegangen waren und der Himmel sah auch nicht danach aus, als wenn sich das in den nächsten Stunden ändern sollte.

„Hoffentlich ist es dicht!"

„Wo ist Licht?" fragte Bert, der ein kleines Stück hinter Saskia die Straße entlang humpelte. Sie mußten jetzt fast die Stelle erreicht haben, wo das Zelt stand.

„Dicht!" rief Saskia, ohne sich umzudrehen oder stehen zu bleiben.

„Dicht?" Bert zuckte mit den Schultern. Dann hatten sie endlich das Zelt erreicht. Saskia kniete sich vor den Eingang und öffnete ihn vorsichtig:

„Scheint trocken zu sein! Ein Glück!"

„Was für ein Brocken?"

„Brocken? Trocken!"

„Nee, bin naß, völlig naß!"

„Ich glaube, der Regen hat nicht nur deinem Hirn, sondern auch deinen Ohren geschadet!"

„Ja, ich hätte auch lieber gebadet, als das hier!"

„Bert!"

„Ja?"

„Zieh das nasse Zeug aus und dann rein in das Zelt. Wenn Hartmut und Susi wieder da sind, können sie alles im Wohnmobil trocknen! Bert, los, es ist kalt."

„Dann gehe ich eben zuerst", sagte Saskia, da Bert keinerlei Anstalten machte, ihrer Aufforderung nachzukommen und begann damit, sich ihre Sachen vom Körper zu ziehen.

Bert traute seinen Augen nicht. Es war alles so schnell gegangen, daß er sich nicht einmal sicher war, das gesehen zu haben, was er zu sehen gehabt glaubte. Er schaute vor sich auf den Boden: Ihre Kleidung lag da vor ihm. Saskia hatte sich ausgezogen, komplett. Er zitterte am ganzen Körper und das nicht vor Kälte. Die Vorstellung, daß sie jetzt im Zelt in ihrem Schlafsack lag, völlig nackt, keine zwei Meter von ihm entfernt, sie waren durchgefroren, es regnete noch immer und ein bißchen Nähe…

„Bert, nun mach schon, komm endlich rein und mach das Zelt zu!" Saskias Stimme hatte ihn aus seinen Gedanken gerissen. Was sollte er tun? Sich auch ausziehen? Ganz ausziehen? Und, wenn sie schaute? Er schluckte. Nicht, daß er sich schämte, nackt vor ihr zu stehen, das nicht, aber es war ihm schon ein wenig unangenehm. Er schaute nach unten zwischen seine Beine. Der Gedanke an Saskia und ihre Nacktheit hatte seine Wirkung nicht verfehlt. „Was ist, brauchst du Hilfe?"

„Hilfe, ja, äh, nein, gleich…das klebt alles so…" Er blieb ihm nichts übrig, als es Saskia gleich zu tun. Mit den völlig durchnäßten Sachen konnte er nicht ins Zelt. Schließlich war der große Moment gekommen. Er drehte dem Zelteingang den Rücken zu und schlüpfte, so schnell er konnte ins Innere und in seinen Schlafsack. „Puh!" Er streckte sich so lang, wie es ging.

„Und der Eingang?"

„Der Eingang?" Der Eingang, er hatte vergessen, den Eingang zu schließen. „Warte, gleich..."

„Laß, ich mach schon!" Ehe er etwas entgegnen konnte, hatte sich Saskia aufgerichtet und bewegte sich knieend zum Eingang, um ihn zu verschließen. Das, was Bert sah, gab ihm den Rest. Er hätte sich umdrehen und die Augen schließen sollen, aber er konnte seinen Blick nicht von diesem Körper wenden, der da in Griffweite vor ihm kniete, Saskias Po war in Reichweite seiner Hände und er sah seine flache Hand mit einem klatschenden Geräusch auf ihm landen.

„Ja! Ja!"

„Was sagst du?" Saskia drehte sich um und sah Bert an. Sie hatte ihren Oberkörper aufgerichtet und er sah ihre Brüste, wie sie prall und fest an ihrem Körper hingen.

„Nichts, ich, nichts, wird langsam warm, langsam, mir..."

„Wärme ist gut jetzt, damit wir uns nicht erkälten, oder?" Sie sah ihn sehr merkwürdig an.

„Ja, sehr gut, sehr gut..."

„Das finde ich auch..." Saskia beugte ihren Oberkörper nach vorne und näherte sich langsam Bert. Sie hatte jetzt fast sein Gesicht erreicht und er spürte förmlich die Berührung ihrer Brüste auf seiner Haut, obwohl noch sein Schlafsack dazwischen war. Er hörte ein kurzes Geräusch, daß von dem Reißverschluß an seinem Schlafsack stammen mußte. Sie hatte ihn mit einem Ruck geöffnet. Jetzt spürte er, wie ihre Hand langsam über seinen Körper auf die andere Seite glitt. Ihr Körper schob sich hinterher und war jetzt genau über seinem. Langsam senkte sie den Oberkörper und er spürte die Spitzen ihrer Brustwarzen in voller Härte auf seinem Oberkörper. Sie bewegten sich nach oben. Dann war Saskias

Mund über seinem und ihre Lippen preßten sich fordernd auf seine. Er ließ sie unter dem Druck ihrer Zunge auseinandergleiten und dann war sie in ihm. Es war unbeschreiblich. Der Svartisen war gar nichts dagegen. Saskia lag jetzt mit dem vollen Gewicht ihres Oberkörpers auf Bert. Er hatte seine Hände um ihren Po geschlungen und drückte sie so fest hinein, wie er nur konnte. Er stöhnte und ein Zittern ging durch seinen ganzen Körper.

„Du schlimmer!" hörte er Saskia sagen, „das muß sich aber ändern…" Ihre Hand glitt nach unten und umfaßte seinen Penis, der sich gerade zu erholen versuchte. Durch die Berührung wurde dies verhindert und ehe er etwas dagegen tun konnte, brachte der stärker werdende Druck von Saskias Hand seinen Körper erneut dazu, alles von sich zu geben, was er hatte.

„Saskia, ich…"

„Schon gut, das üben wir noch!" sagte sie, ohne von ihm zu lassen.

„Ja, üben, das üben wir…"

„Was üben wir, Bert?"

„Wir bekommen das hin, ganz sicher!"

„Bert. Bert!" Bert spürte, wie etwas Weiches sein Gesicht umfing. Er griff danach: „Ja, ich spüre es…" Dann ging erneut ein Zittern durch seinen Körper, aber diesmal schien es eher von unter ihm zu kommen. „Was, was ist…" Er öffnete die Augen. Neben ihm kniete eine vollständig angezogene Saskia, die seine Isomatte in der Hand hielt. „Was ist los?" Er sah sie entgeistert an.

„Wir wollen frühstücken und dann zum Gletscher. Du erinnerst dich?"

„Wir, wir waren beim Gletscher, oder?"

„Ja, waren wir."

„Ein Glück, ich dachte schon, daß ich das alles geträumt habe!"

„Was alles?"

„Na das mit dem Gletscher und das mit dem Üben."

„Dem Üben?" Saskia sah ihn fragend an.

„Und wir wollen jetzt nochmal zum Gletscher?" Bert brauchte Zeit, er mußte erst einmal zu sich kommen.

„Ich habe Hartmut und Susanne nichts erzählt. Die denken, wir waren den ganzen Tag hier in der Nähe vom Zelt und sind dann eingeregnet. Schließlich haben sie uns ja auch so gefunden. Das Andere sagen wir ihnen lieber nicht. Die brauchen ja nicht alles zu wissen, oder?"

„Das Andere. Ja, nicht alles." Er sah Saskia mit einem merkwürdigen Blick an. „Gefunden?" sagte er dann, „wie haben die uns denn gefunden?"

„Bert? Im Ernst?" Bert zuckte mit den Schultern. „Na gut, wir waren gerade angekommen, du warst ziemlich fertig und bist in das Zelt und hast mir deine nassen Sachen rausgegeben, da sind sie gekommen. Ich habe ihnen dann meine im Wohnmobil gegeben und als ich zurück beim Zelt war, da lagst du in deinem Schlafsack und hast munter vor dich hin geschnarcht. Du warst nicht wach zu bekommen. Bis eben."

„Ich habe geschlafen, bis eben?"

„Ja!"

„Bist du sicher?"

„Natürlich. Ich habe dann noch drüben was gegessen und dann bin ich auch in den Schlafsack. Das war´s."

„Und da bist du dir wirklich ganz sicher?"

„Ja, ganz wirklich! Und jetzt komm, du weißt, der Weg ist weit - und versuche, überrascht zu sein, wenn du den Gletscher siehst, ja." Sie zwinkerte und kroch dann aus dem Zelt.

„Ein Traum? Alles ein Traum? Unmöglich - oder?"

„Bert?" Saskia hatte sich im Zeltausgang umgedreht und sah ihn besorgt an.

„Saskia?"

„Willst du vielleicht doch lieber hier bleiben, wenn du…"

„Nein, nein, alles gut, alles gut, ich komme sofort!"

15

Die Fahrt über am nächsten Tag war Bert sehr ruhig und schien seinen Gedanken nachzuhängen. Hartmut und Susanne führten das auf den überwältigenden Eindruck zurück, den der Anblick des Svartisen bei ihm verursacht hatte. Bert war sehr zufrieden mit sich. Jedenfalls in dem Punkt. Niemand hätte auch nur in Erwägung gezogen, daß er bereits am Tag vorher dort gestanden hatte. Saskia war sehr stolz auf ihn, das hatte sie ihm auch gesagt. Das konnte aber seine Zweifel in Bezug auf die Nacht zwischen den beiden Svartisenwanderungen in keinster Weise beheben. Er war sich noch immer nicht sicher, ob er das alles im Zelt nur geträumt hatte oder, ob Saskia ihm das einreden wollte. Aber, warum sollte sie das tun? Vielleicht wollte sie nicht, daß er merkte, daß sie auch Gefühle für ihn hatte oder aber, sie wollte ihn nur benutzen für ihre Zwecke, wann immer sie es für richtig hielt. Er schüttelte sich. Sein Gehirn konnte keinen klaren Gedanken mehr fassen. So konnte es auf keinen Fall weiter gehen. Irgendwann mußte er sich Gewißheit verschaffen, wenn er nicht verrückt werden wollte.

Die zweite Wanderung war wesentlich angenehmer als die erste. Allein, daß fast die ganze Zeit die Sonne schien war schon eine enorme Erleichterung. Aber es gab noch mehr Dinge, die wesentlich angenehmer als am Tag zuvor waren: sie fuhren mit dem Wohnmobil bis zur Anlegestelle und dann mit dem Boot über den See - hin und auch wieder zurück. Angeblich wollten Hartmut und Susanne ihm damit was Gutes tun, weil er sich ja am Tag zuvor das Knie verletzt hatte und nun nicht so gut zu Fuß war. Umso mehr bewunderten die beiden ihn dafür, daß er die Strapazen dieser Tour trotzdem auf sich nahm. So hatte wenigstens das etwas Gutes gehabt. Er sah an Saskias Reaktion, daß auch sie nicht ärgerlich darüber war, den mittleren Teil des Weges mit dem Boot zurückzulegen. Er und Saskia genossen die

Fahrt über den See in vollen Zügen. Es war ein schöner Tag und am Abend saßen sie vor dem Wohnmobil bei einem von Susanne gezauberten Essen und den üblichen Falconbieren.

Hartmut erzählte, daß nun ein landschaftlich besonders reizvoller Teil vor ihnen läge. Sie würden noch in der Nacht aufbrechen, da sie am frühen Morgen in Bodö die Fähre nehmen wollten, die sie auf die Lofoten brächte. Dort ginge es nach Flakstad. Flakstad liegt direkt am Meer und sieht wie eine kleine Südseebucht aus. Dort könne man auch endlich einmal schwimmen gehen. Das Meer sei wundervoll. Bei viel Glück würden sie auch Wale, zumindest aber Delfine, sehen. Bert hielt nicht besonders viel vom Schwimmen im Meer. Das lag wahrscheinlich daran, daß er Schwimmen im Allgemeinen nicht besonders mochte. Schon gar nicht dort, wo er den Beckenrand nicht sehen konnte. Ein neues Problem tat sich auf. Saskia war begeistert vom Schwimmen und besonders vom Schwimmen im Meer. Zu den Zweifeln an seinen Gedächtnisleistungen kamen jetzt auch noch praktische Probleme, die es zu lösen galt. Er kam sich vor, wie auf einer Mission, nicht wie auf einer entspannenden Urlaubsreise. Immerhin entschädigten ihn die unglaublichen Ausblicke und Anblicke, die die Landschaft bereit hielt und, er war weiterhin in der Nähe von Saskia:

„Fluch und Segen zugleich!"

„Was sagst du?"

„Ich? Ach, nichts."

„Was von Flucht und Regen? Meintest du das neulich?"

„Ja, klar, ich denke da öfter dran. Das war schon toll. Besonders das Ende, oder?"

„Das Ende?"

„Ja, das Ende!" Er versuchte, die Chance zu nutzen und Saskia aus der Reserve zu locken. Vielleicht verquatschte sie sich oder ihr Gesichtsausdruck verriet sie. Aber nichts dergleichen geschah. Er mußte vorerst weiter mit seinen Zweifeln leben.

Bert fühlte sich unwohl. Er wußte nicht genau, wie er sich verhalten sollte. Seine Hoffnungen auf eine Beziehung mit

Saskia waren mal wieder auf dem Nullpunkt angekommen. Er mußte sich ablenken. Das war leichter gesagt als getan! Womit sollte er sich ablenken? Es gab hier nur Saskia: Saskia am Morgen, Saskia am Mittag, Saskia am Abend und sogar Saskia in der Nacht. Wie sollte er da seine Gedanken auf etwas anderes lenken als sie! Ein anderes Mädchen vielleicht. Aber, wie gesagt, es gab hier keine anderen Mädchen. Also wollte er versuchen, den Kontakt soweit wie möglich auf das Nötigste zu beschränken - obwohl natürlich jede Faser in ihm etwas anderes wollte. Er wurde mürrisch und ertappte sich dabei, schlecht gelaunt zu sein und hatte Angst, das dann an Saskia auszulassen. Er mußte sich sehr zusammen nehmen, damit das nicht passierte. Dadurch würden seine Chancen garantiert nicht steigen. Andererseits fragte er sich: Welche Chancen? Es war ausweglos.

*E*s war, wie Hartmut gesagt hatte: Sie fuhren vom Svartisen aus durch eine einmalige Landschaft, die in den unterschiedlichsten Farben des nordischen Midsommers zu glühen schien. Am frühen Morgen nahmen sie dann tatsächlich die erste Fähre zu den Lofoten, deren Bergspitzen wie aus einer fernen Zeit spitz und dunkel aus dem Meer emporragten. Es war ein faszinierender Anblick. Dann erreichten sie jene Bucht, von der Hartmut erzählt hatte und suchten dort nach einem schönen Plätzchen für die nächsten Nächte. Hartmut und Susanne wollten hier für zwei Tage verweilen - so, wie sie es immer taten, wenn sie an diesem Ort waren.

„*I*st das nicht umwerfend?" Saskia stand am Ufer und schaute auf den weißen Sandstrand und das Meer, das sich gerade etwas weiter hinten befand. „Wirklich wie in der Karibik, oder?" Sie sah Bert an.

„Ja, traumhaft und, ich war noch nicht in der Karibik, aber so könnte es sein, wenn man die Fotos sieht und das Wasser da ist."

„Sei doch nicht so erwachsen!" Sie stupste ihn leicht an.

„Erwachsen? Seit wann bin gerade ich denn erwachsen?"

„Genau. Das paßt gar nicht zu dir. Komm, laß uns das Zelt aufbauen und wenn die Flut da ist, dann gehen wir!"

„Gehen wir?"

„Rein!" Sie zeigte auf die Stelle, wo sich dann das Wasser befinden würde.

„Ja, klar, warum nicht. Ist bestimmt toll!" Bert schüttelte sich innerlich.

„So gefällst du mir wieder besser, komm." Damit bewegte sie sich vom Ufer weg.

„Warte, ich komme ja schon!" rief er und beeilte sich, sie zu erreichen.

Saskia und er kehrten zu der Stelle zurück, an der das Wohnmobil stand und sie das Zelt errichten wollten. Der Platz lag ein paar Meter oberhalb des Ufers und war Teil eines wilden Campingplatzes. Bert hatte gelernt, daß man so die Stellen hier nennt, an denen es zwar keinen offiziellen Campingplatz gibt, die sich aber auf Grund ihrer Lage besonders zum Übernachten in Zelten und Wohnmobilen eignen und an denen man deshalb Toiletten und manchmal auch Duschen für die Camper errichtet hatte. Natürlich waren sie an diesen Stellen nicht allein. Diese Stelle war sehr beliebt und entsprechend voll im Sommer für norwegische Verhältnisse. Bert ließ den Blick schweifen: Er sah mindestens fünf Zelte und dazu noch etwa zehn Wohnmobile. Das war schon sehr viel im Gegensatz zu sonst. Hier gab es bestimmt die Möglichkeit zum Kontakt mit anderen Personen, was ihm vielleicht die gewünschte Ablenkung hätte bringen können. Obwohl ihm, jetzt da sich die Chance bot, danach eigentlich gar nicht mehr war. Am liebsten hätte er sich irgendwo vergraben. Aber das war auch nicht möglich. Sie hatten sich etwas abseits gestellt, sofern das überhaupt möglich war. Jedenfalls errichteten sie ihr Zelt mit Blick auf das Meer so, daß sich niemand mehr vor sie stellen konnte.

„Unverbaubarer Blick!" sagte Bert.

„Ja, super. Da können wir nachts direkt auf das Wasser sehen!" schwärmte Saskia.

„Ja, nachts", wiederholte Bert wehmütig.

„Das ist wie in einem Rosamunde Pilcher Film!"

„Genau, die Liebenden eins mit der Natur!" Berts Stimme hatte einen leichten Anflug von Sarkasmus.

„Kommt, ihr Turteltäubchen, es gibt eine Kleinigkeit, bevor ihr nachher ins Wasser geht. Ihr wißt doch, mit…"

„…leerem Magen ist das nicht gesund!" vollendete Saskia den Satz ihres Vaters. „Schon gut, wir kommen, was gibt es denn?"

„Na, was wohl? Fisch, frischen Fisch!"

„Und wo kommt der her?" Saskia sah ihren Vater skeptisch an.

„Selbst gefangen natürlich!" sagte der grinsend.

„Selbst aufgetaut wohl eher, oder?" Sie gab ihrem Vater einen leichten Knuff in die Seite.

„Na ja, ich fange später welchen, aber aufgetaut stimmt auch nicht, der ist wirklich ganz frisch", sagte er und streckte stolz seine Brust nach vorne."

„Wie, zugeflogen oder am Strand verendet?"

„Den hat mir Peter gegeben."

„Peter? Und wer ist Peter? Peter Pan?" Saskia und Bert sahen sich an.

„Einer unserer neuen Nachbarn. Da, der da mit dem alten VW-Bus!" Hartmut deutete auf einen orangenen, ziemlich gebeutelt aussehenden VW-Bus, der in etwa 50 Metern Entfernung zwischen zwei weiteren VW-Bussen, die ebenso alt zu sein schienen, stand.

„Aha!"

„Ja, der ist schon ein paar Tage hier. Ist eine ganze Gruppe da. Studenten oder so. Ganz nette Leute."

„Studenten oder so!" Saskia klang nicht sehr begeistert.

„Na kommt, Susi wartet, der Fisch wird kalt und das Wasser kommt!"

212

*S*o langsam Bert auch aß, irgendwann war das Ende der Nahrungsaufnahme gekommen. Schließlich bewegte er sich in Badehose dem Ufer des Meeres entgegen, in das er sich gleich begeben sollte. Saskia ging neben ihm und trug einen weißen Badeanzug, der ihre leicht gebräunte Haut wunderbar zur Geltung brachte. Noch besser tat er das nach Berts Ansicht mit ihren weiblichen Formen. Bert war zufrieden, daß sie neben ihm und nicht vor ihm ging. Das änderte sich jedoch, als sie das Wasser fast erreicht hatten. Sie beschleunigte ihren Schritt und war vor ihm. Wie sie sich bewegte, wie sich die eng vom Stoff umschlossenen Pobacken hin und her bewegten und sich ihre Oberschenkel leicht aneinander rieben, das war unbeschreiblich, wie damals im Flur in ihrer Wohnung. Bert blieb unwillkürlich stehen und starrte ihr hinterher.

„Was ist, kommst du nicht?" Saskia hatte jetzt das Wasser erreicht und sich zu ihm umgedreht. Sie lächelte und winkte ihm zu. Dabei bewegten sich ihre Brüste auf und ab und es sah aus, als wenn sie jeden Moment ihr Gefängnis verlassen und auf ihn zuspringen würden. Unwillkürlich fuhr Bert mit der Zunge über seine Lippen und streckte seine Arme mit weit geöffneten Händen in Saskias Richtung.

„Was soll das?" sagte sie und machte die Bewegung seiner Arme und Hände nach.

„Äh, nichts. Ich wollte nur sehen, ob es regnet. Ich komme, sofort!"

„Regnet?" sie schaute in den tiefblauen Himmel und schüttelte den Kopf, „bist du sicher, daß ich mir keine Gedanken machen muß?" rief sie. Ihr Blick wurde nachdenklich. Bert war sehr ruhig gewesen seit ihrer ersten Tour zum Svartisen, viel ruhiger als sonst. Er schien auch sehr angespannt zu sein; so, als wenn ihn etwas sehr beschäftigte. Sie hatte keine Erklärung dafür, aber es mußte ihm sehr stark auf der Seele liegen. Auch meinte sie, ihr gegenüber eine gewisse Distanz zu spüren, die vorher nicht da gewesen war.

„Ich meine, die Gischt."

„Die Gischt?" wiederholte Saskia in Gedanken.

„Ja, die Gischt, vom Wasser natürlich", sagte Bert, der nicht gemerkt hatte, daß Saskia mit ihren Gedanken ganz woanders gewesen war.

„Bert?" rief sie.

„Ja,?"

„Die Gischt also. Welche Gischt? Das Wasser ist ganz ruhig!" Sie schüttelte den Kopf.

„So?" sagte er achselzuckend und setzte sich in ihre Richtung in Bewegung. Sie kam die letzten Schritte auf ihn zu und streckte ihm ihre Hände entgegen:

„Komm, wir gehen zusammen rein, du Angsthase!" sagte sie und ergriff seinen linken Arm. Sie zog ihn mit sich fort. Bert sträubte sich leicht, aber es gab kein Zurück. Er mußte in dieses riesige Nichts, das vor ihm lag. „Ist gar nicht so kalt, oder?" sagte Saskia, als sie bis zu den Knien im Wasser waren.

„Kommt ganz auf den Vergleich an!"

„Frostbeule!"

„Von wegen. Aber vergiß nicht, dein Körper hat mehr schützende Schichten als meiner!"

„Du meinst, Fett hält warm, oder wie?"

„Na, ja…"

„Das nimmst du zurück!"

„Eher nicht."

„Dann trägst du die Konsequenzen!"

„Und, die sind gewichtig, oder?" sagte er grinsend, indem er sich gleichzeitig sicherheitshalber schon ein paar Schritte von Saskia entfernte, da man bei ihr mit allem rechnen mußte.

„Wie du willst: Wal taucht unter!"

„Was?" Da war es auch schon zu spät. Saskia war mit einem Satz bei ihm und ließ sich mit aller Wucht vor ihm ins Wasser fallen. Bert kam sich vor, wie in dem Regen am Svartisen. „Das, das ist einfach nur kalt…" bibberte er.

„Ach was, das wird gleich warm, ehrlich!" Damit kroch sie weiter in das Wasser, bis sie schließlich so tief war, daß sie schwimmen konnte: „Nun komm, ist toll hier!"

„Bin schon unterwegs." Bert brauchte wesentlich länger, aber schließlich hatte er es geschafft.

„Und? Schön?"

„Ja, schon, irgendwie!"

„Na siehst du!" Sie strahlte ihn an. „Schon besser. Und jetzt laß uns ein Stück schwimmen. Da lang!" Sie streckte ihre Hand aus und zeigte auf die linke Seite der Bucht.

„Und, wie weit?"

„Na, bis hin!"

„Bis hin. Wohin?" Er ließ seinen Blick schweifen.

„Na, bis dahin!" Saskia streckte wieder ihren Arm aus und zeigte auf die andere Seite der Bucht.

„Da hin…" Er folgte der Richtung ihres Armes. „Da hin? Bis dahin?" Er deutete auf die Stelle, die für ihn in unerreichbar weiter Ferne zu liegen schien. Saskia nickte und lächelte.

„Natürlich, war klar - ein Stück", sagte er resigniert, „wenn das ein Stück ist, möchte ich nicht wissen…"

„Wer zuerst da ist!" Sie tauchte ins Wasser und entfernte sich Meter für Meter von Bert.

„Wer zuerst…ha, ha, ha." Er nahm die Verfolgung auf, obwohl er wußte, daß es ein hoffnungsloses Unterfangen für ihn war, Saskia näher zu kommen, geschweige denn, sie zu erreichen oder gar einzuholen.

Bert war sich sicher, daß der Meeresspiegel irgendwo um mindestens einen halben Meter gesunken sein mußte, als er nach gefühlt mehreren Stunden endlich wieder festen Boden unter sich spürte. Jedenfalls war das mehr als wahrscheinlich bei der Menge an Wasser, die er während seiner Schwimmversuche geschluckt hatte. Er sah sich um:

„Saskia?" Er suchte den Strand mit den Augen ab. „Saskia, wo bist du?"

*S*askia war lange vor Bert an der Stelle angekommen, an der er jetzt nach ihr Ausschau hielt. Ein Blick zurück sagte ihr, daß es noch einige Zeit dauern würde, bis er einträfe. Sie beschloß, sich ein Stück weiter oben auf einen der großen Steine zu setzen und zu warten. Als sie sich gerade gesetzt hatte, hörte sie eine Stimme:

„Geht nur schon vor, ich muß mir das Segel nochmal ansehen." Sie suchte nach dem Urheber und entdeckte einige Meter den Strand runter einige Personen in schwarzen Neoprenanzügen, die alle ein Board und ein Segel bei sich hatten.

„Windsurfer!" sagte sie und ihre Augen begannen ein wenig zu leuchten. Sie hatte schon öfter mit dem Gedanken gespielt, sich auch so ein Ding zu wünschen und dann allein damit die Küsten hier entlang zu gleiten. Aber bisher hatte sie doch im letzten Moment immer wieder davon Abstand genommen. Einer der Windsurfer blieb zurück, während die anderen sich auf das Wasser zu bewegten. Ein erneuter Blick auf das Wasser zeigte ihr, daß Bert noch immer ein ganzes Stück von der Küste entfernt war. Sie beschloß, zu der Person zu gehen.

„Hi, starkes Teil!" sagte sie zu dem Mädchen in dem schwarzen Neoprenanzug, das in etwa ihr Alter haben mußte.

„Ach, hi, ich habe dich gar nicht gesehen." Sie lächelte.

„Probleme?"

„Ja, mein Segel, aber das haben wir gleich." Sie nestelte an dem Segel herum.

„Surfst du schon lange?"

„Ein paar Jahre schon."

„Und, ist das schwer?"

„Die einen sagen ja, die anderen - kommt drauf an. Du mußt es probieren, dann weißt du es."

„Wollte ich, aber..."

„Verstehe!" Sie lachte: „Ohne meinen großen Bruder hätte ich es auch nie versucht."

„Surft der auch?"

„Ja, da!" Sie zeigte auf die Gruppe von Surfern, die inzwischen weiter draußen begannen, ihre Bahnen zu ziehen, „der große kräftige, das ist er!" Sie winkte.

„Sieht einfach aus", sagte Saskia, die nicht erkennen konnte, wen von den Surfern sie gemeint hatte.

„Ja, ist es aber nicht wirklich. Willst du es mal probieren?"

„Ich?" Saskia schluckte. „Ich weiß nicht, vielleicht…"

„Du kannst es dir ja überlegen, wir stehen da hinten." Sie zeigte in Richtung der Stelle, wo auch die alten VW-Busse standen.

„Ja, vielleicht…"

„Ah, hier bist du!" Berts Stimme ließ sie herumfahren: „Bert!"

„Ja, wen hattest du denn erwartet?" keuchte Bert, der noch immer ganz außer Puste war.

„Du hast die Insel umschwommen?" sagte die Surferin und nickte Bert anerkennend zu.

„Ich? Wohl kaum - ohne Boot!" Er grinste und sah sich die Urheberin der Stimme genauer an. Sie mußte in etwa das Alter von Saskia haben, aber ihr Körper wirkte wie eine Mischung aus Dolly Parton und Jenifer Lopez. Der hauteng Neoprenanzug ließ auch keine Fragen offen. Bert keuchte noch stärker, was die beiden Mädchen zum Glück auf seine für ihn sportliche Höchstleistung zurückführten.

„Nun mal ganz langsam, komm erstmal zur Ruhe. Ich bin übrigens Birgit", sagte die Surferin an Saskia gewandt.

„Saskia und das ist Bert, mein…"

„…Bruder, ich bin ihr Bruder", brachte Bert keuchend heraus. Er spürte Saskias stechenden Blick auf sich, ohne ihn zu sehen, als er Birgit seine Hand hinhielt.

„Bruder, ja - mein Bruder." Saskia warf Bert einen kurzen Blick zu, „mein großer Bruder."

„Freut mich, Bert!" sagte Birgit und nahm seine Hand.

„Mich auch. Starkes Teil. Ich meine…" Bert zeigte auf das Board und eine gewisse Röte machte sich in seinem Gesicht breit.

„Schon klar", Birgit grinste ihn an, „ich muß dann. Die anderen sind sonst raus, bevor ich drin bin! Bis später dann!" rief sie im Davoneilen.

„Ja, bis später dann, vielleicht!" Bert sah ihr hinterher.

„Wenn du fertig bist, wollen wir dann, lieber Bruder", zischte Saskia.

„Fertig? Womit fertig?" sagte Bert, ohne seinen Blick von Birgit abzuwenden.

„Fertig mit Gaffen!" Saskia drehte sich ruckartig um 180 Grad und verschwand Richtung Wasser.

„Saskia, ich…" Bert schluckte. „Saskia, warte!" rief er. Sie schien stinksauer zu sein. So hatte er sie bisher noch nicht erlebt. Warum hatte sie so reagiert? Bruder, weil er Bruder gesagt hatte? Er wußte nicht genau, warum er das getan hatte. Vielleicht hatte er sie nicht in Verlegenheit bringen wollen. Hätte er „Freund" sagen sollen? Er wußte nicht, ob ihr das recht gewesen wäre, so vor anderen als Hartmut, Susanne oder seinen Eltern. Oder hatte es eher mit ihm zu tun und er wollte dieser Birgit damit sagen, daß er noch zu haben ist? Bert kratzte sich mit der Hand am Kopf. Er hatte das Wasser erreicht. Saskia stand ein paar Meter entfernt und drehte ihm den Rücken zu. Sie hatte die Beine leicht gespreizt und ihre Hände tauchten immer wieder ins Wasser, um ihren Oberkörper mit der Feuchtigkeit zu benetzen. Bert blieb stehen und starrte sie an. Was hatte er sich nur gedacht: Bruder! Die Reaktion seines Körpers auf das, was er da vor sich sah, sagte ihm ganz eindeutig, daß sie alles andere als seine Schwester war. Er stellte sich vor, wie er sich ihr von hinten näherte und dann ganz langsam seine Hände um ihre Hüften legte. Er spürte deren Rundungen unter dem sanften Druck seiner Finger. Seine Hände wanderten nach vorne und er zog ihren Körper fest an sich.

„Bert!" Es fing an, zu regnen. „Bert, hallo!" Er öffnete die Augen. Es war kein Regen. Saskia hatte sich umgedreht, ihn entdeckt und spritzte jetzt Wasser in seine Richtung.

„Was, was soll das? Das ist kalt!" Er hielt schützend seine Hände vor den Körper.

„Ja, ich glaube, etwas Abkühlung tut dir ganz gut!" sagte sie und ihre Augen funkelten ihn an.

„Das, das ist wirklich kalt, ehrlich."

„Ah, da ist er ja wieder, der alte Bert!"

„Der alte Bert?" Bert verstand nicht, was sie meinte. Er verstand im Augenblick überhaupt sehr wenig. „Was meinst du?"

„Egal, komm jetzt endlich, sonst ist das Wasser wieder weg!"

„Wie, du willst doch nicht zurück..."

„...schwimmen? Na klar. Was denn sonst?"

„Ich dachte..." er deutete auf den Strand.

„Ach so. Na, wie du willst! Wir sehen uns dann am Platz!" Damit ließ sie sich ins Wasser fallen und bewegte sich von ihm fort.

„Saskia..." sagte er und schaute ihr hinterher. Natürlich wäre er ihr am liebsten gefolgt, aber er glaubte nicht, daß er jemals lebendig am anderen Ende der Bucht angekommen wäre. Also marschierte er an der Wasserlinie entlang Richtung Zelt. Seine Gedanken schossen wirr durch seinen Kopf. Warum hatte sie das jetzt wieder gesagt? Warum hatte sie so reagiert? Was sollte er tun? Er wußte nicht, wie er sich verhalten sollte.

Bert war vor Saskia an der Stelle, wo sie ihr Lager aufgeschlagen hatten. Er wollte am Ufer auf sie warten und hielt nach ihr Ausschau.

„Na, suchst du deine Schwester?"

„Schwester?" Bert schaute nach links. „Birgit!" sagte er überrascht.

„Ja, sehe ich so schrecklich aus, daß du dich gleich erschreckst, wenn du mich siehst?"

„Nein, nein. Überhaupt nicht. Ich war nur - in Gedanken."

„Wenn du nicht immer in Gedanken bist, vielleicht hast du ja heute Abend Lust?" sie sah ihn von unten an.

„Lust, wozu?" sagte er und versuchte, den Blick nicht auf Dolly Parton zu richten.

„Wir treffen uns immer noch am Lagerfeuer. Mein Bruder, unsere Freunde und ein paar Andere von denen", sie machte eine Bewegung mit der Hand um die Bucht."

„Ich weiß nicht, also..."

„Ist nichts dabei. Bißchen quatschen, was trinken und so..."

„…und so", wiederholte Bert.

„Genau!" Birgit stand vor ihm und lächelte ihn an. „Du kannst es dir ja noch überlegen. Wir sind da hinten." Sie zeigte auf eine Stelle unweit der drei alten VW-Busse.

„Ist das schwer?" Bert zeigte auf das Board und versuchte so, das Gespräch in eine andere Richtung zu lenken.

„Mit etwas Übung…"

„Nein, ich meine…" Er machte entsprechende Bewegungen mit seinen Armen.

„Ach, du meinst das Gewicht?"

„Ja, das Gewicht."

„Wie man´s nimmt", sagte sie und lächelte ihn dabei an: „Hier, du kannst es gerne mal versuchen!" Sie hielt das Board ein Stück in seine Richtung und streckte ihm dabei ihren Oberkörper entgegen.

„Wauw! Ganz schön. Äh, schwer, meine ich, das Board. Hätte ich nicht gedacht. Und das schleppst du ganz alleine?"

„Du kannst mir ja dabei helfen, wenn du willst."

„Eigentlich", er sah auf das Wasser. Von Saskia war nichts zu sehen. Wahrscheinlich hatte sie beschlossen, sich die Rückseite der Insel anzusehen.

„Was ist?"

„Hmm, also…"

„Komm schon. Ich beiße nicht", sagte sie, wenn ihr Blick auch etwas ganz Anderes zu sagen schien. Bert schluckte: „Na gut, aber schnell." Er griff nach dem hinteren Teil des Brettes.

„Na gut. Wie du willst." Birgit lächelte und nahm den vorderen Teil. In der anderen Hand trug sie das Segel. Dolly Parton war jetzt nicht mehr das Problem, aber jetzt ging JeLo vor ihm, was die Sache nicht weniger schrecklich machte. Zum Glück waren weder Saskia noch Hartmut oder Susi in der Nähe und auch Birgit konnte nicht sehen, was sich bei ihm abspielte.

𝐄r war schweißgebadet, als er sich auf den Rückweg zum

Strand machte. Diese Birgit war ganz anders als Saskia. Sie war sehr direkt und ließ keinerlei Zweifel daran aufkommen, daß sie an ihm oder zumindest an Teilen von ihm interessiert war. Nachdem sie die Stelle erreicht hatten, wo das Wohnmobil von ihr und ihrem Bruder stand, konnte er sich gerade noch loseisen, indem er ihr erzählte, daß er für seine kleine Schwester die Verantwortung hatte und wenn ihre Eltern zurückkamen und er nicht da war, dann gäbe es ein fürchterliches Theater und dann könne er den Abend vergessen. Das hatte seine Wirkung. Birgit ließ ihn gehen.

„Hier Bert, hier!" hörte er Saskias Stimme als er den Strand erreicht hatte. Dann sah er sie: Sie hatte auf einem der großen Felsen einige Meter entfernt in der Sonne gelegen. Jetzt hatte sie sich aufgesetzt und winkte ihm zu. Dann stand sie auf, reckte sich und streckte ihre Arme in die Höhe, um sie dann nach vorne fallen zu lassen und ihren Oberkörper nach unten zu beugen. Diesen Vorgang wiederholte sie. Bert spürte die Wärme, die durch seinen Körper schoß. Zum Glück wurde der Felsen von Wasser umspült und er beeilte sich, in dieses zu gelangen.

„Das ist besser!" sagte er und näherte sich dem Felsen kriechend. Als er ihn fast erreicht hatte und aufstehen wollte, ließ er sich sofort wieder fallen, nachdem er an sich nach unten gesehen hatte. So konnte er in keinem Fall aus dem Wasser gehen. „Bert, komm, was ist denn nun schon wieder!"

„Ja, gleich, einen kleinen Moment noch, bitte. Ist wirklich toll hier drin, ehrlich!" Er legte sich auf den Bauch ins flache Wasser und bewegte sich wie eine Robbe hin und her. „Hätte nicht gedacht, daß ich mich so für Wasser und Meer begeistern kann."

„Was ist denn das für einer, kennst du den?" Saskia drehte ihren Kopf ruckartig zur Seite. Neben ihr stand ein Typ, der einen guten Kopf größer als sie war. Er hatte eine kräftige, aber durchaus auch muskulöse Statur und trug einen schwarzen Neoprenanzug, wie ihn auch Birgit besaß. Seine langen blonden Haare wehten im Wind und die blauen Augen musterten sie.

„Und, wer will das wissen?" sagte sie kühl.

„Hier kennt mich jeder!" sagte der Typ mit der muskulösen Statur, stemmte die Arme in die Hüften und reckte dabei seine Brust in Saskias Richtung.

„Ich bin aber nicht jeder." Saskia wandte sich wieder in Berts Richtung. Der war aber noch immer im Wasser und schien es auch in der nächsten Zeit nicht verlassen zu wollen.

„Na, für dich mache ich da schon mal eine Ausnahme", sagte der Muskelprotz und trat noch ein Stück näher an sie heran. Sie meinte förmlich, seinen Atem spüren zu können.

„Na fein, da kann ich mich ja hoch geehrt fühlen!" sagte sie schnippisch und bewegte sich in Berts Richtung.

„Stefan, ich bin Stefan und du bist?" hörte sie seine Stimme neben sich. Der Typ begann, sie zu nerven.

„Ich muß zurück", sagte sie und zeigte auf Bert.

„Ah, dein Freund wartet wohl auf dich. Erlaubt er nicht, daß du mit anderen redest?"

„Ich rede mit wem ich will und das ist mein Bruder, mein großer Bruder." Sie wußte nicht, warum sie das gesagt hatte, aber es war aus ihrem Mund, bevor sie es verhindern konnte.

„Na, so ein Glück!"

„Glück?" Saskia sah Stefan an.

„Ich dachte schon, na das muß doch der Freund dieses bezaubernden Mädchens sein." Saskia warf einen Blick zu Bert, der noch immer damit beschäftigt war, Seehund zu spielen. Dann sah sie erneut Stefan an. Sie wußte genau, was man von solchen Typen und ihrer Anmache zu halten hatte. Das war ihr mehr als einmal passiert. Sie überlegte, wie sie sich verhalten sollte. „Ist dieses bezaubernde Mädchen denn nur mit ihrem großen Bruder oder auch mit ihrem Freund hier?" fragte er sie, bevor sie zu einem Ergebnis gekommen war.

„Auch mit ihren Eltern, sie ist auch mit ihren Eltern hier."

„Ach, mit den Eltern. Das trifft sich ja gut. Ich bin mit ein paar Freunden hier, wir stehen da drüben!" Er deutete auf die Stelle unweit der alten VW-Busse, an der sich die Caravans und Zelte befanden.

„Nur Freunde?" sie sah ihn lauernd an.

„Nein, auch Mädchen. Also ein paar haben ihr Mädchen dabei."

„Und, gehörst du zu denen?"

„Ich, nein, wo denkst du hin. Ich bin noch zu haben!" Während er das sagte, trat er noch näher an Saskia heran und versuchte, ihr seine Hand um die Hüfte zu legen. Sie trat blitzschnell einen Schritt zur Seite.

„Gut zu wissen", sagte sie nur.

„Darfst du auch mal weg abends?"

„Manchmal."

„Wir sitzen abends immer noch zusammen am Lagerfeuer. Quatschen, was trinken und so. Wenn du willst kannst du ja vorbei kommen. Ist nett. Du kannst deinen Bruder auch mitbringen!"

„Und meine Eltern?"

„Na, für die ist das wohl eher nichts!"

„Verstehe!" Saskia konnte sich sehr gut vorstellen, was sie unter „und so" zu verstehen hatte. Innerlich schüttelte sie sich. Sie rang sich aber ein Lächeln ab.

„Soll ich dich zurück begleiten?" Wieder versuchte er, seinen Arm um Saskias Hüfte zu legen. Diesmal drückte sie ihn mit ihrem zur Seite.

„Danke, ich kann schon alleine laufen. Außerdem muß ich auf meinen Bruder warten."

„Der ist doch alt genug!"

„Er hat einen schlechten Orientierungssinn."

„Na dann, bis später!" Stefan warf Saskia eine Kußhand zu und marschierte hüftschwingend davon.

„Arrogantes…"

„Wer war das denn?"

„Bert, da bist du ja endlich." Am liebsten wäre sie ihm sofort um den Hals gefallen vor Erleichterung. Berts seltsamer Blick verhinderte dies aber:

„Und? Wer war das?" Bert brannte innerlich vor Neugier, versuchte aber, alle Gleichgültigkeit die er aufbringen konnte in seine Stimme zu legen.

„ Ach, niemand. Das war niemand", sagte Saskia um seine Reaktion zu testen.

„Aha, niemand also. Ein ziemlich imposanter Niemand. Nun gut, du bist alt genug." Bert versuchte, seinen inneren Groll zu unterdrücken und so wie immer zu wirken. Aber seine Gedanken drehten sich in seinem Kopf: Sie hatte „Niemand" gesagt. Warum hatte sie das getan? Warum sagte man so etwas - doch nicht, wenn einem dieser „Niemand" gleichgültig ist, oder? Man sagte so etwas doch nur, wenn da etwas ist, das der Andere, in diesem Falle er, nicht merken soll. Ja, das mußte es sein. Er war sich ganz sicher und das hob seine Stimmung nicht wirklich.

„Alt genug, wozu?" Saskia sah ihn fragend an.

„Ach, nichts. Wollen wir?" er deutete in Richtung des Platzes, wo ihr Zelt stand.

„Ja, gerne, aber können wir noch ein Stück gehen vorher, da lang vielleicht", sie deutete in Richtung der nächsten Bucht, die nicht sehr weit entfernt war und von dieser nur durch eine schmale Landzunge getrennt war.

„Von mir aus, aber nicht so schnell, ich bin irgendwie ziemlich fertig und das Knie ist wohl doch noch nicht ganz in Ordnung."

„Ich bin auch ziemlich groggy. Das mit dem Zurückschwimmen war vielleicht doch keine so gute Idee!"

„Was meinst du?"

„Es war weiter, als ich gedacht hatte. Du mußtest bestimmt eine Ewigkeit warten, oder?" sie sah ihn seltsam an. Jedenfalls kam es ihm so vor. Ob sie etwas mitbekommen hatte von Birgit und ihm vom Wasser aus? Er sah sie an:

„Ging so. Kein Problem."

„Na dann", sagte sie nur.

Nachdem sie einige endlose Meter schweigend nebeneinander gegangen waren, sagte Saskia:

„Er hat mich eingeladen."

224

„Wer?"

„Der Typ von eben!"

„Dich eingeladen, eingeladen - wohin?" Bert sah sich fragend um.

„Sie stehen auch da, wo wir stehen. Sind mehrere."

„Ach so."

„Willst du gar nicht wissen, wozu er mich eingeladen hat?"

„Geht mich ja nichts an, oder?" sagte Bert, obwohl er darauf brannte, alles zu erfahren, was diesen Typen betraf.

„Abends zum Feiern und so, am Lagerfeuer", sagte sie, ohne auf das einzugehen, was Bert gesagt hatte.

„Am Lagerfeuer, aha."

„Ja, soll romantisch sein."

„Und, gehst du hin?"

„Soll ich denn hingehen?"

„Wie du willst!" sagte Bert, obwohl er dachte, daß sie natürlich auf keinen Fall hingehen sollte.

„Ich weiß nicht. Gehst du?"

„Ich, wieso ich?" er sah sie verwundert an.

„Na, diese Birgit wird ja wohl auch da sein, oder?"

„Ich weiß nicht…"

„Ganz sicher ist sie da!"

„Und, soll ich hingehen?"

„Wie du willst!" sagte sie und hätte sich innerlich ohrfeigen können dafür. Und sofort danach fragte sie sich, warum sie das hätte tun sollen: Bert war ihr Mathenachhilfelehrer, mehr nicht. Was war denn nur los mit ihr?

„Dann laß uns doch zusammen hingehen!" sagte Bert.

„Zusammen? "

„Ja, warum denn nicht! Ist das so ungewöhnlich?"

„Nein. Er hat dich sogar eingeladen."

„Mich? Er kennt mich doch gar nicht! Und warum sollte er mich dabei haben wollen? Warum solltest du mich dabei haben wollen?"

„Du bist mein Bruder!"

„Dein was?"

„Mein Bruder!"

„Du hast ihm erzählt, daß ich dein Bruder bin?" Saskia nickte. „Warum?" Bert biß sich auf die Zähne, aber es war schon zu spät:

„Bruder war ja wohl deine Idee. Du erinnerst dich?" sie sah ihn wütend an. Es begann langsam, in ihr zu kochen.

„Ja, ich erinnere mich. Sehr gut sogar. Ich…"

„Ist schon gut, Bruder ist besser als…"

„Als Freund?"

„Das habe ich nicht gesagt!"

„Und warum dann Bruder und nicht Freund?"

„Bist du es denn?"

„Bin ich was?"

„Na, mein Freund!"

„Nein, das weißt du doch ganz genau, oder?"

„Na, wenn nicht, warum regst du dich denn dann so auf?"

„Tue ich ja gar nicht, aber…"

„Aber was?"

„Aber dieser Typ, der ist doch…"

„Was ist er?"

„Na, ein riesiges - ach, was, geht mich ja nichts an!"

„Wenn du es sagst."

„Also, was nun, gehen wir zusammen hin?"

„Ich habe nicht gesagt, daß ich gehe!" Sie sah ihn fordernd an.

„Warum sollten wir nicht gehen, ist mal was anderes!" sagte er, obwohl er genau das Gegenteil hatte sagen wollen.

„Du willst also, daß ich gehe?"

„Ich bin nicht dein Vater!"

„Eben!" Damit drehte sie sich von Bert weg, ließ ihn stehen und lief den Strand ein Stück weiter oben entlang.

Bert sah ihr hinterher und sein Herz blutete. Saskia wollte sich mit einem Typen treffen, der bestimmt nicht Händchen mit ihr halten wollte und sie hatte ihn als ihren Bruder vorgestellt, nicht als ihren Freund. Und er hatte sie noch auf die Idee gebracht. Warum wohl war sie darauf eingegangen, hatte nicht widersprochen, als er es zu Birgit sagte? Dafür konnte es in seinen Augen nur eine Erklärung geben: Er hatte bei ihr absolut nicht die geringste Chance. Damit waren alle seine Fragen beantwortet und seine Zweifel endgültig beseitigt. Gut ging es ihm damit nicht, aber er wußte nun immerhin genau, woran er war. Was hatte er auch erwartet? Sie waren nicht Freund und Freundin - nur für ihre Eltern. Saskia hatte ihm gegenüber auch nichts anderes behauptet. Sie konnte frei entscheiden, mit wem sie was tun wollte. Es ging ihn nichts an. Alles andere war in seinem Kopf entstanden und hatte nichts mit der Realität zu tun. Das mußte er nun endlich akzeptieren. Und hatte er nicht damit angefangen? Warum hatte er Birgit nicht die Wahrheit gesagt? Nun war es dafür zu spät. Vielleicht aber war das auch die Chance, auf die er gehofft hatte: Das andere Mädchen, die Ablenkung. Vielleicht konnte sie ihm helfen, Saskia so weit zu vergessen, daß er den Rest der Reise durchstehen konnte. Das Übrige würde sich dann schon finden zu Hause. Mit hängendem Kopf schlich er zum Zeltplatz zurück.

Die restliche Zeit des Tages verbrachte er ein Stück entfernt am Strand damit, auf die Wellen zu starren. Susi und Hartmut hatten sich seit dem Essen noch nicht wieder sehen gelassen. Sie trieben sich irgendwo auf der Insel rum. Saskia hatte sich ihm seit der Szene am Strand nicht wieder genähert. Sie hatte sich ein Buch und ein Handtuch genommen und lag nun ein Stück weiter im Sand und las. Jedenfalls schien sie das zu tun. Ab und an drehte er seinen Kopf ganz vorsichtig in ihre Richtung, um zu sehen, ob sie noch da war. Er fühlte sich so unwohl wie noch nie auf dieser Reise. Er verspürte den unbändigen Drang, zu Saskia zu gehen, sich neben sie zu legen, sie zu berühren und ihr zu sagen, was er für sie zu empfinden glaubte. Aber das hatte doch wohl alles keinen Sinn mehr.

Der Abend kam immer näher. Der Gedanke daran stimmte ihn nicht gerade zuversichtlicher. Hätte er sagen sollen, daß er nicht will, daß sie hingeht? Was hätte sie dann gedacht?

Hatte er das Recht dazu? Auf welcher Grundlage denn! Das hätte sie bestimmt noch mehr verärgert. Oder nicht? Er fragte sich, ob Frauen immer so sind oder, ob nur er damit Schwierigkeiten hatte, ihr Verhalten richtig zu deuten.

„Und, kommst du?"

„Saskia?" Bert schreckte hoch.

„Ja, wen hast du denn erwartet?" Sie lächelte und ließ sich neben ihm in den Sand fallen.

„Mit dir habe ich nicht gerechnet, ehrlich."

„Warum?"

„Na, nach vorhin…"

„Schwamm drüber", sagte sie und stieß mit ihrer Schulter leicht gegen seine.

„Ich…" Bert merkte, wie ihm das Blut ins Gesicht schoß.

„Du bist ein Idiot, ich weiß!" sagte sie grinsend.

„Ich? Wieso denn ich? Wer, wer hat denn…"

„…hat denn was?" Sie war aufgestanden und stand jetzt breitbeinig vor ihm.

„Ich, ich…" er mußte sich zwingen, seinen Blick weiter nach oben zu richten. „Ich meine nur", sagte er und stand auch auf, damit er wenigstens annähernd einen klaren Gedanken fassen und herausbringen konnte: „Schwester!" Jetzt war es raus.

„Ach, das…" sagte sie und zog dabei Striche mit den Zehen ihres rechten Fußes in den Sand.

„Bruder…"

„Ja?" Bert stand nun ganz dicht vor ihr.

„Das war nur, weil…"

„Ach, da seid ihr ja!" Hartmuts Stimme ließ die beiden herumschnellen.

„Papa!" Saskia stampfte mit ihrem Fuß in den Sand.

„Ich bin wieder da!"

„Das war ja nicht zu überhören, und?"

„Wir haben eine Einladung!"

„Einladung?" Bert und Saskia sahen sich an.

„Ja, von Peter. Für nachher, eher für gleich, wir sind spät dran, d. h. eigentlich waren Susi und ich schon da und ich bin nur nochmal zurück, um euch Bescheid zu sagen."

„Paps?"

„Also", begann Hartmut erneut, der am Blick seiner Tochter gesehen hatte, daß sie ihn nicht verstanden hatte, „der Peter, der sitzt da drüben", er zeigte auf die VW-Busse „mit seinen Freunden und ein paar anderen - total nette Leute, müßt ihr unbedingt kennenlernen. Der Eine - nein, das verrate ich erst morgen."

„Paps…"

„Ist eine Überraschung! Ihr werdet staunen. Ehrlich. Aber jetzt beeilt euch. Ich gehe schon mal vor, ja? Bis gleich dann."

„Dann viel Spaß!" sagte Saskia.

„Ja, viel Spaß!" sagte Bert.

„Kommt, seid keine Spielverderber!"

„Ach, Paps, müssen wir?"

„Ja, schon. Das ist ein toller Kerl, auch die anderen. Ihr werdet sehen. Das wird ein sehr schöner Abend. Das dauernde Alleinsein ist doch nichts für Leute in eurem Alter. Das weiß ich doch. Da sind noch ein paar andere junge Leute. Das wird toll. Ihr werdet sehen. Ich muß zurück, Susi wartet! Bis gleich dann. Ich zähle auf euch!" Hartmut hielt seinen einen Daumen in die Höhe und entfernte sich dann schnellen Schrittes.

„Na also, dann bekommst du doch noch deinen Typen!"

„Bert?" Es klatschte und Bert verspürte einen brennenden Schmerz auf seiner linken Wange.

„Saskia…" Er sah ihr hinterher, wie sie in Richtung Zelt verschwand. „Was, was denn nun?" Bert verstand die Welt nicht mehr. Noch vor ein paar Minuten schien alles wieder ganz anders zu sein und er hatte seine Hoffnungslosigkeit begraben, neuen Mut geschöpft und Birgit war Vergangenheit, ehe sie Gegenwart war. Und jetzt das: Eine Ohrfeige. Das hatte sie noch nie getan. Warum hatte sie das getan? Er war völlig ratlos, aber je länger er darüber nachdachte, je wütender wurde er. Aus seiner Sicht hatte er nichts falsch gemacht und das hatte er seiner Meinung nach nicht verdient. Gut, er hatte nicht zu diesem Lagerfeuer gehen wollen, weil er nicht wußte, was dort passierte. Im Grunde wollte er, daß alles so blieb, wie es war. Jetzt sah das anders aus. Ja, er würde auch dahingehen und als ihr Bruder konnte er sich Birgit ruhigen Gewissens nähern. Er war genauso frei in seinen Entscheidungen wie Saskia in ihren. Ja, das war er. „Genau", sagte er und marschierte in Richtung Zelt davon.

Saskia trug eine weiße Bluse und eine ihrer Jeans. Sie sah wie immer phantastisch aus. Bert und Saskia standen am Anfang zusammen mit vielleicht zwanzig anderen um ein ziemlich großes Lagerfeuer. Es schienen alle Nachbarn eingeladen zu sein. Hartmut hatte sie Peter vorgestellt. Peter war relativ klein, untersetzt, hatte ein rundes Gesicht und schien permanent zu lächeln. Er war ein fröhliches Energiebündel. Einige der Umstehenden waren seine Freunde, mit denen er unterwegs war, andere standen mit ihren Zelten oder Wohnmobilen ebenso wie Saskia, Hartmut, Susanne und er an dieser Stelle und waren deshalb da. Jeder hatte Getränke mitgebracht, die alle an einem Ort gesammelt worden waren und wo sich jeder der Anwesenden ganz nach seinem Geschmack bedienen konnte. Neben dem Feuer stand ein Grill, auf dem einige Fische lagen. Bert hatte sich ein Bier geholt. Als er zurückkam, war Saskia nicht mehr da. Er sah sich nach ihr um, konnte sie aber nicht entdecken. In der festen Überzeugung, daß sie mit diesem Typen irgendwo rummachte, hatte er beschlossen, die verschiedenen Biersorten einem intensiven Test zu unterwerfen. Auf diese Weise hoffte er, den Abend einigermaßen zu überstehen und nicht nur an Saskia denken zu müssen. Plötzlich verspürte er einen starken Druck auf seiner Schulter und hörte gleichzeitig eine Stimme:

„Ach, der große Bruder! Na, wo ist denn deine kleine Schwester?"

„Und wer will das wissen?" sagte Bert im Umdrehen.

„Man o man, der Humor liegt bei euch wohl in der Familie!"
Stefan hielt Bert seine Hand hin: „Stefan, ich bin Stefan!"
„Bert", sagte Bert, ohne den Händedruck zu erwidern.
„Und, wo ist sie denn nun?"
„Wer?"
„Na, deine heiße Schwester!" Stefan machte eine
entsprechende Bewegung und leerte dann den Inhalt seiner
Bierdose. „Bin gleich zurück! Halt sie fest, wenn sie kommt,
ja?" sagte er und verschwand in Richtung der Stelle, wo die
Getränke standen.
„Na phantastisch!" Bert schüttelte sich.
„Was ist phantastisch?" Bert suchte nach dem Urheber der
ihm irgendwie bekannten Stimme, genauer nach der
Urheberin. Er fand sie links neben sich.
„Äh, du, du bist phantastisch!" sagte er ganz automatisch.
Die Biere, die er bisher in sich hinein geschüttet hatte,
verfehlten ihre Wirkung nicht. Saskia war und blieb
verschwunden. Und jetzt stand da direkt neben ihm diese
Birgit. Er hatte Angst davor gehabt, sie wiederzusehen und
gleichzeitig gehofft, daß er sie treffen würde. Sie hatte in
etwa die Größe von Saskia, mittellange blonde, gelockte
Haare und eben diese Figur wie eine Mischung aus Pamela
Anderson oder Dolly Parton und Jennifer Lopez. Bert
schluckte, ihre Formen waren auch ohne den Neoprenanzug
mehr als deutlich zu sehen.
„Danke für das Kompliment", sagte sie.
„Gerne. Hast du Durst?" versuchte Bert, Zeit zu gewinnen.
„Klar, immer."
„Dann hole ich uns mal was, ja?"
„Darf ich dich begleiten?" sagte sie und hakte sich bei ihm
unter.
„Ja, klar." Langsam bewegten sie sich durch die
Umstehenden auf die Getränke zu. Birgit hatte sich ziemlich
eng an Bert gedrückt. Einerseits war es kein unangenehmes
Gefühl, andererseits war er sich nicht sicher, ob er das so
wollte. Schließlich erreichten sie ihr Ziel. „Bier?"
„Immer!" sagte Birgit, die auch nicht mehr ganz nüchtern

war. Bert nahm zwei Dosen und reichte eine seiner Begleitung. Die Nippel wurden gezogen und das Bier spritzte befreit nach oben.

„Ups!" sagte Bert und lachte.

„Birgit!" sagte seine Begleitung und stieß mit ihrer Dose gegen seine „oder hast du das schon vergessen?"

„Nein, wie könnte ich!" Bert leerte die Dose in einem Zug. „Ah, das war gut!" sagte er. „Ich hole mal noch eine!"

„Mir auch, ja?"

$\mathcal{H}$artmut und Susanne hatten es sich bei Peter gemütlich gemacht und schienen bester Dinge zu sein. Zuerst hatte Saskia bei ihnen gesessen, aber es war ihr zu laut und es waren ihr zu viele Menschen um sie herum. Bert war irgendwann in Richtung der Getränke verschwunden. Sie war aufgestanden und eine Weile über den Platz gegangen, bis sie schließlich eine Stelle etwas abseits gefunden hatte, an der sie mehr oder weniger alleine war. Nun blickte sie auf das Lagerfeuer, das in einigen Metern Entfernung brannte und dachte an Bert und an das, was heute geschehen war. Ja, sie war sauer auf ihn. Aber auch auf sich. Wieso hatte sie nicht gesagt, daß Bert ihr Freund ist? Sie hatte zweimal die Chance dazu gehabt, zweimal. Und vor allem: Warum hatte sie seine Reaktion darauf so geärgert! Wenn er ihr so egal wäre, dann hätte sie doch keinen Gedanken darauf verschwendet. Seine Reaktion hatte sie aber getroffen, sehr getroffen. Diese scheinbare Gleichgültigkeit seinerseits war für sie aus irgendeinem Grund unerträglich. Sie hatte nicht die Absicht, sich auf diesen Stefan einzulassen. Vielleicht hätte sie ein bißchen mit ihm geflirtet. Und das vielleicht auch nur, um zu sehen, wie Bert darauf reagiert. Was war mit ihr los? Sie hatte Bert aus den Augen verloren. Ob er jetzt bei dieser Birgit war? Sie mochte nicht darüber nachdenken. Am liebsten hätte sie sich sofort wieder in ihrem Schlafsack im Zelt verkrochen. Eine Stimme riß sie jäh aus ihren Gedanken zurück in die Wirklichkeit:

„Da ist sie ja, meine Königin des Abends!" sagte Stefan, der wie aus dem Nichts vor Saskia aufgetaucht war. „So allein?" Er stellte sich neben sie. „Ein Bier?" Stefan hielt ihr eine Bierdose hin.

„Nein, danke." Saskia starrte weiter auf das Lagerfeuer.

„Nicht sehr gesprächig heute, was?" Er bewegte sich um sie herum. „Na, nicht so wichtig. Wir müssen ja nicht reden!" Er war hinter ihr stehen geblieben und umfaßte sie mit den Händen. Sie spürte seinen nach Alkohol stinkenden Atem.

„Laß das!" zischte Saskia und versuchte, sich loszureißen, was ihr aber nicht gelang.

„Na, nun sei doch nicht so. Habe ich nicht ein bißchen Entgegenkommen verdient?" Stefan schob seine Hände aufwärts unter ihre Brüste. Saskia versuchte verzweifelt, sich dagegen zu wehren. Es war niemand in der Nähe, der ihr helfen konnte. Und selbst wenn, hätten alle gedacht, daß die beiden einen netten Abend miteinander verbringen wollten. Niemand wäre auf den Gedanken gekommen, daß das, was dieser Stefan machte, nicht in ihrem Sinn war. Jetzt tat es ihr leid, daß sie nicht bei ihren Eltern und diesem Peter geblieben war. „Schon besser, oder?" Er drückte ihr seine Lippen auf den Hals. „Na siehst du. Du willst es doch auch." Seine Lippen berührten erneut ihren Hals. Saskia versuchte, ihn abzuschütteln. „Du magst es, die Widerspenstige zu spielen. Das ist gut, das macht mich an. Na komm, da hinten steht mein Caravan!"

Damit schob er sie langsam vor sich her. Saskia versuchte weiter vergeblich, sich seinem Griff zu entziehen. Sie überlegte fieberhaft, wie sie aus dieser Situation wieder herauskommen könnte, bevor sie den Caravan erreichten. Ihr war klar, was dann passieren würde. Ihr Hirn arbeitete ununterbrochen, ohne zu einem Ergebnis zu kommen. Ihr erstes Mal hatte sie sich anders vorgestellt. Sie hatte sich selbst in diese Situation gebracht. War es das, was sie gewollt hatte? Das große Abenteuer, war es das? Ihre Kraft reichte nicht aus, um sich aus dem Griff von Stefan zu befreien. Sie unternahm einen letzten Versuch:

„Ich, ich habe einen Freund!" keuchte sie.

„Na und? Der ist aber nicht hier - und dein großer Bruder auch nicht!" Stefan schaute sich kurz um und lächelte dann zufrieden. Saskia spürte seinen nach Alkohol riechenden Atem jetzt ganz nah vor ihrem Gesicht.

„Aber, er - wird - dich…" jedes Wort preßte sie heraus, da ihr Stefans fester Griff die Luft nahm.

„Was wird er? Diese halbe Portion? Da habe ich aber Angst!" Eine Art Lachen kam aus seinem Mund: „Soll er nur kommen! Und jetzt hör´ endlich auf, zu zappeln. Ich weiß, du kannst es kaum erwarten. Wir sind ja gleich da!"

Schließlich erreichten sie das Ziel. Stefan lockerte die Umklammerung und versuchte, mit einer Hand die Schiebetür des Wagens zu öffnen, was ihm nach ein paar Versuchen auch gelang. Er streckte den Kopf hinein und wollte Saskia, die noch immer wie ein Fisch im Netz zappelte, hinter sich her ziehen:

„Birgit!" rief er überrascht und lockerte den Griff noch mehr. Saskia nutzte die Chance, verpaßte ihm einen Tritt gegen das Schienbein, woraufhin er sie fluchend losließ, und sie so schnell wie möglich in Richtung des Feuers davonlief.

„Stefffan! Was, was machst du denn hiiier?" Birgits Stimme hörte man den Genuß etlicher Biere an. Ihre Augen wirkten leicht glasig und sie schien durch Stefan hindurch zu schauen.

„Was, wer ist das - das denn!" Er deutete auf einen Typen, der auf einem Stuhl saß, vor dem die oben herum entblößte Birgit kniete und gerade dabei war, dessen Hose zu öffnen.

„Das ist, ist der kleine Bert und den großen Bert, den, den haben wir gleich…" sagte sie und setzte ihre Versuche fort.

„Bert, Bert? Woher? Bert! Du bist der Bruder!"

„Bruder?" sagte Bert, der sichtlich noch mehr der köstlichen Dosen geleert hatte als Birgit und nicht mehr wußte, wo er war, noch was er gerade tat.

„Der Bruder von dieser Schlampe, du bist der Bruder von dieser Schlampe!"

„Bruda? Schlammmpe?" lallte Bert.

„Was machst du hier mit meiner..."

„Stefffan, das is meina, alle beide!" lallte Birgit, die Schwierigkeiten hatte, klare Wörter in verständlicher Weise zu formen. „Ich will auch mal mein Spaß, nich nur du..." Sie nestelte weiter an Berts Hose herum, der offensichtlich davon nichts mehr mitbekam.

„Du bist minderjährig! Du bist meine Schwester. Ich werde diesen Kerl..." damit stieß er Birgit zur Seite, ergriff Bert an seinem Kragen und zog ihn mit einem kräftigen Ruck nach oben: „So, mein Freundchen, jetzt werde ich dir mal zeigen, was passiert..." weiter kam er nicht. Durch die schnelle Bewegung und das folgende Schütteln beschloß der Mageninhalt Berts, daß es besser wäre, dessen Körper durch die obere Öffnung wieder zu verlassen. „Igitt, was ist, was soll das, bäh, das stinkt ja widerlich!" Stefan stieß Bert aus der Tür des Caravans. Er versuchte, sich das Erbrochene aus seinem Gesicht zu wischen.

„Du hasss gekleckat, wate!" sagte Birgit, die sich mühsam am Tisch nach oben gezogen hatte und wollte mit der einen Hand nach ihrem Bruder greifen. Dadurch verlor sie den Halt, kippte der Länge nach nach vorn und versank glücklich lächelnd im Land der Träume.

„Wasss isss denn looos?" Bert hatte sich soweit aufgerappelt, daß er seinen Kopf auf die Türschwelle des Caravans lehnen konnte. Aus seiner Nase floß Blut. Stefan tobte vor Wurt und versuchte, nach Bert zu greifen. Dabei verlor er das Gleichgewicht und kippte aus der Tür nach draußen. Es gab ein dumpfes Geräusch, als er mit dem Kopf auf dem Boden aufschlug.

16

„Na, hatte ich zu viel versprochen?" Hartmut strahlte über alle Backen, „war doch echt ein toller Abend!" Er gab

Susanne, die leicht errötete, einen Kuß auf die Wange. Sie saßen zusammen mit Bert und Saskia wie jeden Morgen beim Frühstück. Weder Hartmut noch Susanne waren die Spuren der letzten Nacht anzusehen.

„Ja, ein toller Abend", sagte sie.

„Was denn? Was ist los mit euch? Wenn man es nicht besser wüßte, könnte man denken, ihr habt Ehekrach!" Hartmut lachte.

Saskia und Bert wechselten einen kurzen Blick. Den ersten seit dem Moment, als Saskia und Bert zu Beginn des Abends am Lagerfeuer gesessen hatten. Sie hatten sich danach aus den Augen verloren und auch nicht mehr gesehen.

„Ja, es war zumindest ein unvergeßlicher Abend für mich!" Saskia sah dabei Bert an, der die Bemerkung auf sich bezog.

„Für mich eher nicht - ich meine, es war mal was ganz anderes, glaube ich." Er wich Saskias Blick aus. Genau genommen wußte er nicht, ob es ein schöner Abend war. Seine Erinnerung setzte recht früh aus. Da war diese Birgit, die mit dem tollen Körper, die auf ihn abzufahren schien. Sie hatten getrunken, geredet, weiter getrunken und irgendwann war er im Sand neben dem Zelt zu sich gekommen. Das war alles, woran er sich erinnerte.

„Na also, wußte ich es doch. Ist schon ein toller Kerl dieser Peter!"

„Ja, ein ganz toller Kerl, Paps. Und seine Freunde, die sind besonders toll." Saskia stocherte in ihren Eiern, ohne sie wirklich zu essen.

„Was ist, keinen Hunger?"

„Ach, mir ist noch ein bißchen komisch von gestern…"

„Ja, ja, ich habe auch ganz schön einen über den Durst gehabt. Aber, muß auch mal sein, oder Bert?"

„Klar, muß mal sein!"

„Ist alles in Ordnung, Bert, du bist so weiß?" Susanne sah ihn besorgt an.

„Nee, nee, alles okay. Ein bißchen wenig Schlaf vielleicht. Das wird es sein."

„Unsere Jugend! Verträgt nichts. Weißt du noch, als wir so

236

alt waren, Susanne, das waren Nächte, unvergeßlich. Und, was wir da alles gemacht haben, o la la!"

„Da kannten wir uns noch gar nicht, falls du dich erinnerst, mein Stier!" Sie warf Hartmut einen Kußmund zu und zog dabei die Lippen nach oben.

„Ja, ja, natürlich, ich meine. Egal, ist lange her." Hartmuts Gesichtsfarbe wurde etwas heller. „Und, was habt ihr so gemacht, gestern?" sagte er und sah Saskia und Bert an.

„Gestern?" Saskia sah ihren Vater an.

„Na, abends. Ich meine, gestern auf der Feier. Habt ihr viele Leute kennen gelernt oder euch zusammen verkrochen?" Dabei zwinkerte er den beiden wieder zu.

„Ach, schon Leute, ein paar", sagte Bert und schaute hilfesuchend zu Saskia.

„Ja, ein paar. Waren ganz in Ordnung."

„Ganz in Ordnung."

„Na, Hauptsache, es hat euch gefallen."

„Hat es, oder?" Bert sah Saskia an.

„Ja, schon, hat es." Sie stocherte in ihren Eiern.

„Na, dann wird euch ja meine Überraschung um so mehr freuen!"

„Überraschung, Paps?"

„Ja, Überraschung, erinnert ihr euch, ich habe gestern davon gesprochen!" Hartmut rieb die Handflächen aneinander.

„Jetzt, wo du es sagst, Paps. Was für eine Überraschung?" sagte Saskia ohne jegliche Betonung in ihrer Stimme.

„Nun sag es schon, Hartmut!"

„Also eigentlich sind es zwei…"

„Zwei Überraschungen?" Saskia hatte aufgehört in ihren Eiern zu stochern.

„Ja, also, erstens: Wir bleiben noch, mindestens zwei Tage! Ist das nicht toll? Da können wir heute Abend wieder mit Peter und der ganzen Clique zusammensitzen. Phantastisch, oder?" Hartmut klatschte jetzt die Hände ineinander wie ein kleiner Junge, der gerade sein Geburtstagsgeschenk bekommen hatte.

„Das ist nicht dein Ernst, Paps?"

„Doch, doch. Ich wußte, daß du begeistert sein wirst. Ich weiß, daß du diesen Platz genauso liebst, wie ich."

„Ja, Paps, natürlich. Und die andere?" sagte Saskia und wußte nicht, ob sie lachen oder weinen sollte.

„Die ist noch besser!"

„Kaum vorstellbar…"

„Doch, Pumbie, doch. Also: Wir haben da gestern auch einen von den Freunden von Peter kennengelernt, so ein großer, Stefan, glaube ich", Bert starrte Hartmut an und Saskia ließ ihren Teller fallen, „paß doch auf Pumbie, die schönen Eier!"

„Entschuldige, ich kann es kaum erwarten…"

„Schon gut, schon gut. Jedenfalls dieser Stefan, der kennt einen und der hat ein Boot und er hat uns angeboten, daß Susi und ich heute mit dem Typen zum Angeln rausfahren können!" Hartmut strahlte noch mehr als vorher.

„Das ist schön für euch, sehr schön." Saskia wußte nicht, worin da die Überraschung für sie und Bert liegen sollte: Daß sie den Tag alleine hier verbringen durften?

„Ja, aber das ist noch immer nicht alles!"

„Nein, was denn noch?" Saskia war genervt. Sie wollte nichts mehr hören. Sie wollte einfach nur alleine sein.

„Morgen fährt dann dieser Stefan mit euch raus!"

„Mit uns?" Saskia starrte ihren Vater mit weit aufgerissenen Augen an.

„Ja, Bert und du und seine Schwester. Ist das nicht irre.

„Bert und ich und dieser Stefan?"

„Und seine Schwester, nettes Mädel. Ja, Pumbie, ja. Ist in deinem Alter, wird dir gefallen und er, der ist ein ganz klasse Typ, wie der Peter. Der wird euch einen wunderbaren Tag bereiten."

„Da bin ich mir ganz sicher", sagte sie schnippisch.

„Was soll denn das jetzt heißen! Du kennst ihn doch gar nicht. Warte, bis du ihn gesehen hast."

„Nein danke, kein Interesse." Damit legte sie demonstrativ ihren Arm um den völlig überraschten Bert.

238

„So doch nicht. Der hat gar kein Interesse an dir. Ehrlich, so einer ist das nicht. Das ist ein ganz netter. Außerdem ist er verheiratet."

„Verheiratet?"

„Ja, hat er erzählt. Hübsche Frau. Er hat mir ein Foto gezeigt!"

„Ein Foto!" Saskia schüttelte sich bei dem Gedanken an diesen Stefan und daran, daß sie ihn noch einmal wiedersehen sollte: „Aber wir wollten doch morgen weiter fahren, Paps!"

„Ja, aber jetzt ist das alles anders, oder?" Er sah Saskia und Bert an, die beide seine Begeisterung in keinster Weise zu teilen schienen.

„Alles anders…", wiederholte Saskia, „…und aus den drei Tagen werden vier, dann fünf, das kennen wir doch schon!" Sie stand geräuschvoll auf und ging, ohne ein weiteres Wort zu sagen, Richtung Wasser.

„Saskia?" Bert sah ihr nach.

„Was ist denn mit ihr? Bert?"

„Keine Ahnung. Gestern war noch alles in Ordnung", beeilte sich Bert zu sagen.

„Vielleicht hat sie…" Susanne sah Hartmut an.

„Hat sie was?"

„Was Frauen eben manchmal haben und Männer nicht."

„Ach, du meinst, sie hat ihre…"

„Ja, Hartmut. Da ist man - gerade in dem Alter geht da Vieles durcheinander. Du verstehst?"

„Natürlich. Soll ich…"

„Nein, bleib hier und laß sie. Bert wird das schon machen!" Sie lächelte Bert zu und gab ihm mit einer Kopfbewegung zu verstehen, daß er Saskia folgen sollte.

„Ja, werde ich!" Bert stellte seinen Teller hin, der genauso wenig geleert war wie der von Saskia. „Ich gehe dann mal, bis später!" Bert hatte keine Ahnung, was er Saskia sagen sollte. Er war der Aufforderung von Susanne nur gefolgt, um das Bild zu wahren. Er war sich mehr als sicher, daß gerade er der Letzte war, den Saskia sehen wollte.

„Wäre es nicht besser, wenn ich…"

„Hartmut! Du mußt dich damit abfinden, daß deine Tochter erwachsen wird. Du bist ihr Vater und wirst es auch bleiben, aber…"

„Wenn du meinst!" Hartmut holte tief Luft und blickte in die Richtung, in die seine Tochter verschwunden war. Dann nahm er Susanne in den Arm: „Mehr Zeit für uns, oder?"

„Viel mehr!" sagte sie und schmiegte sich an ihn.

Da ging sie. Direkt vor ihm. Ihr Bikini betonte ihre Figur, er umschloß alles und gab gleichzeitig den Blick frei auf alles. Bert spürte die Reaktion seines Körpers auf das, was er sah sehr, sehr deutlich. Das, was vor ihm ging, war:

„Ein Traum!"

„Was?" Saskia blieb stehen und schaute ihn an.

„Ich, äh - wie?"

„Was hast du eben gesagt? Und, was willst du?"

„Ich? Ach, nichts!"

„Nichts? Du hast doch was gesagt, was von Grauen oder so!" Sie sah ihn herausfordernd an.

„Grauen?" Er wußte nicht, was sie meinte.

„Sehe ich denn wirklich so schrecklich aus?"

„Du?" Bert schluckte und sein Herz pochte wie wild. „Nein. Nein. Im Gegenteil!"

„Ach so, wirklich?" Ihr lauernder Blick lag auf ihm und ließ ihn nicht los.

„Ich, ich sagte Traum - ja, es ist wie im Traum!" Er atmete hörbar aus.

„Wie im Traum?"

„Ja, hier das Meer und…"

„Und was?" Sie sah ihn wieder mit diesem Blick an, der alles in ihm erstarren ließ.

„Und alles eben", brachte er hervor.

„Ach so…" sagte sie wieder und er glaubte zum wiederholten Mal, etwas Enttäuschung in ihrer Stimme zu spüren. Dann drehte sie sich um und setzte ihren Weg

Richtung Wasser fort.

Bert sah ihr nach. Was sollte er tun? Sein Instinkt sagte ihm: „Geh ihr nach!" aber er war sich unsicher und nachdem, was am Abend vorher geschehen war, hielt er es für besser, ihr nicht zu folgen. Er war sich sicher, daß er es für alle Zeit mit ihr verdorben hatte und, selbst wenn das nicht der Fall sein sollte, daß sie sich sowieso nichts aus ihm machte. Bert fühlte sich mehr als schlecht. Saskia war nur noch ein kleiner Punkt in der Ferne - aber selbst dieser Punkt ließ sein Herz in der Brust so schlagen, daß er fürchtete, es bräche jeden Moment heraus. Ihr Anblick elektrisierte ihn noch immer. Wenn er zu Hause in seinem Zimmer gewesen wäre, hätte er dafür gesorgt, daß die Beule in seiner Badehose weniger auffällig gewesen wäre. Hier war das nicht möglich. Im Vergleich zu dem Nichts, durch das sie seit Tagen gefahren waren, herrschte hier eine Art Überbevölkerung. Irgendwo stand oder ging immer jemand. Das machte sein Ansinnen unmöglich. Er hätte ins Wasser gehen können, um sich Erleichterung zu verschaffen - das war ihm aber zu kalt. Zurück zum Zelt wollte er auch nicht. Er wollte alleine sein, ohne alleine zu sein. So beschloß er schließlich, Saskia doch vorsichtig zu folgen. Langsam ging er in die Richtung, in der sie verschwunden war. Dabei schaute er immer wieder nach vorne, um ihr nicht zu nahe zu kommen. Er hätte alles für sie getan! Was verband ihn mit ihr? Was sie mit ihm? War da überhaupt etwas von ihrer Seite aus? Er konnte sich ein Leben ohne sie nicht mehr vorstellen. War er verliebt? Liebte er? Liebte er sie, wirklich sie? Oder liebte er nur das Gefühl? Was ist Liebe? Wie erkennt man, ob man jemanden wirklich liebt? Diese Fragen hatte er sich in den letzten Tagen immer wieder gestellt, ohne Antworten darauf gefunden zu haben. Seine Ratlosigkeit wuchs mit jedem Gedanken daran. Und mit ihr auch seine Mutlosigkeit. Er war immer mehr überzeugt davon, daß er sich irgendetwas einredete, was nur in seiner Phantasie existierte. Was war das gestern mit dieser Birgit? Hätte er es nicht mit ihr getrieben, wenn er nicht so viel getrunken hätte? Ist das Liebe, bei der ersten Gelegenheit mit einer anderen rumzumachen? Und Saskia? Hatte sie sich nicht mit dem Typen abgegeben? Was, wenn ein anderer auftaucht! Und überhaupt: Hatte sie nicht einen Freund? Er verstand sie nicht, aber er verstand auch sich selber nicht.

„Na, Lust auf Wasser?" Bert sah hoch: Neben ihm war ein weibliches Wesen aufgetaucht.

„Was?" sagte er, nicht sicher, ob sie ihn gemeint hatte.

„Ob du Lust auf Wasser hast. Ich bin Tanja!" sagte sie und lächelte ihn an.

„Tanja, ja." Bert rieb sich die Augen um sicher zu sein, daß er nicht wieder in einem seiner Träume war.

„Tanja, eine Freundin von Birgit, der Birgit!"

„Ach so, der Birgit, na klar."

„Und du bist Bert, nicht?"

„Woher weißt du das?" fragte er erstaunt.

„Na, von Birgit!"

„Klar, woher denn sonst!"

„Und außerdem, das spricht sich hier schnell rum", sagte sie.

„Was?"

„Na, das von gestern von euch beiden und…"

„Ich verstehe dich nicht ganz?"

„Birgit hat uns alles erzählt, brühwarm. Meine Freundinnen sind alle ganz begeistert von dir und wollen dich unbedingt kennen lernen!"

„Deine Freundinnen? Mich?" Bert war ratlos. Diese Tanja hatte in etwa Saskias Alter und von ihren weiblichen Reizen her brauchte sie sich nicht zu verstecken. Seine Freunde hätten bis zum Boden hängende Zungen und wären schon auf dem Weg zu den Freundinnen. Bert schüttelte sich, um wieder einen klaren Kopf zu bekommen: „Warum?"

„Sie stehen auf Typen wie dich. Das, was du mit Birgit, unglaublich! Also was ist mit Wasser und danach gibt es noch mehr, wenn du willst." Sie lächelte ihn vielsagend an und ihr Blick war unzweideutig. Er fragte sich, was Birgit wohl erzählt hatte von dem letzten Abend - die Wahrheit konnte es ja wohl kaum gewesen sein. „Falls du nicht jetzt, sondern später... Unser Zelt ist das rote!" sagte Tanja. Dann drehte sie sich um und ging langsam mit gekonntem Hüftschwung Richtung Wasser. Das, was Bert sah, war vielversprechend und vor ein paar Wochen wäre er wohl ohne zu zögern Richtung Wasser gegangen. Warum tat er es jetzt nicht? Was hielt ihn davon ab? Saskia hatte ihm klar zu verstehen gegeben, daß sie ihn nicht wollte. Nicht so wollte, wie er sie wollte. Also, was hinderte ihn? Vielleicht war das auch genau das, was er brauchte: Die Ablenkung, die ihn wieder in die Realität zurückholte.

„Wer war das denn?"

„Saskia?" Bert war so in seinen Gedanken versunken, daß er überhaupt nicht gemerkt hatte, daß sie zurückgekommen war. Jetzt stand sie neben ihm und funkelte ihn böse aus ihren Augen an. Wenn er es nicht besser gewußt hätte, hätte er geglaubt, daß sie eifersüchtig war.

„Also, wer war das?"

„Ach, niemand. Niemand war das!" sagte er und schaute vor sich auf den Sandboden.

„Und hat dieser Niemand auch einen Namen?"

„Tanja, Manja oder so, glaube ich!"

„Glaubst du. Aha. Na, du mußt wissen, was du tust!" Damit drehte sie sich um und ging wieder zwischen den Steinen Richtung Wasser.

„Saskia!" Bert sah ihr nach und ließ sich dann der Länge nach in den Sand fallen.

Saskia sah auf das Meer. Die Wellen plätscherten an den Strand. Die Sonne schien und es war fast windstill. Sie war eine Weile am Strand entlang gegangen, nachdem sie Bert hatte stehen lassen. Dann ließ sie sich auf einem der großen Felsen am Ufer nieder. Sie starrte vor sich hin. Ihre Gedanken kreisten und kreisten in ihrem Kopf und fanden keine Ruhe. Sie hätte diesen Bert am liebsten in der Nordsee versenkt mit einem sehr schweren Stein um den Hals, aber andererseits wollte sie sich in seine Arme stürzen und von ihm gehalten werden. Sie wollte seine Küsse und seine Berührungen spüren. Als sie ihn mit diesem Mädchen gesehen hatte, da wäre sie am liebsten auf sie losgegangen. Sie schüttelte sich. Ja, dieser erste Kuß, da war etwas, ein Gefühl, das ihr vorher unbekannt gewesen war. Sie hatte das bei den Küssen, die sie vorher bekommen hatte, nicht gespürt. Und dieses Gefühl hatte sich verstärkt von Kuß zu Kuß, von Tag zu Tag. Sie hatte Angst. Angst, sich, ihre Freiheit, ihren Verstand zu verlieren. Ihre Gefühle fuhren Karussell. Sie hatte sich bei dem Gedanken ertappt, sich vorzustellen, daß sie und er - sie schüttelte sich erneut. Nein, sie wollte das nicht. Wollte sie es nicht oder fürchtete sie sich nur vor den Konsequenzen? Oder vor dem, was danach sein oder nicht sein würde? Dieser Bert schien nicht abgeneigt zu sein ihr gegenüber. Am Anfang hatte sie gedacht, daß es vielleicht ganz nett wäre, ein bißchen mit ihm zu spielen auf der Reise. Ein bißchen Spaß zu haben, nur so. Aber das hatte sich geändert. Sie merkte, daß da etwas war und ihre Reaktionen zeigten ihr, daß sie leider recht mit ihren Befürchtungen zu haben schien: Sie hatte sich in Bert verliebt. Warum auch immer. Wenn sie etwas dagegen tun wollte, dann war der erste Schritt, es sich einzugestehen. Wenn es noch eines Beweises bedurft hätte, dann hatte ihre Reaktion auf das Gespräch von Bert mit dieser Tussie alle Zweifel beseitigt. Sie war eifersüchtig und das hieß: Sie war in ihn verliebt. Was wäre denn so schlimm, wenn es so wäre? Irgendwo auf der Welt verliebten sich dauernd irgendwelche Menschen ineinander und genauso trennten sie sich auch oft wieder. Sie war jung. In ihrem Alter war das normal, sich zu verlieben, zu trennen und neu zu verlieben. Aber Bert - was ging in Bert vor? Empfand er auch etwas für sie? Und, wenn ja, was? War es etwas, das über das reine Körperliche hinaus ging? War es sinnvoll ihm von ihren Gefühlen zu erzählen und sich damit ihm auszuliefern? Was, wenn er nur die Chance auf ein schnelles Abenteuer witterte?

„Na, Pumbie, alles klar?"

„Paps, du!" Saskia sah ihren Vater überrascht an, der in

244

einem seiner karierten Hemden und einer Bermuda-Shorts vor ihr stand. Auf dem Kopf hatte er ein Base-Cap zum Schutz gegen die Sonne. In der einen Hand hielt er einen Eimer, in der anderen Hand eine Angel.

„Hab´ ich dich erschreckt?" sagte er und sah sie mit einem freundlichen Lächeln durch die Gläser seiner Brille an.

„Nein, Paps, nein, ich war nur in Gedanken!"

„Was ist, Pumbie? Ist alles in Ordnung zwischen euch?" Er runzelte die Stirn, dann lehnte er seine Angel an den Felsen und stellte den Eimer in den Sand, bevor er sich neben seine Tochter setzte und seinen Arm um ihre Schultern legte.

„Ach, Paps!" seufzte sie und drückte ihren Kopf an seine Brust.

„Ich war auch mal jung - auch wenn das schwer vorstellbar ist!" er lachte.

„Paps!" Saskia hob ihren Kopf und sah ihn an: „Du bist noch immer jung!"

„Danke, Pumbie. Das ist lieb von dir." Er strich ihr über die Haare. „Ja, ich war zwar nie ein Mädchen, aber auch für einen Jungen ist das nicht einfach."

„Was meinst du, Paps?" sagte sie und wußte genau, daß ihr Vater wußte, daß sie wußte, was er meinte.

„Er ist nett", sagte er.

„Ja, das ist er, aber…"

„Du magst ihn, oder?"

„Ich…"

„Ich glaube, er dich auch!"

„Ach, Paps!"

„Gib ihm eine Chance, gib dir eine Chance! Du bist fünfzehn, was kannst du verlieren? Glaube deinem alten Vater: Die Liebe ist etwas Wunderbares…"

„…aber, woher weiß man, daß es Liebe ist und nicht nur Schwärmerei?"

„Das ist nicht so einfach in zwei Worten zu sagen…"

„Wie ist das bei dir und Susi - liebt ihr euch? Seid ihr verliebt?"

„Das sind zwei Sachen, Pumbie. Wenn man verliebt ist, ist

alles wie im Traum…"

„Im Traum?" Saskia dachte an das, was Bert gesagt hatte.

„Ja, im Traum - alles ist schön, alles ist rosa und es gibt keine Schatten!"

„Geht es auch andersrum, Paps?"

„Andersrum? Was meinst du?"

„Ich meine, kann man erst lieben, also, bevor man verliebt ist?"

„Das ist ungewöhnlich. Ja, aber warum sollte das nicht möglich sein. Ich denke, das geht!"

„Das ist gut. Denn so ist es nicht, daß alles rosa ist und alles gut."

„Ja, so ist es auch nicht auf Dauer, es bleibt nicht rosa. Auch bei Susi und mir nicht. Man kann nicht immer verliebt sein. Wenn das anfängt aufzuhören, dann kommen die Schatten und dann sieht man, ob es Liebe ist!"

„Und wenn nicht?"

„Dann muß man kämpfen oder man sollte sich trennen."

„Trennen. Ihr seid noch zusammen. Also liebt ihr euch."

„Ja, Saskia, das tun wir und mit jedem Kampf, den man führt, jedem Schatten, den man überwindet, wird einem das deutlicher und die Liebe stärker."

„Das klingt alles so einfach bei dir, Paps!"

„Im Grunde ist es das auch. Aber ich habe lange, sehr lange gebraucht, bis ich das verstanden habe!"

„Und ich?"

„Jeder muß seinen eigenen Weg gehen und seine Erfahrungen sammeln. Du bist noch so jung. Du hast noch so viel Zeit. Du bist erst am Anfang!"

„Erst am Anfang…"

„Ja, am Anfang. Aber, was auch immer passiert, ich werde für dich da sein!" Er drückte seiner Tochter einen Kuß auf den Kopf.

„Danke, Paps", hauchte Saskia und sah wieder auf das blaue Meer. „Es ist sehr schön hier."

„Ja, das ist es; ich muß jetzt zum Boot, angeln, du weißt schon. Willst du mitkommen?"

„Danke, aber, ich bleibe hier lieber noch ein bißchen sitzen, wenn ich darf!"

„Natürlich!" Hartmut wuschelte seiner Tochter durch die Haare und stand auf. Er nahm seine Angel und den Eimer, winkte seiner Tochter kurz zu und entfernte sich langsam.

„Paps!"

„Ja?" Hartmut drehte sich um.

„Ich hab´ dich lieb!"

„Ich dich auch!" Mit einer Träne im Auge setzte Hartmut seinen Weg fort. Und ließ eine noch immer ratlose und sehr nachdenkliche Saskia zurück.

Sie war den Tränen nahe. So hatte sie ihren Vater lange nicht mehr gesehen. Ja, sie konnte sich nicht daran erinnern, wann er sie das letzte Mal in den Arm genommen hatte und wann sie so miteinander geredet hatten. Überhaupt schien es so, als wenn ihr Vater ein ganz Anderer geworden war, seit er Bert kennengelernt hatte. Bildete sie sich das nur ein oder war es wirklich so? Von ihren Freundinnen wußte sie, daß die Väter meistens eifersüchtig auf die Freunde ihrer Töchter waren und keiner gut genug für sie war. Sie fürchteten, ihr Töchterlein zu verlieren und setzten alles daran, daß dies nicht geschah. Auch ihr Vater verbrachte wieder mehr Zeit mit ihr, ja, aber er schloß dabei Bert nicht aus und er freute sich im Gegenteil geradezu, wenn sie etwas alleine mit ihrem Freund zusammen unternahm. Daß sie und ihr Freund zusammen mit ihm und Susanne verreisen durften, kam völlig überraschend. Und, daß sie auf dieser Reise in einem Zelt schlafen durften, das hätte sie sich vorher nie träumen lassen. Was auch immer Bert für sie und sie für ihn empfand: auf jeden Fall hatte sich ihr Leben in vielen Dingen positiv entwickelt, seit sie ihn kannte.

„Erst am Anfang…" wiederholte sie und sah auf das Wasser.

Nachdem Saskia gegangen war, hatte Bert eine ganze Weile im Sand gelegen.

„Was soll's!" sagte er schließlich, stand auf und machte sich auf die Suche nach ihr.

Er mußte nicht lange suchen. Saskia saß auf einem großen Stein, der fast direkt am Wasser lag und blickte auf das Meer. Er näherte sich ihr vorsichtig. Als er den Stein fast erreicht hatte, zögerte er einen Moment, nahm dann allen Mut zusammen und ließ sich wortlos ein Stückchen entfernt von ihr nieder. Er wußte nicht, ob sie ihn bemerkt hatte. Sie zeigte jedenfalls keinerlei Reaktion: Sie saß weiter fast reglos auf dem Felsen und hatte ihren Blick auf das Meer gerichtet.

Er wußte nicht, wie lange sie dort schon gesessen hatten, als eine ihnen bekannte Stimme sie aus ihren Gedanken riß:

„Da ist ja der Babyfummler!"

„Das ist Stefan", sagte Bert, ohne sich umzudrehen.

„Ja, ich weiß, wem diese Stimme gehört", antwortete Saskia, ebenfalls ohne eine körperliche Reaktion. Sie schien nicht überrascht davon, daß sich Bert in ihrer Nähe befand.

„Weißt du, was er meint?"

„Keine Ahnung!"

„Und seine frigide Schwester ist ja auch da!"

„Frigide Schwester?"

„Keine Ahnung", Saskia zuckte mit den Schultern.

„Willst du ihn nicht begrüßen?"

„Ich?"

„Ja, du!"

„Eigentlich nicht. Und du?"

„Muß ich?"

„Nein."

„Was ist? Ich rede mit euch!" Stefans Stimme klang gereizt.

„Weißt du", sagte Saskia zu Bert, „eigentlich habe ich auch nicht die geringste Lust auf seine Gegenwart."

„Ich kann mir auch was Besseres vorstellen!"

„So, was denn?" fragte sie interessiert.

„Sage ich dir später, vielleicht. Erst müssen wir diesen Schambolzen loswerden!"

248

„Hey, ihr habt wohl die Sprache verloren - du und deine Schwester, diese Schlampe!"

„Und, wie machen wir das?" Sie drehte sich zu Bert: „Er nervt ziemlich!"

„Ich wüßte da was, aber vielleicht willst du es ja nicht?"

„Wird es Erfolg haben?"

„Ich denke schon."

„Und, werde ich es mögen?"

„Eigentlich schon, denke ich."

„Dann probier es aus!"

„Da muß ich aber ein Stück näher an dich ran."

„Wenn es dazu gehört?"

„Unbedingt!"

„Was tuschelt ihr denn da? Hey!" Die beiden sahen in Stefans Richtung, der zwei Schritte auf Saskia und Bert zu gemacht hatte. Als sie ihn ansahen, blieb er stehen und wischte mit seinem Arm durch die Luft: „Ach was, ihr könnt mich mal, ich hab´ was Besseres mit meiner Zeit anzufangen!" Er wandte sich zum Gehen, blieb aber sofort wieder stehen, drehte sich um und sah Bert an: „Aber dir gebe ich noch einen guten Rat, großer Bruder: Laß die Finger in Zukunft von meiner kleinen Schwester!" unterstützt wurden seine Worte durch eine erhobene Faust. Man merkte Bert und Saskia an, daß ihnen etwas mulmig war, als sie sich ansahen. Bert legte seine Hand kurz auf Saskias Arm und schaute dann wieder in Stefans Richtung:

„Weißt du", sagte er, so ruhig es ging, „steck sie dir doch sonstwohin, deine kleine Schwester - ich brauche sie nicht, ich habe eine eigene und die ist viel besser!"

„Was soll das jetzt heißen, was redest du für einen Schwachsinn!"

„Das wirst du gleich sehen!" Bert hielt Saskia beide Hände entgegen.

„Was wird das jetzt? Ringelreihen?" Stefan stand noch immer an derselben Stelle und verfolgte das Geschehen. Er hatte inzwischen eine seiner Lieblingsposen eingenommen: die Arme in die Hüften gestemmt und die Brust nach vorne herausgestreckt.

„Saskia?"

„Was?"

„Es tut mir leid!"

„Mir auch!"

„Sehr!"

„Sehr!" Dann zog er sie langsam zu sich heran und berührte vorsichtig mit seinen Lippen ihre. Ihre Hände lösten sich und seine Arme umfaßten ihre Hüften und ihre seinen Hals.

„Das ist ja widerlich!" Stefan spuckte in den Sand. „Das kann man ja gar nicht mit ansehen". Bert hob den linken Mittelfinger seiner linken Hand und streckte ihn Stefan entgegen, ohne sich von Saskia zu lösen.

„Ist er weg?" wollte Saskia schließlich wissen.

„Keine Ahnung, ist das wichtig?"

„Nein, nicht wirklich."

„Ich dachte, du magst ihn!"

„Den? Bert, du bist wirklich ein Idiot!"

„Ich…"

„Komm, wir laufen den Strand runter und dann…"

„Dann?"

„Keine Ahnung, komm - großer, dummer Bruder!" Damit zog sie ihn mit sich fort.

$\mathcal{H}$artmut und Susanne waren am Platz, als die beiden wieder dorthin zurückkehrten.

„Was macht ihr denn schon hier?" wollte Saskia wissen.

„Ach, frag nicht!" Hartmut wirkte sichtlich angesäuert.

„Wolltet ihr nicht mit dem Schiff…"

„Ja, wollten wir, wollten wir!" Hartmut nahm einen tiefen Schluck aus seiner Bierdose.

„Es lief etwas anders, als geplant", sagte Susanne. Dann erzählte sie: Hartmut und sie waren zur verabredeten Zeit am verabredeten Platz. Dort war weder ein Schiff, noch dieser Stefan, noch sonst irgendwer. Nachdem sie über eine Stunde gewartet hatten, machten sie sich auf den Rückweg. Sie beschlossen, Peter zu fragen, ob er etwas wüßte:

„Ja, der hat uns dann erzählt, daß Stefan mit seiner Schwester am späten Vormittag ohne etwas zu sagen abgefahren ist. Keiner konnte sich erklären, was in ihn gefahren war." Saskia und Bert sahen sich an und mußten Lächeln bei dem Gedanken an den vermutlichen Grund für Stefans plötzliche Abreise. „Und Hartmut war natürlich stocksauer, das könnt ihr euch vorstellen!"

„Oh ja, das können wir!" sagte Saskia und sah Bert an. Sie kannte ihren Vater.

„Pumbie, es tut mir leid. Aus eurer Bootstour morgen wird nun nichts."

Saskia setzte sich neben ihren Vater und lehnte ihren Kopf an seine Schulter:

„Weißt du, das ist gar nicht so schlimm!" sagte sie und streichelte dabei über den Arm ihres Vaters.

„Dann wird wenigstens dein Wunsch erfüllt und wir können morgen fahren!"

„Ach, weißt du, Paps, so eilig ist das gar nicht mehr. Ein oder zwei Tage mehr…"

„Diese jungen Leute!" Susanne schüttelte ihren Kopf. „Heute früh konnte es nicht schnell genug weg von hier gehen und jetzt - Hartmut, verstehst du das?" Sie sah Hilfe suchend zu Hartmut.

„Ja, ich glaube, ich habe da eine Idee", sagte er und zwinkerte seiner Tochter zu, „da reden wir morgen nochmal drüber - und jetzt komm, Susi, Peter wartet!"

„Ja, hätte ich fast vergessen! Kommt doch mit! Das wird bestimmt lustig. Das ist genau das Richtige nach so einem Tag wie heute!"

„Ach weißt du, eigentlich…" Saskia sah fragend in Berts Richtung.

„Ja, eigentlich wollen wir heute lieber hier bleiben." Er sah zu Saskia, die ihn anlächelte.

„Aber ihr könnt ruhig gehen und euch amüsieren!"

„Dann, auf ein Neues!" Hartmut erhob sich: „Susi!" Er hielt ihr seinen Arm hin und Susi hakte sich ein. „Bleibt anständig!"

rief er im Davongehen.

„Bleibt anständig?" Bert hob die Arme, „was meint er denn damit?"

„Na, was wohl?" Saskia sah ihn sonderbar an.

„Was weiß ich, was er meint!"

„Na, eben das!"

„Eben was?"

„Bert?" sie nahm seine Hand.

„Saskia?"

„Mein Vater denkt eben, daß wir…"

„Freund und Freundin sind, ich weiß. Unvorstellbar, oder?"

„Unvorstellbar? Komm!"

„Was?"

„Komm einfach!" Saskia zog Bert mit sich in Richtung Ufer. Dann ließ sie sich im Sand nieder: „Setz dich!" sie schlug mit der flachen Hand auf den Sand. Bert setzte sich. „Warum?"

„Warum was?"

„Unvorstellbar, warum?"

„Du meinst…"

„Warum?"

„Also, laß mich einen Moment nachdenken." Bert ließ sich in den Sand fallen und schloß die Augen. „Also,…"

„Warum?"

„Gib mir noch etwas Zeit, ja."

„Aber nur etwas - ich will eine Antwort, bevor ich eine alte, einsame Frau bin!"

„Du hast Ansprüche - genau, das ist es: Wir sind einfach zu verschieden!"

„Wie meinst du das: Du bist ein Junge und ich ein Mädchen; meinst du das?"

„Blödsinn, verarschen kann ich mich alleine. Nein, ich meine, ich liebe Mathe - du überhaupt nicht. Ich bin eine Niete in Geschichte…"

„Manchmal denke ich, daß du auf Teufel komm raus einen Grund suchst, der dagegen spricht, daß du mein Freund sein könntest…"

„…dein Vater ist Arzt, du bist überall beliebt, du siehst

phantastisch aus…"

„Komm, jetzt mach dich nicht schlechter, als du bist. Außerdem haben wir vieles gemeinsam."

„So, und was?"

„Na, wir lieben alte Filme."

„Gut, das ist eine Sache."

„Pizza Quattro Stagioni!"

„Okay, aber das reicht wohl kaum, oder?"

„Tja, ja…" Saskia schaute nach oben und zog die Stirn in Falten: „Ja, wir haben beide Eltern…"

„Sowas zählt nicht."

„Warum nicht?"

„Weil jeder Eltern hat, irgendwie."

„Ja, das schon, aber es ist eine Gemeinsamkeit…" Sie grinste ihn an.

„Nee, das ist blöd, dann zählt ja auch sowas wie: Wir haben beide zwei Augen, eine Nase, haben Großeltern, sind beide Einzelkinder…"

„Wir sind beide Einzelkinder?"

„Ja, ich habe keine Geschwister und du auch nicht. Das nennt man Einzelkinder, oder?"

„Na ja, fast…"

„Was heißt fast? Wie heißt es denn sonst?"

„Ich meine mit fast, daß ich kein ganzes Einzelkind bin!"

„Wie, kein ganzes Einzelkind? Gibt es halbe Einzelkinder?"

„Irgendwie schon: Ich habe einen Halbbruder."

„Einen Halbbruder. Du? Echt?"

„Ja, warum denn nicht."

„Von dem hab´ ich ja noch nie was gehört, den hast du dir eben ausgedacht!"

„Nein, der ist real. Ist ein bißchen kompliziert."

„Jetzt will ich es wissen. Erzähl!"

„Meine Mutter hat ihn mitgebracht und auch wieder mitgenommen."

„Mitgebracht, mitgenommen? Du phantasierst."

„Nein, paß auf, als sie meinen Vater kennenlernte, war er zwei. Mein Halbbruder, meine ich, nicht mein Vater", ergänzte Saskia, als sie Berts ungläubigen Blick sah. „Sie hatte sich gerade von dessen Vater getrennt. Dann zog sie zu uns. Mit ihm. Also, sie mit ihm zu meinem Vater, ich war ja noch nicht da. Die beiden haben geheiratet und schwupps, dann war ich da…"

„Und dann?"

„Dann hat meine Mutter das getan, was sie am besten kann: Weggehen! Sie hat meinen Vater betrogen und verlassen, da war ich kein Jahr alt."

„Nee, oder?"

„Doch. Und Willy hat sie mitgenommen damals. War ja ihr Sohn."

„Willy?"

„Ja, sie hat ihren Sohn Willy genannt. Willy mit Y, weil, du erinnerst dich vielleicht, Strampler, sie war eben ein Fan von der Biene Maja!"

„Krass, deine Mutter."

„Das sagst du nur, weil sie nicht deine Mutter ist. Als Willy alt genug war, ist er von ihr weg zu seinem leiblichen Vater. Seitdem sehen wir uns ab und an. Bei uns geht das nicht. Mein Vater will nicht, daß er zu uns kommt - erinnert ihn zu sehr, du verstehst?"

„Ja, denke schon…"

„Ist ganz nett, mein großer Halbbruder. Wir joggen manchmal zusammen."

„Ihr jogged zusammen?" Bert wurde kreidebleich: Willy! Schoß es ihm durch den Kopf, das war Willy, nicht ihr Freund! Damit ließ sich Vieles erklären. Wenn sie gar keinen Freund hatte, dann war ihr Verhalten ihm gegenüber ganz anders zu deuten. Er mußte sichergehen: „Und dieser Willy, der ist ziemlich groß und sieht auch ganz passabel aus?"

„Ja, er ist groß und ja, passabel auch, denke ich. Wieso, kennst du ihn?"

„Dein Halbbruder, na klar, ich Vollidiot!" Berts Augen strahlten, „er ist dein Halbbruder, dein Halbbruder!". Saskia sah ihn merkwürdig an:

„Ja, Halbbruder, so heißt das, wenn man einen

gemeinsamen Elternteil hat, das hatten wir doch schon!"

„Super, echt super, daß du einen Halbbruder hast. Klasse!" Bert war aufgesprungen und hüpfte durch die Gegend.

„Und dir - geht es gut?" Sie sah ihn noch merkwürdiger an als vorher.

„Ja, gut. Gut wie selten. Halbbruder! Klasse!" wiederholte Bert und hüpfte weiter.

„Und du bist sicher - Bert? Bert, wegen gestern, wenn das wegen gestern ist..."

„Gestern? Was ist gestern! Dein Halbbruder - Bruder wäre auch in Ordnung, sogar Schwester!"

„Bert?" Bert war hinter den Felsen verschwunden. Das Einzige was noch von ihm zu hören war, waren merkwürdige Laute, die kurzzeitig immer wieder von einer Art Urschrei unterbrochen wurden. „Bert? Alles in Ordnung?" Saskia war aufgestanden und folgte ihm hinter die Felsen: „Bert? Bert!" Sie traute ihren Augen nicht: Bert lag im Sand, alle Viere von sich gestreckt, hob ab und zu den einen oder anderen Arm in die Höhe, um ihn dann wieder zu Boden fallen zu lassen, jedes Mal begleitet von einem lauten „Yeah!" Sie beschloß, ihn vorerst sich selbst zu überlassen. Was hatten ihre Freundinnen damals gesagt: Der Bitte-Wenden-Oho-Bert. „Wohl doch eher nur der Oho-Bert", murmelte sie vor sich hin und ging zurück zum Zelt.

Etwa fünfzehn Minuten später tauchte Bert im Zelteingang auf.

„Na, wieder gut?" fragte Saskia und sah ihn fragend an.

„Wieder gut? Was soll wieder gut sein?"

„Na, geht es dir wieder besser?"

„Besser? Wieso besser!" Bert verstand nicht, was Saskia meinte. Ihm ging es so gut wie selten in der letzten Zeit.

„Ich meine, na vorhin, als du..."

„Ach das!" er winkte ab, „du meinst deinen Halbbruder."

„Nein, eher dich!" sagte sie.

„Er ist eben dein Halbbruder und das ist super."

„Was ist jetzt daran super. Ich meine, so super, daß du so durchdrehst. Es gibt wahrscheinlich Millionen von Menschen auf der Welt, die Halbbrüder haben!"

„Ja, aber das du einen hast, nur das ist wichtig!"

„Bert, du machst es einem nicht leicht..."

„Nicht leicht?"

„Nicht leicht, dich", sie zögerte, „dich zu mögen."

„Genau das ist es: Das Mögen!"

„Das Mögen! Mein Halbbruder! Bert!" Sie ließ ihren Kopf nach vorne sacken und schüttelte ihn hin und her.

„Also, es ist eigentlich ganz einfach - es ist nur..."

„Nur, was?" Sie sah ihn durchdringend an und er wußte, daß er jetzt nichts Falsches sagen durfte.

„Ich, es ist nur, weil ich dachte, also..."

„Bert!" sie sah ihn an und ihre Augen schienen jetzt Feuer zu sprühen.

„Ich habe euch neulich gesehen im Park, beim Joggen..."

„Ja, und?"

„Und ich dachte, daß, na daß..." Bert sah nach unten, soweit das in seiner Haltung möglich war: Er hockte wie ein Hund auf allen Vieren vor Saskia im Zelteingang.

„Das? Was?" sie schien allmählich auch die letzte Geduld zu verlieren.

„...er dein Freund ist." Bert ließ alle Luft aus seinen Lungen entweichen. „Puh. Jetzt ist es raus." Er wirkte erleichtert und ließ sich flach nach vorne auf seinen Schlafsack fallen.

„Wie kommst du denn darauf? Du bist mein Freund!" sagte sie, als wenn es die selbstverständlichste Sache der Welt wäre.

„Ja", Bert drehte sein Gesicht in ihre Richtung und stützte sich auf seinen Ellenbogen, „für deine Eltern, für meine Eltern, aber..."

„Was heißt: aber?"

„Aber heißt eben, aber!"

„Willst du nicht?"

„Was?"

„Na, mein Freund sein!"

„Dein Freund sein?"

„Ja, mein Freund sein."

„Du meinst, dein Freund sein?"

„Ja, ich meine…", sagte sie und bekräftigte das Gesagte mit einem deutlichen Nicken ihres Kopfes.

„Saskia, ich, ich…" Bert wußte nicht, ob er mal wieder träumte und jeden Moment erwachen würde.

„Findest du mich denn so blöd oder - gefalle ich dir so wenig?"

„Nein, ich meine: doch - ich meine, alles Blödsinn: ich finde dich nicht blöd. Ganz und gar nicht. Im Gegenteil und…"

„Und was?" sagte sie und beugte sich in seine Richtung.

„Und, du gefällst mir schon ein bißchen."

„Ein bißchen, hmm, immerhin besser als gar nicht." Sie näherte sich mit ihrem Gesicht seinem. Jetzt spürte er fast die Berührung ihrer Nase an seiner. „Also nur ein bißchen…" sagte sie und jetzt berührte ihre Nase seine.

„Ein bißchen sehr", brachte er hervor.

„Ein bißchen sehr?"

„Ein bißchen sehr, sehr - sehr, sehr."

„Wirklich?"

„Das, das weißt du doch, oder?"

„Ich denke schon", sagte sie ganz ruhig.

„Warum fragst du dann?" Bert keuchte mehr, als er atmete.

„Weil ich es von dir hören wollte", sagte sie und verharrte reglos vor ihm. „Du bist so dumm, wie du intelligent bist! Und du siehst den Wald vor lauter Bäumen nicht. Aber das bist eben du!"

„Ich bin ein Idiot. Nein, kein Idiot, ein Vollidiot!" Er hatte seine Augen geschlossen und er vermutete, daß sie ihre auch nicht geöffnet hatte. Die Zeit schien zu stehen.

„Willst du mich küssen?" sagte sie plötzlich. Ohne zu antworten bewegte Bert seine Lippen in Richtung von Saskias Mund. Als er die Wärme und Weichheit ihrer Lippen spürte, sich ihr Mund langsam öffnete und ihre Zunge auf seine Lippen traf, war alles andere verschwunden und alles lief ab, ohne, daß er darüber nachdachte, was er warum, wie machte oder machen sollte. Es war wie im Traum, ohne daß es ein Traum war.

Als er nach einer halben Unendlichkeit die Augen wieder öffnete, nachdem sie sich voneinander gelöst hatten, sah er sie an und sie sah ihn an.

„Ich…" begann er, doch Saskia legte ihm ihre Hand auf den Mund, drückte ihn auf seinen Schlafsack und schmiegte sich wortlos an ihn.

17

„Guten Morgen!"

„Ich…" Bert öffnete langsam seine Augen und sah Saskias Gesicht ganz dicht vor seinem.

„Du träumst nicht", sagte sie und gab ihm einen kurzen aber kräftigen Kuß auf den Mund.

„Bist du sicher?" Bert leckte sich mit seiner Zunge über die Lippen. Er lag in seinem Schlafsack, sie in ihrem neben ihm. Er spürte ihren Atem.

„Ja", hauchte sie, „ganz sicher!" und anstelle eines weiteren Kusses verspürte Bert einen kurzen, heftigen Schmerz in seinem rechten Arm, der über seinem Schlafsack gelegen hatte.

„Au! Warum kneifst du mich? Zeigst du mir so, daß du mich magst?"

„Nein, aber daß du wach bist!" sie lachte.

„Na warte!" Bert richtete sich auf und stützte sich mit seinen Armen links und rechts von ihrem Kopf ab.

„Worauf?"

„Worauf, was?"

„Worauf soll ich warten?"

„Das wirst du schon noch…" begann er, dann spürte er Saskias Arme um seinen Hals und sein Kopf wurde von

258

ihnen nach unten gezogen, bis seine auf ihren Lippen lagen. Es war unbeschreiblich und er hoffte, daß er wirklich nicht träumte. Falls es aber doch ein Traum sein sollte, so wünschte er sich, daß er noch lange nicht aufwachen mußte. Eine ihm sehr wohl bekannte Stimme gab ihm die Gewißheit, nicht zu träumen:

„Kommt ihr, es ist Zeit!" Es war Hartmut, der sie zum Frühstück rief.

„Ja, Paps, wir sind schon fast da!" rief Saskia, um danach ihre Zunge erneut ausführlich das Innere von Berts Mundhöhle erforschen zu lassen. Bert wußte nicht, wie ihm geschah. Dann war alles vorbei und er hörte Saskias Stimme: „Komm, du Schlafmütze!" Sie hatte sich von Bert gelöst und war mit einer schlangengleichen Bewegung aus ihrem Schlafsack geschlüpft. Bert folgte ihren Bewegungen und seine Augen fraßen sich an ihrem Körper fest. Saskia erschien ihm noch schöner, noch begehrenswerter als am gestrigen Abend und als an all den Abenden und Tagen zuvor. Er versuchte, sich von ihrem Körper loszureißen und sich aus seinem Schlafsack zu befreien, was ihm schließlich auch gelang. Saskia hatte sich inzwischen eine Jogginghose und einen Pulli übergezogen und war dabei, daß Zelt zu öffnen. Bert erreichte sie gerade noch rechtzeitig, um ihr seine Arme unterhalb ihrer Brust um den Körper legen zu können.

„Bert!" Saskia richtete ihren Oberkörper auf und schob mit ihren Händen seine ein Stück höher, so daß sie auf Höhe ihrer Brüste lagen.

„Saskia, daß…"

„Sei still, sei einfach still!" sagte sie und schloß die Augen. Bert ließ seine Finger unter sanftem Druck über das wandern, was sie unter sich spürten. Saskia gab einige nicht zu definierende Laute von sich. Er spürte die Weichheit ihrer Brüste durch den Pulli und er spürte genauso die Härte ihrer Brustwarzen unter dem Stoff. Bert hatte seine Augen ebenfalls geschlossen. Er spürte, wie sehr sich sein ganzer Körper nach ihrem sehnte. Es passierte, was passieren mußte. Ehe er es verhindern konnte, krallten sich seine Finger in ihre Brüste, begleitet von einem kurzem, ziemlich heftigem Stöhnen. Ein Zittern ging durch seinen Körper.

„Bert! Das tut weh!" Saskia schob seine Arme zur Seite und sah ihn mit einer Mischung aus Wut und Erregung an. Ihre Augen sprühten Funken. „Na komm," sagte sie dann ganz ruhig, „darüber", sie zeigte auf die Stelle zwischen Berts Beinen, an der sich seine Hose ziemlich dunkel gefärbt hatte, „reden wir später, oder?" Ein kurzes Grinsen, dann war sie aus dem Zelt verschwunden.

„Saskia, warte, ich", er sah ihr nach: „ja, später dann!" Bert schüttelte seinen Kopf. Dann verschwand er wieder im Zelt und riß sich die Hose vom Leib.

„Das wird aber auch Zeit!" sagte Hartmut, als die beiden endlich eintrafen.

„Hartmut, sei doch nicht so streng zu den beiden!" Susanne lächelte Bert und Saskia an.

„Susi, du weißt…"

„Ja, ich weiß, aber, wir haben doch Urlaub! Vergiß das bitte nicht."

„Genau, Paps, oder haben wir es eilig?"

„Nein, Pumbie, aber wir wollten doch heute…"

„…weiter?" sie sah ihren Vater mit traurigen Augen an.

„Wollten wir da nicht nochmal drüber reden?"

„Wollten wir?" Hartmut sah in die Runde.

„Es ist wirklich schön hier, ehrlich!" sagte Bert und sah dabei Saskia an.

„Und ihr wolltet doch zuerst länger hier bleiben, oder?" Saskia schaute zu Hartmut und Susanne.

„Eigentlich wollten wir, Hartmut, oder?"

„Susi…"

„Wolltest du nicht noch nach Reine…"

„Ja, schon. Aber das gestern, ich…"

„…das mit dem Boot? Seit wann stört dich denn so eine Kleinigkeit?" Susanne sah Hartmut erstaunt an.

„Ja, Paps, seit wann?"

„Nun gib dir schon einen Ruck. Du willst doch auch bleiben."

„Gut, ich sehe schon, ihr seid euch mal wieder einig und ihr wißt ja: Der Klügere gibt nach!"

„Also bleiben wir nicht?" Saskia sah ihren Vater traurig an.

„Pumbie!" sagte er, begleitet von einem strafenden Blick.

„Ach, Paps, natürlich bist du der Klügere!" sie klimperte mit ihren Wimpern.

„Ja, in Gottes Namen, wenn ihr dann zufrieden seid!"

„Ja, Paps, danke!" Saskia warf ihrem Vater eine Kußhand zu und strahlte dann Bert an, der sich in seiner Haut gar nicht so wohl fühlte. Alles schien zu gut zu sein, zu gut zu laufen. Er wartete auf das „Aber" - aber, es kam kein „Aber". Saskia schien sich aus ganzem Herzen zu freuen, daß sie noch an diesem Ort bleiben wollten. Stefan und Birgit waren abgefahren. Also war alles gut. Fast alles: Er dachte an das rote Zelt und nahm einen Schluck von seinem Kaffee. Sein Kopf war wieder einmal voll mit Gedanken, die sich um Saskia drehten. Er hatte gedacht, daß nach dem gestrigen Abend alles anders sein würde: alles nur noch einfach und schön. Aber, das war es nicht. Ja, wenn sie sich küßten, das gefiel ihm auf jeden Fall. Jeder ihrer Küsse löste in ihm eine Explosion aus und ihre Berührungen taten noch immer das Gleiche, wie er beim Verlassen des Zeltes gemerkt hatte. Und das war es, sein neues Problem, das ihm jetzt größer und unlösbarer als all die anderen bisher unlösbar erschienenen vorkam. Jetzt, wo er ihr nah sein durfte, mußte er eine zu große Nähe zu ihr eher vermeiden, um sich nicht zu vergessen. In seinem Kopf begann sich wieder alles zu drehen.

„Und, wie lange?" Hartmut sah wieder in die Runde.

„Wie lange?" Saskia sah ihren Vater an.

„Wie lange wollen wir noch bleiben?"

„Ein bißchen - müssen wir das jetzt gleich entscheiden?"

„Nein, nicht gleich."

„Das ist gut. Solange wir eben wollen, Paps."

„Wir werden sehen. Susanne und ich fahren dann nachher erstmal nach Reine."

„Das ist eine gute Idee. Wollt ihr mit?"

„Was macht ihr denn da?"

„Ich will mal sehen, ob man da ein Boot mieten kann, du weißt schon, von wegen Angeln und so. Das hat ja", er deutete in Richtung Wasser, „hier nicht so geklappt!"

„Ach, heute eigentlich eher nicht. Wenn es ein Boot gibt, dann können wir ja morgen alle zusammen angeln fahren."

„Das ist eine hervorragende Idee, so machen wir es."

„Und, Bert, wollen wir es so machen? Bert?" Bert spürte etwas, das an ihm zu rütteln schien.

„Ja, klar, warum nicht!" sagte er, ohne zu wissen, worum es ging.

„Sehr gut, Bert!" Hartmut nickte ihm freudig zu, „dann machen wir es so!"

„Ich finde auch, daß es eine gute Idee ist, vor allem nach dem Reinfall gestern!" sagte Susanne und legte Hartmut ihren Arm um die Schulter.

„Ja, dann haben wir alle was davon!" sagte Saskia und sah Bert an, der noch immer nicht wußte, worum es eigentlich ging.

„Und das ist das Wichtigste, oder?" sagte er, was ihm einen Kuß von Saskia auf die Wange einbrachte.

„Wir räumen zusammen, Paps, dann könnt ihr schon los. Oder, Bert?"

„Kein Problem!" sagte er und schlürfte den Rest seines inzwischen kalten Kaffees.

„Na, dann los!" sagte Hartmut, drückte Saskia den obligatorischen Kuß auf die Stirn und verschwand mit Susanne Richtung Wohnmobil.

„Was wollen die beiden noch gleich machen?" fragte Bert, nachdem das Wohnmobil den Platz verlassen hatte.

„Bert, du hast nichts mitbekommen, oder?"

„Also…"

„Ach, Bert, wie soll das mit dir weitergehen!" Sie bewegte ihren Kopf zwischen den Schultern hin und her.

„Das ist alles deine Schuld!" sagte Bert und sah sie achselzuckend an.

„So, so, meine Schuld. Bist du dir da so sicher?"

„Eigentlich, du hast recht, man müßte das noch einmal überprüfen…"

„Überprüfen?"

„Ja, ich meine, nur, um ganz sicher zu sein!"

„Ach so, deshalb, na dann…"

„Saskia?" Bert sah sie mit weit aufgerissenen Augen an. Sie war mit einem Satz bei ihm, ihre rechte Hand lag zwischen seinen Beinen. Er spürte einen starken Druck, ein paar kurze Bewegungen und dann war es wie am Morgen.

„Quod erat demonstrandum!" sagte Saskia, zog ihre Hand zufrieden zurück und begann, den Tisch abzuräumen.

„Wauw, du bist einfach…"

„Super, ich weiß!" sagte sie und lächelte Bert an.

„…unglaublich, einfach unglaublich!" Er starrte sie an: Als wenn das eben überhaupt nicht passiert wäre, bewegte sie sich hin und her.

„Willst du mir nicht ein bißchen helfen, nachdem ich dir auch geholfen habe?"

„Ja, klar, sofort." Er näherte sich ihr langsam. Seine Gedanken malten sich aus, wie seine Hände ihre…

„Hier, fang!" Saskia warf ihm ein Badetuch zu.

„Und jetzt?" sagte er verdutzt und starrte auf das Tuch in seinen Händen.

„Bert! Zieh sie aus", Saskia zeigte auf seine Hose, „und häng dir das Ding um."

„Ah! Und dann?"

„Auf die Leine mit dem Ding - ist bei der Sonne und dem Wind im Nu trocken. Du wirst sehen."

„Auf die Leine? Gute Idee. Dreh dich kurz um, ja."

„Ja, aber beeil dich, ich will noch zum Wasser, wenn du nichts dagegen hast!"

„Gut, von mir aus auch das." Bert schlüpfte aus seinen frisch angezogenen Hosen und hängte sie auf die Wäscheleine, die zwischen ihrem Zelt und der Stelle, wo das Wohnmobil stand, gespannt war.

„Bert!"

„Was?"

„Ausspülen!"

„Ausspülen?"

„Deine Hosen: Ausspülen, bevor du sie aufhängst - oder, soll ich das etwa machen?" Sie grinste ihn an.

„Nein, nein, schon in Ordnung. Ausspülen, na klar, Idiot!" Bert trottete in die Richtung, wo die anderen Wohnmobile und Zelte standen. Dort gab es auf halbem Weg eine freistehende Dusche, an der man sich das Salz vom Baden im Meer abwaschen konnte. Nachdem er seine Hosen durchgespült hatte, kehrte er zu Saskia zurück, die inzwischen fertig mit den Aufräumarbeiten war und sich sogar schon ihren Bikini angezogen hatte. Darüber trug sie ein weites, weißes T-Shirt, das in etwa die Länge eines kurzen Minirockes hatte. Bert schaute auf seine nassen Hosen: „Wozu eigentlich, wenn es doch gleich wieder..." sagte er so, daß Saskia es nicht hören konnte. Sein Körper schüttelte sich und ihm war klar, daß es so auf Dauer nicht weitergehen konnte. Immerhin war der Vorrat an dem, was er von sich geben konnte, begrenzt. Das beruhigte ihn etwas.

„Zieh dich um, dann können wir!"

„Ja", sagte Bert und verschwand kurz im Zelt, nachdem er seine Hosen auf die Leine gehängt hatte. „Und, wohin sind sie nun?" fragte er, als er in Badehose und T-Shirt wieder auftauchte.

„Richtung Reine, um nach einem Boot zu sehen."

„Sie wollen sich ein Boot kaufen?"

„Nicht kaufen, mieten, wenn es geht."

„Mieten, so, so..."

„Ja, sie haben sich so auf die Fahrt gestern gefreut und waren total enttäuscht..."

„Im Gegensatz zu uns!" Bert sah Saskia an.

„Ja, im Gegensatz zu uns. So, wie es ist, ist es gut, oder?"

„Sehr gut!" Bert gab ihr einen kleinen Kuß auf die Wange und hielt ihr seine Hand hin, die sie ohne Zögern ergriff. Langsam gingen sie Richtung Wasser. „Und dann wollen sie eine Tour machen?"

„Haben sie vor. Morgen dann mit uns."

„Mit uns?" Bert sah Saskia überrascht an.

„Susanne fand das eine gute Idee, das zusammen zu machen. Sie und ich können uns sonnen, während Paps und du euren Spaß beim Angeln habt!"

„Unseren Spaß? Beim Angeln?" Bert war stehen geblieben: „Spaß und Angeln. Puh, ich weiß nicht, ob das zusammen geht!"

„Du schaffst das schon. Ist nichts weiter dabei: Du hältst das Ding ins Wasser und dann fängst du was oder eben nicht!"

„Eher nicht. Ich und was fangen!" sie setzten ihren Weg fort.

„Du bist besser darin, als du denkst!"

„Worin?"

„Im Fangen!"

„Im Fangen?"

„Ja, schließlich hast du mich gefangen!" Sie zog ihn näher an sich und ihre Arme berührten sich.

„Wenn du es so siehst…" Bert lächelte. „Also gut, gehen wir angeln. Obwohl, ich eigentlich schon alles gefangen habe, was ich brauche!"

„Du bist süß!" Sie sah ihn an: „Jedenfalls manchmal!" fügte sie hinzu, um sich dann von ihm zu lösen und die letzten Meter zum Wasser zu rennen.

„Warte, du Biest!" Ohne zu überlegen, folgte er ihr und zum ersten Mal, seit er sich erinnern konnte, störte es ihn nicht, in dieses große Etwas, das sich Meer nannte, einzutauchen.

Die Sonne stand schon ziemlich hoch, als sie sich wieder auf den Weg zum Platz machten. Nachdem sie das Wasser verlassen hatten, waren sie den Strand entlang geschlendert und hatten sich ein ruhiges Plätzchen gesucht, an dem sie einfach so nebeneinander im Sand gelegen hatten, bis eine Familie mit mehreren Kindern sich genau neben ihnen niederlassen mußte. Daraufhin waren sie parallel zum Ufer auf dem inzwischen aufgetauchten Watt entlang gelaufen.

An einer Stelle entdeckten sie eine Gruppe von flachen Felsen im ablaufenden Wasser. Als sie näher herangingen, sahen sie, daß sich auf der Oberseite der Felsen durch das Wasser im Laufe der Zeit eine Unzahl von kleinen Vertiefungen gebildet hatten, die wie Suppenschüsseln aussahen. In diesen Vertiefungen blieb das Wasser auch während der Ebbe, da es nicht davon fließen konnte. So hatte sich hier eine üppige Flora gebildet: Seetang, Seegras und andere Wasserpflanzen hatten einen günstigen Lebensraum gefunden. In den Becken sah man auch kleine Fische, Krebse, Krabben und viele verschiedene Muscheln. Es war wie ein kleiner Mikrokosmos. Staunend gingen Saskia und Bert von einem zum nächsten Becken. Saskia mußte eingestehen, daß sie bei ihren anderen Besuchen in Flakstad diesen Platz bisher noch nicht entdeckt hatte.

Schließlich näherten sie sich über Land ihrem Lagerplatz. Sie mußten dazu die Stelle durchqueren, an der zwei Tage vorher das Fest stattgefunden hatte. Der Wagen von Peter stand noch immer an seinem Platz. Er selber war zum Glück nicht zu sehen. Das rote Zelt war verschwunden. Bert fiel ein Stein vom Herzen. Damit war aus seiner Sicht auch das letzte theoretische Hindernis für ein weiteres Verweilen an diesem Ort verschwunden. Die Sonne schien ihm dadurch noch heller zu scheinen, als sie es sowieso schon tat.

„Da sind wir wieder!" sagte Saskia.

„Ja, da sind wir wieder!"

„Hier hat es angefangen."

„Angefangen?"

„Na ja, nicht so richtig, aber irgendwie schon. Hier habe ich mir gewünscht, daß du da bist und ich war…"

„Was?"

„Sauer, daß du mit dieser…"

„Birgit, du meinst Birgit?"

„Ja, ich hasse diesen Namen!"

„Du warst eifersüchtig!"

„War ich, ja!"

„Ich auch."

„Du auch?"

„Ja, natürlich, auf den Kerl, diesen Stefan, sonst hätte ich mich doch nie mit der... Ich wollte dir zeigen, daß es auch ohne dich geht."

„Und?"

„Du weißt ja besser als ich, was dabei rausgekommen ist!" Bert schüttelte sich bei dem Gedanken daran.

„Ja, aber es hatte doch sein Gutes am Ende."

„Wir waren beide blöd, oder?"

„Stur!"

„Stur?"

„Ja, wir waren stur, starrköpfig geradezu, ich jedenfalls war das."

„Und jetzt, was bist du jetzt?"

„Jetzt bin ich im siebten Himmel!" Sie drehte sich um Bert und gleichzeitig um sich selbst. „Komm, mach mit!" Sie hielt ihm ihre Arme hin. Er zögerte einen Moment, dann ergriff er sie und die beiden bewegten sich drehend in Richtung Zeltplatz.

18

„Das ist es also!" Bert schluckte, als er das Boot sah, dessen Planken für die nächsten Stunden das Einzige zwischen ihm und dem Ozean sein sollten. Ganz wohl war ihm bei dem Gedanken nicht.

„Und? Schön, nicht!" sagte Hartmut stolz.

„Ich hatte gedacht, es ist - größer!"

„Bert, das ist groß, für so ein Boot!" Saskia schien seine Bedenken nicht zu teilen.

„Das Wetter ist gut, die See ruhig, laßt uns das Boot beladen!" sagte Susanne.

„Genau, bevor es dunkel wird!"

„Paps..."

„Ja, ich weiß, es wird hier nicht dunkel!" sagte er lachend.

Hartmut schien phantastische Laune zu haben. Was aus seiner Sicht auch verständlich war: Er war für einige Stunden Kapitän und es bestand eine nicht geringe Wahrscheinlichkeit, daß er sein Versprechen auf eigenen, frisch gefangenen Fisch nun endlich einlösen konnte.

„Das auch?" fragte Bert und deutete auf eine Metallkiste, die wie ein Werkzeugkoffer aussah.

„Natürlich, Bert, daß ist mit das Wichtigste!"

„Aha!" sagte Bert und starrte auf die dunkelblaue Metallkiste, die schon einiges mitgemacht zu haben schien.

„Da sind die Haken, Blinker und all das drin!" sagte Saskia, die seine Gedanken mal wieder zu lesen schien.

„Ach die, na dann!" Unter Haken konnte Bert sich etwas vorstellen. Selbst er wußte, daß man mit einem Angelhaken angelte. Was aber ein Blinker war, überstieg sein Wissen bei Weitem. So ein Ding kannte er nur vom Auto. Er nahm die Kiste und verstaute sie auf dem Boot. Hartmut hatte das restliche Angelzeug an Bord gebracht, während Susanne sich um den Proviant gekümmert hatte.

„Hast du auch an das gelbe Wasser gedacht?" rief Hartmut ihr zu, als sie das Wohnmobil schließen wollte.

„Natürlich, wie könnte ich das vergessen!" sagte sie und hob eines der Six-Packs in die Höhe. Hartmut lächelte zufrieden und als Susanne an Bord war, konnte es losgehen.

„Leinen los!" rief Hartmut und Saskia und Bert folgten seinem Befehl. Das Boot legte ab und verließ langsam das Hafenbecken von Reine.

Das Wasser war wirklich ruhig, das Boot bewegte sich ein wenig von oben nach unten und hin und her. Aber es war bei weitem nicht so schlimm, wie es sich Bert vorgestellt hatte. Er ließ sich den Fahrtwind ums Gesicht wehen und schaute auf das vorbei gleitende Ufer. Hin und wieder sah man eines der typischen roten Häuschen, ansonsten war alles grün vom Moos und Rasen oder schwarz von den Felsen. Am Himmel war keine Wolke zu sehen, so daß man ohne Weiteres in Badesachen auf dem Boot stehen oder sitzen konnte. Saskia und Susanne lagen auf dem Vordeck auf ihren Handtüchern nebeneinander auf dem Bauch und ließen ihre Körper von der Sonne bescheinen. Bert zwang sich, seinen Blick immer wieder auf das Ufer oder das Meer zu lenken, um nicht konstant auf Saskia zu starren. Zum Glück hatte Hartmut genug damit zu tun, das Boot zwischen den Felsen hindurch zu manövrieren, so daß er dem, was Bert tat keinerlei Aufmerksamkeit schenkte.

„So, da wären wir", sagte Hartmut schließlich. „Die Stelle haben wir gestern entdeckt. Hier ist es ein bißchen geschützt und es gibt bestimmt auch Fische!"

Das Boot lag in einer weitläufigen Bucht, die an der einen Längsseite zum Meer hin offen war. Das Ufer war vielleicht 50 Meter entfernt. Da auflaufendes Wasser war und der leichte Wind landwärts blies, schwankte das Boot nun ein wenig mehr. Bert beobachtete die Entwicklung mit einer gewissen Sorge. Die anderen schienen davon keinerlei Notiz zu nehmen.

„Und jetzt raus mit den Dingern!" Hartmut griff sich den dunkelblauen Metallkasten und öffnete ihn. Darin sah es aus, wie in einer von Berts Kisten aus frühen Kindertagen, wo er all das reingeworfen hatte, was er so auf der Straße gefunden hatte an Kleinkram. Da waren Metallhaken, Spulen mit Angelschnur, Angelschnurstücke, Messer, eine Schere, viele bunte Teile, die wie Federn aussahen und andere in der Form eines Fisches. „Komm, Bert, los geht´s, hier!" Damit reichte ihm Hartmut eine Angelrute.

„Ja", sagte Bert und starrte die Angelrute in seiner Hand an.

„Gib her und paß auf!" Saskia nahm ihm die Angel aus der Hand und mit einigen wenigen Griffen hatte sie die Schnur, einen Haken und einen Köder an ihr befestigt. „Gelernt ist halt gelernt", sagte sie.

„Wenn du überall so gut bist", dachte Bert, schluckte und sah an ihrem Körper hinunter.

„Und jetzt rein damit!"

„Rein, ja…"

„Hier, ich zeig es dir!" Bert folgte den von Erklärungen begleiteten Bewegungen Saskias und sah voller

Bewunderung, wie die Schnur samt Köder am Ende im Wasser verschwand. „Und jetzt du!" Saskia kurbelte die Schnur ein und drückte Bert die Rute in die Hand. Bert nahm sie, holte weit über seinen Kopf aus, wie er es bei Saskia gesehen hatte und wunderte sich, daß er ein Platschen hinter sich hörte. „Bert!" Saskia war sofort neben ihm: „Du mußt aufpassen. Zum Glück war keiner hinter dir. Die Haken sind gefährlich, wenn du sie abbekommst - da ist ganz schnell mal ein Auge weg!" Bert sah sie an, ob sie wieder einen ihrer Scherze gemacht hatte. Nein, ihr Blick sagte ihm, daß das kein Scherz gewesen war.

„Entschuldige, aber das sah so einfach bei dir aus." Er ließ den Arm mit der Angel sinken und sah sie wie ein Dackel an.

„Ach, Bert!" sie drückte ihm einen Kuß auf die Wange. „Ich glaube, wir nehmen einen Blinker. Ja, genau. Das wird gehen."

„Also, einen Blinker." Bert zuckte mit den Schultern. Saskia nahm ein Stück Metall aus dem Metallkoffer, das wie ein Plektrum aussah. Es war nur irgendwie ein bißchen anders geformt.

„Das ist ein Blinker, Bert. Komm her." Sie winkte ihm, sich neben ihr hinzuknien. „Den machst du über dem Haken an die Rute und wenn das Ding im Wasser ist, dann bewegst du die Rute immer hoch und runter, dabei bewegt sich die Schnur und das Metallteil blinkt."

„Deswegen Blinker!" Bert schlug sich die flache Hand an die Stirn.

„Ja, deswegen. Und die Fische denken, daß das ein anderer Fisch ist und, wenn sie den schnappen wollen, schwupp, dann hast du sie!" Ganz einfach, oder?" Sie strahlte ihn an.

„Wenn du es sagst, dann klingt es ganz einfach."

„Komm, wir versuchen es. Hier!" Sie drückte ihm die Angel in die Hand und sie stellten sich an die Bootswand. Dann hielt Bert die Angel über das Wasser und löste die Schnur, die langsam mit Haken und Blinker im Wasser verschwand. „Wenn sie unten ist, dann wieder ein Stück hochkurbeln und dann: hoch und runter, hoch und runter." Sie machte die entsprechende Bewegung.

„Hoch und runter, hoch und runter", wiederholte Bert und dachte dabei daran, wie seine Finger langsam an Saskias Körper hoch und runter glitten.

„Ziehen, Bert, du mußt ziehen!"

„Ziehen?" Bert wußte nicht, was los war. Er hatte einen kurzen Ruck an der Angel verspürt, was ihn aber nicht von seinen Auf- und Abbewegungen abgehalten hatte.

„Da ist einer dran!"

„Ein Fisch?"

„Ja, Bert, ein Fisch! Was denkst du denn? Ein Taucher?"

„Und jetzt?" Bert krampfte seine Finger in die Angel.

„Jetzt langsam einkurbeln, ganz langsam. Langsam, Bert!"

„So?" Bert kurbelte so langsam er konnte.

„Gut. Spürst du was?"

„Spüren?" Berts Blick zeigte einmal mehr Unverständnis.

„Zieht er noch?"

„Der Fisch?"

„Bert!"

„Ja, geht schwer."

„Sehr schwer?"

„Ziemlich!"

„Dann laß wieder ein Stück Leine los und dann wieder kurbeln. Das ermüdet ihn!"

„Ach so!" Bert folgte Saskias Anweisungen und nach einer gefühlten Endlosigkeit sah Bert im Wasser etwas Silbernes: „Da, da, da ist er!" Bert hätte vor Begeisterung beinahe die Angel losgelassen.

„Warte, ich hole den Kescher."

„Den was?"

„Kescher!"

„Egal, beeil dich, ich weiß nicht, wie lange ich den noch halten kann!"

„ Hier, hoch damit und rein." Saskia hielt Bert eine Art

Schmetterlingsnetz hin, in das er den Fisch beförderte.

„Puh! Geschafft!" Bert wischte sich mit der Hand über die Stirn.

„So. Da ist er!"

„Der ist ja gar nicht so groß!" Bert sah auf den Fisch, der jetzt in einem Eimer schwamm. Er hatte eine Größe von vielleicht 20 Zentimetern. „So wie der gezogen hat dachte ich, da ist ein Hai dran!"

„Das täuscht. Aber, du hast einen - und: Du hast ihn gefangen!"

„Ja, mit deiner Hilfe."

„Ihr habt einen?"

„Ja, Paps, Bert hat einen!"

„Klasse, wo einer ist, sind noch mehr. Also weiter. Für ein vernünftiges Essen brauchen wir noch ein paar mehr. Aber vorher…" Er leckte sich mit der Zunge über die Lippen: „Susanne!"

„Ja, was ist?"

„Bert hat einen!"

„Sehr schön", sagte Susanne und wollte sich wieder ihrem Sonnenbad widmen.

„Darauf müssen wir anstoßen, oder?" Hartmut sah Bert an.

„Auf jeden Fall!"

„Da hörst du es. Susi, wärest du…"

„Aber natürlich doch!"

Als sie am frühen Abend wieder am Hafen anlegten, hatten sie insgesamt fünf Fische gefangen und einige Biere, eine Angel, eine Angelschnur und ein paar Haken und Blinker weniger.

„Das ist mir so peinlich!"

„Bert, das kann jedem passieren und, es war eine alte Angel!" Hartmut klopfte ihm aufmunternd auf die Schulter.

„Das schon, aber…"

„Alles gut, Bert", versuchte Saskia ihn zu trösten.

„Ich kaufe eine neue!"

„Ist schon in Ordnung, Bert!" sagte Susanne, „das ist nicht die erste Angel, die verloren gegangen ist." Dabei sah sie Hartmut an und grinste.

„Nein, nicht die Erste."

„Es war auf jeden Fall ein schöner Tag, oder?"

„Sehr schön!" sagten Bert und Saskia gleichzeitig.

„Na also, das ist die Hauptsache. Und: Wir haben ein hervorragendes Abendessen. Vergessen wir die Angel und das andere Zeugs. Davon habe ich mehr als genug."

„Das sehe ich auch so", sagte Susanne. „Und wir hatten unseren Spaß."

„Ja, am Besten war, wie Bert hinterher gesprungen ist und dann beinahe nicht mehr ins Boot gekommen wäre", sagte Saskia lachend.

„Ich dachte, ich ertrinke, wenn du mich nicht rausgezogen hättest!" Er sah Saskia an. Ja, sie war ihm hinterher gesprungen und hatte ihn zum Boot gezogen und dann mit Hartmuts Hilfe wieder an Bord gehievt. So viel Wasser hatte er selbst bei ihrem ersten Schwimmmarathon hier nicht geschluckt.

„Wer rechnet auch damit, daß du einer Angel hinterher springst!" Saskia schüttelte den Kopf.

„Gut, daß wir nicht weiter draußen waren und das Meer ruhig war!"

„Susanne hat recht", pflichtete ihr Hartmut bei, „das war schon leichtsinnig von dir. Aber, trotzdem: du hast es immerhin versucht!" Er grinste und fuhr ihm durch die Haare.

„Und jetzt auf nach Hause. Ich habe Hunger und - Durst! Du fährst, Susanne." Hartmut gab ihr die Schlüssel des Wohnmobils. Als er Berts fragenden Blick sah, fügte er hinzu: „Die sind hier ziemlich streng von wegen Alkohol und auf dem Boot, na ja…" Bert wußte, was Hartmut meinte. Sie hatten bei jedem erfolgreichen Fang die eine oder andere Dose geleert, was wahrscheinlich auch nicht unwesentlich zu dem Verlust der Angel beigetragen hatte.

„Komm Bert, steig ein, es geht nach Hause!"

„Ja, nach Hause!" Bert dachte daran, wie Saskia das auf

dem Steinzeitplatz gesagt hatte. Seitdem hatte sich viel verändert, sehr viel.

Die folgenden Tage waren mehr als traumhaft und vergingen wie im Flug. Sie konnten jetzt das zusammen genießen, was sie schon die ganze Zeit gehabt hatten, ohne es zu wissen.

Sie wanderten den Strand entlang, schwammen im Meer, unternahmen die eine oder andere Tour mit Hartmut und Susanne über die Insel. Nur zu einer weiteren Angeltour war Bert nicht zu bewegen.

Abends konnten sie es kaum erwarten, sich nach dem Essen in das Zelt und ihre Schlafsäcke zurückzuziehen. Die Zeiten, als sie nebeneinander schlaflose Nächte verbrachten, weil sich beide nicht ihrer Gefühle für den anderen sicher waren und es dem anderen gegenüber nicht eingestehen wollten, waren endgültig vorbei. Die Gründe, warum die beiden in den Nächten nur wenig Schlaf fanden, waren jetzt andere.

Saskia und Bert ließen sich treiben von ihren Gefühlen zueinander, die sie endlich so offen ausleben konnten, wie es ihnen eben möglich war. Alles war genauso und doch war alles anders. Alle Zweifel schienen beseitigt und doch gab es da neue Fragen, die sich sowohl durch Berts als auch durch Saskias Kopf bewegten. Fragen danach, wie es weitergehen sollte, wenn sie wieder zurück waren. Was sie ihren Freunden sagen sollten. Und dann war da noch diese eine Frage, die schwer auf beiden lastete: sie hatten sich geküßt, hatten sich gestreichelt, aber sie hatten es bisher immer vermieden, über das zu sprechen, wonach sich ihre beiden Körper sehnten.

19

„*D*as war´s dann wohl!"

„Ja, Bert, das war´s dann, jedenfalls…"

„…jedenfalls mit hier!" Saskia und Bert schauten auf das Meer. Sie standen am Ufer der Bucht, wo sie einen Großteil

274

der letzten Woche verbracht hatten, zusammen verbracht hatten. Bert hatte seinen Arm um Saskias Hüfte gelegt und sie ihren Kopf an seine Schulter gelehnt.

„Weißt du noch, als wir über den Platz gelaufen sind?"

„Wir sind oft über den Platz gelaufen in der letzten Woche."

„Ich meine, an dem Tag, nachdem alles klar war…"

„Natürlich, wie könnte ich das vergessen! Wir haben getanzt, oder?"

„Stimmt. Weißt du noch, was ich da gesagt habe?"

„Saskia, du hast so viel gesagt, das kann ich mir unmöglich alles merken!"

„Daß ich im siebten Himmel bin!"

„Ja, das weiß ich noch", er drückte sie ein wenig fester an sich, „wieso?" Saskia hob ihren Kopf ein kleines Stück und sah ihn von der Seite an.

„Ich bin es noch immer!"

„Das ist schön."

„Nicht nur das, es ist mehr."

„Mehr?"

„Viel mehr!"

„Viel mehr als siebter Himmel?"

„Ja."

„Was ist mehr als siebter Himmel?"

„Ich liebe dich!"

„Was?"

„Ich liebe dich, Bert!"

„Das hast du damals nicht gesagt!"

„Ich weiß. Ich hab´ mich nicht getraut. Ich wollte sicher sein, daß ich das nicht nur so sage."

„Und, jetzt bist du dir sicher?" Er sah sie fragend an.

„So sicher man sein kann, mit fünfzehn!" Bert spürte, daß sie lächelte.

„Das ist…Saskia…ich…"

„Ja?"

„Ich liebe dich auch!"

„Bert! Sagst du das jetzt nur so, weil ich es gesagt habe oder meinst du das ernst?"

„Natürlich meine ich das ernst!"

„Wie ernst?"

„So ernst, wie man es meinen kann, mit fast siebzehn!"

„Na, dann ist ja alles gut."

„Ja, alles ist gut."

„Dann können wir ja jetzt gehen." Bert sah sie fragend an: „Wir müssen langsam zurück. Paps und Susanne warten bestimmt schon."

„Na klar, hatte ich ganz vergessen!" Es folgte der übliche Schlag mit der flachen Hand an seine Stirn. „Dann laß uns gehen."

„Bert, eine Sache noch!"

„Was?" Er sah sie gespannt an.

„Das!" Sie gab ihm einen langen Kuß, bevor sie langsam Arm in Arm den Strand hinauf zu der Stelle gingen, an der das Wohnmobil stand und wo Hartmut und Susanne auf sie warteten.

Bert warf einen letzten Blick auf den Platz, wo er die bisher wohl schönste Woche seines Lebens verbracht hatte. Dann stieg er mit Saskia in das Wohnmobil. Er sah in ihren Augen, daß sie genauso dachte. Seine Gedanken gingen zurück, zurück zu jenem Tag vor einer Woche, der alles verändert hatte. Es war dieselbe Saskia und er war derselbe Bert und doch war alles anders.

„Na dann!" sagte Hartmut, „ein letzter Blick!" Der Wagen setzte sich in Bewegung. Bert hatte seinen letzten Blick schon getan. Jetzt tat er nichts anderes, als seinen Blick in

276

Saskias Augen zu versenken.

Die Rückfahrt hatte begonnen. Der Weg führte sie hauptsächlich durch Schweden. Durch den langen Aufenthalt in Flakstad war die verbleibende Zeit stark zusammen geschmolzen. Zum Glück hatte Hartmut wie immer ein gewisses Zeitpolster für unvorhergesehene Ereignisse eingeplant. Auf diese Weise mußten sie auch auf der Rückfahrt nicht Tag und Nacht durchfahren. Mit jedem Tag und jeder Nacht kamen sie dem Alltag aber trotzdem näher, schnell näher. Mit jedem Tag stieg in Bert die Angst davor, was dann wäre. Sie waren verliebt, so verliebt wie nur irgend möglich. Aber sie waren allein mit sich. Ohne die alltäglichen Probleme und ohne die Anderen. Was wäre, wenn sie zurück sind? Bert dachte an Stefan. Zu Hause gab es viele Stefans und natürlich auch viele Birgits. Würden sie damit fertig werden? Sie hatten sich gesagt, daß sie Freund und Freundin sind und seitdem küßten sie sich sehr oft. Sie hatten sich beide gesagt, daß sie einander liebten. Aber das waren bisher nur Worte, Worte, die noch keiner wirklichen Belastung ausgesetzt waren. Sie berührten sich, sie streichelten sich, aber zu viel mehr war es bisher nicht gekommen. Besonders schlimm war es während der Nächte, die sie zusammen im Zelt verbrachten, eng aneinander geschmiegt und sich gegenseitig spürend. Er konnte sich kaum beherrschen, wenn er in ihrer Nähe war. Sein ganzer Körper begehrte sie. War es bei ihr genauso? Und, wenn ja, warum zeigte sie ihm das nicht? Oder zeigte sie es ihm und er erkannte, mal wieder, die Signale nicht? Sie mußten auch über diese Dinge reden, über das, was weiter geschehen sollte. Auf jeden Fall, bevor sie wieder zu Hause waren. Das stand für ihn fest und das führte dazu, daß der innere Druck wieder stieg, die Nervosität zunahm und er sich wünschte, daß diese Fahrt nie enden würde. Doch, und das war so sicher wie das Amen in der Kirche: Sie würde enden, sehr bald enden und das Ende rückte unerbittlich näher und näher. Die verbleibende Zeit schien nur so dahin zu schmelzen wie ein Schneehaufen in der glühenden Sonne. Die Probleme hörten nicht auf. Mit jeder Lösung entstanden neue!

Schließlich erreichten sie erneut das Basislager bei Filipstad. Es war ein sonniger Tag und die Temperaturen waren sehr angenehm. Das Zelt war im Nu aufgebaut. Das war inzwischen Routine und alles ging Hand in Hand. Saskia war stolz auf ihn und er war das auch. Bert dachte daran, wie er sich bei ihrem ersten Aufenthalt an diesem Platz dabei angestellt hatte. Es kam ihm vor, als wenn das alles schon eine Ewigkeit zurückliegen würde, obwohl seitdem nicht mal drei Wochen vergangen waren.

„Wir wollen morgen nach Örebro und vielleicht dann noch einen Abstecher nach Stockholm machen. Habt ihr Lust?"
Sie saßen wie fast immer nach dem Abendessen noch zusammen vor dem Wohnmobil und redeten und tranken dazu das obligatorische Bier - bis auf Susanne natürlich, die ihrem Wein treu geblieben war.
„Wir…" Saskia sah ihren Vater an,
„…wollen eigentlich lieber hier bleiben…" setzte Bert den Satz fort. Saskia lächelte ihren Freund an:
„…Ja, noch so ein bißchen Ruhe, bevor der Streß wieder losgeht. Du verstehst, Paps?"
„Ja, ich verstehe euch sehr gut", sagte Hartmut und dann kam wieder das altbekannte Zwinkern. „Gut, dann fahre ich mit Susi alleine. Aber, wie gesagt, könnte sein, daß wir erst übermorgen wieder da sind."
„Kein Problem, wir kriegen das hin, oder?" Saskia sah Bert strahlend an.
„Auf jeden Fall, d. h. wenn der Proviant ausreicht!" Bert hob seine Dose in die Höhe.
„Das läßt sich machen!" sagte Hartmut und grinste Bert an.
„Na dann kann ja nichts mehr schief gehen!" sagte Saskia.

278

„Nee, nichts." Bert leerte seine Dose. Morgen war der Tag, an dem er mit Saskia reden wollte, reden mußte, reden über alles. Bert schluckte. Er fühlte sich nicht ganz so wohl bei dem Gedanken. Sie hatten sich gestanden, ineinander verliebt zu sein, sich zu lieben. Das war leicht hier im Nichts und es war leicht, wenn immer die Eltern in der Nähe waren. Morgen war das anders.

„Was ist, noch ein Bier?" Hartmut sah die beiden an.

„Gerne!" antworteten sie wie aus einem Mund.

„Gut, dann hole ich noch welches und sehe mal, wo Susi so lange bleibt. Bis gleich."

„Und, was wollen wir dann morgen machen?" Bert sah Saskia an.

„Na,...", sie sah sich um: „In den Teich, in den Wald oder auf der Wiese in der Sonne liegen, mal so gar nichts tun vielleicht."

„Angeln?"

„Wenn du Fische meinst, die gibt es hier wohl nicht. Paps hat noch nie was gefangen."

„Oder was ganz Anderes!"

„Und was?"

„Das zeige ich dir morgen!"

„Da bin ich aber mal gespannt!" Saskia sah Bert sehr merkwürdig an.

„Na, ihr beiden, wo habt ihr denn Hartmut gelassen?"

„Der ist Bier holen und dich suchen!"

„Typisch Hartmut. Und, worauf bist du gespannt, Saskia?"

„Ach, Susi, da bist du ja. Wo warst du denn?" Hartmut tauchte wie auf Stichwort auf.

„Abwasch, na ja, den Spüler einräumen und alles für morgen vorbereiten. Und?"

„Und?"

„Worauf bist du nun gespannt?"

„Ach, eigentlich nur darauf…" Saskia sah Bert hilfesuchend an.

„…darauf, ob Hartmut an das Bier gedacht hat!"

„Genau, wo er doch so vergeßlich wird in seinem Alter!"

„Was soll das denn heißen: In seinem Alter! Was sagst du denn dazu, Susi!"

„Na ja, der Frischeste bist du nun gerade nicht mehr, oder?" Sie lachte und hob ihr Weinglas in die Höhe.

„Hier, euer Bier", sagte Hartmut im Setzen und reichte den beiden je eine Dose. „Na dann auf die junge Liebe!"

„Und auf die Alte!" sagte Saskia. Dann stieß sie mit ihrem Vater und Susanne an. „Und auf uns!" Sie hielt Bert ihre Dose entgegen.

„Ja, auf uns, das ist gut, sehr gut", sagte Bert und lächelte zufrieden.

Es war ein langer und ruhiger Abend und die Sonne wäre schon am Aufgehen gewesen, als Saskia und Bert in ihrem Schlafsack verschwanden, wenn die Sonne denn am Abend zuvor untergegangen wäre.

„Also, ihr wollt wirklich nicht mit?" Hartmut blickte aus dem Fenster des Wohnmobils auf Saskia und Bert.

„Nein, Paps, wollen wir nicht."

„Na dann. Aber sagt hinterher nicht, daß ich euch nicht gefragt habe!"

„Hartmut, laß uns endlich fahren!"

„Ja, Susi, ja. Tschüß ihr beiden!"

„Viel Spaß!" Saskia und Bert winkten dem Wohnmobil hinterher, bis es auf dem Waldweg verschwunden war.

„Puh, ich dachte schon, sie fahren gar nicht mehr!" sagte Saskia sichtlich erleichtert.

„Ja, oder sie überlegen es sich noch anders!"

„Nicht auszudenken."

„Und, was machen wir nun?"

„Hattest du nicht was geplant?"

„Ich?" Bert kratzte sich mit den Fingern an seiner Kopfhaut.

„Das hast du gestern Abend gesagt, vergessen?"

„Schon, aber…"

„Aber?"

„Jetzt noch nicht, eher später. An was dachtest du denn

so?"

„Ach, ich bin da völlig offen."

„Vielleicht erstmal was Essen!"

„Essen? Wir haben doch gerade gefrühstückt."

„Ehrlich. Hmm. Du siehst schlecht aus, nicht, daß du mir zu dünn wirst!" Bert grinste.

„Na, ich glaube, das wird eher nicht passieren", sagte Saskia und kniff sich in ihren Bauch.

„Da bin ich ja beruhigt."

„Warum?"

„Das sage ich dir auch später."

„Später, wann später?"

„Du nervst!"

„Daran mußt du dich gewöhnen. Das hättest du dir vorher überlegen müssen. Jetzt ist es zu spät."

„Zu spät wofür?"

„Wozu!"

„Wozu?"

„Zu spät wozu!"

„Ich glaube, du brauchst eine Abkühlung!"

„Eine Ab..." Da war es schon zu spät. Ein kleiner Stups und Saskia platschte, so wie sie war, in den See. „Du, du..."

„Ist das Wasser warm genug?"

„Komm doch rein, dann weißt du es!"

„Ach, weißt du..."

„Feigling!"

„Was?"

„Wenn du reinkommst, dann..."

„Was?"

„Dann..." hauchte Saskia noch leiser.

„Du sprichst so leise, ich verstehe dich nicht!"

„Komm näher, dann sage ich es dir." Saskia hatte sich ans Ufer gekämpft und winkte Bert, zu ihr zu kommen.

„Also?" Bert stellte sich vor Saskia.

„Folgendes..." Saskia umfaßte Bert und zog ihn mit sich. Es platschte und sie fanden sich im See wieder.

„Das war gemein!"

„Nein, fair, das war fair."

„Aber es ist wirklich nicht sehr warm! Es ist eher sehr kalt! Bibber!"

„Gut, daß du das auch so siehst!"

„Schnell raus hier." Bert zog sich am Ufer hoch und reichte Saskia seine Hand: „Komm, ich helfe dir!"

„Ja, danke!" Sie ergriff seine Hand.

„Warte, ich hole dir ein Handtuch!" Bert hüpfte zum Zelt.

„Hier, da!" er hielt es Saskia hin. Da stand sie vor ihm: Sie hatte ihre Jogginghose ausgezogen und ihr weißes T-Shirt klebte durchnäßt an ihrem Oberkörper und darunter zeichneten sich ihre Brüste ab. Bert schluckte und erstarrte.

„Was ist?" Saskia sah ihn an.

„Ich, ich - Saskia, ich..." stotterte er.

„Bert!" Saskia griff nach dem Handtuch und begann, sich die Haare trocken zu reiben. Bert starrte sie noch immer an.

„Saskia, ich, ich..." Er biß sich auf die Lippen. Saskia begann jetzt, ihre Beine mit dem Handtuch abzureiben. Ihre Oberschenkel bewegten sich durch die Bewegung des Handtuches hin und her und Bert stellte sich vor, daß seine Hände an Stelle des Handtuches die Bewegungen vollführten. „Es ist so..." versuchte er es erneut.

„Es ist wie?" Saskia stoppte ihre Bewegungen, legte sich das Handtuch um die Schultern und sah Bert an.

„Wenn du, wenn ich, ich meine - du, so!" Er zeigte auf sie, „das ist, das ist..."

„Ich sehe, was es ist", sagte Saskia trocken und ihr Blick ging an die Stelle, an der Berts Beine sich trennten.

„Oh", Bert schaute an sich herunter und wurde von einem zum anderen Moment rot.

„Das ist nicht schlimm, Bert, das ist..." sie näherte sich ihm und ihre rechte Hand war an seinem Beinansatz, ehe er etwas antworten konnte.

„Saskia..." brachte er mühsam hervor und dann war es schon zu spät. „Es, es tut mir leid!" sagte er und wollte sich von ihr abwenden.

„Nicht!" Saskia legte ihre Arme um ihn, „das ist nicht

schlimm, das ist - toll!" Sie drückte ihm einen Kuß auf die Stirn.

„Toll?" er sah sie irritiert an.

„Ja, toll. Oder wie würdest du es nennen, wenn dein Freund so auf dich reagiert" Sie grinste ihn an.

„Es ist, weil, wenn ich dich ansehe, dann..." Er versuchte, ihrem Blick auszuweichen.

„Dann gefalle ich dir?" sagte sie.

„Mehr, viel mehr. Ich könnte dann sofort..."

„Was könntest du sofort?"

„Wollen wir nicht zuerst..."

„Zuerst was?"

„Rein und uns umziehen."

„Ich denke", sagte sie und ihr Mund näherte sich seinem, „Das mit dem Umziehen kann noch einen Moment warten." Dann drückte sie ihre Lippen auf seine und ihre Zunge spielte mit der von Bert. Gleichzeitig schoben ihre Hände Berts T-Shirt nach oben.

„Saskia..." sagte er, wissend, daß er schon verloren hatte. Seine Hände fühlten ihre Hüften und bewegten sich unter der Bluse langsam nach oben bis sie die Brüste erreichten. Er zitterte kurz.

„Bert, alles gut?"

„Alles sehr gut, sehr gut", sagte er und zog ihr das T-Shirt so weit nach oben, daß er ihre Brüste sehen konnte. Langsam glitten seine Lippen über sie. Saskia stöhnte leise auf. Ihre Brustwarzen verhärteten sich.

„Komm", sagte sie und zog Bert in Richtung Zelt. „Warte", sagte sie am Eingang. Dann zog sie seine nassen Shorts nach unten. Saskia ließ ihr T-Shirt fallen und Bert zog sich sein T-Shirt über den Kopf. Dann verschwanden sie im Zelt

Saskia hatte Bert nach unten auf ihren Schlafsack gedrückt. Bert sah sie über sich. Er sah ihre Brüste, die ihm entgegen zu wachsen schienen und er spürte den Druck ihrer Schenkel auf seinem Körper. Seine Hände hatten ihren Po umfaßt und drückten sich so tief und fest hinein, wie sie nur konnten. Saskia beugte sich weiter nach unten und er spürte ihre

Brustwarzen auf seiner Brust. Alles in ihm bebte. Alles war so, wie er es sich die ganze Zeit vorgestellt hatte. Aber diesmal war es kein Traum, diesmal war es Realität. Als Saskia mit ihren Händen seine Unterhose herunterziehen wollte, sagte er:

„Du weißt, was du da machst?"

„Ja, ich weiß!"

„Bist du sicher?"

„Ganz sicher!" Dann zog sie seine Unterhose aus und ließ sich von ihm ihre ausziehen.

Saskia und er lagen im Zelt. Die Schlafsäcke waren zerwühlt und durchgeschwitzt. Er wußte nicht, wieviel Zeit vergangen war. Sie hatte ihren Kopf an seine Schulter gelegt und ihre Arme lagen auf seinem Bauch. Ihre Beine waren ineinander verwunden und Berts linker Arm lag auf Saskias Hüfte.

„Und, war es so, wie du es dir vorgestellt hast?" sagte sie.

„Wie ich es mir vorgestellt habe…"

„Ja, du mußt dir doch was vorgestellt haben!"

„Ja, nein - irgendwie schon - aber es war, es war anders und doch so - wunderschön, einfach wunderschön." Bert schwieg und schaute nach oben an das Zeltdach über ihm. Saskia drehte ihren Kopf in seine Richtung und drückte ihn an seinen Hals. Dann legte sie eine Hand auf seinen Oberkörper. Sie preßte sich an ihn und er spürte ihre ganze Wärme. „Und bei dir?"

„Bei mir?" Sie hob den Kopf ein wenig.

„Ja, bei dir. Du mußt doch auch etwas erwartet haben! Und…"

„Und was?"

„Na, also - es war so, so schnell - ich meine, bei mir…"

„Schon, aber das üben wir noch!"

„Das üben wir noch?" Berts Oberkörper flog ruckartig nach oben.

„Was, was ist mit dir?" sagte Saskia, die mit so einer

Reaktion von Berts Seite nicht gerechnet hatte. „Du, du bist kreideweiß!" Sie sah ihn entsetzt an.

„Ich, ich hatte", Bert schluckte, sein Puls schien zu rasen, „ich hatte einen…"

„Bert, was um Himmels willen hattest du? Bist du krank?"

„Ich? Nein, ich, einen Flashback. Ich hatte einen Flashback!" Er stieß die Luft aus seinen Lungen und ließ sich nach hinten fallen. Sein Körper zitterte leicht.

„Einen Flashback? Ich verstehe nicht…" Saskia hatte sich aufgesetzt und sie schaute Bert verwirrt an.

„Du bist doch hier, oder?"

„Bert!" Saskia sah ihn mit sehr großen, fragenden Augen an.

„Du bist hier und ich bin hier?" Sein Blick hatte etwas von einem Irren, was nicht dazu beitrug, Saskia zu beruhigen.

„Ja, wir sind hier. Beide. Natürlich sind wir hier, das siehst du doch."

„Hier im Jetzt, real, du und ich!"

„Was ist mit dir? Was hast du nur, Bert. Das ist wieder so einer der Momente, wo ich mich frage, ob ein Arzt nicht vielleicht doch…"

„Alles gut, alles gut, kein Arzt", er setzte sich auf: „aber, eben, das eben, das war wirklich wirklich, ja?" Jetzt war sein Gesicht so nah vor ihrem, daß sie förmlich spürte, wie es aus seinen Augen blitzte.

„Bert, du machst mir Angst!"

„Sag, daß es wirklich war!" Er packte Saskia mit seinen Händen an den Oberarmen.

„Ja, Bert, ja. Aber laß los, du tust mir weh, ehrlich!"

„Was?" Er ließ ihre Oberarme los. „Entschuldige, Saskia, entschuldige, ich dachte, denke, habe Angst…"

„Du machst dir Sorgen deswegen. Bert! Das ist ganz süß von dir!" Sie legte ihren Kopf auf seine Brust.

„Sorgen? Deswegen! Weswegen?"

„Daß ich schwanger werden könnte!"

„Schwanger?" Bert versuchte, ihrem Gedankengang zu folgen.

„Ja, das kann man werden, wenn man das miteinander tut,

was wir getan haben, Bert!"

„Schwanger…" Er tippte sich mit der rechten Hand an die Stirn. Daran hatte er überhaupt nicht gedacht. Natürlich konnte sie schwanger werden. Und dann? Was war er für ein Freund, der vorgab, sie zu lieben und riskierte, daß sie in ihrem Alter…

„Mach dir keine Sorgen, Bert, das geht nicht!" Sie strich mit der einen Hand über seine Wange.

„Geht nicht?" er schüttelte seinen Kopf. „Wieso geht das nicht?"

„Weil…"

„Du keine Kinder bekommen kannst? Ich liebe dich trotzdem!"

„Quatsch!"

„Warum dann?"

„Ich nehme die Pille!" sagte Saskia kurz.

„Du, du - du nimmst die Pille?" er sah sie verdutzt an.

„Ja, seit ein paar Wochen."

„Seit ein paar Wochen?" Bert schüttelte erneut seinen Kopf. Er mußte sich abgewöhnen, dauernd alles zu wiederholen, was Saskia sagte. „Warum?" sagte er und fand, daß das auch nicht viel intelligenter klang.

„Warum wohl!" Sie drückte ihm einen dicken Kuß auf seinen Oberarm.

„Ja, warum wohl?"

„Mein Vater…"

„Dein Vater?"

„Ja, mein Vater. Du weißt ja, er ist Arzt und er hat mich zu einem seiner Kollegen geschleppt - nachdem er dich kennengelernt hatte…" Erneut drückte sie ihm einen Kuß auf den Oberarm. In Bert arbeitete es fieberhaft:

„Aber, wir waren doch gar nicht wirklich - ich meine - warum hast du sie genommen?"

„Ehrlich?" Bert nickte. „Ich weiß es nicht." Sie schaute ihn aus ihren leuchtend grünen Augen von der Seite her an, „Schicksal oder vielleicht Vorahnung oder sowas." Sie ließ ihren Kopf wieder auf seine Brust sinken.

„Schicksal", sagte Bert sehr nachdenklich. Dann ließ er seine Hand durch Saskias Haare gleiten: „Auch wenn du jetzt enttäuschst von mir bist - ich habe nicht daran gedacht, was passieren könnte, wenn wir, wenn wir es tun. Ich, ich wollte nur ganz nah bei dir sein, dich spüren, in dir sein - so nah es eben geht! O je, wenn ich jetzt darüber nachdenke, was da hätte passieren können, wenn du nicht die Pille..."

„Aber ich habe sie genommen, also mach dir darum mal keine Gedanken..."

„Saskia..."

„Ja, Bert..."

„Du bist..."

„Ich weiß!"

„Und jetzt?"

„Jetzt sind wir hier - du und ich!"

„Und du bist dir sicher, daß das wirklich alles real ist?"

„Ganz sicher!"

„Und, meinst du, wenn das denn wirklich alles real ist hier und, wenn du nun schon die Pille nimmst - dann, dann könnten wir vielleicht - nur zur Sicherheit..."

„Bert...", Saskia drückte Berts Oberkörper nach unten und war im selben Moment über ihm: „...so oft du kannst..." sagte sie grinsend.

20

Bis zum Schulanfang verbrachten Bert und Saskia so viel Zeit zusammen wie möglich. Monique und Sabine kamen beide erst am letzten Ferientag aus dem Urlaub zurück, was die Sache sehr erleichterte.

Berts Leben hatte sich erneut verändert: Saskia und er waren jetzt zusammen, richtig zusammen. Im Augenblick schien es nichts auf der Welt geben zu können, was die beiden trennen konnte. Nicht nur sie, auch er schwebte im siebten Himmel. Das war das Problem: Er hatte noch immer Angst davor, was passierte, wenn er aus diesem Himmel hinabstürzte. Spätestens mit dem Beginn der Schule würde die Stunde der Wahrheit schlagen und sie mußten die Sicherheit ihres heimlichen Schneckenhauses verlassen. Ihre Liebe würde öffentlich und somit angreifbar werden. Ein Verheimlichen kam für beide nicht in Frage. Das war bei ihrem momentanen Verlangen, in der Nähe des Anderen sein zu wollen auch nicht umsetzbar. Mit Schulbeginn wäre ihre Beziehung kein Geheimnis mehr, das stand fest. Er schob diesen Gedanken trotzdem weg, weit weg, versuchte, ihn aus seinem Kopf zu verbannen und doch tauchte er wie ein Morgennebel immer wieder auf und waberte durch seine Gedanken.

Den Schulweg am ersten Schultag legte er tief in Gedanken versunken zurück: Saskia würde da sein und dann gab es kein Zurück mehr. Ja, sie hatten oft darüber gesprochen in den letzten Tagen, wie sie sich verhalten sollten. Sie hatten eine Art Plan. In der Theorie klang das alles ganz einfach, aber jetzt war der Moment gekommen, in dem sich die Theorie an der Realität beweisen mußte. Bert schluckte. Die meisten der letzten Nächte hatte er bei Saskia verbracht. Weder Hartmut noch seine Eltern hatten etwas dagegen gehabt zu seiner Überraschung. Aber mit dem Beginn der Schule hatte sich die Haltung seiner Mutter in diesem Punkt geändert:

„Du mußt ausgeschlafen sein, wenn du in die Schule gehst, mein Junge", hatte sie gesagt, „deshalb ist es besser, wenn du zu Hause schläfst. Am Wochenende kannst du ja wieder zu deiner Freundin!"

So hatte Bert diese Nacht in seinem Zimmer bei seinen Eltern alleine und ohne Saskia verbracht. Das hatte seine Nervosität nur noch weiter gesteigert. Er war so nervös, daß er kaum geschlafen hatte, viel zu früh wach war und es nicht mehr zu Hause ausgehalten hatte. So war er lange vor der mit Saskia vereinbarten Zeit an der Schule.

„Bert! Hier sind wir!" Bert sah auf und entdeckte Gerd, der mit Ben und einem anderen, den er nicht kannte, ein Stück weiter hinten auf dem Schulhof stand. Gerd winkte ihm zu.

„Hallo, was geht?" sagte Bert, als er die drei erreicht hatte.

„Bert! Das ist Olaf!" begrüßte Gerd seinen Freund.

„Ja, Olaf ist aus Berlin!" ergänzte Ben.

„Hi, nicht ganz, ich komme eigentlich aus Potsdam…"

„Dann eben Potsdam, ist ja auch Berlin." Ben schüttelte verständnislos seinen Kopf.

„Olaf ist hierher gezogen in den Ferien", sagte Gerd, „mußt du dir mal vorstellen: Umzug und so - hat er gar nichts von den Ferien gehabt!"

„Und dann mußte er auch noch seine Freundin in Berlin zurücklassen, krass nicht!" Ben klopfte Olaf mitfühlend auf die Schulter.

„Ist schon nicht so einfach", sagte Olaf ein wenig traurig.

„Verstehe ich vollkommen!"

„Ach ja, Gerd?" Bert sah ihn fragend an.

„Na klar, wer versteht das nicht!"

„Stimmt, und du mit deiner riesigen Erfahrung auf dem Gebiet, logisch: Wer, wenn nicht du."

„Genau. Ich hab Olaf auch schon gesagt, daß wir ihm helfen."

„Helfen, wobei?"

„Na, bei seinem Problem, Bert!" sagte Ben.

„Wir kriegen das schon hin und besorgen ihm hier was, damit er schnell über seinen Liebeskummer weg kommt. Wirst, sehen, Olaf, in einer Woche denkst du schon gar nicht mehr an Berlin!"

„Und wie kriegen wir das hin?" wollte Bert wissen.

„Na, da fragen wir einfach die Eine oder Andere…"

„Wir?" Bert schüttelte ungläubig seinen Kopf.

„Ja, wir. Wenn du wüßtest, das waren Ferien. Wenn ich

daran denke: an ma petite!" sagte Gerd.

„Ma petite?" Ben sah Gerd an, „was soll das sein?"

„Ben, du hättest im Unterricht bei der Löffler lieber mehr auf das hören sollen, was sie gesagt hat, als in Brittas Ausschnitt zu starren!" sagte Gerd und legte seinen Arm auf Bens Schulter.

„Nun sag schon!" sagte Ben und versuchte, sich aus Gerds Umklammerung zu lösen.

„Ma petite ist französisch", sagte Gerd.

„Ja, das weiß ich auch - aber, was heißt es?"

„Mein Schatz..."

„Ich bin nicht dein Schatz!" Ben war immer noch dabei, sich aus Gerds Griff zu lösen.

„Es heißt: Mein Schatz oder Meine Kleine!"

„Oh, ich wußte gar nicht, daß du so über Ben denkst. Das enttäuscht mich aber", Bert legte seinen Arm um Gerds Hüfte, „ich dachte eigentlich immer, daß wir..." Er hauchte Gerd einen Kuß auf die Stirn.

„Bert, spinnst du!" Gerd ließ Ben los und stieß Bert zurück.

„Du verstößt uns alle beide, wie grausam!" Bert verdeckte seine Augen mit den Händen. „Gestehe, du hast eine neue Liebe gefunden in den Ferien - o, Gerd!" Bert kniete vor ihm.

„Bert, hör auf. Hör auf", er versuchte, ihn hoch zu ziehen, „steh auf, alle schauen schon!"

„Oh, du liebst mich doch!"

„Bert!" Gerd zog seinen rechten Arm nach hinten und machte eine Faust.

„Schon gut, schon gut. Was haben die Ferien dir denn nun für eine Erleuchtung gebracht?"

„Darauf wollte ich ja gerade kommen. Also, was ich in den Ferien - ihr würdet staunen!" Er atmete tief ein und ließ seine Brust anschwellen.

„Staunen, aha", Bert sah ihn ungläubig an.

„Ja, staunen!"

„Also, was?" wollte Bert wissen.

„Ja, erzähl!" forderte ihn Ben auch auf.

„Also, hört zu", begann Gerd, „es war einfach unglaublich.

Maren, so hieß sie, konnte küssen, das glaubt ihr nicht."

„Küssen? Und, und was konnte sie noch?" Ben sah Gerd erwartungsvoll an.

„Na, ja, mehr war da nicht, weil…"

„Weil?" Alle drei schauten Gerd an.

„Also, sie war mit ihren Großeltern da und die haben sich mit meinen Eltern angefreundet und da haben wir natürlich viel zusammen unternommen…"

„Und deshalb nur küssen?" fragte Ben verständnislos.

„Verstehe, weil die Großeltern immer dabei waren!" warf Olaf ein.

„Nein, deswegen nicht. Die waren eigentlich ganz zufrieden, wenn wir beide mal alleine was gemacht haben und die ihre Ruhe hatten oder abends mit meinen Eltern noch weg sind."

„Na also: Sturmfreie Bude! Was will man mehr!"

„Ja, schon, aber…"

„Mach´s nicht so spannend", sagte Bert.

„Ja, spuck´s aus!" rief Ben.

„Nun, also…" Gerd druckste herum und man sah ihm an, daß es ihm schwer fiel, das zu sagen, was er nun sagte: „…Maren ist zwölf…"

„Zwölf?" Bert sah ihn mit weit aufgerissenen Augen an.

„Ja, das war das Problem…"

„Also, paar Küßchen und aus."

„Na, waren schon richtige Küsse und sie hat gut geknutscht, sehr gut!"

„Woher willst du denn das wissen, so ohne Vergleich?"

„Was soll das denn heißen?" Gerd richtete sich zu voller Größe und Breite vor Ben auf. Und außerdem: „Besser gut geknutscht, als gar nichts!" Er sah Ben provozierend an.

„Ha, da irrst du dich aber ganz gewaltig, mein Lieber!"

„Wie, hast du auch mit einer Zwölfjährigen geknutscht?" Bert sah Ben an.

„Von wegen! Weder zwölf, noch nur geknutscht!"

„Im Ernst?" Ben hatte die volle Aufmerksamkeit von Gerd.

„Und", sagte Bert, „wie alt war deine dann - acht und Buddelkasten?" Er lachte.

„Jetzt werdet ihr richtig staunen!" sagte er stolz.

„Gut, dann laß uns richtig staunen: Was ist denn nun so tolles passiert?" sagte Bert provozierend.

„Es ist passiert. Ich bin ein Mann!"

„Nein!" Gerd sah ihn fassungslos an.

„Nicht wirklich, oder?" Bert konnte es ebenso wenig glauben.

„Ja, ich bin ein Mann!" wiederholte Ben und stolzierte vor den anderen auf und ab wie ein Pfau.

„Erzähl, los!" Gerd packte Ben an den Schultern, „hatte sie große Titten?"

„Oh ja!" Ben machte eine entsprechende Bewegung.

„O man, du Glückspilz!"

„Und auch alles Andere: Tolle Beine, bis zum Hals..."

„...dann waren das wohl nicht die Titten, von denen du eben gesprochen hast, sondern die Knie..." sagte Bert.

„Idiot!" Ben sah Bert an.

„Und, wie alt war sie?" wollte Gerd wissen.

„Achtzehn!"

„Achtzehn?" sagten Bert und Gerd gleichzeitig.

„Du hast eine Achtzehnjährige flach gelegt?" Gerd nickte anerkennend.

„Na ja..."

„Was?"

„Eigentlich sie eher mich und..."

„Und was?"

„Eigentlich..."

„Ben!"

„Nun ja, da gibt es..."

„Was?" Bert sah ihn an.

„Der Urlaub war ein All-Inclusive-Urlaub und..."

„...die Tussie war mit drin?" sagte Gerd ungläubig.

„Nein, das nicht, aber, na ja, es gab da so wunderbare Getränke und ich war schon ziemlich abgefüllt an dem Abend..."

„Du warst wahrscheinlich sturz besoffen!" sagte Bert.

„So kann man es auch sagen. Und dann war sie auf einmal

da. Neben mir am Pool. Sie sah toll aus, glaube ich."

„Glaubst du?"

„Ja, glaube ich. Ich kann mich nicht mehr so ganz genau erinnern, von wegen…"

„Ja, schon klar, weiter!" sagte Gerd.

„Jedenfalls kann ich mich ganz genau daran erinnern, wie, wie hieß sie noch gleich? Ist ja auch egal jetzt, wie sie mich angequatscht hat."

„Sie, dich?" sagte Bert ungläubig.

„Ja, da staunt ihr, was?"

„Ja, tun wir."

„Neid, das ist purer Neid. Wir haben was getrunken und sind dann wohl auf mein Zimmer. Es war phantastisch, so weit ich mich erinnern kann."

„Soweit du dich erinnern kannst?"

„Na ja, ich weiß noch, daß ich am Pool war und früh bin ich in meinem Zimmer aufgewacht."

„Wie? Und das ist alles!"

„Das Bett war zerwühlt und am Boden lag…"

„…die Tussie!" sagte Gerd.

„Nein, ein Kondom."

„Ein Kondom?"

„Und sie?"

„War weg."

„Wie, weg?"

„Na, nicht mehr da eben."

„Und was hat sie dazu gesagt?"

„Nichts."

„Wie, hast du sie denn nicht gefragt später?"

„Ging ja nicht. Ich hab sie nicht mehr gesehen. Vielleicht ist sie abgereist oder so."

„Abgereist?" Gerd sah Ben an.

„Und du bist sicher, daß du sie nicht nur in deinem Delirium gesehen hast?" sagte Bert.

„Ganz sicher, da war ein Zettel!"

„Aha, ein Zettel - mit Name, Anschrift, Telefonnummer…"

„Nein, da waren drei Herzchen drauf und darunter stand:

Danke!"

„Und das war´s?"

„Ja, aber es ist passiert, das weiß ich!"

„Woher weißt du das! War das Kondom denn..."

„Das nicht wirklich, aber ich fühle es einfach!"

„Das erste Mal und du warst nicht dabei!" Gerd schüttelte seinen Kopf, „nee, das wäre mir nicht passiert!"

„Stimmt", sagte Ben, „weil du sowieso keine findest, die es mit dir tun würde."

„Woher willst du denn das wissen!"

„Ich kenne dich."

„Also, ich fasse zusammen: Gerd hat mit einer Zwölfjährigen geknutscht und du mit einer wahrscheinlich Achtzehnjährigen, von der du nicht weißt, wie sie heißt, noch wie sie aussieht, noch sonst etwas, vielleicht eine Nacht verbracht in der ihr es vielleicht getan habt. Ich bin tief beeindruckt. Mit diesen Erfahrungen wird es uns ein Leichtes sein, Olaf zu helfen!" Bert grinste über das ganze Gesicht.

„Du hast es gerade nötig!" sagte Ben etwas angesäuert.

„Stimmt. Rumkritisieren und alles schlecht machen. Das ist alles, was du kannst! Ach ja, ich vergaß, du bist ja seit neuestem unser Superlover." Gerd ließ sein Becken kreisen.

„Superlover?" Olaf sah die anderen fragend an.

„Ja, das ist eine andere Geschichte, die erzählen wir dir später", sagte Ben, „jetzt wollen wir erstmal was von unserem Superman hier hören!" Er sah Bert an: „Also, wir warten!"

„Genau, Casanova! Was war denn bei dir? War es schön mit Mama?" Gerd und Ben ließen ihre Handflächen über Bert aufeinander knallen.

„Die besten Ferien ever!" sagte Bert ohne eine Mine zu verziehen.

„Die besten Ferien ever", äffte Gerd ihn nach, „und was soll das heißen: Computer, Computer und nochmal Computer!"

„Ja, lange, heiße Nächte mit dem PC!" Ben und Gerd ließen ihre Handflächen erneut aneinander klatschen.

„Nicht nur."

„Ah, wußte ich´s doch, nichts, da war gar nichts!

Computerspiele und alte Filme, wie immer!" Ein Erneutes Handflächenklatschen folgte.

„Ich war zelten."

„Zelten?" Ben und Gerd konnten sich kaum halten. „Du, zelten?" prusteten sie.

„Was ist daran denn so komisch", wollte Olaf wissen.

„Ach, wenn du ihn länger kennst, wirst du es verstehen, glaub mir!" Gerd lachte so laut, daß schon einige andere auf dem Schulhof zu ihnen herüber schauten.

„Also du meinst wirklich zelten, so richtig mit Zelt?" Ben sah ihn mit Tränen in den Augen an.

„Ja, so macht man das eigentlich beim Zelten, man hat ein Zelt", sagte Bert trocken.

„Ja, mit Zelt und deiner Mutter..." brachte Ben unter größten Schwierigkeiten heraus.

„Gib mir five!" sagte Gerd. Wieder klatschten die Handflächen zusammen.

„Stiefmutter", sagte Bert.

„Was?" Ben und Gerd sahen ihn an.

„Nicht Mama, Stiefmama."

„Wie, deine Mama ist deine Stiefmama?" sagte Gerd ungläubig.

„Hast du ja nie erzählt!" sagte Ben überrascht.

„Nicht meine Stiefmama, ihre Stiefmama."

„Wessen Stiefmama? Die von deiner Mutter?"

„Na ja, eigentlich zukünftige Stiefmama."

„Stiefmama, zukünftige Stiefmama - geschissen drauf - wovon redest du eigentlich?" Gerd sah Bert an.

„Von der Freundin ihres Vaters natürlich."

„Natürlich", sagte Ben und legte seinen Arm um Berts Schulter, „du mußt wissen, wir verfügen nicht über deine geistigen Fähigkeiten und können dir nicht ganz folgen..."

„...Ja, die Sonne scheint dein Hirn verbrannt zu haben. Vielleicht ist zelten doch nicht so das Richtige für dich!"

„Gerd, bitte!" Ben sah ihn an, „erschreck ihn doch nicht, unseren Bert. Ich darf mal zusammen fassen, was ich bisher zu verstanden haben glaube?" Er sah Gerd an.

„Darfst du."

„Danke." Er wandte sich Bert zu und legte ihm seinen Arm auf die Schulter: „Also: Du warst zelten mit einem Vater und dessen Freundin, die nicht deine Mutter ist und auch nicht deine Stiefmutter. Habe ich das soweit richtig verstanden?"

„Hast du."

„Na also. Und wessen Mutter oder Stiefmutter und Vater war es dann, wenn es nicht deine war?"

„Na Saskias natürlich." Bert grinste die beiden an.

„Saskias?" Man sah, wie es in Bens Kopf arbeitete. „Saskias!" rief er plötzlich, ließ Bert los und sah Gerd mit einem etwas irren Blick an. Der wirkte total entspannt und ruhig:

„Habe ich das richtig verstanden", sagte Gerd ohne jegliche Emotion in der Stimme, „du willst uns erzählen, daß du mit Saskia, der Saskia und ihrem Vater und wem auch immer zelten warst?"

„Ja, genau", sagte Bert und verzog keine Mine.

„Du bist und bleibst doch der Größte!" rief Gerd und klatschte sich dabei seine Hände immer wieder auf seine Schenkel. „Einen Augenblick hatte ich wirklich gedacht, daß dir die Sonne das Hirn ausgebrannt hat. Auf so eine Story muß man erstmal kommen! Du solltest Schriftsteller werden!" Er konnte sich nicht mehr halten und lachte schallend.

„Ja, oder Märchenerzähler!" sagte Ben und lachte ebenfalls.

„Mit Saskia! Natürlich, wie konnte ich da nicht gleich drauf kommen, ich Dummerchen!" Gerds Lachen war in glucksende Laute übergegangen und man mußte befürchten, daß er erstickte, wenn er sich nicht zusammen nahm.

„Klar, Saskias Vater, wessen denn sonst! Saskia, zelten! Du! Nein, nein, du bist unbezahlbar!" prustete Ben und wieder klatschten die Handflächen.

„Es waren die besten Ferien ever." Bert stand noch immer fast regungslos bei den anderen, die sich aufführten wie zwei Circusclowns in der Manege. „Mach dir nichts draus, die sind immer so", sagte er zu dem etwas unsicher dabei stehenden Olaf, „aber harmlos. Eigentlich sind sie harmlos."

„Wenn du das sagst!" sagte Olaf mit wenig Überzeugung in der Stimme.

„Doch,…"

„Da, da! Da ist sie!" schrie Gerd auf einmal.

„Wer? Wer?" wollte Ben wissen.

„Na: Sie!"

„Sie?"

„Saskia, seine Saskia!"

„Ja, ja. Bert, Bert, schau, schau doch!" Bens Stimme überschlug sich fast. Er fuchtelte wie wild mit den Armen und zeigte in Richtung Schulhoftor. Bert und Olaf folgten seinen Armen. Und da war sie: Saskia. Sie stand in der Nähe des Schulhoftores und unterhielt sich mit Monique und Sabine und noch ein paar anderen aus ihrem Jahrgang.

„Sie ist da, Bert", sagte Gerd triumphierend, „willst du sie nicht begrüßen?" Er grinste hämisch.

„Ja, begrüße sie doch, ein kleiner Kuß am Morgen!"

„Ach, wißt ihr,…" begann Bert.

„Jede Wette, daß er sich nicht traut!" Bens Augen funkelten.

„Ja, der geht nie!" bekräftigte Gerd.

„Eben, alles nur geflunkert, war ja klar!"

„Worum?" Bert sah die beiden ganz ruhig an.

„Worum?" Gerd kratzte sich mit der rechten Hand in den Haaren und sah Ben fragend an. Der zuckte nur mit den Schultern.

„Worum wetten wir?"

„Kiste Bier!" sagte Gerd sofort.

„Für jeden eine!" rief Ben.

„Ja, für jeden. Für Olaf auch!"

„Von mir aus. Aber, wenn ich gewinne, bekomme ich auch von jedem eine!"

„Das wird nicht passieren!" sagte Gerd.

„Nie!" gluckste Ben, „die haut ab, wenn sie ihn nur kommen sieht!"

„Genau! Und falls er sie wirklich erreicht, klatscht sie ihm eine, jede Wette!"

„Mindestens eine!"

„Dann schlagt ein!"

„Gut, aber ich stoppe nicht deine Blutungen!" sagte Gerd und schlug mit seiner auf Berts ausgestreckte Hand.

„Genau", sagte Ben und er und Olaf taten das Gleiche.

„Und jetzt", sagte Gerd, „husch, husch!" und machte die entsprechende Bewegung mit seinen Händen.

„Wollt ihr mich nicht begleiten, dann kann ich euch gleich vorstellen?"

„Ach nee, laß mal lieber. Wir warten hier und sehen uns das Ganze lieber aus sicherer Entfernung an." Gerd faßte sich demonstrativ mit seiner Hand an die Wange und strich ein paar Mal über sie.

„Ganz deiner Meinung, Gerd!" sagte Ben. Dann stellten sich die drei in einer Reihe auf und Ben und Gerd verschränkten erwartungsvoll die Arme vor der Brust. Auf ihren Gesichtern lag ein dämliches Grinsen.

„Das wird euch schon noch vergehen!" zischte Bert.

„Was sagst du, großer Meister?"

„Ach nichts, ich werd dann mal gehen!"

„Mach´s gut! Du warst ein guter Freund"

„Ja, viel Spaß denn!" sagte Gerd und faßte sich dabei erneut demonstrativ mit seiner Hand an die Wange.

„Danke, werde ich haben!" Damit setzte sich Bert Richtung Saskia in Bewegung.

Als er etwa die Hälfte des Weges hinter sich gelassen hatte, hatte sie ihn auch bemerkt. Ein Lächeln lief über ihr Gesicht:

„Entschuldigt", sagte sie zu den Anderen, „ich muß dann mal eben!"

Langsam ging sie Bert entgegen. Dann standen sie sich gegenüber. Bert spürte die Blicke seiner Freunde in seinem Rücken und auch Saskia wußte, daß man sie beobachtete. Sie hatten das so oft durchgespielt in Gedanken und jetzt, wo es wirklich so weit war, war Bert sich nicht mehr ganz so sicher, ob sie auch wirklich das Richtige taten.

„Hier bin ich!" sagte Saskia.

„Ich auch!" sagte Bert. „Ich war zu früh, viel zu früh!"

„Das macht nichts. Lieber zu früh, als gar nicht."

„Sie beobachten uns."

„Ja, das tun sie."

„Und? Was machen wir?"

„Na, was schon, wie besprochen!" sie sah ihn mit diesem Blick an, den er so an ihr liebte.

„Du weißt, daß es dann kein Zurück mehr gibt?"

„Ja, aber das gibt es doch sowieso nicht mehr, oder?"

„Nein!"

„Also dann: Kein Zurück vom Glück!"

„Kein Zurück vom Glück", wiederholte Bert und sah Saskia in die Augen: „Wenn du wirklich willst…"

„Natürlich, du Idiot!" sagte sie und schlang ihre Arme um seinen Hals.

„Du hast mir gefehlt!" sagte Bert und küßte sie lange und intensiv.

„Du mir auch!" sagte Saskia, nachdem sie sich voneinander gelöst hatten. „Komm!" Sie hielt ihm ihre Hand hin, die er sofort ergriff.

Dann schritten die beiden Hand in Hand über den Schulhof, bis sie die Treppe erreichten, die in das Gebäude führte. Sie stiegen sie zusammen hoch und verschwanden durch die große, geöffnete Tür im Gebäude.

„Das glaub´ ich jetzt nicht! Was soll das denn heißen?" sagten Ben und Gerd gleichzeitig mit weit aufgerissenen Augen und ebensolchen Mündern.

„Drei Kästen Bier für Bert!" bemerkte Olaf nur und grinste die beiden anderen an.

Ende des Anfangs

Leseempfehlung:

Owe Klajü - Das Nordlicht, das Bier und ich

Die Begegnung mit der 16 Jahre alten Meike, von der eine unerklärliche Anziehungskraft auf ihn ausgeht, führen bei dem 17 Jahre alten Jens, als er ein bisher gut gehütetes Geheimnis aus dem Leben seiner Mutter erfährt, zu einem scheinbar unauflösbaren Widerspruch zwischen dem, was sein Herz und dem, was sein Verstand sagt...

Roman, 198 Seiten, Paperback - ISBN 978374 1263316
Herstellung und Verlag: BoD - Books on Demand, Norderstedt

Klaus-Jürgen Sparfeld - Der dunkle Tag

Anton hat ein Leben geführt, wie es viele von uns geführt haben und noch führen. Er hatte eine Frau, Freunde, Kinder, hat gearbeitet und Reisen unternommen. Irgendwann ist etwas geschehen, das ihn verändert hat. Erst unmerklich, dann immer mehr und mehr. Sein Leben hat den gewohnten Weg verlassen und er hat sich immer weiter von der ihn umgebenden Welt entfernt. Schließlich ist er an den Punkt gelangt, an dem es letztlich nur noch einen möglichen Weg für ihn geben konnte.

Roman, 144 Seiten, Paperback - ISBN 978384 4800234
Herstellung und Verlag: BoD - Books on Demand, Norderstedt